DANIELLE STEEL

Die Liebe eines Sommers

Autorin

Danielle Steel, als Tochter eines deutschstämmigen Vaters und einer portugiesischen Mutter in New York geboren, lebte als junges Mädchen lange Jahre in Europa. Seit 1977 schreibt Danielle Steel – die heute Mutter von neun Kindern ist und in San Francisco lebt – große Romane, die sie innerhalb weniger Jahre zur meistgelesenen Autorin der Welt machten.

Die Danielle Steel Collection

Abschied von St. Petersburg (41351) · Alle Liebe dieser Erde (06671) · Auf den Flügeln der Freiheit (35219) · Das Geschenk (43741) · Das Haus hinter dem Wind (09412)· Das Haus hinter dem Wind/Es zählt nur die Liebe (35202) · Das Haus von San Gregorio (06802) · Der Preis des Glücks (09921) · Der Ring aus Stein (06402) · Die Liebe eines Sommers (06700) · Doch die Liebe bleibt (06412) · Ein zufälliges Ereignis (43970) · Es zählt nur die Liebe (08826) · Familienbilder (09230) · Fünf Tage in Paris (35273) · Gesegnete Umstände (35079) · Glück kennt keine Jahreszeit (06732) · Herzschlag für Herzschlag (42821) · Jenseits des Horizonts (09905) · Jenseits des Horizonts/Der Preis des Glücks (35112) · Juwelen (35160) · Liebe zählt keine Stunden (06692) · Nachricht aus der Ferne (43037) · Nichts ist stärker als die Liebe (35023) · Nie mehr allein (06716) · Nur einmal im Leben (06781) · Palomino (06882) · Sag niemals adieu (08917) · Schiff über dunklem Grund (08449) · Sternenfeuer (42391) · Stiller Ruhm (35503) · Töchter der Sehnsucht (41049) · Träume des Lebens (06860) · Unter dem Regenbogen (08634) Unter dem Regenbogen/ Sternenfeuer (35376) · Väter (42199) · Verborgene Wünsche (09828) · Verlorene Spuren (43211) · Verlorene Spuren/Nie mehr allein (35527) · Vertrauter Fremder (06763) · Vertrauter Fremder/Die Liebe eines Sommers (35055) · Wer Unrecht tut (35284) · Wie ein Blitz aus heiterem Himmel (35284)

Als gebundene Ausgabe im Blanvalet Verlag:

Die Ranch (0104) · Die Erscheinung (0105)
Unverhofftes Glück (0092)

DANIELLE STEEL

Die Liebe eines Sommers

Roman

Aus dem Amerikanischen
von Rosemarie Hundertmarck

BLANVALET

Titel der Originalausgabe: Summer's End
Originalverlag: Dell Publishing, New York

Umwelthinweis:
Alle bedruckten Materialien dieses Taschenbuches
sind chlorfrei und umweltschonend.

Blanvalet Taschenbücher erscheinen
im Goldmann Verlag, einem Unternehmen
der Verlagsgruppe Random House GmbH.

Taschenbuchausgabe August 2001

Umschlaggestaltung: Design Team München
Umschlagfoto: Ernst Wrba
Druck: Elsnerdruck, Berlin
Verlagsnummer: 35752
MD · Herstellung: sc
Made in Germany
ISBN 3-442-35752-7
www.blanvalet-verlag.de

1 3 5 7 9 10 8 6 4 2

Der Sommer kam
wie ein Flüstern
und tanzte
in ihrem Haar,
sie hätte
so gern
dem Jahr
das Weiterschreiten
verwehrt,
bis er gehört
ihren Schwur,
bis er
für ein Weilchen nur
mit lachenden Augen
zurück
gebracht ihr
Jugend
und Glück,

ihre Liebe
fürs ganze Leben
wollt' sie ihm
geben,
allein
das konnte
nicht sein,
die Zeit war vorbei...
und sie war frei
für Träume und Burgen
am Strand,
der Sommer erfand
Spiele so süß,
so neu,
so alt...
das Ende kommt bald,
der Himmel
schweigt,
die Liebe blüht,
bis der Sommer
sich neigt.

D. S.

1

Das erste Tageslicht stahl sich durch die Jalousien durch. Deanna Duras öffnete ein Auge und sah auf die Uhr. Es war 6.45. Wenn sie jetzt aufstand, hatte sie fast eine Stunde für sich selbst, vielleicht mehr. Ruhige Augenblicke, in denen Pilar sie nicht attackieren und quälen würde, in denen kein Anruf aus Brüssel oder London oder Rom für Marc-Edouard kam. Augenblicke, in denen sie atmen und nachdenken und allein sein konnte. Sie glitt geräuschlos unter der Decke hervor und warf einen Blick zu Marc-Edouard hinüber, der auf der anderen Seite des Bettes noch schlief. Ganz am Rand. Seit Jahren schon hätten in ihrem Bett drei oder vier schlafen können, so hielten sich Marc und sie an ihre Seiten. Nicht etwa, daß sie nie mehr in der Mitte zusammengekommen wären. Das geschah immer noch... manchmal. Wenn er in der Stadt gewesen war, wenn er nicht müde war und wenn er nicht so sehr, sehr spät nach Hause kam. Gelegentlich geschah es.

Deanna nahm den langen, elfenbeinfarbenen Seidenmantel aus dem Schrank. Im ersten Morgenlicht sah sie jung und zart aus. Das dunkle Haar fiel ihr wie eine Zobelstola weich über die Schultern. Sie bückte sich und suchte nach ihren Pantoffeln – weg. Sicher hatte Pilar sie wieder. Vor nichts machte sie halt, nicht vor den Pantoffeln, am wenigsten vor Deanna. Deanna lächelte vor sich hin. Barfuß und lautlos schlich sie über den dicken Teppich und warf noch einen verstohlenen Blick auf Marc, der friedlich dalag. Wenn er schlief, wirkte er schrecklich jung, beinahe wie der Mann, den sie vor neunzehn Jahren kennengelernt hatte. Sie stand in der Tür und betrachtete ihn, wünschte sich, er würde sich regen, aufwachen, ihr mit schläfrigem Lächeln die Arme entgegenstrecken und die Worte vergangener Zeiten zuflüstern: »*Reviens, ma chérie.* Komm wieder ins Bett, *ma Diane. La belle Diane.*«

So hatte er schon seit unendlich vielen Jahren nicht mehr mit ihr gesprochen. Jetzt war sie für ihn einfach Deanna wie für jeden anderen: »Deanna, kannst du am Dienstag zum Dinner kommen? Deanna, weißt du, daß die Garagentür nicht richtig geschlossen ist? Deanna, die Kaschmir-Jacke, die ich erst vor kurzem in London gekauft habe, ist in der Reinigung scheußlich zerrissen worden. Deanna, ich fliege heute abend nach Lissabon (Oder Paris. Oder Rom).« Manchmal fragte sie sich, ob er sich überhaupt noch an die Zeit von *Diane* erinnerte, an die Zeit des späten Aufstehens und des Lachens und des Kaffeetrinkens in ihrer Dachstube oder auf ihrem Dachgarten, wo sie in den Monaten vor ihrer Heirat Sonne tankten. Es waren Monate goldener Träume gewesen, goldener Stunden – die gestohlenen Wochenenden in Acapulco, die vier Tage in Madrid, wo er sie als seine Sekretärin ausgegeben hatte. Ihre Gedanken wanderten oft zu diesen lange vergangenen Tagen zurück. Die frühen Morgenstunden hatten es an sich, daß sie sich an die Vergangenheit erinnerte.

»*Diane, mon amour*, kommst du wieder ins Bett?« Ihre Augen leuchteten in der Erinnerung an diese Worte. Sie war gerade achtzehn und immer mit Freude ins Bett zurückgekommen. Sie war scheu, aber so verliebt in ihn gewesen. Jede Stunde, jeder Augenblick war erfüllt von dem, was sie empfand. Auch ihre Bilder hatten es gezeigt. Sie glühten in dem Glanz ihrer Liebe. Sie erinnerte sich an seine Augen, wenn er im Studio saß, sie beobachtete, einen Stapel seiner eigenen Arbeit auf den Knien. Er machte Notizen, runzelte ab und zu die Stirn beim Lesen, und dann blickte er auf und lächelte in seiner unwiderstehlichen Art. »*Alors*, Madame Picasso, können Sie eine Pause für den Lunch einschalten?«

»In einer Minute. Ich bin beinahe fertig.«

»Darf ich es mir ansehen?« Dann tat er so, als wolle er um die Staffelei lugen, und wartete nur darauf, daß sie aufsprang und protestierte, wie sie es immer machte, bis sie den Schalk in seinen Augen entdeckte.

»Laß das! Du weißt, du darfst es dir nicht ansehen, bevor ich fertig bin.«

»Warum nicht? Malst du einen schockierenden Akt?« Gelächter erhellte diese verwirrend blauen Augen.

»Vielleicht, Monsieur. Würde dich das sehr entsetzen?«

»Ganz und gar. Du bist viel zu jung, um schockierende Akte zu malen.«

»Wirklich?« Ihre großen grünen Augen öffneten sich weit, wenn sie auf seinen scheinbar ernsten Ton hereinfiel. Er hatte ihr den Vater in so vieler Beziehung ersetzt. Marc war die Stimme der Autorität geworden, die Kraft, auf die sie sich verließ. Der Tod ihres Vaters hatte sie niedergeschmettert. Marc-Edouard war Deanna wie von Gott gesandt erschienen. Nach ihres Vaters Tod hatte sie bei einer Reihe von Tanten und Onkeln gewohnt, die sich über Deannas Auftauchen gar nicht freuten. Ein Jahr lang war sie von einem Verwandten ihrer Mutter zum anderen gereist, und dann hatte sie sich mit achtzehn Jahren endlich selbständig gemacht. Tagsüber arbeitete sie in einer Boutique, und abends besuchte sie die Kunstakademie. Dem Malunterricht allein verdankte sie, daß sie nicht verzweifelte. Nur dafür lebte sie. Sie war erst siebzehn gewesen, als ihr Vater mit dem Flugzeug, das er so gern flog, abstürzte. Nie waren Pläne für ihre Zukunft gemacht worden. Ihr Vater war überzeugt, daß er nicht nur unbesiegbar, sondern auch unsterblich sei. Schon mit zwölf hatte Deanna die Mutter verloren, und jahrelang hatte es in ihrem Leben niemand anderen gegeben als Papa. Der extravagante, ichbezogene Mann ignorierte die Familie seiner Frau, sie wiederum gab ihm allein die Schuld an deren Tod. Er hatte die Verwandten in San Francisco vergessen, ausgeschlossen. Deanna wußte nicht viel von dem, was wirklich geschehen war. Man sagte ihr nur: »Mommy ist gestorben.« Mommy ist gestorben – die Worte ihres Vaters an jenem trüben Morgen würden ihr fürs ganze Leben in den Ohren klingen. Die Mommy, die sich vor der Welt abgeschlossen, sich mit einer Flasche in ihrem Schlafzimmer versteckt hatte und immer »in einer Minute, Liebes«, versprach, wenn Deanna an ihre Tür klopfte. Das »In einer Minute, Liebes« hatte acht oder zehn Jahre lang gedauert und Deanna allein im Flur oder in ihrem Zimmer spielen lassen, während ihr Vater sein Flugzeug flog oder unvorhergesehen mit Freunden auf eine Geschäftsreise ging. Lange Zeit war es schwierig gewesen, zu entscheiden, ob er auf Reisen verschwand, weil seine Frau trank, oder ob sie trank, weil Papa immer fort war. So oder so, Deanna war allein, bis ihre Mutter starb. Danach hatte es viele Diskussionen darüber gegeben, »was, zum Teufel, zu tun« sei. »Um Gottes willen, ich verstehe gar nichts von Kindern, verdammt noch mal, und erst recht nichts von kleinen Mädchen.« Er hatte Deanna wegschicken wollen, in eine Schule, an einen »wundervollen Ort, wo viele Pferde und eine schöne Landschaft und viele neue Freundinnen« sein sollten. Aber sie war so verzweifelt gewesen, daß er endlich nachgab. Sie wollte nicht an einen wundervollen Ort geschickt werden, sie wollte bei ihm bleiben. In seiner Nähe war der wundervolle Ort, er war der Zaubervater mit dem Flugzeug, der Mann, der ihr herrliche Geschenke aus fernen Ländern mitbrachte. Der Mann, mit dem sie seit Jahren geprahlt und den sie nie verstanden hatte. Jetzt war er der einzige Mensch, der zu ihr gehörte. Alles, was übriggeblieben war, jetzt, wo es die Frau hinter der Schlafzimmertür nicht mehr gab.

Also blieb sie bei ihm. Er nahm sie mit, wenn es ging, ansonsten ließ er sie bei Freunden und lehrte sie, die feineren Genüsse des Lebens zu schätzen: Das Imperial-Hotel in Tokio, das George V in Paris und den Stork-Club in New York, wo sie auf einem Hocker an der Bar gesessen und nicht nur einen »Shirley Temple« getrunken, sondern auch die erwachsene Shirley Temple kennengelernt hatte. Papa hatte ein phantastisches Leben geführt – und Deanna für eine Weile ebenfalls. Sie beobachtete die eleganten Frauen, die interessanten Männer, den Tanz im El Morocco, die Wochenend-Ausflüge nach Beverly Hills. Papa war früher einmal ein Filmstar gewesen, dann Rennfahrer, Flieger während des Krieges, Spieler, Liebhaber, ein Mann mit einer Leidenschaft für das Leben, schöne Frauen und Flugzeuge aller Art. Er wollte, daß auch Deanna flog, daß sie das Gefühl kennenlernte, in zehntausend Fuß Höhe auf die Erde niederzublicken, durch Wolken zu gleiten und von Träumen zu leben. Aber sie hatte eigene Träume, die den seinen in nichts glichen. Ein ruhiges Leben, ein Haus, wo sie ständig wohnten, eine Stiefmutter, die sich nicht hinter »In einer Minute« oder einer immer geschlossenen Tür versteckte. Mit vierzehn hatte sie das El Morocco satt, und mit fünfzehn hatte sie es satt, mit seinen Freunden zu tanzen. Mit sechzehn schloß sie die Schule ab und wünschte sich verzweifelt, auf das Vassar- oder Smith-College zu gehen. Papa beharrte auf seiner Meinung, das sei doch nur langweilig. So malte sie statt dessen – auf Skizzenblöcken und Leinwänden, die sie mitschleppte, wohin sie auch gingen. Sie zeichnete auf Papier-Tischtücher im Süden Frankreichs und auf die Rückseiten der Briefe seiner Freunde – eigene Freunde hatte sie nicht. Sie zeichnete auf alles, was sie in die Finger bekam. Ein Galerie-Besitzer in Venedig sagte ihr, sie sei gut, und wenn sie in der Nähe bleibe, würde er ihre Arbeiten vielleicht ausstellen. Natürlich wurde nichts daraus. Sie verließen Venedig nach einem Monat, Florenz nach zwei, Rom nach sechs und Paris nach einem. Dann kehrten sie endlich in die Vereinigten Staaten zurück, wo Papa ihr ein Heim versprach, diesmal ein richtiges, und dazu eventuell sogar eine richtig lebendige Stiefmutter. Er hatte in Rom eine amerikanische Schauspielerin kennengelernt – »eine Frau, die du lieben wirst«, versprach er, als er für ein Wochenende auf einer Ranch irgendwo in der Nähe von Los Angeles einen Koffer packte.

Diesmal forderte er Deanna nicht auf, mitzukommen. Diesmal wollte er allein sein. Er ließ Deanna im Fairmont in San Francisco mit vierhundert Dollar in bar und dem Versprechen, in drei Tagen wieder da zu sein, zurück. Und Deanna blieb allein, diesmal für immer. Erneut wurde ihr der Plan nahegelegt, eine »wundervolle Schule« zu besuchen.

Doch diesmal war die Drohung kurzlebig, es war kein Geld mehr da. Weder für eine »wundervolle Schule« noch für sonst etwas. Es blieb lediglich ein Berg Schulden. Deanna rief die lange vergessenen Verwandten ihrer Mutter an. Sie kamen ins Hotel und nahmen sie mit. »Nur für ein paar Monate, Deanna. Du verstehst. Wir können das einfach nicht. Du wirst dir eine Stellung und eine eigene Unterkunft besorgen müssen, sobald du dich erholt hast.« Eine Stellung. Was für eine Stellung? Was konnte sie? Malen? Zeichnen? Träumen. Was half es ihr jetzt, daß sie beinahe jedes Werk in den Uffizien und im Louvre kannte, daß sie Monate im Jeu de Paume verbracht, die Kampfstiere in Pamplona gesehen, in El Morocco getanzt und im Ritz gewohnt hatte? Wen interessierte das schon? Niemanden. Drei Monate später wurde sie an eine Cousine und dann zu einer anderen Tante abgeschoben. »Für eine Weile, du verstehst.« Sie verstand jetzt alles, die Einsamkeit, den Schmerz, die Bedeutung dessen, was ihr Vater getan hatte. Er hatte sein Leben verspielt. Er hatte sich amüsiert. Jetzt verstand sie, was mit ihrer Mutter geschehen war und warum. Eine Zeitlang haßte sie den Mann, den sie vorher geliebt hatte. Er hatte sie allein, verängstigt und ungeliebt zurückgelassen.

Das Schicksal griff in Form eines Briefes aus Frankreich ein. Von den französischen Gerichten war ein kleiner Streitfall entschieden worden, eine geringfügige Sache, aber ihr Vater hatte den Prozeß gewonnen, der Streitwert belief sich auf sechs- oder siebentausend Dollar. Man bat sie, so freundlich zu sein und durch ihren Anwalt Verbindung mit der französischen Firma aufzunehmen. Was für ein Anwalt? Sie rief einen an, der ihr von einer ihrer Tanten empfohlen wurde, und er verwies sie an eine internationale Anwaltskanzlei. Deanna suchte dieses Büro an einem Montagmorgen um neun auf. Sie trug ein schwarzes Kleid von Dior, das sie mit ihrem Vater in Frankreich gekauft hatte, eine kleine schwarze Krokodilledertasche, die er ihr aus Brasilien mitgebracht hatte, und die Perlen, die ihr gesamtes Erbe von ihrer Mutter darstellten. Sie gab gar nichts um Dior oder Paris oder Rio oder sonst etwas. Die sechs- oder siebentausend Dollar bedeuteten für sie die Erlösung. Sie wollte ihre Stellung aufgeben und Tag und Nacht die Kunstakademie besuchen. In ein paar Jahren würde sie sich mit ihren Bildern einen Namen gemacht haben. In der Zwischenzeit konnte sie von den sechstausend ein Jahr lang leben – vielleicht.

Mehr wollte sie nicht, als sie in das riesige, holzgetäfelte Büro eintrat und Marc-Edouard Duras zum allerersten mal begegnete.

»Mademoiselle...« Einen Fall genau wie ihren hatte er noch nie gehabt. Sein Gebiet war das Körperschaftsrecht, komplizierte internationale Geschäfte. Aber als die Sekretärin ihren Anruf durchstellte, hatte die Sache sein Interesse erweckt. Dann sah er Deanna, eine zarte Kind-Frau mit einem verängstigten schönen Gesicht, und er war fasziniert. Sie bewegte sich mit Anmut, und die Augen, die in seine blickten, waren abgrundtief. Er führte Deanna zu einem Sessel auf der anderen Seite seines Schreibtischs und machte ein sehr ernstes Gesicht. Aber seine Augen tanzten. Sie unterhielten sich eine volle Stunde lang. Auch er liebte die Uffizien, auch er hatte einmal ganze Tage im Louvre verbracht, auch er war in Saõ Paulo und Caracas und Deauville gewesen. Es war ein Erlebnis für sie, mit ihm über ihr Leben zu sprechen und Fenster und Türen zu öffnen, die sie für immer versiegelt geglaubt hatte. Deanna hatte Marc die Sache mit ihrem Vater erklärt. Sie saß ihm gegenüber und hatte die größten grünen Augen, die er je gesehen hatte, sie war von einer Zartheit, die ihm zu Herzen ging, und sie erzählte ihm ihre ganze schreckliche Geschichte. Er war damals fast zweiunddreißig, gewiß nicht alt genug, um ihr Vater zu sein, und seine Gefühle waren sicher nicht väterlich.

Dessenungeachtet nahm er sie unter seine Fittiche. Drei Monate später war Deanna Marc-Edouards Frau. Die einfache Zeremonie fand im Rathaus statt, die Flitterwochen wurden zum Teil im Haus seiner Mutter in Antibes und in Paris verbracht.

Damals hatte sie begriffen, was geschehen war. Sie hatte nicht nur einen Mann, sondern ein Land geheiratet – einen bestimmten Lebensstil. Sie würde perfekt, verständnisvoll, ruhig und charmant sein und seine Klienten und Freunde bewirten müssen. Sie würde allein sein, wenn er auf Reisen war. Und sie würde den Traum aufgeben müssen, sich mit ihrer Kunst einen Namen zu machen. Marc billigte so etwas nicht. In der Zeit, als er ihr den Hof machte, hatte ihn ihre Malerei amüsiert, aber er war strikt dagegen, daß seine Frau Karriere machte. Sie war Madame Duras geworden, und das hatte für Marc eine große Bedeutung.

Im Laufe der Jahre gab Deanna eine Anzahl von Träumen auf, aber sie hatte Marc – den Mann, der sie vor Einsamkeit und Armut gerettet hatte, den Mann, der ihre Dankbarkeit und ihr Herz gewonnen hatte, den Mann der untadeligen Manieren und des exquisiten Geschmacks, der sie mit Sicherheit und Luxus belohnte, den Mann, der immer eine Maske trug.

Sie wußte, daß er sie liebte, aber früher hatte er es gezeigt, jetzt kam das nur selten zum Ausdruck. »Nur Kinder stellen ihre Gefühle zur Schau«, erklärte er.

Doch auch das würde kommen. Sie erwarteten ihr erstes Baby weniger als ein Jahr nach der Hochzeit. Wie Marc es sich gewünscht hatte! So sehr, daß er sie auf Händen trug. Es würde ein Junge werden, weil Marc das sagte. Er war überzeugt davon, und deshalb war es auch Deanna. Sie wünschte sich nur das eine, seinen Sohn. Es mußte ein Junge werden, denn nur so konnte sie sich seine Achtung und vielleicht seine lebenslängliche Leidenschaft bewahren. Ein Sohn – und es wurde ein Sohn. Ein winziger Junge, der statt eines Schreis nur ein Wispern von sich gab. Der Priester wurde sofort nach der Geburt gerufen und taufte den kleinen Philippe-Edouard. Vier Stunden später war das Baby tot.

Marc brachte Deanna für den Sommer nach Frankreich und ließ sie in der Obhut seiner Mutter und seiner Tanten. Er hatte geschäftlich in London zu tun, kam aber zu den Wochenenden, drückte sie an sich und trocknete ihre Tränen, bis sie von neuem empfangen hatte. Das zweite Kind, wieder ein Junge, starb ebenfalls. Marc ein Kind zu gebären, wurde bei Deanna zur Besessenheit. Sie träumte nur noch von ihrer beider Sohn. Sie hörte sogar auf zu malen. Der Arzt verordnete ihr Bettruhe, als sie zum drittenmal schwanger wurde. Marc bearbeitete in jenem Jahr Fälle in Mailand und Marokko, aber er rief täglich an, schickte Blumen, und wenn er zu Hause war, saß er an ihrem Bett. Wieder prophezeite er, daß es ein Junge würde, aber diesmal irrte er sich. Der langerwartete Stammhalter war ein Mädchen, aber ein gesundes Kind mit einem Kranz blonder Haare und den blauen Augen seines Vaters – das Kind aus Deannas Träumen. Sogar Marc freute sich und verliebte sich rasch in das blonde Mädchen, das sie Pilar nannten. Sie flogen nach Frankreich, um seiner Mutter das Enkelkind zu zeigen. Madame Duras beklagte sich über Deanna, die es nicht fertiggebracht hatte, einem Jungen das Leben zu schenken. Marc kümmerte es nicht. Das Baby war sein Kind, sein Fleisch und Blut. Sie sollte französisch sprechen lernen, sie sollte jeden Sommer in Antibes verbringen. In Deanna regten sich die ersten Befürchtungen, aber sie konnte endlich die Freuden der Mutterschaft genießen.

Marc verbrachte jeden freien Augenblick mit Pilar und zeigte sie bei seinen Freunden vor. Sie war ein Kind, das immer lachte und freundlich war. Ihre ersten Wörter waren französisch. Als Pilar zehn wurde, war sie mehr in Paris als in den Vereinigten Staaten zu Hause. Die Bücher, die sie las, die Kleider, die sie trug, die Spiele, mit denen sie sich beschäftigte – alles wurde wohlüberlegt von Marc angeschafft. Sie wußte, wer sie war: eine Duras, und wohin sie gehörte: nach Frankreich. Mit zwölf kam sie in ein Pensionat nach Grenoble. Damals war es bereits geschehen; Deanna hatte eine Tochter verloren. Für Pilar war Deanna jetzt Ausländerin, ein Gegenstand des Zorns und Verdrusses: Es war Deannas Schuld, daß sie nicht in Frankreich lebten, ihre Schuld, daß Pilar nicht mit ihren Freunden zusammensein konnte, ihre Schuld, daß Papa nicht in Paris bei Grandmère wohnte, der er so sehr fehlte. Am Ende setzten sie ihren Willen durch – wieder einmal.

Deanna schlich leise die Treppe hinunter. Ihre bloßen Füße verursachten nur ein Flüstern auf dem persischen Läufer, den Marc aus dem Iran mitgebracht hatte. Aus Gewohnheit warf sie einen Blick ins Wohnzimmer. Alles war in bester Ordnung, wie immer. Die zartgrüne Seide des Couchbezugs spannte sich in perfekter Glätte. Die Louis-XV-Sessel standen wie Soldaten in Habtachtstellung auf ihren Posten. Der Aubusson-Teppich wirkte mit seinen weichen Celadon-Grüntönen und den verblaßten himbeerfarbenen Blumen exquisit. Das Silber glänzte. Die Aschenbecher waren makellos sauber. Die Porträts von Marcs beneidenswerten Ahnen hingen genau im richtigen Winkel. Und die Vorhänge rahmten eine perfekte Ansicht auf die Golden-Gate-Brücke und die Bucht ein. Zu dieser Stunde waren noch keine Segelboote zu sehen, und ausnahmsweise herrschte kein Nebel. Es war ein vollkommener Junitag, und Deanna blieb einen Augenblick stehen und sah aufs Wasser hinaus. Sie war versucht, sich hinzusetzen und einfach die Aussicht zu betrachten. Aber es schien ein Sakrileg zu sein, die Couch zu verknittern, auf den Teppich zu treten, ja sogar in diesem Raum zu atmen. Leichter fiel es, sich in ihre eigene kleine Welt zurückzuziehen, in das Atelier an der Rückseite des Hauses. Dort malte sie. Dahin floh sie.

Sie ging an dem Speisezimmer vorbei, ohne hineinzusehen, dann lautlos einen langen Korridor zur Rückseite des Hauses entlang. Eine halbe Treppe führte in ihr Atelier hinauf. Das dunkle Holz fühlte sich kalt unter ihren Füßen an. Die Tür klemmte wie immer. Marc hatte es aufgegeben, sie daran zu erinnern, etwas dagegen zu unternehmen. Er war zu dem Schluß gekommen, ihr gefalle es so, und da hatte er recht. Die Tür war schwer zu öffnen, und sie knallte stets schnell zu und schloß Deanna in einen glänzenden kleinen Kokon ein. Das Atelier war ihre eigene kostbare Welt, ein Meer von Musik und Blumen, sorgsam ferngehalten von der erstickenden Strenge des übrigen Hauses. Hier gab es keine Aubussons, kein Silber, kein Louis XV. Hier war alles bunt und lebendig – die Farben auf der Palette, die Bilder auf der Staffelei, das sanfte Gelb der Wände und der große, gemütliche weiße Sessel, der sie in dem Augenblick umfaßte, wo sie sich seinen Armen anvertraute. Lächelnd setzte Deanna sich und blickte ringsum. Gestern hatte sie ein schreckliches Durcheinander zurückgelassen, aber sie mochte es. Das war ein fröhlicher Raum, in dem sie arbeiten konnte. Sie zog die geblümten Vorhänge zurück, öffnete die Fenstertüren und trat auf die winzige Terrasse hinaus. Die glatten Fliesen waren wie Eis unter ihren Füßen.

Sie stand oft um diese Stunde hier, manchmal sogar im Nebel, atmete tief, lächelte der Brücke zu, die unheimlich über einer unsichtbaren Bucht hing, und lauschte auf die langgezogenen Schreie der Nebelhörner. Aber nicht heute morgen. Heute morgen schien die Sonne so hell, daß Deanna die Augen zusammenkniff. Es würde ein idealer Tag werden, um zu segeln oder an den Strand zu gehen. Bei dem Gedanken mußte sie lachen. Wer sollte Margaret sagen, was zu polieren war, wer sollte die Post beantworten, wer sollte Pilar erklären, warum sie an diesem Abend nicht ausgehen durfte? Pilar. Heute würde Pilar abreisen. Cap d'Antibes war jeden Sommer ihr Ziel, um ihre Großmutter und ihre Tanten, Onkel, Cousins und Cousinen zu besuchen, die alle von Paris hinunterkamen. Deanna schüttelte sich beinahe in der Erinnerung daran. Jahrelang hatte sie diese beklemmenden Sommer ertragen und dann endgültig nein gesagt. Der zur Schau gestellte Charme von Marcs Familie war unerträglich gewesen, Höflichkeit durch zusammengebissene Zähne, unsichtbare Dornen, die einem ins Fleisch stachen. Deanna war von ihnen nie anerkannt worden. Marcs Mutter machte daraus keinen Hehl. Schließlich war Deanna Amerikanerin und viel zu jung, um eine respektable Partie abzugeben. Und am schlimmsten war, sie war die mittellose Tochter eines extravaganten Weltreisenden. Die Heirat brachte für Marc nichts ein, nur für sie selbst. Seine Verwandten setzten voraus, sie habe ihn sich seines Ansehens wegen geangelt. Und sie achteten streng darauf, es zweimal im Jahr zu erwähnen. Schließlich hatte Deanna genug und stellte die sommerlichen Pilgerfahrten nach Antibes ein. Jetzt reiste Pilar allein, und zwar mit Begeisterung. Sie war eine von ihnen.

Deanna stützte die Ellenbogen auf die Terrassenmauer und legte das Kinn auf den Handrücken. Ein Frachter glitt langsam in die Bucht, und ungewollt entfuhr ihr ein Seufzer.

»Ist dir nicht zu kalt, Mutter?« Die Worte wirkten so kühl wie die Terrassenfliesen. Pilar hatte sie angesprochen, als sei sie ein Kuriosum, wie sie da in ihrem Morgenrock und mit bloßen Füßen stand. Deanna sandte dem Schiff einen letzten Blick nach und drehte sich lächelnd um.

»Eigentlich nicht. Mir gefällt es hier draußen. Und außerdem konnte ich meine Pantoffeln nicht finden.« Sie sagte es mit dem ihr eigenen stetigen Lächeln und sah der Tochter gerade in die leuchtendblauen Augen. Das Mädchen war alles, was Deanna nicht war. Ihr Haar war vom hellsten Gold, ihre Augen von einem fast durchsichtigen Blau, und ihre Haut hatte das rosige Leuchten der Jugend. Sie war fast einen Kopf größer als ihre Mutter und auf jede mögliche Weise das Ebenbild Marc-Edouards. Nur umgab sie nicht diese Aura von Macht – das würde später kommen. Und wenn sie ihre Lektion von der Großmutter und den Tanten gut lernte, würde sie sie ebenso niederträchtig verbergen wie diese. Marc-Edouard war nicht ganz so geschickt,.das brauchte er auch nicht zu sein, er war ein Mann – die Duras-Frauen beherrschten eine weitaus subtilere Kunst. Deanna hätte jetzt Pilar nicht mehr beeinflussen können, außer vielleicht, daß sie sie von ihnen fernhielt, aber ein solcher Versuch war von vornherein zum Scheitern verurteilt. Pilar, Marc, die alte Madame Duras selbst, alle hatten sich verschworen, Pilar einen großen Teil des Jahres in Europa zu halten. Und Pilars Ähnlichkeit mit der Großmutter beruhte nicht allein auf Nachahmung. Es war etwas, das ihr im Blut lag. Deanna konnte das nur akzeptieren. Sie hörte jedoch niemals auf, sich darüber zu wundern, wie schmerzlich die Enttäuschung war. Es gab keinen Augenblick, in dem diese Ähnlichkeit nicht weh tat, in dem sie weniger wichtig wurde. Deanna spürte ständig, daß sie Pilar verloren hatte – ständig.

Jetzt lächelte sie und blickte auf die Füße ihrer Tochter nieder. Pilar trug die verschwundenen Pantoffeln. »Ich sehe, du hast sie gefunden.« Deanna sprach neckend, aber in ihren Augen stand der Schmerz eines ganzen Lebens. Eine Tragödie, sorgsam hinter Scherzen verborgen.

»Sollte das ein Witz sein, Mutter?« Schon kündete Pilars Ausdruck Krieg an, um kaum halb acht Uhr morgens. »Ich kann keinen meiner guten Pullover finden, und mein schwarzer Rock ist noch nicht von deiner Schneiderin zurück.« Es war eine Anschuldigung von großer Tragweite. Pilar warf ihr langes, glattes blondes Haar zurück und sah die Mutter zornig an.

Deanna zerbrach sich oft den Kopf über Pilars Aggressionen. Die rebellische Haltung eines Teenagers? Oder war sie eifersüchtig und wollte Marc nicht mit Deanna teilen? Es gab nichts, was Deanna hätte tun können, zumindest im Augenblick nicht. Vielleicht eines Tages – später –, vielleicht bekam sie in fünf Jahren eine Chance, ihre

Tochter zurückzugewinnen und ihre Freundin zu werden. Dafür lebte sie, diese Hoffnung erstarb niemals.

»Der Rock ist gestern zurückgekommen. Er hängt im Dielenschrank. Die Pullover sind bereits in deinem Koffer. Margaret hat gestern für dich gepackt. Löst das alle deine Probleme?« Deannas Stimme klang sanft. Pilar würde immer das Kind ihrer Träume bleiben, ganz gleich, wie die Wirklichkeit sich zeigte.

»Mutter! Du hörst mir ja gar nicht zu!« Deannas Gedanken waren abgeschweift. Pilars Augen blitzten sie an. »Ich habe dich gefragt, was du mit meinem Paß gemacht hast.«

Deannas grüne Augen trafen auf Pilars blaue und hielten sie für einen langen Augenblick fest. Sie wollte etwas sagen, das Richtige sagen. Aber sie sagte nur: »Ich habe deinen Paß. Ich werde ihn dir am Flughafen geben.«

»Ich bin durchaus fähig, mich selbst darum zu kümmern.«

»Davon bin ich überzeugt.« Deanna wich dem Blick des Mädchens aus und zog sich vorsichtig in ihr Atelier zurück. »Wirst du jetzt frühstücken?«

»Später. Ich muß mir die Haare waschen.«

»Ich werde dir Margaret mit einem Tablett schicken.«

»Fein.« Dann war Pilar fort, ein leuchtender Pfeil von Jugend, der wieder einmal Deannas Herz durchbohrt hatte. Es war so leicht, jemandem weh zu tun. Die Worte waren alle so klein, und ihre Leere verletzte sie. Es mußte doch mehr geben! Man hatte doch Kinder nicht nur, damit es so endete! Manchmal fragte Deanna sich, ob es mit ihren Söhnen genauso gekommen wäre. Vielleicht lagen die Schwierigkeiten nur an Pilar. Vielleicht war es zuviel für sie, zwischen zwei Ländern und zwei Welten hin- und hergezerrt zu werden.

Das Telefon auf dem Schreibtisch summte leise. Seufzend setzte sie sich. Es war die Hausleitung. Zweifellos wollte Margaret fragen, ob sie den Kaffee im Atelier trinken wolle. Wenn Marc fort war, aß Deanna oft allein in diesem Raum. Wenn er zu Hause war, stellte das Frühstück mit ihm ein Ritual dar. Manchmal war es die einzige Mahlzeit des Tages, die sie gemeinsam einnahmen.

»Ja?« Ihre Stimme war von Natur aus weich und tief und ließ ihre Worte immer sanft klingen.

»Deanna, ich muß Paris anrufen. Es wird noch fünfzehn Minuten dauern, bis ich nach unten komme. Bitte sag Margaret, ich möchte Spiegeleier, aber nicht ganz verbrutzelt. Hast du die Zeitungen?«

»Nein, Margaret muß sie für dich auf den Tisch gelegt haben.«

»Bon. A tout de suite.«

Nicht einmal »Guten Morgen«, kein »Wie geht es dir? Wie hast du geschlafen?... Ich liebe dich.« Nur die Zeitungen, der schwarze Rock, der Paß, die... Deannas Augen füllten sich mit Tränen. Sie wischte sie mit dem Handrücken weg. Die beiden taten das nicht mit Absicht, sie waren einfach so. Aber warum interessierte es sie nicht, wo ihr schwarzer Rock war, wo ihre Pantoffeln waren, wie sie mit ihrem neuesten Bild vorankam? Deanna schloß die Tür des Ateliers hinter sich und warf einen sehnsüchtigen Blick über die Schulter zurück. Ihr Tag hatte begonnen.

Margaret hörte sie mit den Zeitungen im Speisezimmer rascheln und öffnete mit dem üblichen Lächeln die Küchentür. »Morgen, Mrs. Duras.«

»Guten Morgen, Margaret.«

Und es ging weiter wie immer, mit Präzision und Würde. Anweisungen wurden freundlich und mit einem Lächeln erteilt. Die Zeitungen waren sorgfältig nach ihrer Bedeutung sortiert. Der Kaffee wurde augenblicklich in der zarten Limoges-Kanne, die Marcs Mutter gehört hatte, auf den Tisch gestellt. Die Vorhänge wurden zurückgezogen. Man machte Bemerkungen über das Wetter. Jeder begab sich auf seinen Posten, setzte seine Maske auf – ein neuer Tag begann.

Deanna vergaß ihre Überlegungen, als sie einen Blick auf die Zeitungen warf und Kaffee aus der blaugeblümten Tasse trank. Sie rieb die Füße über den Teppich, um die Kälte zu vertreiben. Des Morgens wirkte sie jung. Ihr dunkles Haar hing auf die Schultern, ihre Augen waren weit geöffnet, ihre Haut schimmerte so klar wie die Pilars, und ihre Hände waren so zart und faltenfrei wie vor zwanzig Jahren. Sie sah nicht wie siebenunddreißig aus, sondern eher wie Ende Zwanzig. Die Art, wie sie beim Sprechen das Gesicht hob, das Funkeln in ihren Augen, das Lächeln, das wie ein Regenbogen auftauchte, ließen sie jung erscheinen. Später am Tag dagegen ließen der streng konservative Stil, das streng geknotete Haar und die königliche Haltung sie älter erscheinen, als sie war. Aber am Morgen lastete noch keins der Symbole auf ihr – sie war einfach sie selbst.

Sie hörte ihn die Treppe herunterkommen, bevor seine Stimme erklang. Er rief Pilar etwas fröhlich zu, die mit nassem Haar auf dem Absatz im ersten Stock stand. Es war etwas in der Art, daß sie sich von Nizza fernhalten und in Antibes ja ordentlich benehmen solle. Im Gegensatz zu Deanna würde Marc seine Tochter im Lauf des Sommers wiedersehen. Er würde mehrmals zwischen Paris und San Francisco pendeln und, wann immer es möglich war, ein Wochenende in Antibes einschieben. Alte Gewohnheiten sind schwer zu durchbrechen, und die Anziehungskraft seiner Tochter war zu groß. Sie waren immer Freunde gewesen.

»Bonjour, ma chère.«

Ma chère, nicht *ma chérie.* Meine Liebe, nicht mein Liebling, dachte Deanna. Das *i* war seit vielen Jahren von dem Wort abgefallen. »Du siehst hübsch aus heute morgen.«

»Danke.« Sie hob den Kopf, und ein Lächeln wollte auf ihrem Gesicht erblühen. Aber da sah sie, daß er bereits die Zeitungen studierte. Das Kompliment war mehr eine Förmlichkeit als eine Wahrheit gewesen – die Kunst des Franzosen. Sie kannte sie gut. »Irgend etwas Neues in Paris?« Ihr Gesicht war wieder ernst.

»Ich werde es dich wissen lassen. Ich fliege morgen hinüber. Für eine Weile.« Etwas in seinem Ton verriet ihr, daß mehr dahintersteckte, wie immer.

»Für eine wie lange Weile?«

Er sah sie amüsiert an, und ihr fielen wieder einmal all die Gründe ein, warum sie sich in ihn verliebt hatte. Marc war ein unglaublich schöner Mann mit einem mageren, aristokratischen Gesicht und blitzenden blauen Augen, an die nicht einmal die Pilars herankamen. Das Grau an seinen Schläfen zeigte sich kaum in dem rötlich-blonden Haar. Er sah immer noch jung und dynamisch aus und fast immer belustigt, besonders wenn er in den Staaten war. Er fand die Amerikaner »amüsant«. Es gefiel ihm, wenn er sie beim Tennis und Squash, beim Bridge und Backgammon, und vor allem, wenn er sie im Gerichtssaal schlug. Er arbeitete ebenso, wie er spielte – hart, schnell und gut und mit außergewöhnlichem Erfolg. Er war ein Mann, den Männer beneideten und bei dem Frauen schwach wurden. Er siegte immer. Das Gewinnen war sein Stil. Anfangs hatte Deanna das an ihm geliebt. Ein solcher Sieg war es gewesen, als er ihr zum zweitenmal sagte, daß er sie liebe.

»Ich habe dich gefragt, wie lange du wegbleiben wirst.« Es lag eine winzige Spur von Gereiztheit in ihrer Stimme.

»Ich weiß es nicht genau. Ein paar Tage. Spielt es eine Rolle?«

»Natürlich.« Wieder klang ihre Stimme gereizt.

»Gibt es irgend etwas Wichtiges?« Er blickte überrascht drein. Er hatte im Terminkalender nachgesehen und nichts entdeckt. »Nun?«

Nein, nichts Wichtiges, Darling... nur uns beide. »Nein, nein, das ist es nicht. Ich hätte es nur gern gewußt.«

»Ich gebe dir Bescheid. Heute abend, nach ein paar Terminen werde ich klarer sehen. Offenbar gibt es Probleme bei dem großen Warentransport. Vielleicht muß ich von Paris aus gleich nach Athen weiter.«

»Schon wieder?«

»Es sieht so aus.« Er widmete sich von neuem den Zeitungen, bis Margaret die Eier vor ihn hinstellte. Dann richtete er den Blick auf seine Frau. »Bringst du Pilar zum Flughafen?«

»Natürlich.«

»Bitte sorg dafür, daß sie anständig angezogen ist. Mutter trifft der Schlag, wenn sie wieder in einer dieser abscheulichen Kostümierungen aus dem Flugzeug steigt.«

»Warum sagst du ihr das nicht selbst?« Deanna fixierte ihn mit ihren grünen Augen.

»Ich dachte, das sei eher deine Domäne.«

»Was? Disziplin oder ihre Garderobe?« Das eine wie das andere eine undankbare Pflicht, wie sie beide wußten.

»Sowohl als auch, in gewissem Ausmaß.« Sie hätte ihn gern gefragt, in welchem Ausmaß, aber sie tat es nicht. In dem Ausmaß, wie sie dessen fähig war? Hatte er das gemeint? Marc fuhr fort: »Übrigens, ich habe ihr etwas Geld für die Reise gegeben. Deshalb brauchst du es nicht zu tun.«

»Wieviel?«

Er sah sie scharf an. »Verzeihung?«

»Ich fragte, wieviel Geld du ihr für die Reise gegeben hast.« Sie sprach ganz ruhig.

»Ist das wichtig?«

»Ich denke schon. Oder sind Disziplin und Garderobe meine einzigen Domänen?« Jetzt hörte man ihrer Stimme die Gereiztheit von achtzehn Ehejahren sehr deutlich an.

»Nicht unbedingt. Mach dir keine Sorgen, sie hat genug.«

»Das ist es nicht, worüber ich mir Sorgen mache.«

»Über was dann?« Seine Stimme wurde plötzlich barsch. Ihre Augen waren wie Stahl.

»Ich bin der Meinung, sie sollte nicht zuviel Geld für den Sommer haben. Sie braucht es nicht.«

»Sie ist ein sehr verantwortungsbewußtes Mädchen.«

»Sie ist noch nicht ganz sechzehn, Marc! Wieviel hast du ihr gegeben?«

»Tausend.« Er sagte es, als schließe er einen Handel ab.

»Dollar?« Deanna riß die Augen auf. »Das ist ungeheuerlich!«

»Ach ja?«

»Das weißt du ganz genau. Und du weißt außerdem, was sie damit anfangen wird.«

»Sich amüsieren, nehme ich an. Harmlos.«

»Nein, sie wird dies verdammte Motorrad kaufen, das sie sich so sehr wünscht, und ich weigere mich entschieden, das zu erlauben.« Aber ebenso groß wie Deannas Zorn war ihre Hilflosigkeit, und das wußte sie. Pilar reiste jetzt zu »ihnen«, entzog sich der mütterlichen Kontrolle. »Ich will nicht, daß sie soviel Geld hat.«

»Sei nicht albern.«

»Um Gottes willen, Marc...«

Gerade als sie richtig loslegen wollte, läutete das Telefon. Es war ein Anruf für Marc aus Mailand. Er hatte keine Zeit mehr, ihr zuzuhören, bevor er ging. Um neun Uhr dreißig mußte er an einer Sitzung teilnehmen. Er warf einen Blick auf die Uhr. »Hör auf, dich so hysterisch aufzuführen, Deanna. Das Kind wird ja in guten Händen sein.« Doch das wäre schon wieder ein Thema für eine neue Diskussion, und er hatte keine Zeit. »Wir sehen uns heute abend.«

»Kommst du zum Dinner nach Hause?«

»Das bezweifle ich. Ich lasse Dominique anrufen.«

»Danke.« Ein winziges, gefrorenes Wort. Sie sah ihn die Tür schließen. Gleich darauf hörte sie seinen Jaguar aus der Zufahrt brummen. Schon wieder hatte sie eine Schlacht verloren.

Auf dem Weg zum Flughafen sprach sie Pilar darauf an. »Wie ich hörte, hat dir dein Vater eine ganze Menge Geld für den Sommer gegeben.«

»Na und? Was ist jetzt schon wieder los?«

»Das weißt du ganz genau: das Motorrad. Ich will mich ganz einfach ausdrücken, Liebes. Wenn du eins kaufst, lasse ich dich nach Hause kommen.«

Pilar lag es auf der Zunge zu fragen: »Wie willst du das erfahren?«, aber sie traute sich nicht. »Okay, also werde ich keins kaufen.«

»Auch nicht mit einem fahren.«

»Auch nicht mit einem fahren.« Aber Pilar wiederholte die Sätze nur wie ein Papagei. Zum erstenmal seit langer Zeit verspürte Deanna den Wunsch zu schreien.

Sie streifte ihre Tochter beim Fahren mit einem Blick und sah gleich wieder geradeaus. »Warum muß es so sein? Du verreist für drei Monate. Wir werden einander nicht sehen. Könnte es heute nicht nett sein zwischen uns? Was hat dies ständige Gezänk für einen Sinn?«

»Ich habe nicht damit angefangen. Du hast von dem Motorrad gesprochen.«

»Kannst du dir nicht vorstellen, warum? Weil ich dich liebe, weil ich mir um dich Sorgen mache. Weil ich nicht möchte, daß du verunglückst. Siehst du das nicht ein?« Es lag Verzweiflung in ihrer Stimme, und jetzt auch Zorn.

»Ja, sicher.«

Schweigend fuhren sie zum Flughafen. Deanna spürte wieder stechende Tränen in den Augen, aber Pilar sollte sie nicht sehen. Sie hatte perfekt, sie hatte stark zu sein. So wie Marc es war, so wie alle seine verdammten französischen Verwandten zu sein vorgaben, so wie Pilar gern sein wollte. Deanna ließ den Wagen auf der Zufahrt stehen. Sie folgten dem Gepäckträger in die Halle, wo Pilar an den Schalter trat. Als der Angestellte ihr Paß und Flugkarte zurückgab, drehte sie sich zu ihrer Mutter um.

»Kommst du mit zum Ausgang?« Es klang eher ablehnend als bittend.

»Ich dachte, das wäre nett. Hast du etwas dagegen?«

»Nein.« Die Antwort kam verdrossen und ungehalten. Ein gottverdammtes Kind. Deanna hätte sie ohrfeigen mögen. Wer war diese Person? Wer war sie geworden? Wohin war das sonnige kleine Mädchen verschwunden, das sie liebte? Jede mit ihren eigenen Gedanken beschäftigt, gingen sie auf den Ausgang zu. Wohlgefällige Blicke folgten ihnen. Sie waren ein auffallendes Paar. Die dunkle Schönheit Deannas in einem phantastisch geschnittenen schwarzen Wollkleid, das Haar zum Knoten aufgesteckt, eine leuchtendrote Jacke über einem Arm, und Pilar mit ihrer jugendlich blonden Anmut, groß und schlank in einem weißen Leinenkostüm, das die Billigung ihrer Mutter gefunden hatte, als sie darin die Treppe herunterkam. Sogar ihre Großmutter würde damit einverstanden sein – falls sie den Schnitt nicht zu amerikanisch fand. Alles war möglich bei Madame Duras.

Die Passagiere gingen bereits an Bord, und Deanna hatte nur einen Augenblick, um die Hand des Mädchens fest in ihrer zu halten. »Es war mein Ernst mit dem Motorrad, Liebling. Bitte...«

»Schon gut, schon gut.« Pilar blickte bereits an Deanna vorbei, nur darauf bedacht, in die Maschine zu kommen.

»Ich rufe dich an. Und du rufst mich an, wenn du irgendwelche Probleme hast.«

»Ich werde keine haben.« Das wurde mit der Sicherheit einer noch nicht ganz Sechzehnjährigen gesprochen.

»Hoffentlich.« Deanna sah ihre Tochter an, und ihr Gesicht wurde weich. Sie zog sie an sich und umarmte sie. »Ich liebe dich, Kleines. Laß es dir gutgehen.«

»Danke, Mom.« Sie gönnte ihrer Mutter ein kurzes Lächeln und ein schnelles Winken. Ihre goldene Mähne schimmerte noch mal im Verbindungsgang. Deanna fühlte sich plötzlich bleiern. Pilar war wieder fort. Ihr Baby... das kleine Mädchen mit den blonden Locken, das Kind, das ihr jeden Abend so vertrauensvoll die Arme entgegengestreckt hatte, um gedrückt und geküßt zu werden... Pilar. Deanna nahm im Warteraum Platz und sah die 747 in den Himmel steigen. Dann stand sie auf und ging langsam zu ihrem Wagen zurück. Der Parkplatzwächter tippte in Anerkennung des Dollars, den sie ihm gab, an seine Mütze. Er machte sich seine Gedanken über Deanna, als sie ihre Beine graziös in den Wagen schwang. Sie war eine verteufelt gutaussehende Frau, aber er konnte nicht erraten, wie alt sie war: Achtundzwanzig? Zweiunddreißig? Fünfunddreißig? Vierzig? Es ließ sich unmöglich sagen. Ihr Gesicht war jung, doch alles übrige an ihr, die Art, wie sie sich bewegte, der Ausdruck ihrer Augen, war so alt.

Deanna saß an ihrem Toilettentisch und bürstete ihr Haar, als sie ihn auf der Treppe hörte. Es war zwanzig nach zehn, und er hatte den ganzen Tag nicht angerufen. Dominique, seine Sekretärin, hatte mittags bei Margaret eine Botschaft hinterlassen: Monsieur Duras werde zum Dinner nicht nach Hause kommen. Deanna hatte im Atelier gegessen und dabei gezeichnet, aber sie war mit den Gedanken nicht bei ihrer Arbeit gewesen. Sie hatte an Pilar gedacht.

Er trat ins Zimmer, und sie drehte sich um und lächelte ihm zu. Er hatte ihr tatsächlich gefehlt. Das Haus war den ganzen Tag seltsam still gewesen. »Hallo, Liebling. Das war ein langer Tag.«

»Sehr lang. Und bei dir?«

»Friedlich. Es ist zu still hier ohne Pilar.«

»Ich hätte nie gedacht, daß du das sagen würdest.« Marc-Edouard lächelte seiner Frau zu und ließ sich in einen großen blauen Samtsessel neben dem Kamin sinken.

»Ich auch nicht. Wie waren deine Sitzungen?«

»Ermüdend.«

Er war nicht sehr mitteilsam. Deanna drehte sich auf ihrem Sitz, um ihn anzusehen. »Es bleibt dabei, daß du morgen nach Paris fliegst?« Er nickte und streckte die langen Beine aus, und sie fuhr fort, ihn zu betrachten. Er sah nicht anders aus als heute morgen und schien fast bereit zu sein, sofort einen neuen Tag zu beginnen. Er blühte auf bei den Sitzungen, die er »ermüdend« nannte. Er erhob sich und trat zu ihr. Ein Lächeln stand in seinen Augen.

»Ja, ich fliege morgen nach Paris. Bist du ganz sicher, daß du dich Pilar und meiner Mutter in Cap d'Antibes nicht anschließen willst?«

»Ganz sicher.« Ihr Blick war fest. »Warum sollte ich das tun wollen?«

»Du hast selbst gesagt, es sei dir hier zu still. Ich dachte, vielleicht...« Er blieb hinter ihr stehen und legte ihr die Hände auf die Schultern. »Ich werde den ganzen Sommer fort sein, Deanna.«

Ihre Schultern versteiften sich unter seinen Händen. »Den ganzen Sommer?«

»Mehr oder weniger. Der Salco-Transport ist zu wichtig, als daß ich ihn in jemandes anderen Händen lassen könnte. Ich werde den ganzen Sommer zwischen Paris und Athen pendeln. Ich kann einfach nicht hier sein.« Sein französischer Akzent wurde stärker, als habe er die Staaten bereits verlassen. »Es wird mir öfter Gelegenheit geben, nach Pilar zu sehen, was dich freuen sollte, aber es ist nicht möglich, bei dir zu sein.« Sie hätte ihn gern gefragt, ob er darauf wirklich Wert lege, aber sie fragte nicht. »Vermutlich wird der Fall mich den größten Teil des Sommers in Anspruch nehmen. Etwa drei Monate.«

Für Deanna klang das wie ein Todesurteil. »Drei Monate?« Ihre Stimme war ganz dünn.

»Jetzt verstehst du, warum ich gefragt habe, ob du nicht nach Cap d'Antibes möchtest. Ändert dies deine Meinung?«

Sie schüttelte langsam den Kopf. »Nein. Du wirst auch dort nicht sehr oft sein, und ich glaube, Pilar braucht eine Trennung von mir. Ganz zu schweigen von...« Sie verstummte.

»Von meiner Mutter?« fragte Marc. Deanna nickte. »Ich verstehe. Ja dann, *ma chère*, wirst du hier ganz allein sein.«

Verdammt noch mal, warum bat er sie nicht, mit ihm zu kommen, ebenfalls zwischen Athen und Paris zu pendeln? Einen wilden Augenblick lang dachte Deanna daran, es ihm vorzuschlagen, aber sie wußte, er würde es nicht gestatten. Er liebte es, frei zu sein, wenn er arbeitete. Nie würde er sie mitnehmen.

»Wirst du allein zurechtkommen?« erkundigte er sich jetzt.

»Habe ich eine andere Wahl? Meinst du, wenn ich mit Nein antworte, würdest du hierbleiben?« Sie hob ihm ihr Gesicht entgegen.

»Du weißt, das ist nicht möglich.«

»Ja, das weiß ich.« Sie schwieg eine Weile, und dann zuckte sie mit einem kleinen Lächeln die Schultern. »Ich werde zurechtkommen.«

»Sicher.«

Woher weißt du das, verdammt noch mal? Woher weißt du das? Und was, wenn ich es nicht schaffe? Was, wenn ich dich brauche?... Was, wenn...?

»Du bist eine sehr gute Ehefrau, Deanna.«

Eine Sekunde lang wußte sie nicht, ob sie ihm danken oder ihn ohrfeigen sollte. »Was heißt das? Daß ich mich nicht sehr oft beklage? Vielleicht sollte ich das tun.« Ihr Lächeln verbarg, was sie empfand, und erlaubte ihm, einer ehrlichen Antwort auszuweichen.

»Nein, das solltest du nicht. Du bist perfekt, wie du bist.«

»Merci, Monsieur.« Sie stand auf und wandte sich ab, damit er ihr Gesicht nicht sehen konnte. »Packst du selbst, oder möchtest du, daß ich für dich packe?«

»Ich werde es selbst tun. Du gehst ins Bett. Ich komme gleich nach.«

Deanna beobachtete ihn, wie er in seinem Ankleidezimmer herumlief. Dann verschwand er nach unten, in sein Arbeitszimmer, nahm sie an. Als er zurückkam, hatte sie die Lampen im Schlafzimmer ausgeschaltet und lag ganz still auf ihrer Seite des Bettes.

»*Tu dors?* Schläfst du?«

»Nein.« Ihre Stimme klang heiser in der Dunkelheit.

»*Bon.*«

Gut? Wieso? Kam es darauf an, ob sie schlief oder nicht? Wollte er mit ihr sprechen, ihr sagen, daß er sie liebe, daß er es bedauere, reisen zu müssen? Er bedauerte es nicht, und das wußten sie beide. Es machte ihm Spaß, in der Welt herumzugondeln, seinem Beruf nachzugehen, sich in seinem Erfolg und seinem Ruf zu sonnen. Das war sein Leben. Er schlüpfte ins Bett, und dann lagen sie einige Zeit da, wach, nachdenkend, schweigend.

»Bist du böse, daß ich für so lange fortgehe?«

Deanna schüttelte den Kopf. »Nein, nicht böse. Traurig. Du wirst mir fehlen. Sehr.«

»Die Zeit wird schnell vorübergehen.« Sie antwortete nicht, und er stützte sich auf einen Ellenbogen, um in dem dunklen Zimmer ihr Gesicht zu studieren. »Es tut mir leid, Deanna.«

»Mir auch.« Er ließ seine Hand sanft über ihr Haar gleiten und lächelte ihr zu. Langsam drehte sie den Kopf und sah ihn an.

»Du bist immer noch sehr hübsch, Deanna. Weißt du das? Du bist sogar hübscher als damals, als du ein Mädchen warst. Du siehst tatsächlich sehr gut aus.« Sie legte keinen Wert darauf, hübsch zu sein, sie wollte ihm gehören, wie sie ihm vor langer Zeit gehört hatte, als sie seine *Diane* gewesen war. »Auch Pilar wird eines Tages schön sein.« Er sagte es mit Stolz.

»Sie ist es bereits.« Deanna stellte es leidenschaftslos fest, ohne Zorn.

»Bist du eifersüchtig auf sie?«

Ob der Gedanke ihm gefiel? fragte sich Deanna. Vielleicht fühlte er sich dabei wichtig. Oder jung. Trotzdem antwortete sie ihm. Warum auch nicht?

»Ja, manchmal bin ich eifersüchtig auf sie. Ich möchte wieder so jung sein, so frei, so überzeugt, daß mir das Leben etwas schuldig ist.

In ihrem Alter ist es ganz klar: Man verdient das Beste, und man wird das Beste bekommen. Ich habe ebenso gedacht.«

»Und jetzt, Deanna? Hat das Leben dir seine Schulden bezahlt?«

»In mancher Hinsicht.« In ihren Augen lag eine gewisse Traurigkeit. Zum erstenmal seit Jahren dachte er an die achtzehnjährige Waise zurück, die in dem schwarzen Dior-Kleidchen vor seinem Schreibtisch gesessen hatte. Er fragte sich, ob er sie wirklich unglücklich gemacht habe, ob sie wirklich mehr verlangte. Er hatte ihr doch soviel gegeben! Schmuck, Autos, Pelze, ein Heim. All das, was sich die meisten Frauen wünschten. Was konnte sie denn mehr verlangen? Er sah sie lange Zeit forschend an, die Stirn von einem plötzlichen Gedanken gekraust. War es möglich, daß er sie nicht verstand?

»Deanna…?« Er wollte sie nicht fragen, und doch ging es nicht anders. Es lag zu viel in ihren Augen. »Bist du unglücklich?«

Sie begegnete seinem Blick offen und hätte gern ja gesagt. Aber sie hatte Angst. Sie würde ihn verlieren, er würde sie verlassen, und was dann? Sie wollte Marc nicht verlieren. Sie wollte mehr von ihm.

»Bist du unglücklich?« Er wiederholte die Frage. Ein schmerzlicher Ausdruck überzog sein Gesicht, als er erkannte, was die Antwort war. Sie brauchte sie nicht mehr in Worte zu fassen. Plötzlich war es klar, sogar ihm.

»Manchmal. Und manchmal nicht. Meistens denke ich nicht weiter darüber nach. Nur… ich vermisse die alten Zeiten, als wir uns kennenlernten, als wir noch jung waren.« Sie sprach sehr leise.

»Wir sind erwachsen geworden, Deanna, daran kannst du nichts ändern.« Er beugte sich vor und berührte ihr Kinn mit der Hand, als wolle er sie küssen. Aber er ließ die Hand fallen und gab sein Vorhaben wieder auf. »Du warst ein so bezauberndes Kind.« Er lächelte in der Erinnerung an seine Gefühle. »Ich haßte deinen Vater dafür, daß er dich in so einer Klemme zurückgelassen hatte.«

»Ich auch. So war er eben. Ich habe meinen Frieden mit all dem gemacht.«

»So?« Sie nickte. »Bist du ganz sicher?«

»Warum sollte ich nicht?«

»Weil ich manchmal denke, du grollst ihm immer noch. Ich denke, das ist der Grund, warum du weiter malst. Nur um dir zu beweisen, daß du etwas aus eigener Kraft zuwege bringen würdest, wenn du es je müßtest.« Sein Blick wurde schärfer, auf seiner Stirn erschien eine Falte. »Du wirst es nie müssen, weißt du. Ich werde dich nie in einer solchen Situation zurücklassen wie dein Vater.«

»Darüber mache ich mir keine Sorgen. Und du irrst dich. Ich male, weil es mir Freude macht, weil das ein Teil von mir ist.« Er hatte nie glauben wollen, daß ihre Kunst Teil ihrer Seele war.

Marc antwortete nicht gleich, lag nur da, blickte zur Decke und wälzte Gedanken. »Bist du furchtbar böse, daß ich für den Sommer fortgehe?«

»Ich habe dir doch gesagt, daß ich das nicht bin. Ich werde malen, mich ausruhen, lesen, mich mit meinen Freundinnen treffen.«

»Wirst du oft ausgehen?« Es klang besorgt, und das belustigte sie. Er war der rechte, sich danach zu erkundigen!

»Das weiß ich nicht, Dummer. Ich teile es dir mit, wenn ich eingeladen werde. Sicher wird es die üblichen Dinner-Gesellschaften, Benefiz-Vorstellungen, Konzerte und dergleichen geben.« Er nickte schweigend. »Marc-Edouard, bist du eifersüchtig?« Lachen stand in ihren Augen, und dann lachte sie laut heraus, als er sich umdrehte und ihr ins Gesicht sah. »Ja, du bist es! Sei doch nicht töricht! Nach all diesen Jahren?«

»Gäbe es eine bessere Zeit?«

»Das ist albern, Liebling. Es ist nicht mein Stil.« Er wußte, das war die Wahrheit.

»Ich weiß. Aber – *on ne sait jamais.* Man kann nie wissen.«

»Wie kannst du so etwas sagen!«

»Weil ich eine so schöne Frau habe, daß jeder Mann im Vollbesitz seiner Sinne verrückt wäre, wenn er sich nicht in sie verliebte.« Es war die kunstvollste Ansprache, die er ihr seit Jahren gehalten hatte. Sie zeigte ihre Überraschung. »Was? Du meinst, ich bemerke das nicht? Deanna, jetzt bist du albern. Du bist eine junge und schöne Frau.«

»Gut. Dann reise nicht nach Griechenland.« Wieder lächelte sie zu ihm hoch wie ein ganz junges Mädchen. Doch diesmal war er nicht amüsiert.

»Ich muß. Das weißt du.«

»Na gut. Dann nimm mich mit.« Es war ein ungewohnter Ton in ihrer Stimme, halb scherzend, halb ernst. Er antwortete lange nicht. »Nun? Kann ich mitkommen?«

Er schüttelte den Kopf. »Nein, das kannst du nicht.«

»Ja, dann bleibt dir nichts anderes übrig, als eifersüchtig zu sein.« Seit Jahren und Jahren hatten sie sich nicht mehr auf diese Weise geneckt. Sein Plan, drei Monate lang auf Reisen zu gehen, hatte eine Mischung sehr seltsamer Gefühle in ihr hervorgerufen. Deanna wollte es jedoch nicht zu weit treiben.

»Im Ernst, Liebling, du brauchst dir keine Sorgen zu machen.«

»Das will ich hoffen.«

»Marc! *Arrête!* Hör auf!« Sie beugte sich vor und faßte nach seiner Hand, und er überließ sie ihr. »Ich liebe dich... weißt du das?«

»Ja. Und weißt du, daß ich dich liebe?«

Sie sah ihm sehr ernst in die Augen. »Manchmal bin ich mir nicht so sicher.« Er hatte immer zuviel zu tun, um ihr seine Liebe zu beweisen, und es war auch nicht seine Art. Aber jetzt sagte ihr etwas, daß sie ihn getroffen hatte. Sprachlos musterte sie ihn. Wußte er es denn nicht? Machte er sich nicht klar, was er getan hatte? Die Mauer, die er um sich gebaut hatte, sein völliges Aufgehen in seiner Arbeit, seine Abwesenheit für Tage oder Wochen und jetzt Monate und seine Kumpanei mit Pilar? »Entschuldige, Liebling. Sicher liebst du mich. Nur manchmal muß ich mich selbst daran erinnern.«

»Ich liebe dich wirklich. Das mußt du wissen.«

»Tief innen weiß ich es wohl.« Sie wußte es, wenn sie an die Augenblicke dachte, die sie miteinander erlebt hatten, die Stationen ihres Lebens, die die Geschichte erzählen. Sie waren der Grund, warum Deanna ihn immer noch liebte.

Er seufzte. »Aber du brauchst sehr viel mehr. Nicht wahr, Liebes?« Sie nickte und kam sich auf einmal jung und tapfer vor. »Du brauchst meine Zeit ebenso wie meine Zuneigung. Du brauchst... *enfin*, du brauchst etwas, das mir nicht zur Verfügung steht.«

»Das ist nicht wahr. Du könntest dir die Zeit nehmen. Wir könnten wie früher manches gemeinsam tun. Es wäre möglich!« Sie sprach wie ein Kind, und sie haßte sich dafür. Sie sprach wie ein Kind, das den Vater quält, es mitzunehmen. Und sie verabscheute es, irgendeinen Menschen so sehr zu brauchen. Sie hatte sich vor langer Zeit geschworen, daß ihr das nie wieder passieren würde. »Es tut mir leid. Ich verstehe.« Sie senkte die Augen und zog sich zurück.

»Du verstehst?« Er wandte den Blick nicht von ihr.

»Natürlich.«

»Ah, *ma Diane...*« Er zog sie in seine Arme. Sein Gesicht war beunruhigt, aber Deanna merkte es nicht. Denn ihre Augen standen voll von Tränen. Endlich hatte er es gesagt. *»Ma Diane...«*

2

»Du hast für die Zeit, in der ich fort bin, genug Geld auf der Bank. Aber falls du mehr brauchst, ruf Dominique im Büro an, und sie wird es überweisen. Ich habe Sullivan gesagt, daß er mindestens zweimal in der Woche nach dir sehen soll. Und...«

Deanna sah ihren Mann erstaunt an. »Du hast Jim gesagt, er solle nach mir sehen? Warum?« Jim Sullivan war Marc-Edouards Partner und einer der wenigen Amerikaner, die er wirklich mochte.

»Weil ich mich vergewissern möchte, daß du wohlauf und glücklich bist und alles hast, was du brauchst.«

»Danke, aber es kommt mir töricht vor, Jim zu bemühen.«

»Ihm wird es Spaß machen. Zeig ihm deine neuesten Bilder, lade ihn zum Dinner ein. Ich vertraue ihm.« Er sah seine Frau lächelnd an. Und sie lächelte zurück.

»Du kannst auch mir vertrauen.« In den achtzehn Jahren ihrer Ehe hatte sie Marc nie betrogen. Sie hatte nicht vor, jetzt damit anzufangen.

»Ich vertraue dir ja. Ich werde so oft anrufen, wie ich kann. Du wirst immer wissen, wo ich mich befinde. Wenn irgend etwas geschieht, brauchst du bloß zu telefonieren. Ich rufe dann so schnell wie möglich zurück, wenn ich gerade nicht da bin.« Sie nickte stumm zu seinen Worten, und dann entschlüpfte ihr ein kleiner Seufzer. Marc, der am Steuer des Jaguars saß, wandte ihr den Kopf zu. Für einen Augenblick wirkte er besorgt. »Du wirst doch zurechtkommen, Deanna, ja?«

Sie erwiderte seinen Blick und nickte. »Ja. Bestimmt. Nur wirst du mir schrecklich fehlen.«

Er sah schon wieder auf die Straße. »Die Zeit wird schnell vorübergehen. Wenn du deine Meinung änderst, kannst du immer noch zu Mutter und Pilar nach Cap d'Antibes reisen.« Erneut lächelte er seiner Frau zu. »Aber das wirst du nicht wollen.«

»Nein.« Sie erwiderte sein Lächeln.

»*Têtue, va.* Starrkopf. Vielleicht ist das der Grund, daß ich dich liebe.«

»Ja? Ich habe mir oft Gedanken über den Grund gemacht.« Sie betrachtete das gutgeschnittene Profil neben ihr im Wagen, und in ihre Augen trat ein schelmisches Funkeln. »Du wirst auf dich aufpassen, ja? Arbeite nicht so schrecklich viel.« Eine zwecklose Ermahnung, wie sie beide wußten.

»Ich werde mir Mühe geben.« Er schenkte ihr ein zärtliches Lächeln.

»Das wirst du nicht.«

»Doch.«

»Und jede Minute Arbeit wirst du genießen.« Auch das war nichts als die Wahrheit. »Ich hoffe, der Salco-Fall wird zu deinen Gunsten entschieden.«

»Bestimmt. Davon kannst du überzeugt sein.«

»Marc-Edouard Duras, du bist unerträglich arrogant. Hat dir das heute schon jemand gesagt?«

»Nur die Frau, die ich liebe.« Gerade bog er in die Abfahrt zum Flughafen ein. Er faßte nach ihrer Hand, und sie berührte sanft seine Finger. Es ließ sie an die vergangene Nacht denken und die seltene Vereinigung ihrer Körper, die sie so liebte. *Ma Diane*... »Ich liebe dich, Darling.« Sie zog seine Hand an die Lippen und küßte zart die Fingerspitzen. »Ich wünschte, wir hätten mehr Zeit.«

»Ich auch. Irgendwann werden wir sie haben.«

Ja... aber wann? Behutsam legte sie seine Hand wieder auf den Sitz, ihre Finger immer noch mit den seinen verflochten.

»Meinst du, wenn du wieder nach Hause kommst, könnten wir uns einen freien Tag nehmen und zusammen irgendwohin fahren?« Sie beobachtete ihn, die Augen aufgerissen wie ein Kind. Sie verlangte nach ihm, sie wollte bei ihm sein, wollte ihm gehören. Nach all diesen Jahren wünschte sie sich das immer noch. Manchmal wunderte sie sich selbst über die Stärke ihrer Gefühle.

»Wohin möchtest du denn gern?«

»Ganz gleich. Irgendwohin, wo wir zusammensein können.« Und allein.

Sie fuhren am Terminal vor. Marc-Edouard sah seine Frau forschend an, und einen Augenblick lang meinte sie, Bedauern in seinen Augen zu lesen. »Das werden wir tun. Sobald ich zurückkomme.« Er schien nach Worten zu suchen. »Deanna, ich...«

Sie wartete, aber er sagte nichts weiter, er legte nur seine Arme um sie und drückte sie an sich. Ihre eigenen Arme hoben sich und umschlangen ihn. Sie preßte die Augen ganz fest zu. Sie brauchte ihn mehr, als er ahnte. Tränen rollten langsam über ihre Wangen. Er fühlte sie in seinen Armen zittern, schob sie ein Stückchen von sich und fragte erstaunt:

»*Tu pleurs?* Du weinst?«

»*Un peu.* Ein bißchen.« Er lächelte, es war so lange her, daß sie ihm auf französisch geantwortet hatte. »Ich wünschte, du müßtest nicht fort.« Wenn er nur bliebe, wenn ihnen eine kurze Zeit ohne Pilar gegönnt wäre...

»Das wünschte ich auch.« Aber beide wußten, daß das eine Lüge war. Er zog den Zündschlüssel ab, öffnete die Tür und winkte nach einem Gepäckträger.

Deanna ging gemessenen Schrittes neben ihm her, in ihre eigenen Gedanken versunken, bis sie den Warteraum Erster Klasse erreichten, wo er sich für gewöhnlich vor dem Abflug aufhielt. Sie nahm in dem Sessel neben ihm Platz und lächelte ihm zu. Doch er war bereits woanders, war bereits fort, der Augenblick im Wagen war völlig vergessen. Er überprüfte die Papiere in seiner Aktentasche und sah auf seine Uhr. Ihm blieben noch zehn Minuten, und plötzlich schien er den Aufbruch nicht mehr erwarten zu können.

»*Alors,* ist da noch etwas, über das wir im Auto vergessen haben zu sprechen? Eine Botschaft für Pilar?«

»Bestelle ihr nur meine herzlichsten Grüße. Wirst du sie dort besuchen, bevor du nach Athen fliegst?«

»Nein. Ich rufe sie heute abend an.«

»Und mich auch?« Sie sah den Sekundenzeiger der riesigen Wanduhr weiterrücken.

»Und dich auch. Du wirst nicht ausgehen?«

»Nein, ich möchte im Atelier eine Arbeit abschließen.«

»Du solltest etwas Amüsantes unternehmen, damit du dich nicht so allein fühlst.«

Daran bin ich schließlich gewöhnt. Wieder sprach sie es nicht aus.

»Mach dir keine Sorgen.« Sie kreuzte ein Bein über das andere und sah in ihren Schoß nieder. Sie hatte das neue lavendelfarbene Seidenkleid angezogen, dazu die Ohrringe aus Purpurjade und Diamanten, die er ihr aus Hongkong mitgebracht hatte, aber er hatte es nicht bemerkt. Seine Gedanken beschäftigten sich mit anderen Dingen.

»Deanna?«

»Hm?« Sie sah hoch, und da stand er vor ihr, die Aktentasche in der Hand und den bekannten Siegesblick in den Augen. Jetzt zog er wieder in den Krieg, ungebunden, frei. »Ist es Zeit zu gehen?« Schon? So bald? Er nickte. Sie stand auf. Neben seiner hochgewachsenen Gestalt wirkte sie klein und doch wie die ideale Gefährtin an seiner Seite. Sie waren ein auffallend schönes Paar. Das waren sie immer gewesen. Sogar Madame Duras, seine kaltäugige Mutter, hatte das zugegeben – einmal.

»Du brauchst mich nicht zum Ausgang zu begleiten.« Er hatte sich bereits von ihr losgelöst.

»Nein, aber ich würde es gern. Ist dir das recht?«

»Natürlich.« Er hielt ihr die Tür auf. Sie kehrten zurück in das Gehaste des Terminals und verloren sich sofort unter einer Armee von Reisenden mit Koffern, Geschenken und Gitarren. Sie kamen zu früh zum Ausgang. Er blickte lächelnd auf sie nieder. »Ich rufe dich heute abend an.«

»Ich liebe dich.«

Er antwortete nicht, aber er bückte sich und küßte sie auf den Scheitel. Dann schritt er den Durchgang entlang auf das Flugzeug zu, ohne zurückzublicken oder zu winken. Sie sah ihm nach, bis er verschwand. Dann drehte sie sich langsam um und ging fort. Ich liebe dich. Ihre eigenen Worte hallten in ihrem Kopf wider. Aber er hatte nicht geantwortet. Er war bereits fort.

Sie stieg in den auf dem Parkplatz wartenden Wagen, drehte seufzend den Zündschlüssel und fuhr nach Hause.

Deanna lief schnell nach oben und zog sich um. Den ganzen Nachmittag hing sie in ihrem Atelier ihren eigenen Gedanken nach. Sie zeichnete geistesabwesend, und schließlich trat sie auf die Terrasse, um frische Luft zu schöpfen. Da klopfte Margaret leise an die Tür. Deanna drehte sich erstaunt um, als die Haushälterin zögernd den Raum betrat.

»Mrs. Duras... bitte, entschuldigen Sie...« Sie wußte, daß Deanna es nicht leiden konnte, wenn sie hier gestört wurde, aber hin und wieder blieb ihr keine andere Wahl. Das Telefon im Atelier hatte Deanna abgeschaltet.

»Ist etwas passiert?« fragte Deanna aufgeschreckt. Das Haar fiel ihr offen über die Schultern, die Hände steckten in den Taschen ihrer Jeans.

»Nein. Mr. Sullivan ist unten und möchte Sie sprechen.«

»Jim?« Und dann fiel es ihr wieder ein. Marc-Edouards Bemerkung, Jim werde nach ihr sehen. Jim Sullivan hatte wahrlich keine Zeit verloren. Immer den zart angedeuteten Befehlen seines Partners gehorsam. »Ich komme gleich.«

Margaret nickte. Sie hatte es richtig gemacht. Deanna hatte ihn nicht oben im Atelier haben wollen. Deshalb hatte sie ihn in das eisgrüne Wohnzimmer geführt und ihm eine Tasse Tee angeboten, die er mit einem Grinsen abgelehnt hatte. Es war ein so großer Gegensatz zwischen ihm und Marc-Edouard, wie es bei zwei Männern nur möglich ist, und Margaret hatte ihn immer gemocht. Er war ein rauher, gemütlicher Amerikaner, und in seinen Augen lag immer ein herzliches irisches Lächeln.

Deanna fand Jim am Fenster stehend. Er sah hinaus auf den Sommernebel, der langsam in die Bucht vorrückte. Weiße Watteflöckchen wurden an unsichtbaren Fäden herbeigezogen, schwebten zwischen den Pfeilern der Brücke und hingen mitten in der Luft über den Segelbooten.

»Hallo, Jim.«

»Madam.« Er vollführte eine kleine Verbeugung und tat, als wollte er ihr die Hand küssen. Deanna wehrte die Geste lachend ab und bot ihm die Wange, auf die er ungeziert seine Lippen drückte. »Ich muß gestehen, das ist mir lieber. Das Händeküssen ist eine Kunst, in der ich nie Meister werde. Man weiß nie, ob eine Dame einem die Hand schütteln oder die Hand geküßt haben will. Ein paarmal war ich verdammt nahe daran, von einer, die das Schütteln im Sinn hatte, die Nase gebrochen zu kriegen.«

Deanna lachte und se.zte sich. »Sie müssen sich von Marc Unterricht geben lassen. Er ist ein Genie darin. Entweder ist das der Franzose in ihm oder er hat einen sechsten Sinn. Wie wäre es mit einem Drink?«

»Mit Vergnügen.« Er senkte die Stimme zu einem verschwörerischen Flüstern. »Margaret ist, glaube ich, der Ansicht, ich sollte Tee trinken.«

»Wie scheußlich.«

Wieder lachte Deanna. Sie öffnete ein Schränkchen mit Einlegearbeit und entnahm ihm zwei Gläser und eine Flasche Scotch, und er sah ihr wohlgefällig dabei zu.

»Trinken Sie, Deanna?« Er fragte es beiläufig, aber er wunderte sich. Er hatte sie noch nie Scotch trinken gesehen. Vielleicht hatte Marc-Edouard doch einen triftigen Grund für seinen Wunsch gehabt, er möge nach Deanna sehen. Aber sie schüttelte bereits den Kopf.

»Ich hatte für mich an Eiswasser gedacht. Haben Sie sich Sorgen gemacht?« Sie kam mit seinem Glas zurück und sah ihn belustigt an.

»Ein bißchen.«

»Nicht nötig, Jim. Ich hänge noch nicht an der Flasche.« Ihre Augen blickten plötzlich wehmütig. Sie nahm einen Schluck aus ihrem eigenen Glas und stellte es sorgsam auf einen Marmortisch. »Aber es wird ein schrecklich langer Sommer werden.« Sie seufzte. Dann sah sie lächelnd zu ihm hoch. Er streichelte ihr freundlich die Hand.

»Ich weiß. Vielleicht können wir irgendwann einmal ins Kino gehen.«

»Sie sind ein Schatz, aber haben Sie nichts Besseres zu tun?« Deanna wußte Bescheid. Jim war seit vier Jahren geschieden und lebte mit einem Mannequin zusammen, das vor ein paar Monaten von New York hierhergezogen war. Er schwärmte für diesen Typ, und die Mädchen wiederum liebten ihn. Groß, gutaussehend, athletisch, mit irisch-blauen Augen und ebenholzschwarzem Haar, das noch kaum mit Grau gesprenkelt war, stellte er in jeder Weise das genaue Gegenteil von Marc-Edouard dar, lässig, wo Marc förmlich war, durch und durch amerikanisch im Kontrast zu Marc-Edouards europäischen Manieren und erstaunlich bescheiden neben Marc-Edouards kaum verhehlter Arroganz. Deanna war es immer seltsam vorgekommen, daß Marc sich Jim zum Partner erwählt hatte, aber die Wahl hatte sich als klug erwiesen. Marcs eigener besonderer Brillanz stand die Jims nicht nach. Ihre Sterne leuchteten nur unterschiedlich und bewegten sich auf völlig anderen Bahnen. Die Duras' sahen Jim gesellschaftlich selten. Er hatte genug mit seinem eigenen

Leben, den Mannequins – augenblicklich nur mit einem – zu tun. Jim blieb nie lange bei ein und derselben Frau.

»Was haben Sie in nächster Zeit vor?«

Er lächelte sie an. »Arbeit, Spiel, das Übliche. Und Sie?«

»Ich fummele in meinem Atelier herum – auch das Übliche.« Sie spielte ihre Einsamkeitsgefühle herunter, wie sie es immer tat.

»Was ist mit diesem Sommer? Haben Sie schon Pläne gemacht?«

»Noch nicht, aber das kommt noch. Vielleicht werde ich Freunde in Santa Barbara besuchen oder so etwas.«

»O Gott!« Er schnitt ein entsetztes Gesicht, und sie lachte.

»Was finden Sie so schrecklich daran?«

»Man muß achtzig sein, um daran Spaß zu haben. Warum fahren Sie nicht nach Beverly Hills hinunter? Tun Sie, als seien Sie ein Filmstar, nehmen Sie den Lunch in der Polo Lounge, lassen Sie sich vom Pagen ausrufen.«

»Tun Sie das öfters?« Bei dem Gedanken mußte sie lachen.

»Natürlich. Jedes Wochenende.« Er lachte vor sich hin, stellte sein leeres Glas ab und sah auf die Uhr. »Wie dem auch sei, mir wird schon etwas Hübsches für Sie einfallen. Aber jetzt« – mit einem bedauernden Blick – »muß ich laufen.«

»Danke, daß Sie vorbeigekommen sind. Es war ein ziemlich langer Nachmittag. Richtig unheimlich, wenn beide fort sind.«

Er nickte verstehend und wurde plötzlich ernst. Er kannte das Gefühl aus der Zeit, als seine Frau und die beiden Jungen ausgezogen waren. Allein schon durch die Stille meinte er, den Verstand zu verlieren.

»Ich rufe Sie an.«

»Gut. Und – Jim –« sie sah ihn lange an, »– danke.«

Er griff in ihr langes dunkles Haar, küßte sie auf die Stirn und ging. Als er in seinen schwarzen Porsche glitt, winkte er ihr zu. Marc ist verrückt, dachte er. Er selbst hätte beinahe alles darum gegeben, Deanna Duras in die Finger zu bekommen. Natürlich war er zu klug, um mit dieser Art von Feuer zu spielen, aber trotzdem fand er, Duras sei verrückt. Himmel, er merkte nicht einmal, was für eine Schönheit sie war. Oder doch? So grübelte Jim Sullivan beim Fortfahren, und Deanna schloß leise die Tür.

Sie sah auf die Uhr und dachte, es sei nett von Jim gewesen, vorbeizukommen. Wann Marc wohl anrufen würde? Er hatte es ihr für heute abend versprochen.

Doch das tat er nicht. Statt dessen kam am Morgen ein Telegramm:

> Unterwegs nach Athen. Falsche Zeit für Anruf. Alles wohlauf. Besonders Pilar.
>
> Marc

Kurz und sachlich. Aber warum hatte er nicht angerufen? »Falsche Zeit für Anruf«, las sie noch einmal. Falsche Zeit. Falsche Zeit...

Deanna las Marcs Telegramm immer wieder, obwohl sie es schon auswendig kannte. Da unterbrach das Telefon ihre Gedanken.

»Deanna?« Die helle Stimme riß sie aus ihrer Träumerei. Es war Kim Houghton. Sie wohnte nur ein paar Blocks entfernt, aber ihr Leben konnte sich kaum mehr von dem Deannas unterscheiden: zweimal verheiratet, zweimal geschieden, ewig unabhängig, fröhlich und frei. Sie hatte zusammen mit Deanna die Kunstakademie besucht. Jetzt war sie eine bedeutende kreative Kraft in der Werbung, denn eine sehr gute Malerin war sie nie gewesen. Und sie war Deannas einzige enge Freundin.

»Hallo, Kim. Was gibt's neues in deinem Leben?«

»Nicht viel. Ich war in Los Angeles und bin einem unserer neuen Kunden um den Bart gegangen. Er redet bereits davon, uns seinen Etat zu entziehen. Und es ist einer von meinen Kunden.« Sie nannte den Namen einer nationalen Hotelkette, deren Werbe-Etat sie betreute. »Möchtest du mit mir zum Lunch gehen?«

»Ich kann nicht. Ich bin schon besetzt.«

»Was hast du vor?« fragte Kim mißtrauisch. Sie merkte es immer, wenn Deanna log.

»Ein Wohltätigkeitslunch. Ich muß hin.«

»Laß ihn sausen. Sei wohltätig gegen mich. Ich brauche Rat, ich bin deprimiert.« Deanna lachte. Kimberly Houghton war nie deprimiert. Nicht einmal ihre Scheidungen hatten sie bedrückt. Sie hatte sich schleunigst auf fruchtbareren Boden begeben. Für gewöhnlich in weniger als einer Woche. »Komm schon, Schätzchen, gehen wir irgendwohin zum Lunch. Ich brauche einen Tapetenwechsel.«

»Ich auch.« Deanna sah sich in der blauen Samt-und-Seide-Pracht ihres Schlafzimmers um und kämpfte gegen ein Gefühl der Trübsal an. Für einen unbewachten Augenblick war das aus ihrer Stimme zu hören.

»Was hat das zu bedeuten?« fragte Kim.

»Es bedeutet, du neugierige Ziege, daß Marc fort ist. Pilar ist vor zwei Tagen abgereist und Marc gestern morgen.«

»Jesus, kannst du das nicht genießen? Ferien der Art, wenn beide auf einmal fort sind, bekommst du doch nicht oft. Wenn ich du wäre, würde ich völlig nackt im Wohnzimmer herumlaufen und alle meine Freunde hereinrufen.«

»Wenn du noch nackt bist, oder nachdem du dich angezogen hast?« Deanna warf ihre Beine über die Armlehne des Sessels und lachte.

»Beides. Hör zu, in dem Fall vergiß den Lunch. Wie ist es mit einem Dinner heute abend?«

»Das läßt sich machen. Auf die Weise kann ich heute nachmittag im Atelier noch etwas arbeiten.«

»Ich dachte, du wolltest zu einem Wohltätigkeitslunch gehen.« Deanna konnte Kim beinahe grinsen sehen. »Hab' ich dich erwischt!«

»Geh zum Teufel.«

»Danke. Dinner um sieben im Trader Vic?«

»Ja, treffen wir uns dort.«

»Bis dann.« Kim legte auf, und Deanna lächelte. Gott sei gedankt für Kim.

»Du siehst hinreißend aus. Ein neues Kleid?« Kimberly Houghton sah bei Deannas Eintritt von ihrem Glas auf, und die beiden Frauen tauschten das Lächeln alter Freundinnen. Deanna war wirklich entzückend in einem weißen Kaschmir-Kleid, das an den richtigen Stellen eng anlag und ihr dunkles Haar und die riesigen grünen Augen zur Geltung brachte.

»Du siehst aber auch nicht schlecht aus.« Kim hatte einen Körper, wie die Männer ihn lieben, üppig und großzügig und voller Verheißung. Ihre blauen Augen tanzten, und ihr Lächeln blendete jeden, auf den sie es richtete. Seit zwanzig Jahren trug sie ihr Haar in kurzen blonden Locken. Sie besaß nicht die verblüffende Eleganz Deannas, aber eine unwiderstehliche Wärme und das Geschick, sich anzuziehen. Immer wirkte sie so, als müsse sie zehn Männer auf ihren Fersen haben, und für gewöhnlich hatte sie das auch. Zumindest einen oder zwei. Heute abend trug sie einen blauen Samtblazer, Hosen und eine rote Seidenbluse, die gefährlich weit offenstand. Sie enthüllte einen einzelnen Diamanten an einer dünnen Goldkette, der verführerisch in der tiefen Kluft zwischen ihren vollen Brüsten tanzte. Ein »Blickfang« – als ob sie Hilfe in dieser Hinsicht gebraucht hätte!

Deanna bestellte einen Drink, setzte sich und ließ ihren Nerzmantel auf einen Sessel fallen. Kim interessierte sich weder dafür, noch war sie beeindruckt. Sie war in einer mondänen Welt aufgewachsen und hatte kein Verlangen nach Geld oder Nerzen, nur nach Unabhängigkeit und Vergnügen. Sie sorgte immer dafür, daß sie beides reichlich bekam.

»Also, was gibt's neues? Genießt du deine Freiheit?«

»Mehr oder weniger. Ehrlich gesagt, diesmal kommt es mich ein bißchen hart an, mich daran zu gewöhnen.« Deanna seufzte und nahm einen Schluck aus ihrem Glas.

»O Gott, bei den vielen Reisen, die Marc macht, kann dir das doch nichts Neues mehr sein. Außerdem ist ein bißchen Unabhängigkeit gut für dich.«

»Wahrscheinlich. Aber er wird drei Monate fort sein. Das kommt mir wie für immer vor.«

»Drei Monate? Wie ist denn das geschehen?« Kims Stimme verlor ihre Munterkeit, und in ihren Augen erschien eine Frage.

»Er hat einen großen Fall, der ihn zwingt, zwischen Paris und Athen hin- und herzufliegen. Es hätte keinen Sinn, wenn er zwischendurch nach Hause käme.«

»Oder wenn du hinüberführst?«

»Offenbar nicht.«

»Was soll das heißen? Hast du ihn gefragt?« Deanna war, als antworte sie einer Mutter. Lächelnd sah sie ihre Freundin an.

»So ungefähr. Er wird viel zu tun haben, und wenn ich hinüberfahre, klebe ich bei Madame Duras fest.«

»Bloß das nicht!« Kim hatte in der Anfangszeit all die Geschichten über Marc-Edouards unbezähmbare Mutter gehört.

»Genau, obwohl ich es Marc gegenüber nicht ganz so formuliert habe. Also, *voilà,* ich bin den ganzen Sommer allein.«

»Und verabscheust nach nur zwei Tagen schon jede einzelne Minute. Richtig? Richtig«, beantwortete Kim ihre eigene Frage. »Warum fährst du nicht irgendwohin?«

»Wohin?«

»Himmel, Deanna, irgendwohin. Ich bin sicher, Marc hätte nichts dagegen einzuwenden.«

»Wahrscheinlich nicht, aber ich reise nicht gern allein.« Sie hatte es nie gemußt. Sie war immer mit ihrem Vater und dann mit Pilar und Marc gereist. »Außerdem, wohin sollte ich gehen? Jim Sullivan sagt, Santa Barbara wäre langweilig.« Sie blickte verloren drein, als sie das sagte, und Kimberly lachte.

»Er hat recht. Armes kleines reiches Mädchen. Komm doch morgen mit mir nach Carmel! Ich muß hinunterfahren und mich mit einem Kunden über das Wochenende treffen. Du könntest mich der Gesellschaft halber begleiten.«

»Das ist Unsinn, Kim, ich stände dir nur im Weg.« Aber für einen Augenblick hatte ihr die Idee gefallen. Seit Jahren war sie nicht mehr in Carmel gewesen, und es war ja nicht weit weg, nur zwei Stunden Fahrt von der Stadt.

»Warum würdest du mir im Weg stehen? Um Himmels willen, ich habe mit diesem Kerl keine Affäre, und ich würde mich freuen, dich dabeizuhaben. Allein wäre es trostlos.«

»Nicht für lange.« Deanna sah ihre Freundin bedeutungsvoll an, und Kim lachte.

»Bitte, mein guter Ruf!« Sie grinste breit, legte den Kopf auf die Seite und schüttelte die weichen blonden Locken. »Im Ernst, kommst du mit? Es wäre zu schön.«

»Ich will sehen.«

»Nein. Du kommst mit. Abgemacht? Abgemacht.«

»Kimberly...« Deanna begann zu lachen.

»Ich hole dich um halb sechs ab.« Kim zeigte ein Siegerlächeln.

3

Kim fuhr vor und hupte zweimal. Deanna warf einen Blick durch ihr Schlafzimmerfenster, schnappte sich ihre Tasche und rannte die Treppe hinunter. Sie fühlte sich wieder wie ein Mädchen, das mit einer Freundin zu einem Wochenend-Abenteuer fährt. Sogar Kims Wagen sah nicht so aus, als würde ein Erwachsener ihn fahren. Es war ein leuchtendroter, alter M. G. Deanna erschien einen Augenblick später im Eingang. Sie trug graue Hosen und einen grauen Rollkragenpullover und hatte eine große braune Ledertasche in der Hand.

»Genau pünktlich. Wie war der Tag?«

»Grauenhaft. Frag mich nicht.«

»Schon gut.« Statt dessen sprachen sie über alles mögliche: Carmel, Deannas neuestes Gemälde, Pilar und ihre Freunde.

Schließlich fielen sie in friedliches Schweigen. Sie waren beinahe in Carmel, als Kimberly einen Blick zu ihrer Freundin hinüberwarf und den sehnsüchtigen Ausdruck ihrer Augen bemerkte.

»Einen Penny für deine Gedanken.«

»Mehr nicht? Teufel, sie müßten wenigstens fünf oder zehn Cents wert sein.« Deanna versuchte, ihre Überlegungen wegzulachen, aber Kim ließ sich nicht täuschen.

»Na gut. Ich gebe dir einen Vierteldollar. Laß mich raten. Denkst du an Marc?«

»Ja«, antwortete Deanna leise, die Augen auf das Meer gerichtet.

»Fehlt er dir wirklich so sehr?« Die Beziehung zwischen Marc-Edouard und Deanna hatte Kim immer Kopfzerbrechen bereitet. Anfangs hatte sie es für eine Vernunftehe gehalten, aber jetzt wußte sie, das war es nicht. Deanna liebte ihn – vielleicht zu sehr.

Deanna wandte das Gesicht ab. »Ja, er fehlt mir so sehr. Kommt dir das töricht vor?«

»Nein. Bewundernswert vielleicht. Etwas in der Art.«

»Warum? Es ist doch nichts Bewundernswertes daran.«

Kim schüttelte lachend den Kopf. »Süße, neunzehn Jahre mit ein und demselben Mann sind für mich mehr als bewundernswert. Das ist verdammt heroisch.«

Deanna grinste ihre Freundin an. »Warum heroisch? Ich liebe ihn.

Er ist ein schöner, intelligenter, geistreicher, charmanter Mann.« Und die Umarmung in der Nacht vor seiner Abreise hatte wieder etwas in ihrem Herzen wachgerufen.

»Ja. Das ist er.« Kim hielt die Augen auf die Fahrbahn gerichtet. Sie fragte sich, ob noch mehr daran war. Gab es an Marc Duras eine Seite, die niemand kannte, eine warme, liebende Seite, eine andere Dimension des so schönen, charmanten Mannes? Eine menschliche Seite, die lachte und weinte und wirklich war? Das würde ihn nach Kims Meinung zu einem Mann machen, der es wert war, geliebt zu werden.

»Es wird ein sehr langer Sommer werden.« Deanna stieß einen kleinen Seufzer aus. »Erzähl mir von deinem Kunden. Ist er neu?«

»Ja. Er bestand darauf, daß wir uns in Carmel treffen. Er wohnt in San Francisco, hat aber hier ein Haus. Er kommt gerade von Los Angeles zurück und meint, dies hier sei ein angenehmerer Ort, um den Etat zu besprechen.«

»Wie zivilisiert.«

»Ja. Sehr.« Kim lächelte Deanna zu.

Es war beinahe acht Uhr, als sie beim Hotel vorfuhren. Kimberly kletterte aus dem M. G., schüttelte ihre Locken und sah, daß sich Deanna mit einem Ächzen aus dem Wagen wand.

»Glaubst du, du wirst es überleben? Ich gebe zu, das ist nicht das bequemste aller möglichen Transportmittel.«

»Macht nichts.« Deanna sah sich die vertraute Umgebung an. Zu Beginn ihrer Ehe waren sie und Marc oft an den Wochenenden nach Carmel hinuntergefahren. Sie waren durch die Läden gebummelt, hatten das Dinner bei traulichem Kerzenlicht eingenommen und meilenweite Spaziergänge am Strand gemacht. Es war ein bittersüßes Gefühl, wieder hier zu sein, diesmal ohne ihn.

Das Hotel war klein und altmodisch, sah von außen aus wie ein Haus aus der französischen Provinz, mit lustig gestrichenen Fensterkästen und leuchtenden Blumen. Drinnen gab es hölzerne Balken an der niedrigen Decke, einen von Kupfergeschirr umrahmten großen Kamin und Tapeten in Wedgwood-Blau mit einem winzigen weißen Muster. Es war die Art von Hotel, die Marc gefallen hätte.

Kimberly unterschrieb ihre Anmeldung am Empfang und reichte den Kugelschreiber an Deanna weiter. »Ich habe nebeneinanderliegende Zimmer verlangt. Einverstanden?« Deanna nickte erleichtert.

Sie liebte es, ein Zimmer für sich zu haben, und hätte nicht gern ein Doppelzimmer mit Kim geteilt.

»Ja, sehr gut.« Sie trug Namen und Adresse auf der Karte ein und folgte dann dem Gepäckträger zu ihren Zimmern.

Fünf Minuten später hörte Deanna ein Klopfen an ihrer Tür.

»Möchtest du eine Cola, Deanna? Ich habe gerade zwei aus dem Automaten hinten im Flur gezogen.« Kim drapierte ihren üppigen Körper auf Deannas Bett und hielt ihr eine eiskalte Dose hin.

Deanna nahm einen großen Schluck und ließ sich dann mit einem Lächeln und einem Seufzer in einen Sessel sinken. »Es ist so schön, hier zu sein. Ich bin froh, daß ich mitgekommen bin.«

»Ich auch. Es wäre langweilig geworden ohne dich. Vielleicht finden wir morgen sogar Zeit für die Läden, wenn ich das Geschäftliche erledigt habe. Oder möchtest du lieber morgen nachmittag in die Stadt zurückfahren? Hast du etwas vor?«

»Absolut nichts. Und hier ist es himmlisch. Vielleicht fahre ich nie mehr zurück. Zu Hause komme ich mir vor wie in einem Grabgewölbe, ohne Marc und Pilar.«

Kimberly fand das Haus ihrer Freundin mit den beiden genauso grabgewölbehaft, aber das sagte sie nicht. Sie wußte, Deanna liebte das Haus, und die Sicherheit im Schoß ihrer Familie bedeutete ihr viel. Sie hatten sich in der Kunstakademie kennengelernt, als Deanna kurz nach dem Tod ihres Vaters ohne Geld und allein zurückgeblieben war. Kim hatte sie kämpfen sehen, um es mit dem bißchen Geld zu schaffen, das sie mit ihrer Arbeit verdiente. Sie war dabeigewesen, als Marc begann, Deanna den Hof zu machen, und sie hatte miterlebt, wie Deanna sich mehr und mehr auf ihn verließ, bis sie sich ohne ihn hilflos fühlte. Sie hatte beobachtet, wie Marc ihre Freundin unter seine Fittiche nahm, zärtlich, unwiderstehlich und mit der Entschlossenheit eines Mannes, der sich weigert zu verlieren. Und sie hatte Deanna beinahe zwei Jahrzehnte lang dort eingekuschelt gesehen, sicher, beschützt, geborgen und hartnäckig glaubend, sie sei glücklich. Vielleicht war sie es. Aber Kim war sich dessen nicht sicher.

»Möchtest du zum Dinner in irgendein bestimmtes Lokal gehen?« Kim leerte ihre Cola-Dose.

»Ich möchte zum Strand.« Deanna sah sehnsüchtig aufs Meer hinaus.

»Der Strand? Das Lokal kenne ich nicht.« Kim sah sie verwirrt an, und Deanna lachte.

»Nein, nein. Das ist kein Restaurant. Ich meine, ich würde gern einen Spaziergang am Strand machen.«

»Jetzt? Um diese Zeit?« Es war erst halb neun und wurde gerade ein bißchen dämmerig, aber Kim lechzte danach, den Abend zu genießen und schick auszugehen. »Warum hebst du dir das nicht für morgen auf, wenn meine Besprechung mit dem neuen Kunden vorbei ist?« Kim lockten Brandung und weißer Sand offensichtlich nicht, aber Deanna.

Sie schüttelte entschlossen den Kopf und stellte ihre Cola-Dose hin. »Nein. So lange kann ich nicht warten. Willst du dich umziehen, bevor wir zum Essen gehen?« Kim nickte. »Gut. Dann mache ich meinen Spaziergang, während du dich ankleidest. Ich behalte das hier an.« Der Kaschmir-Pullover und die graue Hose sahen nach der Fahrt immer noch tadellos aus.

»Verlauf dich nicht am Strand.«

»Bestimmt nicht.« Deanna lächelte verlegen. »Ich fühle mich wie ein Kind. Ich kann es nicht erwarten, zum Spielen nach draußen zu gehen.« Und mir den Sonnenuntergang anzusehen und die Seeluft tief einzuatmen... und mich an die Tage zu erinnern, als Marc und ich Hand in Hand diesen Strand hinuntergingen. »In einer halben Stunde bin ich zurück.«

»Du brauchst dich nicht zu beeilen. Ich werde ein schönes heißes Bad nehmen. Uns hetzt ja nichts. Wir können um halb zehn oder zehn essen.« Kim wollte einen Tisch in dem ruhigen viktorianischen Speiseraum des Pine Inn reservieren lassen.

»Bis dann.« Deanna verschwand mit einem Winken und einem Lächeln, noch dabei, ihre Jacke anzuziehen. Einen Schal trug sie in der Hand. Sie wußte, am Strand war es windig. Als sie nach draußen trat, wälzte sich bereits der Nebel heran.

Sie ging die Hauptstraße von Carmel hinunter, vorbei an den wenigen Nachzüglern unter den Touristen, die noch keine Zuflucht an Speisetischen oder in ihren Hotels gesucht hatten. Kinder plapperten, die Arme voll von Souvenirs aus den Läden, die Gesichter fröhlich und unbeschwert. Es erinnerte sie an die Zeit, als sie und Marc mit Pilar hiergewesen waren. Pilar, überschäumende neun Jahre alt, hatte sich ihnen bei einem ihrer Abendspaziergänge am Strand angeschlossen. Sie sammelte Stückchen Treibholz und Muscheln, rannte voraus und kehrte zurück, um von ihren Entdeckungen zu berichten, während Deanna und Marc sich unterhielten. Es schien eine Ewigkeit her zu sein.

Deanna erreichte das Ende der Straße, blieb stehen und sah über die endlose Weite des alabasterfarbenen Strandes hin. Sogar Marc hatte eingeräumt, in Frankreich gebe es nichts dergleichen. Dieser reinweiße Sand und die ans Ufer rollenden Wogen und die langsam vorübergleitenden Seemöwen! Die Flut lief auf, und Deanna holte bei diesem Anblick tief Luft. Der Strand hatte etwas Verlockendes, das sie nirgendwo anders gefunden hatte. Sie steckte den Schal in die Tasche, streifte die Schuhe ab und lief auf das Ufer zu. Der Sand rieselte ihr durch die Zehen. Dicht am Rand des Wassers machte sie halt. Ihr Haar flatterte im Wind. Sie schloß die Augen und lächelte. Es war ein wunderschöner Ort, eine Welt, die sie zu lange in ihrer Erinnerung vergraben hatte. Warum war sie ihr so lange ferngeblieben? Warum waren sie nicht längst einmal wieder hergefahren? Mit einem weiteren tiefen Atemzug machte sie sich auf den Weg den Strand entlang, in jeder Hand einen Schuh. Sie hatte Lust, wie ein Kind im Sand zu tanzen und zu hüpfen.

Sie war eine weite Strecke gegangen, bis sie stehenblieb, um den letzten Goldstreifen am Horizont zu betrachten. Der Himmel hatte sich in Mauve verwandelt, und eine dicke Nebelbank bewegte sich auf das Ufer zu. Lange Zeit beobachtete Deanna das Schauspiel. Dann stieg sie langsam die Dünen hinauf. In dem hohen Gras machte sie sich einen Sitz zurecht, zog ihre Knie bis ans Kinn und blickte aufs Meer hinaus. Einen Augenblick später ließ sie den Kopf auf ein Knie sinken und schloß die Augen. Sie lauschte dem Meer und fühlte eine Woge der Freude in ihrem Herzen.

»Das ist vollkommen, nicht wahr?«

Deanna fuhr zusammen, als plötzlich neben ihr eine Stimme ertönte. Sie öffnete die Augen und sah einen großen, dunkelhaarigen Mann. Einen Augenblick lang fürchtete sie sich. Aber sein Lächeln war so freundlich, daß es unmöglich war, sich unter seinem warmen Blick bedroht zu fühlen. Seine Augen waren von demselben tiefen Blaugrün wie das Meer. Er war wie ein Mann gebaut, der im College Football gespielt haben mochte. Sein Haar war so dunkel wie Deannas und ebenso vom Wind zerzaust. Forschend sah er auf sie nieder.

»Zu dieser Tageszeit gefällt es mir am besten«, erklärte er.

»Mir auch.« Es fiel ihr leicht, ihm zu antworten, und sie wunderte sich, daß es sie nicht ärgerte, als er sich neben sie niedersetzte. »Ich dachte, ich sei allein am Strand.« Sie spähte scheu in sein Gesicht, und er lächelte.

»Das waren Sie wahrscheinlich auch. Ich bin nach Ihnen hochgestiegen. Es tut mir leid, wenn ich Sie erschreckt habe.« Wieder sah er sie mit diesem offenen Lächeln an. »Mein Haus ist gleich da hinten.« Er nickte über die Schulter zu einer Stelle hin, die von windverkrüppelten Bäumen abgeschirmt war. »Ich komme immer des Abends hierher. Und heute abend bin ich gerade von einer Reise zurück. Drei Wochen bin ich nicht hiergewesen. Da wird mir immer klar, wie sehr ich diesen Ort liebe, wie sehr ich es brauche, an diesem Strand spazierenzugehen und mir das da anzusehen.« Er sah geradeaus aufs Meer.

»Leben Sie das ganze Jahr über hier?« Deanna unterhielt sich mit ihm, als sei er ein alter Freund. Er hatte aber auch etwas an sich, das Unbehagen gar nicht erst aufkommen ließ.

»Nein, ich komme an den Wochenenden herunter, wann immer ich kann. Und Sie?«

»Ich war lange Zeit nicht hier. Ich bin mit einer Freundin hergefahren.«

»Wohnen Sie in einem Hotel?«

Sie nickte, und dann erinnerte sie sich. Sie sah auf die Uhr. »Dabei fällt mir ein, daß ich umkehren muß. Meine Wanderung über den Strand hat mich alles vergessen lassen.« Es war bereits halb zehn, und während ihres Gesprächs war das letzte Tageslicht entflohen. Deanna stand auf und sah lächelnd auf ihn nieder. »Sie können sich glücklich schätzen, daß Sie das hier jederzeit haben können.«

Zur Antwort nickte er, aber er hörte nicht richtig zu. Er betrachtete gespannt ihr Gesicht. Zum erstenmal, seit sie ihn neben sich entdeckt hatte, fühlte Deanna eine merkwürdige Wärme in ihre Wangen steigen und geriet in Verlegenheit, als er sprach.

»Wissen Sie, daß Sie wie ein Gemälde von Andrew Wyeth aussahen, als Sie da auf der Düne im Wind saßen? Das fiel mir sofort auf. Kennen Sie seine Bilder?« Seine Augen blickten sehr konzentriert, als messe er ihr Gesicht und die Dichte ihres Haares. Doch sie lächelte schon.

»Ich kenne sein Werk sehr gut.« In ihrer Kinderzeit hatte sie sich leidenschaftlich für Wyeth begeistert, bis sie entdeckte, daß die Impressionisten ihr mehr lagen. »Ich kenne jedes Bild, das er gemalt hat.«

»Jedes?« Die meeresfarbenen Augen neckten sie, aber freundlich.

»Das habe ich bisher geglaubt.«

»Kennen Sie auch das mit der Frau am Strand?« Deanna dachte kurz nach und schüttelte den Kopf. »Würden Sie es gern sehen?« Er stand neben ihr und hätte mit seinen leuchtenden Augen ganz wie ein sehr aufgeregter Junge ausgesehen, wären die männliche Breite seiner Schultern und die paar grauen Strähnen in seinem Haar nicht gewesen. »Ja?«

»Ich – ich muß wirklich ins Hotel zurück. Aber – danke...« Sie verstummte befangen. Er machte auf sie nicht den Eindruck eines Mannes, vor dem sie sich zu fürchten hatte, aber immerhin war er nur ein Fremder, der am Strand aufgetaucht war. Jetzt erst fiel ihr ein, daß es ein wenig verrückt gewesen war, überhaupt mit ihm zu sprechen, hier ganz allein im Dunkeln. »Wirklich, ich kann nicht. Vielleicht ein anderes Mal.«

»Ich verstehe.« Das Leuchten seiner Augen wurde ein bißchen matter, aber das Lächeln war immer noch da. »Es ist ein sehr schönes Bild, und die Frau darauf sieht Ihnen sehr ähnlich.«

»Danke. Da haben Sie etwas Hübsches gesagt.« Sie überlegte, wie sie sich von ihm verabschieden solle. Er schien nicht die Absicht zu haben, sofort zu seinem Haus zurückzukehren.

»Darf ich Sie auf dem Rückweg über den Strand begleiten? Es ist schon zu dunkel, als daß Sie allein herumlaufen sollten.« Er grinste sie an und kniff vor dem Wind die Augen zusammen. »Sie könnten von einem Fremden angesprochen werden.« Deanna lachte und nickte zustimmend. Sie stiegen die niedrige Düne zum Meer hinunter. »Erzählen Sie mir, wie ist es zu Ihrer Begeisterung für Wyeth gekommen?«

»Ich fand, er sei der größte amerikanische Maler, dessen Bilder ich je gesehen hatte. Aber dann –« sie sah ihm entschuldigend in die Augen »– verliebte ich mich in all die französischen Impressionisten. Und ich fürchte, ich vergaß ihn. Nein, vergessen habe ich ihn eigentlich nicht. Nur meine Liebe wurde etwas geringer.«

Sie wanderten freundschaftlich Seite an Seite dahin, die beiden einzigen Menschen am Strand, und die Brandung rauschte neben ihnen. Plötzlich mußte Deanna lachen. Es war so seltsam, am Strand von Carmel mit einem Fremden über Malerei zu diskutieren. Was sollte sie Kim erzählen? Sollte sie Kim überhaupt etwas erzählen? Einen Augenblick lang war sie geneigt, niemandem von ihrem neuen Freund zu berichten. Das war nichts als eine flüchtige Begegnung in der Dämmerung an einem einsamen Strand. Darüber gab es ja gar nichts zu erzählen!

»Verschwindet Ihre Liebe immer so leicht?« Das war eine dumme Frage, etwas, das Fremde aus Mangel an Besserem zueinander sagen. Trotzdem lächelte Deanna.

»Im allgemeinen nicht. Nur wenn französische Impressionisten in den Vordergrund rücken.«

Er nickte weise. »Das ist eine gute Rechtfertigung. Malen Sie?«

»Ein bißchen.«

»Wie die Impressionisten?« Er schien die Antwort bereits zu wissen, und sie nickte. »Ich würde Ihre Arbeiten gern sehen. Werden sie ausgestellt?«

Deanna schüttelte den Kopf und blickte auf die Wellen hinaus, die das erste Mondlicht in glitzerndes Silber verwandelte. »Nein, nicht mehr. Nur einmal, vor langer Zeit.«

»Ist auch Ihre Liebe für das Malen geringer geworden?«

»Das wird niemals geschehen.« Sie richtete ihre Augen auf den Sand und schlug sie dann wieder zu ihm auf. »Malen ist mein Leben.«

»Ja, warum stellen Sie dann nicht aus?« Ihre Reaktion verwirrte ihn, aber sie zuckte nur die Schultern. Sie hatten die Stelle erreicht, wo Deanna den Strand betreten hatte.

»Hier muß ich abbiegen.« Sie standen im Mondschein und sahen sich in die Augen. Einen verrückten Augenblick lang wünschte sie sich, von diesen starken, tröstlichen Armen gehalten, mit ihm in seine Windjacke eingewickelt zu werden. »Es war nett, mit Ihnen zu reden.« Ihr Gesicht war seltsam ernst.

»Mein Name ist Ben.«

Sie zögerte kurz. »Deanna.«

Er hielt ihr die Hand hin, schüttelte ihre, und dann wandte er sich ab und ging über den Strand zurück. Deanna beobachtete ihn, die breiten Schultern, den kräftigen Rücken und den Wind in seinem

Haar. Sie wollte »Auf Wiedersehen« rufen, aber der Wind hätte die Worte doch davongetragen. Noch einmal drehte er sich um, und sie meinte, er habe ihr in der Dunkelheit einmal zugewinkt.

4

»Wo, zum Teufel, bist du gewesen?« Kim wartete in der Hotelhalle mit besorgtem Gesicht auf sie. Deanna strich sich das zerzauste Haar aus der Stirn und lächelte ihre Freundin an. Ihre Wangen waren rosig vom Wind, ihre Augen glänzten. Das Wort »strahlend« schoß Kim durch den Kopf. Deanna stürzte sich in Erklärungen.

»Es tut mir leid. Ich bin weiter gegangen, als ich dachte. Der Rückweg hat mich eine Ewigkeit gekostet.«

»Und ob. Ich fing an, mir Sorgen zu machen.«

»Bitte, entschuldige.« Deanne blickte reuig drein, und Kims strenges Gesicht verzog sich zum Lächeln.

»Schon gut. Aber, Himmel, laß das Kind nur auf einem Strand los, und es verschwindet. Ich dachte, du hättest vielleicht zufällig einen Freund getroffen.«

»Nein.« Deanna hielt einen Augenblick inne. »Ich bin nur spazierengegangen.« Sie hatte die Chance verpaßt, Kim von Ben zu erzählen. Aber was gab es da zu sagen? Daß sie einen Fremden am Strand getroffen und mit ihm über Malerei gesprochen hatte? Das hörte sich lächerlich an, kindisch oder schlimmer, dumm und unschicklich. Und als sie darüber nachdachte, stellte sie fest, daß sie die Geschichte für sich behalten wollte. Sie würde ihn sowieso niemals wiedersehen. Warum sich die Mühe einer Erklärung machen?

»Können wir zum Dinner gehen?«

»Von mir aus bestimmt.«

Sie gingen die beiden Blocks zum Pine Inn zu Fuß, lugten in die Schaufenster, plauderten über Freunde. Meistens sprach Kim, und das ließ Deanna Zeit für ihre eigenen Gedanken. Sie war neugierig auf den unbekannten Wyeth, von dem Ben angedeutet hatte, daß er ihn besitze. Ob er wirklich das Original hatte oder nur einen Druck?

Kam es darauf an? Nein, sagte sie zu sich selbst.

»Du bist schrecklich still heute abend, Deanna«, meinte Kim nach Beendigung der Mahlzeit. »Müde?«

»Ein bißchen.«

»Denkst du an Marc?«

»Ja.« Das war die einfachste Antwort.

»Wird er dich aus Athen anrufen?«

»Wenn er kann. Der Zeitunterschied macht es schwierig.« Und er schien dadurch furchtbar weit weg zu sein. In nur zwei Tagen war er Bestandteil einer anderen Welt geworden. Oder vielleicht kam das nur daher, daß sie hier in Carmel war. Zu Hause mit seinen Sachen und Büchern oder auf seiner Seite des Bettes war er ihr viel näher. »Was ist das für ein Mann, der Kunde, den du morgen triffst?«

»Ich weiß es nicht. Habe ihn noch nie gesehen. Er ist Kunsthändler. Die Thompson-Galerien. Ich wollte dich schon fragen, ob du Lust hast, zu unserer Verabredung mitzukommen. Sein Haus könnte dich interessieren. Ich habe gehört, er beherberge eine phantastische Sammlung in dem, was er sein ›Cottage‹ nennt.«

»Ich möchte dir nicht lästigfallen.«

»Das wirst du nicht.« Kimberly nickte ihr aufmunternd zu. Dann zahlten sie. Es war schon halb zwölf, und Deanna war froh, als sie ins Bett steigen konnte.

In der Nacht träumte sie von dem Fremden namens Ben.

Sie lag auf dem Rücken und überlegte sich schlaftrunken, ob sie aufstehen solle. Da läutete das Telefon. Deanna hatte Kim versprochen, sie zu begleiten, aber die Versuchung war groß, wieder einzuschlafen und dann noch einmal einen Spaziergang am Strand zu machen. Es beunruhigte sie, daß sie das so sehr lockte. Ihr war klar, warum sie an den Strand wollte, und es war ein fremdes, unbehagliches Gefühl, daß Ben ihr nicht aus dem Kopf ging. Wahrscheinlich würde sie ihn nie wiedersehen. Und was, wenn sie ihn wiedersah? Was dann? Das Telefon klingelte von neuem, und sie streckte die Hand aus und meldete sich.

»Erhebe dich, du schwacher Geist.« Das war Kim.

»Wie spät ist es?«

»Fünf Minuten nach neun.«

»O Gott. Nach meinem Gefühl ist es eher sieben oder acht.«

»Das ist es eben nicht, und unsere Verabredung ist um zehn. Steh auf! Ich bringe dir Frühstück.«

»Kann ich nicht den Zimmerdienst anrufen?«

»Das ist hier nicht das Ritz. Ich bringe dir Kaffee und ein Stück dänischen Kuchen.«

Plötzlich wurde Deanna bewußt, wie verwöhnt sie geworden war. Wenn sie Margaret und eins ihrer perfekten Frühstücke nicht hatte, war das schon eine Entbehrung. »Gut. Ein feines Frühstück. Ich bin in einer halben Stunde fertig.«

Sie duschte und frisierte sich und zog zu weißen Hosen einen Kaschmir-Pullover in sattem Kornblumenblau an. Es gelang ihr sogar, frisch und lebendig auszusehen, als Kim an die Tür klopfte.

»Himmel, du siehst hinreißend aus.« Kim reichte ihr eine dampfende Kaffeetasse und einen Teller.

»Du auch. Sollte ich etwas Geschäftsmäßigeres tragen? Du wirkst schrecklich erwachsen.« Kim hatte ein beigefarbenes Gabardine-Kostüm mit einer pflaumenfarbenen Seidenbluse an und einen sehr hübschen Strohhut auf. Eine kleine Strohtasche steckte unter ihrem Arm. »Du bist sehr schick.«

»Sieh nicht so erstaunt drein«, sagte Kim und ließ sich in einen Sessel fallen. »Ich hoffe, mit dem Mann läßt sich reden. Mir ist gar nicht danach zumute, an einem Samstagmorgen herumzustreiten.« Sie gähnte und sah zu, wie Deanna ihre Tasse leerte.

»Übrigens, wen soll ich darstellen? Deine Sekretärin oder deine Anstandsdame?« Deannas Augen funkelten über den Tassenrand.

»Keins von beidem, du Witzbold. Du bist einfach meine Freundin.«

»Wird er es nicht etwas seltsam finden, wenn du deine Freundin mitbringst?«

»Sein Pech, wenn er es tut.« Kim gähnte noch einmal und stand auf. »Wir sollten lieber gehen.«

»Jawohl, Chefin.«

Die Fahrt dauerte nur fünf Minuten. Deanna las Kim dabei die Anweisungen vor. Die Adresse war in einer hübschen Straße. Alle Häuser standen zurückgesetzt und versteckten sich hinter Bäumen. Als sie aus dem Wagen stiegen, sah Deanna, daß es ein kleines, nettes Haus war. Nicht prunkvoll und alles andere als angeberisch. Es hatte etwas Windgepeitschtes, Natürliches an sich. Ein kleiner schwarzer ausländischer Wagen war draußen geparkt, ein bequemes Fahrzeug, kein schönes. Kein Anzeichen wies darauf hin, daß die versprochene Bildersammlung eindrucksvoll oder einmalig sein würde. Doch das Innere des Hauses erzählte eine andere Geschichte. Eine kleine, saubere Frau in Schürze – offenbar eine Haushälterin – öffnete die Tür. Sie wirkte wie jemand, der ein- oder zweimal die Woche kommt, eher tüchtig als freundlich.

»Mr. Thompson sagt, Sie möchten in seinem Arbeitszimmer auf ihn warten. Er telefoniert oben – mit London.« Die letzten beiden Wörter setzte sie mißbilligend hinzu, als denke sie dabei an die entsetzlichen Kosten. Aber das Gespräch würde längst nicht so teuer kommen, dachte Deanna, wie die Gemälde an den Wänden. Sie betrachtete sie, während sie der Haushälterin in das Arbeitszimmer folgten, und war überwältigt. Der Mann hatte eine herrliche Sammlung englischer und früher amerikanischer Bilder. Keins davon hätte Deanna selbst gekauft, aber es war eine Freude, sie anzusehen. Sie wäre gern stehengeblieben, um jedes Stück zu studieren. Doch die Frau mit der Schürze manövrierte sie schnell und entschlossen in das Arbeitszimmer, maß sie mit einem finsteren Blick, murmelte: »Setzen Sie sich«, und zog sich an ihre Arbeit zurück.

»Mein Gott, Kim, hast du gesehen, was er an den Wänden hängen hat?«

Kimberly rückte ihren Hut zurecht. »Herrliche Sachen, nicht wahr? Nicht mein Geschmack, aber er hat ein paar sehr gute Bilder. Allerdings gehören sie nicht alle ihm.« Deanna hob fragend eine Augenbraue. »Er besitzt zwei Galerien. Eine in San Francisco und eine in Los Angeles. Ich nehme an, er leiht sich einige Bilder aus seinen Galerien. Aber was soll's, es sind gute Arbeiten.«

Deanna nickte schnell zustimmend und sah sich weiter um. Sie saßen in einem Raum mit einem breiten Panoramafenster, das aufs Meer hinausging. Ein einfacher Schreibtisch aus Fichtenholz, zwei Couches und ein Sessel. Wie das Äußere des Hauses und der bescheidene Wagen war, wirkte das Zimmer eher praktisch als eindrucksvoll. Aber die Kunstsammlung machte das mehr als wett. Sogar hier hatte er zwei sehr schöne, gut gerahmte Schwarzweiß-Zeichnungen aufgehängt. Deanna trat näher heran, um sich die Signaturen anzusehen. Dann drehte sie sich nach dem Gemälde um, das hinter ihr hing, der einzige Schmuck an einer völlig leeren weißen Wand. Noch bevor Deanna sich ihm ganz zugewandt hatte, keuchte sie auf. Es war das Gemälde – der Wyeth. Die Frau auf der Düne, das Gesicht teilweise versteckt, weil sie den Kopf auf die Knie gelegt hatte. Und auch Deanna erkannte, daß die Frau ihr verblüffend ähnlich sah. Die Länge und Farbe des Haares, die Form der Schultern, sogar die Andeutung eines Lächelns. Sie war umgeben von einem öden, feucht wirkenden Strand, und nur eine einsame Möwe leistete ihr im Vorüberfliegen Gesellschaft.

»Guten Morgen.« Sie hörte seine Stimme hinter sich, bevor sie eine Bemerkung zu dem Bild machen konnte. Überrascht begegneten ihre Augen den seinen. »Ich bin Ben Thompson. Miß Houghton?« Eine unausgesprochene Frage stand in seinen Augen. Deanna schüttelte schnell den Kopf und wies auf Kim, die mit ausgestreckter Hand und einem Lächeln vortrat.

»Ich bin Kimberly Houghton. Und das ist meine Freundin Deanna Duras. Wir haben so viel über Ihre Sammlung gehört, daß ich sie einfach mitbringen mußte. Sie ist selbst eine erstaunlich begabte Malerin, obwohl sie es nicht zugeben will.«

»Nein, das bin ich nicht!«

»Sehen Sie?« Kim lachte den gutaussehenden Mann an, der vor ihnen stand. Er mußte etwa Ende Dreißig sein, und er hatte außergewöhnlich schöne Augen.

Deanna schenkte ihnen beiden ein Lächeln und schüttelte den Kopf. »Wirklich, das bin ich nicht.«

»Wie gefällt Ihnen mein Wyeth?« Er fragte es Deanna gerade ins Gesicht, und sie spürte einen leise ziehenden Schmerz im Herzen.

»Es ist... ein sehr, sehr schönes Bild. Aber das wissen Sie bereits.« Sie merkte, daß sie bei diesen Worten errötete. Sie war sich nicht sicher, was sie sagen sollte. Sollte sie zugeben, daß sie ihn bereits kennengelernt hatte? Sollte sie so tun, als habe die Begegnung nicht stattgefunden? Wie würde er sich entscheiden?

»Es gefällt Ihnen also?« Sein Blick hielt ihren fest, und es wurde ihr warm.

»Sehr.« Er nickte erfreut. Und dann verstand sie. Er würde nichts über den gestrigen Abend am Strand sagen. Sie setzten sich, und Deanna lächelte vor sich hin. Es war ein eigentümliches Gefühl, daß sie ein Geheimnis miteinander teilten, und noch eigentümlicher war das Wissen, daß sie den »neuen Kunden« vor Kim kennengelernt hatte.

»Meine Damen, Kaffee?« Beide nickten, und er trat in die Diele hinaus und rief die Haushälterin. »Ein Kaffee mit Milch, zwei schwarze.« Grinsend kehrte er zurück. »Entweder werden alle drei Tassen mit Milch oder alle schwarz sein. Mrs. Meacham ist niemals einverstanden. Mit nichts, für sie ist alles Unsinn, sei es Kaffee, Besuch oder meine eigene Person. Aber ich kann mich darauf verlassen, daß sie das Haus sauberhält, wenn ich fort bin. Ihrer Meinung nach ist all dies Zeug Unsinn.« Seine Handbewegung rings um den Raum schloß den Wyeth und die beiden Zeichnungen ebenso ein wie die Bilder, die sie auf dem Weg hierher gesehen hatten. Kim und Deanna mußten beide lachen.

Der Kaffee kam, und alle drei Tassen waren schwarz. »Perfekt. Danke.« Er lächelte die Haushälterin jungenhaft an, und sie zog sich wieder zurück. »Miß Houghton...?«

»Kimberly, bitte.«

»Okay, Kimberly, haben Sie unsere Anzeigen des letzten Jahres gesehen?« Sie nickte. »Was halten Sie davon?«

»Nicht genug Stil. Nicht der richtige Pfiff. Nicht auf die Zielgruppe gerichtet, die Sie ansprechen wollen.«

Er nickte, aber seine Augen wanderten immer wieder zu Deanna zurück, die den Wyeth hinter ihm in sich einsog. Sein Gesichtsausdruck verriet jedoch nichts, und seine Worte zeigten, daß er wußte, was er von Kim wollte. Er war schnell, witzig, scharfsinnig und sehr sachlich, und die Besprechung war in weniger als einer Stunde beendet. Kim versprach, ihm innerhalb von zwei Wochen neue Entwürfe vorzulegen.

»Wird Deanna als Etat-Beraterin tätig sein?« Es war schwer zu entscheiden, ob er scherzte. Deanna schüttelte energisch den Kopf und hob abwehrend die Hand.

»Guter Gott, nein. Ich habe keine Ahnung, wie Kims unheimliche Einfälle zustande kommen.«

»Blut, Schweiß und eine Menge schwarzer Kaffee.« Kimberly grinste.

»Was malen Sie?« Wieder sah er Deanna an, mit den gleichen freundlichen Augen wie gestern abend am Strand.

Ihre Stimme war sehr leise. »Stilleben, junge Mädchen. Die üblichen impressionistischen Themen.«

»Und Mütter mit kleinen Kindern auf den Knien?« neckte er.

»Nur einmal.« Sie hatte ein Porträt von sich selbst und Pilar gemalt. Ihre Schwiegermutter hatte es in der Pariser Wohnung aufgehängt und dann für das nächste Dutzend Jahre ignoriert.

»Ich würde gern etwas von Ihrer Arbeit sehen. Stellen Sie aus?« Wieder verriet er nichts von ihrem gestrigen Gespräch. Deanna fragte sich, warum.

»Nein. Ich habe seit Jahren nicht ausgestellt. Ich bin noch nicht soweit.«

»Also, das ist Unsinn, um den Ausdruck Ihrer Haushälterin zu benutzen.« Kimberly sah erst Ben Thompson und dann Deanna an. »Du mußt ihm deine Bilder zeigen.«

»Sei nicht dumm.« Deanna wandte verlegen das Gesicht ab. Zu viele Jahre hatte sich niemand um ihre Bilder gekümmert. Nur Marc und Pilar, und dann und wann Kim. »Eines Tages, aber jetzt noch nicht. Trotzdem, danke.« Ihr Lächeln dankte ihm für sein Schweigen ebenso wie für seine Freundlichkeit. Seltsam, daß auch er wünschte, ihr Zusammentreffen am Strand geheimzuhalten.

Die Unterhaltung fand ein Ende mit den üblichen Höflichkeiten und einer kurzen Besichtigung seiner Sammlung, die unter dem bussardähnlichen Starren der fegenden Haushälterin durchgeführt wurde. Kimberly versprach, ihn in der nächsten Woche anzurufen. Es gab beim Abschied kein Zeichen für Deanna, keinen verlängerten Händedruck, keine Botschaft in seinen Augen, nur die Freundlichkeit, die sie bereits gesehen hatte, und das Lächeln, das er ihnen schenkte, als er die Tür schloß.

»Was für ein netter Kerl!« Kimberly startete den kleinen M. G. Der Motor hustete und erwachte dann zum Leben. »Es wird ein Vergnügen sein, mit ihm zu arbeiten. Meinst du nicht auch?«

Deanna nickte nur: Sie versank in Gedanken, bis Kim mit quietschenden Reifen vor dem Hotel bremste.

»Warum, zum Teufel, willst du ihm deine Arbeiten nicht zeigen?« Deannas Zurückhaltung hatte Kim schon immer geärgert. Auf der Kunstakademie war Deanna die einzige mit wirklich bemerkenswertem Talent gewesen, und sie war auch die einzige, die ihr Licht seit beinahe zwanzig Jahren unter den Scheffel stellte. Die anderen hatten alle versucht, bekannt zu werden, und hatten letzten Endes versagt.

»Das habe ich dir doch gesagt. Ich bin noch nicht soweit.«

»Quatsch! Wenn du Ben nicht selbst anrufst, werde ich ihm deine Nummer geben. Es ist Zeit, daß du etwas wegen dieses Bergs von Meisterwerken, die in deinem Atelier mit dem Gesicht zur Wand stehen, unternimmst. Das ist ein Verbrechen, Deanna. Es ist einfach nicht recht. O Gott, wenn ich daran denke, was ich für Schund gemalt und wie ich mir dann ein Bein ausgerissen habe, ihn zu verkaufen –«

»Es war kein Schund.« Deanna sah sie liebevoll an. Aber Kims Malerei war auch nicht sehr gut gewesen. Sie war viel besser darin, Werbekampagnen, Schlagzeilen und Layouts zu entwerfen.

»Es war Schund, und das kümmert mich nicht einmal mehr. Mir macht Spaß, was ich jetzt tue. Aber was ist mit dir?«

»Mir macht ebenfalls Spaß, was ich tue.«

»Und was ist das?« Kimberly wurde langsam bitter, und ihre Stimme verriet ihre Empfindungen. So endete es immer, wenn sie über Deannas Arbeit sprachen. »Was tust du denn eigentlich?«

»Das weißt du doch. Ich male, ich sorge für Marc und Pilar, ich führe das Haus. Ich bin immer beschäftigt.«

»Ja, mit der Sorge für alle anderen. Und du selbst? Würde es dir nichts geben, deine Bilder in einer Galerie und nicht nur im Büro deines Mannes hängen zu sehen?«

»Es kommt nicht darauf an, wo sie hängen.« Deanna wagte es nicht, Kim zu gestehen, daß sie sich nicht einmal mehr in Marcs Büro befanden. Er hatte vor sechs Monaten einen neuen Innendekorateur engagiert, der Deannas Bilder für »schwach und deprimierend« erklärte und alle abnehmen ließ. Marc hatte sie mit nach Hause gebracht, einschließlich eines kleinen Porträts von Pilar, das jetzt in der Diele hing. »Für mich kommt es darauf an, Bilder zu malen, nicht sie auszustellen.«

»Das ist, als spiele man auf einer Geige ohne Saiten. Um Himmels willen, das ist doch sinnlos!«

»Für mich nicht.« Deanna war sanft, aber fest. Kopfschüttelnd stieg Kimberly aus dem Wagen.

»Nun, ich halte dich für verrückt, aber ich liebe dich trotzdem.« Damit betraten sie beide das Hotel.

Der Rest ihres Aufenthalts ging viel zu schnell vorbei. Sie stöberten in den Läden, und noch einmal nahmen sie das Dinner im Pine

Inn. Am Sonntagnachmittag ging Deanna wieder am Strand spazieren. Sie wußte, wo Ben jetzt war, wußte es, als sie das hinter den Bäumen versteckte Haus erblickte. Sie wußte, wie nahe sie dem Wyeth war. Dann ging sie weiter. Sie sah ihn nicht wieder, und sie ärgerte sich über sich selbst, weil sie sich gefragt hatte, ob er wohl am Strand sein würde. Warum sollte er? Und was hätte sie gesagt, wenn er dagewesen wäre? Ihm danken, daß er Kimberly nichts von ihrer Bekanntschaft verraten hatte? Spielte das irgendeine Rolle? Sie würde ihn doch nie wiedersehen.

5

Als das Telefon läutete, war sie bereits in ihrem Atelier und rückte von der Leinwand ab, um die Arbeit dieses Morgens kritisch zu betrachten. Es war eine Vase mit Tulpen, deren Blätter auf einen Mahagonitisch hingen, der Hintergrund ein Fenster, durch das man den blauen Himmel sah.

»Deanna?« Es war seine Stimme, und sie erschrak.

»Ben? Woher haben Sie meine Nummer?« Das Blut stieg ihr heiß in die Wangen, und sofort ärgerte sie sich über ihre Empfindungen. »Kim?«

»Natürlich. Sie sagt, wenn ich Ihre Bilder nicht ausstelle, wird sie unseren Etat sabotieren.«

»Das hat sie nicht gesagt!« Deanna lachte, und die Röte in ihrem Gesicht vertiefte sich.

»Nein. Sie hat nur gesagt, Sie seien sehr gut. Ich mache Ihnen einen Vorschlag: Ich tausche meinen Wyeth gegen eins Ihrer Bilder.«

»Sie sind verrückt. Und Kim auch!«

»Warum lassen Sie mich nicht selbst urteilen? Darf ich um die Mittagszeit vorbeikommen?«

»Heute? Jetzt gleich?« Sie blickte auf die Uhr und schüttelte den Kopf. Es war bereits elf vorbei. »Nein!«

»Ich weiß. Sie sind noch nicht soweit. Das sind Künstler nie.« Die Stimme klang so freundlich wie am Strand.

Deanna starrte auf das Telefon. »Wirklich, ich kann nicht.« Es war fast ein Flüstern.

»Morgen?« Nicht drängend, aber fest.

»Ben, wirklich... das ist es nicht. Ich...« Sie begann zu stammeln und hörte ihn lachen.

»Bitte. Ich möchte Ihre Bilder zu gern sehen.«

»Warum?« Gleich darauf kam ihr die Frage dumm vor.

»Weil ich Sie mag. So einfach ist das. Verstehen Sie das?«

»Mehr oder weniger.« Sie wußte nicht, was sie sonst noch sagen sollte.

»Bereiten Sie gerade den Lunch vor?«

»Nein.« Wieder seufzte sie traurig.

»Das hört sich so hoffnungslos an. Ich verspreche, keine Pfeile auf Ihre Bilder zu werfen. Ehrlich. Vertrauen Sie mir.«

Seltsam, das tat sie. Sie vertraute ihm. Es lag an der Art, wie er sprach, und an dem Ausdruck seiner Augen, wie sie ihn im Gedächtnis hatte. »Na gut. Dann um zwölf.«

Niemand, der zur Guillotine ging, hatte je ebenso entschlossen gesprochen. Ben Thompson hängte auf. Er lächelte vor sich hin.

Pünktlich um zwölf war er da. Mit einem französischen Weißbrot, einem großen Eck Brie-Käse und einem halben Dutzend Pfirsichen sowie einer Flasche Weißwein.

»Reicht das?« fragte er und breitete seine Schätze auf ihrem Schreibtisch aus.

»Mehr als das. Aber Sie hätten wirklich nicht kommen sollen.« Deanna wirkte bestürzt. Sie trug Jeans und ein farbenbekleckstes Hemd. Das Haar war zu einem lockeren Knoten aufgesteckt. »Ich hasse es, meine Arbeiten zeigen zu müssen«, sagte sie nervös und sah ihn traurig an. Er hielt kurz damit inne, die Pfirsiche zu arrangieren.

»Deanna, ich wollte Ihre Bilder wirklich gern sehen. Doch es kommt überhaupt nicht darauf an, was ich denke. Kim sagt, sie seien gut. Sie wissen, daß sie gut sind. Am Strand haben Sie mir erzählt, Malen sei Ihr Leben. Damit spielt man nicht. Ich würde es gar nicht erst versuchen.« Er machte eine Pause, und dann fuhr er milder fort: »Sie haben ein paar der Bilder, die ich liebe, in meinem Cottage in Carmel gesehen. Das liegt mir am Herzen. Ihre Bilder liegen Ihnen am Herzen. Wenn Ihnen mein Wyeth gefällt, macht es mich glücklich, aber wenn nicht, verliert er für mich nichts von seiner Schönheit. Nichts, was ich sehe, wird Ihrer Arbeit etwas wegnehmen. Die kann durch nichts berührt werden.«

Sie nickte stumm. Dann ging sie langsam zur Wand, wo zwanzig Gemälde standen, versteckt und unbeachtet. Eins nach dem anderen drehte sie wortlos um. Sie sah ihn nicht an, bis er schließlich sagte: »Halt.« Überrascht blickte sie auf. Er lehnte an ihrem Schreibtisch. In seinen Augen war ein Ausdruck, den sie nicht verstand.

»Haben Sie irgend etwas empfunden, als Sie den Wyeth sahen?« Er musterte ihr Gesicht und hielt ihren Blick fest.

Deanna nickte. »Eine Menge.«

»Was?«

Sie lächelte. »Erst die Überraschung, als mir klar wurde, daß ich mich in Ihrem Haus befand. Und dann eine Art Ehrfurcht, eine Freude, das Gemälde sehen zu dürfen. Ich fühlte mich von der Frau angezogen, als sei sie jemand, den ich kenne. Ich glaube, ich verstand alles, was Wyeth mir sagen wollte. Einen Augenblick lang war ich von seiner Botschaft verzaubert.«

»Wie ich es von Ihrer bin. Haben Sie eine Ahnung, wieviel Sie in diese Bilder hineingelegt haben oder wie schön sie sind? Wissen Sie, was es für mich bedeutet, jedesmal, wenn Sie eine Leinwand umdrehen, von einer Stimmung erreicht und angezogen zu werden? Die Bilder sind unglaublich, Deanna. Wissen Sie nicht, wie gut sie sind?« Er lächelte sie an. Sie spürte ihr Herz in der Brust klopfen.

»Ich liebe sie. Aber das ist, weil sie mein sind.« Sie glühte jetzt. Er hatte ihr das höchste Geschenk gemacht, und sie wußte, jedes Wort war ihm ernst. Es war so lange her, daß irgendwer ihre Bilder gesehen – und sich dafür interessiert hatte.

»Die Bilder sind nicht nur die Ihren, sie sind Sie selbst.« Er trat näher an eine Leinwand heran und betrachtete sie schweigend. Das Gemälde zeigte ein junges Mädchen, das sich über eine Badewanne beugte – Pilar.

»Das da ist meine Tochter.« Jetzt hatte sie Freude an seinem Interesse. Sie wünschte sich, mehr mit ihm zu teilen.

»Es ist ein wunderschönes Stück Arbeit. Zeigen Sie mir mehr.«

Sie zeigte ihm alle anderen. Als sie fertig war, krähte sie beinahe vor Vergnügen. Ihre Bilder gefielen ihm, er lobte sie! Er verstand ihre Arbeit. Sie hätte ihm gern die Arme um den Hals geschlungen und gelacht.

Ben öffnete die Weinflasche. »Ihnen ist doch klar, was das bedeutet, nicht wahr?«

»Was?« Es alarmierte sie ein bißchen, aber nicht sehr.

»Ich werde Sie verfolgen, bis Sie einen Vertrag mit der Galerie unterschreiben. Wie ist es damit?«

Sie lächelte ihn an, aber sie schüttelte den Kopf. »Ich kann nicht.«

»Warum nicht?«

»Das ist nichts für mich.« Und Marc würde einen Anfall bekommen. Er würde es für kommerziell und vulgär halten – obwohl die Thompson-Galerie für alles andere als Vulgäres bekannt war und Bens Familie in der Welt der Kunst seit Jahren einen guten Ruf genoß. Deanna hatte nachgeschlagen, als sie von Carmel zurückkam. Sein Großvater hatte eine der besten Galerien in London besessen und sein Vater in New York. Ben Thompson hatte freie Bahn in der Welt der Kunst, auch wenn er erst achtunddreißig Jahre alt war. Das hatte sie ebenfalls gelesen. »Wirklich, Ben, ich kann nicht.«

»Zum Teufel, Sie können. Hören Sie, seien Sie nicht so stur. Kommen Sie in die Galerie, und sehen Sie sich um. Sie werden sich viel besser fühlen, wenn Sie wissen, was ich ausstelle.« Plötzlich wirkte er sehr jung, und Deanna lachte. Sie wußte, was in seiner Galerie hing, auch das hatte sie recherchiert. Pissarro, Chagall, Cassatt, ein sehr kleiner Renoir, ein herrlicher Monet, einige Corots. Auch ein paar sorgfältig versteckte Pollocks, ein Dali und ein de Kooning, den er selten zeigte. Die besten waren vertreten. Und dazu ein paar gute ausgewählte, unbekannte junge Künstler, denen er sie zugesellen wollte. Was konnte sie mehr verlangen? Aber was sollte sie Marc erzählen? – Ich mußte einfach. Er bat mich darum. Ich wollte...

»Nein.« Marc würde es einfach nicht verstehen und Pilar auch nicht. Sie würde es für eine anstößige Prahlerei halten. »Sie verstehen mich nicht.«

»Da haben Sie recht.« Er hielt ihr ein Stück französisches Weißbrot mit Käse hin. Zweiundzwanzig Gemälde in diesem Raum verteilt. Und jedes einzelne hatte ihn überwältigt. Strahlend nahm Deanna das Brot in Empfang.

»Ich habe noch dreißig weitere auf dem Dachboden. Und fünf sind drüben bei Kim.«

»Sie sind verrückt.«

»Nein, bin ich nicht.«

Er reichte ihr einen Pfirsich. »Doch, das sind Sie. Aber ich nehme es Ihnen nicht übel. Möchten Sie nicht zu einer Vernissage kommen, die wir morgen abend veranstalten? Das kann doch nichts schaden, stimmt's? Oder fürchten Sie sich auch davor?« Er zog sie jetzt auf, und sie war sich nicht sicher, ob es ihr gefiel.

»Wer sagt, ich hätte Angst?« Sie sah sehr jung aus, als sie in den saftigen Pfirsich biß und dann lächelte.

»Ich glaube, es gibt keine andere Erklärung für Ihre Weigerung. Welchen anderen Grund könnte es geben, daß Sie nicht ausstellen wollen?«

»Weil ich keinen Sinn darin sehe.«

»Ihre Einstellung hat keinen Sinn.« Aber mittlerweile lachten sie beide und waren bei ihrem dritten Glas Wein angelangt. »Ich mag Sie trotzdem«, verkündete er. »Ich bin daran gewöhnt, mit Wahnsinnigen wie Ihnen zu verhandeln.«

»Ich bin nicht wahnsinnig, nur hartnäckig.«

»Und Sie sehen genau wie mein Wyeth aus. Haben Sie das bemerkt?« Wieder fühlte sie das Ziehen in ihrem Herzen. Er stellte sein Glas ab. Sie zögerte kurz, dann nickte sie.

»Ja.«

»Nun kann ich Ihre Augen sehen.« Er hielt ihren Blick lange fest, dann wandte er das Gesicht ab. Es waren genau die Augen, die er sich bei der Frau auf dem Bild vorgestellt hatte. »Sie haben wunderschöne Augen.«

»Sie auch.« Ihre Stimme war wie eine sanfte Brise in dem Raum, und beide dachten sie an ihren Spaziergang in Carmel.

Eine Weile sagte er nichts mehr. Er saß nur da und betrachtete ihre Bilder. »Sie sagten, das sei Ihre Tochter. Ist das wirklich wahr?« Wieder sah er sie forschend an, wollte mehr wissen.

»Ja. Sie ist beinahe sechzehn. Ihr Name ist Pilar. Und sie ist sehr, sehr hübsch. Noch hübscher als auf dem Bild. Ich habe mehrere von ihr gemalt.« Wehmütig dachte sie an das eine, das Marcs Innendekorateur in die Diele verbannt hatte. »Einige davon sind ganz gut.« Sie sprach jetzt völlig ungezwungen mit ihm, gab zu, ihre eigenen Bilder zu mögen.

»Wo ist sie? Nicht hier?«

»Nein.« Deanna sah ihn lange an. »In Südfrankreich. Ihr... mein

Mann ist Franzose.« Sie hätte ihm gern erzählt, daß auch Marc fort war, daß er in Griechenland war, aber das kam ihr wie Verrat vor. Warum wollte sie es ihm erzählen? Was wollte sie von diesem Mann? Er hatte ihr bereits versichert, daß ihre Bilder ihn ansprachen. Konnte sie mehr verlangen? Fast hätte sie ihn gefragt, ob er verheiratet sei. Aber auch das schien ihr nicht richtig. Kam es auf diese Dinge an? Er war hier, um sich ihre Arbeiten anzusehen. Ganz gleich, wie freundlich diese tiefen, meergrünen Augen blickten.

»Wissen Sie –« er sah bedauernd auf seine Uhr, »– ich sage es ungern, aber ich muß zur Arbeit. Um drei habe ich einen Termin im Büro.«

»Um drei?« Ihr Blick flog zu der Wanduhr. Es war bereits Viertel vor. »Schon? Wie ist die Zeit so schnell vergangen?« Nun, sie hatten sich einen großen Teil ihrer Bilder angesehen. Deanna stand auf.

»Sie kommen doch morgen abend zu der Vernissage?« Seine Augen sagten ihr, daß er es sich wünschte. Sie war sich nicht sicher, warum.

»Ich will es versuchen.«

»Bitte, Deanna. Ich würde mich freuen.« Er berührte kurz ihren Arm, sah sich noch einmal mit anerkennendem Lächeln in dem Atelier um und sprang dann die Stufen hinunter. »Ich finde hinaus. Bis morgen!« klang es zurück. Deanna ließ sich in den gemütlichen weißen Sessel sinken und hielt Umschau. Da waren vier oder fünf Bilder von Pilar, aber keins von Marc. Einen Augenblick voller Panik konnte sie sich nicht mehr an sein Gesicht erinnern.

6

Deanna parkte den dunkelblauen Jaguar gegenüber der Galerie und ging langsam auf die andere Straßenseite. Sie war sich immer noch nicht sicher, ob sie das Haus betreten sollte, ob es klug war, ob es einen Sinn hatte. Wenn nun Kim da war? Dann würde sie sich dumm vorkommen. Und was, wenn... aber dann dachte sie an seine Augen und schob die schwere Glastür auf.

Zwei Kellner in schwarzen Jacketts standen an der Tür und schenkten abwechselnd Scotch und Champagner aus. Eine hübsche junge Frau begrüßte die Gäste, die alle entweder gutbetucht oder künstlerisch aussahen. Deanna merkte schnell, daß die Arbeiten eines älteren Mannes ausgestellt wurden. Er war umringt von seinen Freunden und blickte siegesbewußt und stolz drein. Die Gemälde waren gut gehängt und erinnerten an van Gogh. Und dann sah sie Ben. Er stand in der hinteren Ecke des Raums und sah in einem marineblauen Nadelstreifen-Anzug sehr gut aus. Seine Augen folgten ihr, und sie sah ihn lächeln und sich geschickt von der Gruppe lösen, mit der er gesprochen hatte. Im nächsten Augenblick war er bei ihr.

»Sie sind also gekommen? Ich freue mich.« Für einen Augenblick standen sie da und sahen sich an, und Deanna spürte, daß sie lächelte. Es war ein Lächeln, das sie nicht hätte unterdrücken können. Sie war glücklich, ihn wiederzusehen. »Champagner?«

»Danke.« Sie nahm ein Glas von einem Tablett, das ein Kellner ihr entgegenhielt. Ben faßte sie behutsam am Ellenbogen.

»Es ist etwas in meinem Büro, das ich Ihnen zeigen möchte.«

»Radierungen?« Sie errötete und murmelte: »Das hätte ich nicht sagen sollen.«

»Warum nicht?« Er mußte lachen. »Aber nein, es ist ein ganz kleiner Renoir, den ich gestern abend gekauft habe.«

»Mein Gott, wo haben Sie ihn her?« Sie folgte ihm einen langen Flur hinunter, der mit einem beigefarbenen Läufer ausgelegt war.

»Ich habe ihn aus einer Privatsammlung gekauft. Ein wundervoller alter Mann. Er sagt, er habe ihn nie leiden können. Gott sei Dank, deshalb habe ich ihn zu einem unglaublichen Preis bekommen.« Er schloß die Bürotür auf und trat schnell ein. An der gegenüberliegenden Wand lehnte das Aktbild eines entzückend zarten Mädchens in dem Stil, der einen Blick auf die Signatur überflüssig machte. »Ist sie nicht hübsch?« Er betrachtete das Gemälde wie ein Kind, auf das er unerträglich stolz war, und Deanna lächelte über das Licht in seinen Augen.

»Sie ist wundervoll.«

»Ich danke Ihnen.« Nun richteten sich seine Augen fest auf Deanna, als wolle er noch etwas sagen. Er tat es jedoch nicht. Statt dessen forderte er sie mit einem Blick und einem Lächeln auf, sich umzusehen. Es hing ein zweiter, bekannter, Andrew Wyeth über seinem Schreibtisch.

»Mir gefällt dieser auch. Aber nicht so sehr wie der andere.«

»Mir geht es genauso.« Ihre Gedanken wanderten auf der Stelle nach Carmel zurück. Das Schweigen wurde durch ein Klopfen an der Tür unterbrochen. Die junge Frau, die am Eingang die Gäste begrüßt hatte, winkte Ben aus dem Korridor zu. »Hallo, Sally. Was ist los? Oh, das ist Deanna Duras, die bald zu unseren jungen Künstlern gehören wird.«

Sallys Augen wurden groß. Sie trat näher und schüttelte Deanna erfreut die Hand. »Was für gute Neuigkeiten!«

»Halt, halt, nicht so schnell!« Deanna sah Ben verlegen an. »Das habe ich nicht gesagt.«

»Nein, aber ich hoffe, daß Sie es sagen werden. Sally, erzählen Sie ihr, daß wir großartig sind, daß wir unsere Künstler nie betrügen, nie Bilder verkehrt herum aufhängen und nie Schnurrbärte auf Aktbilder malen.«

Jetzt lachte Deanna. Sie meinte kopfschüttelnd: »In dem Fall ist das nicht die richtige Galerie für mich. Ich habe mir schon immer gewünscht, einen Schnurrbart auf einem meiner Akte zu sehen, und hatte nur nicht den Mut, ihn selbst draufzumalen.«

»Lassen Sie uns das für Sie tun.« Ben führte sie, immer noch lächelnd, in den Flur zurück und begann Sally auszufragen. Es waren bereits drei Käufer dagewesen, und sie hatte mit Ben über den Preis eines der Gemälde sprechen wollen. Der Maler verlangte mehr.

»Ich sage ihm, daß wir das bei einem anderen Bild ausgleichen werden. Dem Preis für dies eine hatte er bereits zugestimmt. Gott segne Gustave – ihm verdanke ich alle meine grauen Haare.«

»Ganz zu schweigen von meinen.« Sally wies auf ihren jungfräulich blonden Kopf und verschwand wieder in der Menge. Ben begann, Deanna den Gästen vorzustellen. Es verwunderte sie, daß sie sich ganz wie zu Hause fühlte, als sie durch die Galerie wanderte und Maler und Sammler kennenlernte. Und es verwunderte sie, daß sie Kim nicht sah. Dann trat Ben wieder zu ihr, und sie fragte ihn.

»Ist Kim nicht hier? Ich dachte, sie würde kommen.«

»Nein. Anscheinend reißt sie sich wegen einer neuen Joghurt-Anzeige die Haare aus. Ehrlich gesagt, mir ist es nur recht, wenn sie uns nicht durcheinanderbringt. Besser, sie hat ihr Gehirn von dem Joghurt freigemacht, bevor sie sich in die Kunst stürzt. Finden Sie nicht auch?« Er reichte Deanna ein weiteres Glas Champagner, und sie lachte. »Wissen Sie«, fuhr er fort, »ich habe den gestrigen Tag sehr genossen. Ihre Arbeiten sind außerordentlich gut. Und ich werde nicht aufhören, Sie zu drängen, bis Sie ›Ja‹ gesagt haben.«

Deanna lächelte ihm über ihr Champagnerglas zu. Ehe sie protestieren konnte, wurden sie von mehreren Sammlern unterbrochen, die mit Ben sprechen wollten. Er hatte fast die ganze Zeit bis neun Uhr alle Hände voll zu tun mit ihnen.

Deanna schlenderte durch die Galerie, beobachtete potentielle Käufer und bewunderte Gustaves Arbeiten. Sie war gerade vor einem seiner Gemälde stehengeblieben, als sie eine bekannte Stimme hinter sich hörte. Überrascht drehte sie sich um.

»Studieren Sie die Technik, Deanna?«

»Jim!« Sie sah in die lachenden irischen Augen. »Was tun Sie denn hier?«

»Fragen Sie mich nicht. Ich bilde mich.« Er machte eine vage Handbewegung zu einer Gruppe von Leuten an der Tür hin. »Sie haben mich hergezerrt. Aber erst nach mehreren steifen Drinks.«

»Ein Kunstliebhaber bis in die Knochen.« Sie zeigte ihm ihr übliches freundliches Lächeln, aber tief in ihrem Inneren spürte sie Unbehagen. Jim Sullivan hatte sie nicht hier treffen wollen. Sie war gekommen, um Ben zu sehen... oder nur die Galerie? Sie war sich nicht ganz sicher, und vielleicht merkte Jim etwas davon. Vielleicht entdeckte er eine Veränderung in ihrem Gesicht, in ihren Augen, in ihrer Seele. Als habe er sie bereits zur Verteidigung gezwungen, griff sie nach einem vertrauten Thema. »Haben Sie von Marc gehört?«

Er musterte ihr Gesicht. »Sie?«

Deanna schüttelte den Kopf. »Einen Tag nach seiner Abreise erhielt ich ein Telegramm, er habe nicht anrufen können, weil es die falsche Zeit gewesen sei. Und dann bin ich für das Wochenende nach Carmel gefahren. Mit Kim«, setzte sie schnell und überflüssigerweise hinzu. »Vielleicht hat er da versucht, mich zu erreichen. Ich nehme an, er ist mittlerweile in Athen.«

Sullivan nickte und spähte zu seinen Freunden hinüber. Deanna folgte seinem Blick und entdeckte sofort ein atemberaubend schönes Mädchen mit kastanienfarbenem Haar in einem schimmernden Silberkleid. Jims Mannequin – das mußte sie sein.

»Ja, er wird in Athen stecken«, sagte Jim. »Und ich muß weiter,

Schatz.« Er küßte ihre Wange, und dann schien ihm plötzlich etwas einzufallen. Er trat einen Schritt zurück und musterte sie noch einmal. »Haben Sie Lust, mit uns zum Dinner zu gehen?«

Sofort schüttelte sie den Kopf. »Ich – ich kann nicht... ich muß nach Hause... wirklich. Aber vielen Dank.« Verdammt. Warum fühlte sie sich so verlegen? Sie hatte nichts zu verbergen. Jim allerdings schien keine Veränderung an ihr bemerkt zu haben. Warum sollte er auch? Was hatte sich verändert?

»Sind Sie sicher?«

»Völlig.«

»Na gut. Ich rufe Sie an.« Er küßte sie erneut auf die Wange und gesellte sich wieder seinen Freunden zu. Einen Augenblick später waren sie gegangen. Deanna sah ihnen geistesabwesend nach. Er hatte ihr keine Antwort gegeben, ob er von Marc gehört habe oder nicht. Statt dessen hatte er ihr die Gegenfrage gestellt, ob sie Nachricht von ihm habe. Deanna fragte sich, warum.

»Sie blicken schrecklich ernst drein, Deanna. Denken Sie daran, daß Sie unsern Vertrag unterschreiben wollen?« flüsterte Ben nekkend, und sie drehte sich lächelnd zu ihm um. Sie hatte nicht gemerkt, daß er neben sie getreten war.

»Nein. Ich dachte daran, daß ich nach Hause gehen müßte.«

»Schon? Seien Sie nicht dumm. Außerdem haben Sie noch nicht gegessen.« Er sah sie forschend an. »Kann ich Sie für ein Dinner begeistern? Oder hätte Ihr Mann etwas dagegen?«

»Kaum. Er ist den Sommer über in Griechenland.« Ihre Blicke begegneten sich und hielten sich fest. »Ein Dinner wäre herrlich.« Warum nicht? Deanna verbannte Jim Sullivan entschlossen aus ihren Gedanken.

Ben gab Sally durch ein Zeichen zu verstehen, daß er ging. Unbemerkt von den letzten Besuchern traten sie durch die Glastür in den kühlen Sommernebel hinaus. »Manchmal erinnert mich das an London«, sagte Ben. »Als Kind habe ich dort regelmäßig meinen Großvater besucht. Er war Engländer.«

Deanna lachte, weil er seinen Großvater als Unbekannten hinstellte. »Ja, ich weiß.«

»Sind Sie mit Ihrem Wagen gekommen?« erkundigte sich Ben. Deanna wies auf den dunkelblauen Jaguar. »Ach du meine Güte. Ich bin beeindruckt. Ich selbst fahre einen kleinen ausländischen Wagen, von dem hier noch kein Mensch gehört hat. Er läuft praktisch ohne Benzin und bringt mich an jeden gewünschten Ort. Schämen Sie sich, wenn man Sie in einem so einfachen Fahrzeug sieht? In dem Fall nehmen wir Ihres.« Einen Augenblick war es ihr peinlich, mit Marcs Wagen gekommen zu sein, aber sie nahm ihn immer, wenn sie des Abends ausging. Es war reine Gewohnheit.

»Ich möchte viel lieber in Ihrem Wagen fahren.«

»Ins L'Etoile?« Er fragte es zögernd, tastend.

»Ich würde ein Lokal vorziehen, das Ihrem Wagen ähnlicher ist. Ruhig und einfach.« Ben freute sich, und Deanna lachte. »Ich vermute, Sie verabscheuen Pracht – ausgenommen in der Kunst.«

»Genau. Außerdem würde meine Haushälterin kündigen, wenn ich eines Tages in einem Rolls-Royce vorführe. Sie entrüstet sich schon über all den ›Unsinn‹ an den Wänden. Einmal hängte ich einen wunderschönen französischen Akt auf, und sie nahm ihn ab, sobald ich Carmel verlassen hatte. Als ich zurückkehrte, fand ich das Bild eingewickelt in ein Bettlaken. Ich mußte es wieder in die Stadt mitnehmen.« Er öffnete die Wagentür und hielt sie für Deanna auf.

Ben führte Deanna in ein kleines italienisches Restaurant, das sich in einer Seitenstraße nahe der Bucht versteckte. Fast den ganzen Abend sprachen sie über Malerei. Sie erzählte ihm von den Jahren, in denen sie mit ihrem Vater Europa und die Vereinigten Staaten bereiste und sich überall, wo sie hinkamen, den Museen widmete, und er erzählte ihr, wie er den Kunsthandel bei seinem Großvater und dann bei seinem Vater erlernt und bei großen Auktionen in London und Paris und New York zugesehen habe. »Aber ich hätte nie gedacht, daß ich diesen Beruf selbst ergreifen würde.«

»Warum nicht?«

»Ich wollte etwas Interessanteres, zum Beispiel Rodeo-Reiter oder Spion, werden. Der Spion war mindestens bis zu meinem neunten Lebensjahr mein Ziel, aber mein Großvater bestand darauf, daß das nicht respektabel sei. Manchmal bin ich mir nicht ganz sicher, ob unser Geschäft es ist. Und als ich ins College ging, wollte ich einer dieser Männer werden, die Fälschungen in der Malerei entdecken. Ich studierte das Gebiet eine Zeitlang, aber die Fälschungen drehten mir immer eine Nase. Ich hoffe, jetzt leiste ich Besseres.«

Deanna lächelte. Nach dem Eindruck, den die Galerie und das Haus in Carmel machten, war sie überzeugt davon.

»Sagen Sie mir«, fragte er aus heiterem Himmel, »wie lange sind Sie verheiratet?«

Die plötzliche persönliche Frage überraschte sie. Bisher hatte er ihr noch keine gestellt. »Achtzehn Jahre. Ich war neunzehn.«

»Dann sind Sie jetzt…« Er zählte an seinen Fingern ab, und Deanna lachte.

»Einhundertunddrei im November.«

»Nein.« Er runzelte die Stirn. »Macht das nicht einhundertundzwei?«

»Mindestens. Und wie ist es mit Ihnen? Sind Sie je verheiratet gewesen?«

»Einmal. Kurz.« Er wandte das Gesicht ab. »Ich fürchte, ich war auch auf diesem Gebiet nicht sehr gut darin, Fälschungen zu entdekken. Sie nahm mich, um sich zu amüsieren, und ich amüsierte mich mit. Und dann war es vorbei.« Er sah Deanna von neuem in die Augen.

»Keine Kinder?«

»Nein. Das ist das einzige, was ich bedauere. Ich hätte so gern einen Sohn gehabt.«

»Ich auch.«

In ihrer Stimme klang eine Spur von Wehmut mit, so daß er sie scharf beobachtete, als er sagte: »Aber Sie haben eine entzückende Tochter.«

»Ich hatte auch zwei Jungen. Sie sind beide gleich nach der Geburt gestorben.« Es war eine schwerwiegende Information, wenn man sie einem relativ Fremden über den Tisch zuschob. Er sah ihr nur in die Augen. Darin entdeckte er alles, was er wissen mußte.

»Es tut mir leid.«

»Ich war sehr traurig. Und dann war es, so dumm es klingt, wie ein Schlag, als Pilar geboren wurde. In französischen Familien werden Mädchen nicht mit Applaus begrüßt.«

»Sie wollten Applaus?« Er wirkte belustigt.

»Zumindest das.« Endlich lächelte sie wieder. »Und einen Orden und eine Parade.«

»Dafür kann man Sie kaum tadeln. Sie war das dritte Kind?« Deanna nickte. »Stehen Sie sich sehr nahe?« Er hatte sich vorgestellt, so sei es, und war überrascht, als er etwas anderes hörte.

»Im Augenblick nicht, aber das wird wiederkommen. Gerade ist sie hin- und hergerissen, ob sie Amerikanerin oder Französin ist. So etwas kann hart sein.«

»Auch, fünfzehn Jahre alt zu sein.« Er erinnerte sich mit Grauen an seine Schwester in diesem Alter. »Sieht sie Ihnen ähnlich?« Er hatte es nach Deannas Gemälden nicht entscheiden können.

»Überhaupt nicht. Sie ist das Ebenbild ihres Vaters und ein sehr hübsches Mädchen.«

»Ihre Mutter auch.«

Einen Augenblick lang sagte Deanna gar nichts, dann lächelte sie. »Danke, mein Herr.«

Die Unterhaltung wandte sich wieder der Malerei zu. Er vermied schmerzliche und persönliche Themen, doch manchmal fragte Deanna sich, ob er überhaupt zuhöre. Er schien sie die ganze Zeit zu beobachten und mit seinen Augen andere Dinge zu sagen. Schließlich deutete man ihnen an, sie müßten gehen. Es war Mitternacht.

Ben hielt neben dem geparkten Jaguar, und Deanna lächelte ihn an. »Das war ein wunderschöner Abend.«

»Für mich auch.« Mehr sagte er nicht. Sie startete ihren Wagen, Ben trat zurück und winkte. Sie sah in ihrem Rückspiegel, wie er zu seinem eigenen Wagen zurückging, die Hände in den Taschen und den Kopf nachdenklich gesenkt.

Deanna lag bereits im Bett und hatte die Lampe eingeschaltet, als das Telefon läutete. Das Surren in der Leitung verriet ihr, daß es ein Ferngespräch war.

»Deanna?« Das war Marc.

»Hallo, Darling. Wo steckst du?«

»In Rom. Im Hassler, falls du mich brauchst. Geht es dir gut?« Die Verbindung war schlecht, sie konnte ihn kaum verstehen.

»Ausgezeichnet. Warum bist du in Rom?«

»Was? Ich höre dich nicht...«

»Ich sagte, warum bist du in Rom?«

»Ich bin geschäftlich hier. Für Salco. Aber ich werde Pilar an diesem Wochenende besuchen.«

»Bestelle ihr meine herzlichsten Grüße.« Deanna hatte sich im Dunkeln aufgesetzt und brüllte, um sich verständlich zu machen.

»Ich kann dich nicht verstehen!«

»Ich sagte, bestelle ihr meine herzlichsten Grüße!«

»Gut. Fein. Das werde ich. Brauchst du Geld?«

»Nein, ich habe alles.« Eine Weile hörte sie nur Geräusche und Gebrabbel. »Ich liebe dich.« Aus irgendeinem Grund mußte sie ihm das sagen, mußte ihn das gleiche antworten hören. Sie brauchte ein Band zu ihm, aber er schien unendlich weit weg zu sein.

»Ich liebe dich, Marc!« Deanna begriff nicht, warum sich ihre Augen mit Tränen füllten. Sie wollte, daß er sie, daß sie ihn hörte. »Ich liebe dich!«

»Was?«

Und dann wurden sie getrennt.

Schnell wählte sie die Übersee-Vermittlung und verlangte Rom. Es dauerte fünfundzwanzig Minuten, bis sie verbunden wurde. Die Telefonistin im Hassler antwortete mit einem rapiden *»Pronto«*. Deanna fragte nach Signor Duras. Man läutete in seinem Zimmer an. Es meldete sich niemand. In Rom war es bereits zehn Uhr vormittags. »Es tut uns leid. Signor Duras ist ausgegangen.«

Deanna legte sich im Dunkeln nieder und dachte an ihren Abend mit Ben.

7

Marc-Edouard Duras schlenderte über die Via Vèneto in Rom, spähte in Schaufenster und warf gelegentlich einem hübschen Mädchen einen bewundernden Blick zu. Es war ein strahlend sonniger Tag, und die Frauen trugen T-Shirts mit Spaghetti-Trägern, weiße Röcke, die sich um wohlgeformte Beine schmiegten, und Sandaletten, die rotlackierte Zehennägel enthüllten. Marc-Edouard lächelte vor sich hin, als er, die Aktentasche unter dem Arm, weiterschritt. Es war im Grunde Unsinn, dieser kurze Abstecher nach Italien, aber schließlich – warum nicht? Und er hatte versprochen... Versprochen... manchmal wunderte er sich darüber, daß er so leicht Versprechen geben konnte. Aber er tat es.

Er blieb einen Augenblick stehen, eine aristokratische Gestalt in einem makellos geschnittenen grauen Anzug, und beobachtete, wie der römische Verkehr mit lautem Getöse an ihm vorüberzog. Die Wagen brausten in wildem Durcheinander nach allen Richtungen; Fußgänger flüchteten hastig. Marc beobachtete belustigt eine alte Frau, die einen Sonnenschirm schwenkte und dann eine obszöne Geste machte. *Ecco, Signora.* Er verbeugte sich leicht vor ihr von der gegenüberliegenden Straßenseite her, und sie bedachte ihn mit der gleichen Geste. Er lachte, sah auf die Uhr und eilte an einen Tisch in seinem Café. Unter einem in leuchtenden Farben gestreiften Schirm fand er Zuflucht vor der Sonne und konnte weiter das Treiben bewundern, das das Lebenselixier Roms war. *Roma* – es war eine magische Stadt. Vielleicht war es doch der Mühe wert gewesen, daß er sein Versprechen gehalten hatte. Für einen Augenblick, aber nicht länger, kam ihm das verstümmelte Gespräch mit Deanna in den Sinn. Es war fast unmöglich gewesen, sie zu verstehen, und das hatte ihn mit Erleichterung erfüllt. Manchmal war er einfach nicht fähig, sich mit ihr zu befassen. Dann ertrug er es nicht, den Schmerz in ihren Augen zu sehen oder die Einsamkeit in ihrer Stimme zu hören. Er wußte, Schmerz und Einsamkeit waren da, nur ging es über seine Kraft, sie anzuerkennen. In San Francisco, in seinem normalen Tagesablauf konnte er damit fertig werden, aber nicht, wenn er sich im Ausland in einer kritischen beruflichen Situation befand oder wenn er zu Hause in Frankreich oder... hier in Rom war. Langsam schüttelte er den Kopf, als wolle er die Erinnerung an Deannas Stimme verscheuchen, und dann sah er sehnsüchtig die Straße entlang. Er konnte jetzt nicht an Deanna denken. Er konnte es nicht. Nein, nicht jetzt. Seine Augen siebten die Menge, und im Geist war er tausend Meilen von ihr entfernt. Eine hübsche Blondine, eine große Brünette, zwei sehr römisch wirkende Männer mit hellen Leinenanzügen und dichtem dunklen Haar, eine hochgewachsene Frau, die wie eine Florentinerin auf einem Renaissance-Gemälde wirkte – und dann entdeckte er sie. Sie schritt in ihrem unverwechselbaren Gang munter die Straße hinunter. Die endlosen Beine schienen über den Bürgersteig zu tanzen. Ein leuchtend türkisfarbener Rock umschmeichelte ihre Schenkel. Sie trug eine Seidenbluse im hellsten Mauve, kleine Sandaletten und einen riesigen Strohhut, der ihre Augen beinahe versteckte. Beinahe. Aber nicht ganz. Nichts konnte diese Augen und die saphirblauen Lichter verstecken, deren Farbe sich mit ihren Stimmungen änderte. Sie wandelten sich von gleißendem Feuer in das Geheimnis des tiefblauen Meers. Eine üppige kastanienrote Mähne hing ihr über die Schultern.

»*Alors, chérie.*« Erst wenige Zoll vor ihm hielt sie an, und das Lächeln ihrer sinnlichen Lippen wurde ihm allein dargeboten. »Entschuldige, daß ich mich verspätet habe. Ich habe mir diese dummen Armbänder noch einmal angesehen.« Er stand zu ihrer Begrüßung auf, und jetzt war die kühle Reserviertheit Marc-Edouards offensichtlich erschüttert. Er hatte das Gesicht eines Jungen, und zwar eines sehr verliebten Jungen. Ihr Name war Chantal Martin, und sie war Mannequin bei Dior gewesen. Tatsächlich das Star-Mannequin, sechseinhalb Jahre lang.

»Hast du die Armbänder gekauft?« Seine Augen liebkosten ihren Hals. Sie schüttelte den Kopf, und das kastanienrote Haar tanzte unter dem Hut, den er ihr erst heute morgen geschenkt hatte. Er war frivol, aber entzückend. Genau wie sie. »Nun?«

Ihre Augen lachten in seine. Noch einmal schüttelte sie den Kopf. »Nein, ich habe sie wieder nicht gekauft.« Plötzlich warf sie ihm ein kleines Päckchen in den Schoß. »Statt dessen habe ich dir das hier mitgebracht.« Sie lehnte sich zurück und wartete darauf, daß er das Päckchen öffnete.

»*Tu me gâtes, petite sotte.* Du verwöhnst mich, kleines Dummchen.«

»Und du verwöhnst mich nicht?« Ohne auf eine Antwort zu warten, winkte sie einem Kellner. »*Senta!... Cameriere!...*« Er kam sofort und mit Vergnügen. Sie bestellte einen Campari mit Soda. »Und du?«

»Lädst du mich auch zu einem Drink ein?« Sie wartete nie ab, daß er die Dinge in die Hand nahm. Chantal liebte es, selbständig zu handeln.

»Oh, hör auf. Was möchtest du?«

»Scotch.« Sie bestellte ihn so, wie er ihn gern hatte. Sie saßen beide unter dem Sonnenschirm, und er betrachtete lange ihre Augen. Die ersten Geschäftsleute tauchten auf, um den Lunch einzunehmen, und vollführten einen farbigen Wirbel um sie. »Wirst du immer so unabhängig sein, meine Geliebte?«

»Immer. Jetzt mach dein Geschenk auf.«

»Du bist unmöglich.« Aber genau das hatte ihn immer an ihr fasziniert. Sie war unmöglich. Und das liebte er. Wie ein Wildpferd, das frei auf den Ebenen der Camargue läuft. Sie waren einmal zusammen dort gewesen, in dem Land der französischen Cowboys und der schönen, wilden weißen Pferde. Danach hatte er immer dies Bild vor Augen gehabt, wenn er an sie dachte. Ungezähmt, gerade ein Stückchen außer Reichweite, aber mehr oder weniger sein eigen. Mehr oder weniger. Er glaubte gern, daß es eher mehr als weniger war. Und so stand es zwischen ihnen seit fünf Jahren.

Sie war jetzt neunundzwanzig. Als sie sich kennenlernten, war sie vierundzwanzig gewesen. Das war der erste Sommer, in dem Deanna sich geweigert hatte, mit ihm nach Frankreich zu kommen. Ihm kam es merkwürdig vor, einen Sommer ohne sie zu verbringen, und es war ihm peinlich gewesen, es seiner Familie beizubringen. Sie habe sich in diesem Jahr nicht wohl genug gefühlt zum Reisen, hatte er behauptet. Niemand glaubte ihm, aber das hatten sie nur hinter seinem Rücken gesagt und Überlegungen angestellt, ob Deanna ihn verlassen würde oder nur einen Liebhaber in den Staaten habe. Die Wahrheit hätten sie nie verstanden – daß Deanna sie haßte, daß sie sich bei ihnen unbehaglich fühlte, daß sie hatte zu Hause bleiben, allein sein, malen wollen, daß sie es verabscheute, Marc mit ihnen zu teilen, sein verändertes Benehmen verabscheute, wenn er bei ihnen war, und noch mehr das verabscheute, was Pilar durch sie wurde. Für Marc-Edouard war Deannas Weigerung ein Schock gewesen, und er hatte lange darüber nachgedacht, was es zu bedeuten haben mochte, daß sie den Sommer nicht mehr mit seiner Familie in Frankreich verbringen wollte. Er entschloß sich, ihr etwas Hübsches zu schicken, dazu einen Brief, in dem er sie bitten wollte, ihre Meinung zu ändern. Mit der Erinnerung an die achtzehnjährige, traurige kleine Schönheit, die vor so langer Zeit in seinem Büro gesessen hatte, war er zu Dior gegangen.

Er hatte sich die ganze Kollektion angesehen, Notizen gemacht, die Mannequins betrachtet, die Kleider aufmerksam studiert und sich zu entscheiden versucht, welche Kleider am besten Deannas Stil entsprachen. Aber seine Aufmerksamkeit war immer mehr von den Hüllen zu den Mannequins abgeglitten, und ganz besonders zu einem atemberaubenden Mädchen. Sie war sinnverwirrend, und sie bewegte sich auf eine Weise, die nur zu ihm sprach. In dem, was sie tat, war sie ein Genie. Sie wiegte sich, drehte sich, winkte – ihm allein, so schien es –, und er saß atemlos auf seinem Platz. Am Ende der

Vorführung hatte er sie zu sprechen verlangt. Einen Augenblick lang war ihm beklommen zumute, aber kaum länger. Als sie in einem hautengen schwarzen Jersey-Kleid zu ihm herauskam, das kastanienrote Haar auf ihrem reizenden Kopf hochgesteckt, diese bemerkenswerten blauen Augen, die abwechselnd stachen und streichelten, hatte er sich gewünscht, sie an sich zu reißen und in seiner Umarmung schmelzen zu sehen. Er war ein rationaler Mann, ein Mann mit Macht und Selbstbeherrschung, und er hatte noch nie zuvor so empfunden. Es ängstigte und faszinierte ihn, und Chantal schien sich ihrer Wirkung sehr bewußt zu sein. Sie nutzte sie mit Anmut, aber auch mit zerschmetternder Gewalt.

Und statt Deanna ein Kleid zu kaufen, hatte Marc Chantal zu einem Drink eingeladen, zu noch einem und noch einem. Es endete mit Champagner an der Bar des Hotels George V. Und dann hörte er sich zu seinem eigenen Erstaunen fragen, ob sie erlaube, daß er ein Zimmer nehme. Sie hatte nur gekichert und sein Gesicht mit einer langen, zarten Hand leicht berührt.

»*Ah, non, mon amour, pas encore.* Noch nicht.«

Wann dann? Er hätte die Frage am liebsten gebrüllt, doch das hatte er nicht getan. Statt dessen umwarb er sie, schmeichelte er ihr, überschüttete sie mit Geschenken, bis sie sich schließlich ergab, spröde, scheu, genau in der Art, die ihm Herz und Seele und Fleisch unter ihrer Berührung in Feuer verwandelte. Sie verbrachten das Wochenende in einer Wohnung, die er sich von einem Freund geliehen hatte, in der piekfeinen Nachbarschaft der Avenue Foch, mit einem wunderbar romantischen Schlafzimmer und einem Balkon, der auf sanft wispernde Bäume hinausging.

Bis an sein Lebensende würde er sich an jeden Laut, jeden Geruch und jeden Augenblick dieses Wochenendes erinnern. Ihm wurde klar, daß er von Mademoiselle Chantal Martin nie genug haben würde. Sie hatte sich wie ein Faden unter seine Haut eingewebt, und er konnte sich ohne sie nie wieder richtig wohl fühlen. Sie saugte ihn aus, verzauberte ihn und erweckte in ihm ein unglaubliches Verlangen, wie er es nie zuvor gekannt hatte. Nicht festzuhaltende, exotische, exquisite Chantal. Fünf Jahre lang war es so weitergegangen. In Paris und Athen und Rom. Wohin er auch in Europa reiste, er nahm sie mit, und natürlich galt sie in Hotels und Restaurants und Geschäften als »Madame Duras«. Im Laufe der Jahre hatten sie sich beide daran gewöhnt. Jetzt war diese Verbindung einfach Teil seines Lebens und des ihren. Ein Teil, über den Jim Sullivan, sein Partner, sehr gut Bescheid wußte, und seine Frau Gott sei Dank nicht. Deanna würde es nie erfahren. Es gab keinen Grund, sie zu informieren. Ihr wurde ja nichts dadurch weggenommen, versicherte er sich selbst. Sie hatte San Francisco und ihre eigene kleine Welt. Er hatte Chantal und eine viel größere Welt. Er hatte alles, was er wollte. Solange er Chantal hatte. Er betete nur darum, daß es bis an sein Lebensende so bleiben möge. Aber ein solches Versprechen wollte Chantal nie abgeben.

»*Alors, mon amour*, dein Geschenk, dein Geschenk! Mach auf!« Ihre Augen glühten schelmisch, und sein Herz jubelte. Er öffnete die Schachtel. Es war eine Taucheruhr, die er am Morgen bewundert hatte. Die könne er brauchen, hatte er gesagt, für ihre Ausflüge ans Meer und seine Besuche in Cap d'Antibes.

»Mein Gott, du bist wahnsinnig! Chantal!« Die Uhr war entsetzlich teuer gewesen, aber Chantal winkte seine Einwände desinteressiert ab. Sie konnte es sich jetzt, wo sie nicht mehr bei Dior war, leisten. Vor drei Jahren hatte sie sich vom Laufsteg zurückgezogen und ihre eigene Mannequin-Agentur eröffnet. Stets hatte sie sich geweigert, sich von ihm in einer Pariser Wohnung aushalten zu lassen, wo sie nichts zu tun habe, als Haare und Fingernägel zu pflegen und auf ihn zu warten. Sie weigerte sich, von irgendwem abhängig zu sein, am wenigsten von ihm. Es irritierte ihn manchmal, und es ängstigte ihn auch. Sie brauchte ihn nicht, sie liebte ihn nur, aber dessen war er zumindest sicher. Ganz gleich, was sie tat, wenn er in den Staaten war, sie liebte ihn. Davon war er überzeugt. Und die bezaubernden Stunden, die sie zusammen verbrachten, untermauerten diesen Glauben.

»Gefällt sie dir?«

»Ich liebe sie.« Er senkte die Stimme. »Aber dich liebe ich noch mehr.«

»Wirklich, Mylord?« Sie hob eine Augenbraue, und er spürte seine Erregung.

»Verlangst du einen Beweis?«

»Vielleicht. Was hattest du denn im Sinn?« Unter ihrem Hut hervor traf ihn ein herausfordernder Blick.

»Ich wollte eigentlich einen Lunch irgendwo draußen auf dem

Land vorschlagen, aber vielleicht...« Sein Lächeln glich dem ihren.

»Zimmer-Service, Liebling?«

»Eine ausgezeichnete Idee.« Er winkte dem *Cameriere* und bezahlte schnell die Rechnung.

Träge stand sie auf und lehnte ihren Körper einen quälenden Augenblick lang gegen seinen. Dann begann sie, sich einen Weg zwischen den überfüllten Tischen zu bahnen. Dann und wann warf sie ihm über die Schulter einen Blick zu. Er konnte es kaum erwarten, mit ihr nach Hause zu kommen. Am liebsten wäre er zurück ins Hotel gerannt, ihre Hand fest in der seinen haltend, aber sie schritt in dem ihr eigenen Tempo dahin, in ihrem eigenen Stil. Sie wußte, daß sie Marc-Edouard genau da hatte, wo sie ihn haben wollte. Er beobachtete sie amüsiert. In ganz wenigen Minuten würde er sie genau da haben, wo er sie haben wollte. In seinen Armen, im Bett.

In ihrem Zimmer begann er mit alarmierender Geschwindigkeit ihre Bluse aufzuknöpfen. Sie schob ihn spielerisch weg und ließ ihn warten, bevor sie ihm enthüllte, wonach er so hungerte. Sie streichelte ihn mit einer Hand und biß ihn zart in den Hals, bis er endlich den Knopf ihres Rocks fand. Der Rock fiel zu Boden, und sie stand in durchsichtiger rosa Spitze da. Jetzt zerriß er ihre Bluse beinahe. Schon stand sie nackt vor ihm. Er stöhnte leise. Sie zog ihn aus, schnell und geschickt, und sie fielen zusammen auf das Bett. Jedesmal, wenn sie sich liebten, war es schöner als das Mal zuvor, und jedesmal erinnerte an das erstemal. Es ließ ihn gesättigt und doch immer noch hungrig zurück, glücklich in dem Wissen, daß sie sich bald wieder vereinigen würden.

Chantal rollte sich im Bett herum und stützte sich auf einen Ellenbogen. Ihr Haar war verwirrt, aber trotzdem schön. Sie betrachtete ihn schweigend, lächelnd. Ihre Stimme war ein heiseres Flüstern an seinem Ohr, und ihre Finger spielten langsam über seine Brust und hinunter zu seinem Magen. »Ich liebe dich, weißt du.«

Er hielt ihren Blick fest. »Ich liebe dich auch, Chantal. Vielleicht zu sehr. Aber so ist es.« Es war ein bemerkenswertes Eingeständnis für einen Mann wie Marc-Edouard Duras. Niemand, der ihn kannte, hätte es geglaubt. Am wenigsten von allen Deanna.

Chantal lächelte und legte sich mit geschlossenen Augen zurück.

»Geht es dir gut?« fragte er besorgt.

»Natürlich.«

»Lüg mich nicht an. Ich durchschaue dich. Sag es mir ehrlich. Geht es dir gut, Chantal?« Ein Ausdruck heftiger Unruhe zuckte über sein Gesicht. Sie lächelte.

»Mir geht es ausgezeichnet.«

»Hast du heute auch dein Insulin genommen?« Er war jetzt ganz väterliche Besorgnis. Die Leidenschaft des vorigen Augenblicks war vergessen.

»Ja. Hör auf, dich zu ängstigen. Möchtest du deine neue Uhr in der Badewanne ausprobieren?«

»Jetzt?«

»Warum nicht?« Sie strahlte ihn glücklich an, und nun fühlte er sich vollkommen in Frieden mit der Welt. »Oder hattest du etwas anderes im Sinn?«

»Ich habe immer etwas anderes im Sinn. Aber du bist müde.«

»Nie zu müde für dich, *mon amour.*« Und er war nie zu müde für sie. Der Altersunterschied, der zwischen ihnen lag, verschwand, als er es ihr von neuem bewies.

Um drei Uhr nachmittags lagen sie ruhig Seite an Seite. »Nun, diesen Nachmittag haben wir gut hingebracht.« Sie lächelte ihn schelmisch an, und er antwortete mit einem Grinsen.

»Hattest du andere Pläne?«

»Absolut keine.«

»Möchtest du noch einmal zum Einkaufen gehen?« Er liebte es, sie zu verwöhnen, bei ihr zu sein, sie zu bewundern, sie in sich einzutrinken. Ihr Parfüm, ihre Bewegungen, jeder Atemzug von ihr erregte ihn. Und das wußte sie.

»Wahrscheinlich könnte man mich in die Geschäfte zurücklokken.«

»Gut.« Den Abstecher nach Rom hatte er sowieso nur ihretwegen gemacht. Er würde diesen Sommer schwer arbeiten müssen, und in Athen würde es langweilig für sie sein. Er wußte, wie sehr sie Rom liebte. Und er achtete darauf, daß sie immer wieder Rom besuchten. Bloß um ihr eine Freude zu machen. Außerdem mußte er sie über das Wochenende allein lassen.

»Was ist?« Sie hatte ihn sehr genau beobachtet.

»Nichts. Warum?«

»Du hast eben bekümmert ausgesehen.«

»Nicht bekümmert.« Am besten brachte er es hinter sich. »Nur unglücklich. Ich werde dich für ein paar Tage verlassen müssen.«

»Oh?« Eisiger Frost überzog ihre Augen.

»Ich muß nach Antibes, um meine Mutter und Pilar zu besuchen, bevor wir nach Griechenland reisen.«

Sie setzte sich im Bett auf und sah ihn verärgert an. »Und was hast du mit mir vor?«

»Drück es bitte nicht so aus, Liebling. Ich kann nichts dafür. Das weißt du doch.«

»Glaubst du nicht, daß Pilar alt genug ist, um den Schock zu überstehen, wenn sie von mir erfährt? Oder hältst du mich immer noch für eine Frau, die man nicht herzeigen kann? Ich bin kein kleines Mannequin bei Dior mehr, weißt du. Ich leite die größte Mannequin-Agentur in Paris.« Aber sie wußte auch, daß das in seiner Welt nicht zählte.

»Darum geht es nicht. Und, nein, ich glaube nicht, daß Pilar alt genug ist.« In allem, was Pilar betraf, war er merkwürdig stur. Es ärgerte Chantal sehr.

»Und deine Mutter?«

»Das ist unmöglich.«

»Ich verstehe.« Sie schwang ihre langen Beine über die Bettkante, stolzierte durchs Zimmer, nahm sich unterwegs eine Zigarette und drehte sich dann zornig nach ihm um, als sie das Fenster an der anderen Seite erreicht hatte. »Ich habe es allmählich satt, in irgendeinem Nest abgesetzt zu werden, während du deine Familie besuchst, Marc-Edouard.«

»Ich würde Saint-Tropez kaum ein Nest nennen.« Er blickte gereizt drein, und seine Stimme verriet nichts mehr von der Leidenschaft der letzten Stunden.

»An welchen Ort hast du diesmal gedacht?«

»Vielleicht San Remo.«

»Wie passend. Also, ich gehe nicht hin.«

»Möchtest du lieber hierbleiben?«

»Nein.«

»Müssen wir das noch einmal durchexerzieren, Chantal? Es wird ermüdend. Außerdem verstehe ich das nicht. Warum ist das plötzlich zu einem Streitobjekt zwischen uns geworden, wenn du fünf Jahre lang völlig damit einverstanden warst, einige Zeit ohne mich an der Riviera zu verbringen?«

»Möchtest du das wirklich wissen?« Plötzlich flammten ihre Augen. »Weil ich beinahe dreißig Jahre alt bin, und ich treibe immer noch die gleichen Spiele mit dir wie vor fünf Jahren. Und das habe ich ein bißchen satt. Wir spielen auf Reisen halb um die Welt ›Monsieur und Madame Duras‹, aber an den Orten, die wirklich zählen – Paris, San Francisco, Antibes –, muß ich mich verstecken, umherschleichen und verschwinden. Ich mag nicht mehr! Du willst ein exklusives Arrangement. Du erwartest von mir, daß ich in Paris sitze und das halbe Jahr den Atem anhalte und dann auf Befehl aus dem Mottenschrank herauskomme. Das mache ich nicht mehr länger mit, Marc-Edouard. Jedenfalls nicht mehr viel länger.« Sie hielt inne, und er starrte sie sprachlos an. Er wagte nicht zu fragen, ob das ihr Ernst sei. In jähem Erschrecken erkannte er, daß es so war.

»Was soll ich deiner Meinung nach denn tun?«

»Das weiß ich noch nicht. Aber ich habe in letzter Zeit viel darüber nachgedacht. Die Amerikaner haben einen sehr guten Ausdruck dafür: ›Scheiße oder verschwinde vom Topf‹.«

»Das finde ich durchaus nicht amüsant.«

»Und ich finde San Remo nicht amüsant.«

Himmel! Es war sinnlos. Ihm entschlüpfte ein kleiner Seufzer, und er fuhr sich mit der Hand durchs Haar. »Chantal, ich kann dich nicht nach Antibes mitnehmen.«

»Du willst mich nicht nach Antibes mitnehmen. Das ist ein Unterschied.«

Das schlimmste war, daß sie San Francisco in die Liste ihrer Beschwerden aufgenommen hatte. Es war ihm nicht entgangen. Bisher hatte Chantal nie den Wunsch geäußert, die Vereinigten Staaten zu besuchen.

»Darf ich fragen, was all dies ausgelöst hat? Es kann nicht einfach dein dreißigster Geburtstag sein. Das ist noch ein paar Monate hin.«

Sie schwieg, kehrte ihm den Rücken zu und blickte aus dem Fenster. Endlich drehte sie sich langsam wieder um. »Jemand hat mich kürzlich gebeten, ihn zu heiraten.«

Die Zeit schien stillzustehen. Marc-Edouard starrte sie entsetzt an.

8

»Deanna?« Das Telefon hatte geläutet, bevor sie aufgestanden war. Es war Ben.

»Ja.«

Es klang verschlafen, und er lächelte. »Tut mir leid. Habe ich Sie geweckt?«

»Mehr oder weniger.«

»Was für eine diplomatische Antwort! Ich rufe an, um Sie noch ein bißchen zu pieksen. Wie ich es mir vorstelle, werde ich Ihren Widerstand früher oder später doch überwinden, und Sie werden den Vertrag mit der Galerie unterschreiben, nur um mich loszuwerden. Wie wäre es mit einem Lunch?«

»Jetzt?« Sie war noch halb im Schlaf und drehte den Kopf nach der Uhr. Hatte sie so lange geschlafen? Ben lachte.

»Nein, nicht um acht Uhr in der Früh. Aber zwischen zwölf und eins? In Sausalito?«

»Was gibt es da?«

»Sonne. Ein Zustand, mit dem wir auf dieser Seite der Brücke nicht immer gesegnet sind. Habe ich Sie überredet?«

»Mehr oder weniger.« Sie lachte ins Telefon. Zum Teufel, was sollte das, daß er sie um acht Uhr morgens anrief? Und warum ein so früher Lunch? Sie hatten gestern abend das Dinner und am Tag zuvor in ihrem Atelier den Lunch genommen. Langsam fragte sie sich, ob sie einen neuen Freund, einen brennend für ihre Bilder interessierten Kunsthändler oder noch etwas anderes gefunden habe. Vielleicht war es nicht klug, sich so bald schon wieder mit ihm zu treffen.

»Ja, das ist es.«

»Was ist was?« fragte sie verwirrt.

»Sie fragten sich, ob es eine gute Idee sei, mit mir zum Lunch zu gehen. Das ist es.«

»Sie sind unmöglich.«

»Dann essen wir eben in der Stadt.«

»Nein, Sausalito hört sich gut an.« Sie hatte zugesagt, ohne weiter nachzudenken, und ertappte sich dabei, daß sie die Zimmerdecke anlächelte. »Zu dieser Stunde des Tages bin ich leicht hereinzulegen«, gestand sie am Telefon. »Noch keine Verteidigungsstellung, noch kein Kaffee.«

»Gut. Können Sie dann nicht morgen vor dem Kaffee den Vertrag mit der Galerie unterschreiben?«

»Gleich hänge ich Sie ab, Ben«, lachte sie. Es war wundervoll, den Tag mit Lachen anzufangen. Das hatte sie seit Jahren nicht mehr getan.

»Hängen Sie mich nicht ab, bis wir uns über den Lunch einig geworden sind. Soll ich Sie um zwölf herum abholen?«

»Das wird reichen.« Was würde reichen? Was tat sie da? Verabredete sich mit diesem Mann zum Lunch? Aber sie mochte ihn. Und Lunch in Sausalito klang vergnüglich.

»Ziehen Sie Ihre Jeans an.«

»Okay, bis um zwölf.«

Genau um 12.02 Uhr fuhr er am Haus vor. Er trug einen Rollkragen-Pullover und Jeans. Deanna stieg in den Wagen und entdeckte einen Korb auf dem Sitz, zugedeckt mit einem rot-weißen Tuch. Der Hals einer Flasche ragte an einer Seite hervor. Ben öffnete ihr die Tür und stellte den Korb auf den Rücksitz.

»Guten Tag, Madam.« Er lächelte breit, als sie neben ihn glitt. »Ich dachte, wir sollten vielleicht lieber ein Picknick veranstalten. Okay?«

»Ich bin sehr einverstanden.« War sie das? Sollte sie mit diesem Mann zu einem Picknick fahren? Der Kopf von Madame Duras sagte nein, während Deannas Herz sich einen Nachmittag in der Sonne wünschte. Aber eigentlich gab es andere Dinge, die sie hätte unternehmen können, und falls sie auf Sonne aus war, die gab es auch auf der Terrasse vor ihrem Atelier.

Ben ließ den Motor an, streifte sie mit einem Blick und sah die kleine Falte zwischen ihren Brauen. »Haben wir ein Problem?«

»Nein«, antwortete sie leise, und er bog in die Straße ein. Deanna schoß es durch den Kopf, ob Margaret sie wohl gesehen habe.

Ben unterhielt sie mit Geschichten über ein paar exzentrische Künstler der Galerie. Dann überquerten sie die herrliche Golden-Gate-Brücke, und er schwieg eine Weile. Beide genossen die Ansicht.

»Schön, nicht wahr?« fragte er. Sie nickte. »Darf ich Ihnen eine etwas merkwürdige Frage stellen?«

Deanna sah ihn erstaunt an. »Warum nicht?«

»Wie kommt es, daß Sie und Ihr Mann hier und nicht in Frankreich leben? Soviel ich von den Franzosen weiß, leben sie in der Regel nicht gern fern der Heimat. Außer unter Zwang.«

Deanna lächelte. Es stimmte, was er sagte. »Es gibt hier eine Menge geschäftlicher Dinge zu erledigen. Und Marc ist sowieso nicht oft hier. Die meiste Zeit ist er auf Reisen.«

»Einsam für Sie.« Es war eine Feststellung, keine Frage.

»Ich bin daran gewöhnt.«

Er wußte nicht recht, ob er ihr glauben sollte. »Was machen Sie so, wenn Sie allein sind?«

Beide sagten im Chor: »Malen« und brachen in Gelächter aus.

»Das habe ich mir gedacht.«

»Was hat Sie dazu gebracht, nach Carmel zu fahren?« Er steckte voller Fragen. Bisher waren sie alle leicht zu beantworten gewesen.

»Kim bestand darauf, daß ich einmal aus dem Haus müßte.«

»Hatte sie recht?« Er bog in die Kurve ein, die zu dem militärischen Sperrgebiet auf der anderen Seite der Brücke führte, und sah kurz zu ihr hinüber. »Und mußten Sie einmal aus dem Haus?«

»Ich glaube schon. Ich hatte ganz vergessen, wie schön Carmel ist. Seit Jahren war ich nicht mehr dort gewesen. Fahren Sie jedes Wochenende hin?« Jetzt wollte sie ihm Fragen stellen. Denn sie hatte keine rechte Lust, mit ihm über Marc zu reden.

»Wann immer ich kann. Es ist nie oft genug.«

Deanna bemerkte, daß sie in eine enge Landstraße eingebogen waren und an verlassenen Bunkern und militärischen Gebäuden vorbeikamen. »Ben, was ist das?« Neugierig sah sie sich um. Sie hätten in eine Kulisse für einen Film über die Jahre nach einem Krieg geraten sein können. Die Baracken auf beiden Seiten des Weges waren baufällig und mit Brettern verschalt, und wilde Blumen und Unkraut eroberten die Fahrbahn.

»Das ist ein alter Armee-Posten aus dem letzten Krieg. Aus irgendeinem Grund bleibt er bestehen, obwohl er jetzt nicht mehr benutzt wird. Am Ende der Straße ist ein wunderschöner Strand. Ich fahre manchmal hin, nur um nachzudenken.« Er lächelte ihr zu, und von neuem fiel ihr auf, wie gemütlich das einfache Zusammensein mit ihm war. Er hatte alle Eigenschaften eines guten Freundes. Den Rest des Weges schwiegen sie ungezwungen.

»Es ist unheimlich, nicht wahr? So hübsch, und doch ist niemand hier.« Ben hielt an, kurz bevor sie den Strand erreichten. Sein Wagen war der einzige, und sie hatten auch keinen anderen gesehen, seit er von der Hauptstraße abgebogen war.

»Es ist nie jemand da. Und ich habe auch keiner Menschenseele etwas davon erzählt. Ich komme gern allein her.«

»Tun Sie so etwas oft? Daß Sie wie in Carmel allein spazierengehen?« fragte Deanna. Er nickte und faßte nach dem Korb auf dem Rücksitz. Seine Augen hingen an ihrem Gesicht.

»Ich hätte nie gedacht, daß ich Sie nach diesem Abend am Strand wiedersehen würde.«

»Ich auch nicht. Es war merkwürdig, neben Ihnen herzugehen und Ihnen von Malerei zu erzählen. Mir war, als hätten wir uns seit Jahren gekannt.«

»Das gleiche Gefühl hatte ich auch, aber ich dachte, es liege daran, daß Sie dem Wyeth so ähnlich sehen.« Deanna lächelte und senkte die Augen. »Ich war mir am nächsten Tag nicht ganz sicher, was ich sagen sollte, als ich Sie in meinem Arbeitszimmer vorfand. Sollte ich nun zugeben, daß wir uns schon kennengelernt hatten oder nicht?«

»Wie sind Sie zu dem Entschluß gekommen, es nicht zuzugeben?« Mit einem ganz kleinen Lächeln gab sie seinen Blick zurück.

»Der Ring an Ihrer linken Hand. Ich dachte, es könnte Ihnen peinlich sein.«

Das war typisch für ihn, dachte Deanna, rücksichtsvoll und aufmerksam. Sie bemerkte, daß er ein wenig die Stirn runzelte und auf seinem Sitz zurückrutschte.

»Wäre es Ihnen peinlich, wenn die Leute wüßten, daß wir zusammen lunchen?« erkundigte er sich.

»Ich wüßte nicht, warum.« Aber es lag mehr Trotz als Wahrheit in ihrem Gesicht, und er erkannte es.

»Was würde Ihr Mann sagen, Deanna?«

Die Worte waren unerträglich sanft, und sie wollte ihm sagen, es kümmere sie einen Dreck. Doch sie tat es nicht. Das Gemeine daran war, daß es sie doch kümmerte – sehr sogar.

»Ich weiß es nicht. Die Frage hat sich nie gestellt. Ich lunche nicht oft mit anderen Männern.«

»Was ist mit Kunsthändlern, die Ihre Bilder ausstellen wollen?« Ben lächelte sie an. Sie saßen immer noch im Wagen.

»Nein, erst recht nicht mit Kunsthändlern. Ich lunche nie mit ihnen.«

»Warum nicht?«

Deanna holte tief Atem und sah ihm in die Augen. »Mein Mann achtet meine Arbeit nicht. Er hält sie für ein nettes Hobby, einen Zeitvertreib, aber ›Maler sind Hippies und Narren‹.«

»Nun, damit hat er Gauguin und Manet gut getroffen.« Er dachte kurz nach. Als er sprach, war ihr, als brannten seine Augen ihr in die Seele. »Tut das nicht weh? Zwingt es sie nicht, einen wesentlichen Teil Ihres Ichs zu verleugnen?«

»Eigentlich nicht. Ich male immer noch.« Aber sie wußten beide, daß diese Verneinung eine Lüge war. Sie war gezwungen worden, etwas aufzugeben, das sie sich sehr wünschte. »Ich nehme an, eine Ehe ist eine Art Austausch«, fuhr sie fort. »Jeder macht Zugeständnisse.« Und welche Zugeständnisse machte Marc? Was hatte er aufgegeben? Sie sah nachdenklich und traurig aus, und Ben wandte das Gesicht ab.

»Vielleicht lag da mein Fehler, als ich heiratete. Ich hatte die Zugeständnisse vergessen.«

»Waren Sie sehr anspruchsvoll?« fragte Deanna überrascht.

»Vielleicht war ich es. Es ist so lange her, da ist es schwer, sicher zu sein. Ich wollte, daß meine Frau das sein sollte, für das ich sie immer gehalten hatte...« Er verstummte.

»Und was war das?«

»Oh –« er sah mit schiefem Lächeln hoch, »– treu, ehrlich, freundlich, voll Liebe zu mir. So das übliche.« Nun lachten sie beide, und er nahm den Picknick-Korb und half Deanna aus dem Wagen. Er hatte auch eine Decke mitgebracht und breitete sie sorgfältig für sie auf dem Sand aus.

»Guter Gott, haben Sie diesen Korb gepackt?« Sie sah sich die Delikatessen an, die er aus dem Korb nahm. Da waren Krabbensalat, Pâté, französisches Weißbrot, eine kleine Dose mit Keksen und Wein. Ein kleinerer Korb war mit Obst gefüllt und dick mit Kirschen belegt. Deanna nahm sich ein Büschel und hängte es sich über das rechte Ohr.

»Sie sehen entzückend mit Kirschen aus, Deanna. Haben Sie es schon einmal mit Weintrauben versucht?« Er reichte ihr eine kleine Traube. Sie lachte und hängte sie sich über das linke Ohr. »Jetzt sehen Sie aus, als seien Sie soeben aus einem Füllhorn gestiegen... es ist alles ganz *Fête Champêtre.*«

»Natürlich ist es das.« Deanna legte sich zurück und sah mit strahlendem Lächeln zum Himmel auf. Sie fühlte sich schrecklich jung und überschäumend glücklich. Das war leicht, wenn man mit Ben zusammen war.

»Möchten Sie jetzt essen?« Er sah auf sie nieder, eine Schüssel Krabbensalat in der Hand. Sie war hinreißend schön, wie sie anmutig auf der Decke lag und die Früchte durch ihr dunkles Haar lugten. Sein Lächeln erinnerte sie an die Kirschen und Weintrauben. Sie nahm sie ab und stützte sich auf einen Ellenbogen hoch.

»Um Ihnen die Wahrheit zu sagen, ich bin halb verhungert.«

»Gut. Ich mag Frauen mit gesundem Appetit.«

»Und sonst? Was mögen Sie sonst noch?« Es war keine schickliche Frage, aber das war ihr gleichgültig. Sie wollte seine Freundin sein. Sie wollte mehr wissen und mit ihm zusammensein.

»Oh, lassen Sie mich nachdenken... Ich mag Frauen, die tanzen... Frauen, die lesen können – und schreiben! Frauen, die malen... Frauen mit grünen Augen.« Er brach ab und sah sie von neuem forschend an. »Und Sie?« Seine Stimme war kaum hörbar.

»Welche Art von Frauen ich mag?« scherzte sie.

»Oh, schweigen Sie! Hier, da ist etwas zu essen.« Er gab ihr den Laib Brot und die Pâté, und sie brach den Kanten ab und bestrich ihn reichlich.

Es war ein vollkommener Nachmittag. Die Sonne stand hoch am Himmel, eine leichte Brise wehte, und die Wellen schwappten leise an den Strand. Hin und wieder flog ein Vogel vorbei. Die verlassenen Gebäude hinter ihnen starrten blind. Sie waren in einer eigenen Welt.

»Wissen Sie –« Deanna sah ringsum und dann wieder zu ihm hin, »– manchmal möchte ich etwas wie das hier malen.«

»Warum tun Sie es nicht?«

»Sie meinen, wie Wyeth?« Sie lächelte ihn an. »Das bin ich nicht. Jeder von uns tut, was er tut, auf ganz unterschiedliche Weise.« Er nickte, wartete darauf, daß sie mehr sagte. »Ben, malen Sie?«

Er schüttelte mit verlegenem Grinsen den Kopf. »Eigentlich nicht. Ich habe es mal versucht. Aber ich fürchte, es ist mein Schicksal, Bilder zu verkaufen und nicht zu malen. Trotzdem habe ich ein einziges Kunstwerk geschaffen.« Träumerisch sah er über die Bucht hin. Der Sommerwind spielte mit seinem Haar.

»Was war das?«

»Ein Haus. Ein kleines Haus, aber es war verdammt hübsch. Ich habe es mit einem Freund selbst gebaut.«

»Da staune ich aber!« Sie war beeindruckt. »Wo?«

»In New England. Ich wohnte damals in New York. Es war eine Überraschung für meine Frau.«

»Hat es ihr gefallen?«

Er schüttelte den Kopf und wandte das Gesicht wieder der Bucht zu. »Nein. Sie hat es nie gesehen. Ich wollte mit ihr hinauffahren und es ihr zeigen, doch drei Tage vorher verließ sie mich.« Deanna blieb eine Weile stumm. Sie hatten beide ihre Enttäuschungen erlebt.

»Was haben Sie damit gemacht?«

»Verkauft. Eine Zeitlang behielt ich es, aber ich hatte keine Freude mehr daran. Es tat immer ein bißchen zu weh. Und dann zog ich hierher. Und kaufte das Haus in Carmel.« Er sah zu Deanna hinüber, und seine Augen waren weich und traurig. »Es ist jedoch schön zu wissen, daß ich es kann. Ich glaube, mir ist nie so wohl zumute gewesen wie an dem Tag, als das Haus fertig wurde. War das ein Gefühl! Ich hatte tatsächlich etwas zustande gebracht!«

Deanna hörte gebannt zu. »Ich weiß«, sagte sie leise. »Das habe ich empfunden, als ich Pilar geboren hatte. Obwohl sie kein Junge war.«

»Ist das wirklich so wichtig?« Es schien ihn zu ärgern.

»Damals war es schon sehr wichtig. Es bedeutete viel für Marc, einen Jungen zu haben. Aber ich glaube nicht, daß es ihm jetzt noch etwas ausmacht. Er betet Pilar an.«

»Ich hätte lieber eine Tochter als einen Sohn«, meinte Ben.

»Warum?« fragte Deanna erstaunt.

»Mädchen sind leichter zu lieben. Man braucht sich nicht mit einem Image oder männlicher Rivalität oder anderem Blödsinn herumzuschlagen, der überhaupt nichts zu bedeuten hat. Man kann sie einfach lieben.« Er sah aus, als bedauere er, kein Kind zu haben, und Deanna ertappte sich bei der Überlegung, ob er wohl irgendwann einmal wieder heiraten würde.

»Nein, das werde ich nicht.« Er sah sie nicht an, als er das sagte.

»Was werden Sie nicht?« Deanna war verwirrt. Er hatte eine Art,

Fragen zu beantworten, die sie gar nicht gestellt, an die sie nur gedacht hatte.

»Ich werde nicht wieder heiraten.«

»Sie sind unglaublich. Warum nicht?« Es erschütterte sie, daß er gewußt hatte, was sie dachte.

»Es hat keinen Sinn. Ich habe, was ich brauche. Und jetzt habe ich zuviel Arbeit mit den Galerien. Es wäre nicht fair, falls es nicht gerade eine Frau wäre, die ebenso darin aufgeht wie ich. Vor zehn Jahren hat mich mein Beruf noch nicht so in Anspruch genommen. Jetzt stecke ich bis zum Hals drin.«

»Aber Sie hätten gern Kinder, nicht wahr?« Soviel hatte sie begriffen.

»Ich hätte auch gern ein Rittergut vor den Toren Wiens. Ich kann jedoch ohne es leben. Und was ist mit Ihnen?«

»Ich habe bereits ein Kind. Meinen Sie, ob ich mir weitere Kinder wünsche?« Sie verstand ihn nicht.

»Nein, oder vielleicht das auch, aber glauben Sie, daß Sie ein zweites Mal heiraten werden?« Er sah sie mit seinen tiefgrünen Augen offen an.

»Ich bin doch verheiratet!«

»Glücklich, Deanna?«

Die Frage war schmerzlich und direkt. Sie setzte dazu an, ja zu sagen, dann überlegte sie es sich anders. »Manchmal. Ich akzeptiere, was ich habe.«

»Warum?«

»Weil er und ich eine gemeinsame Vergangenheit haben.« Sie brachte es nicht über sich, Marcs Namen vor Ben auszusprechen. »Man kann so etwas nicht ersetzen oder ableugnen oder davor weglaufen. Es ist unsere Lebensgeschichte.«

»Eine gute?«

»Zuweilen. Früher einmal verstand ich die Spielregeln.« Sie war erstaunlich ehrlich, sogar mit sich selbst.

»Und die waren?« Seine Stimme war so unerträglich sanft. Sie erweckte in Deanna den Wunsch, die Arme nach ihm auszustrecken und nicht mehr über Marc zu reden. Aber Ben war jetzt ihr Freund. Und auf mehr hatte sie kein Recht. Nur auf seine Freundschaft. Da konnten sie auch über Marc diskutieren. »Wie lauteten die Regeln?«

Deanna seufzte, und dann zuckte sie die Schultern. »Immer wieder ›Du sollst nicht‹. Du sollst dich den Wünschen deines Mannes nicht widersetzen, du sollst nicht zu viele Fragen stellen, du sollst kein eigenes Leben haben wollen, am wenigsten als Malerin... Aber er ist einmal sehr gut zu mir gewesen. Mein Vater ließ mich bei seinem Tod ohne Geld, ohne Heim und verängstigt zurück. Marc löste mich aus. Ich wollte eigentlich gar nicht soviel Lösegeld, wie er mir gab, aber er tat es. Er gab mir Hilfe und ein Heim, eine Familie und Stabilität, und schließlich gab er mir Pilar.« Von Liebe erwähnte sie nichts.

»War es das alles wert? Ist es das heute wert?«

Deanna versuchte zu lächeln. »Ich denke doch. Ich bin dageblieben; mir gefällt, was ich bekommen habe.«

»Lieben Sie ihn?«

Ihr Lächeln verblaßte langsam. Sie nickte.

»Es tut mir leid, Deanna. Ich hätte nicht fragen sollen.«

»Warum nicht? Wir sind doch Freunde.«

»Ja.« Wieder lächelte er ihr zu. »Das sind wir. Möchten Sie einen Spaziergang über den Strand machen?« Er stand schon auf den Füßen, die Arme ausgestreckt, um ihr hochzuhelfen. Ihre Hände berührten sich kurz, bevor er sich abwandte, mit langen Schritten auf das Wasser zueilte und ihr winkte, ihm zu folgen. Deanna ging langsam. Sie dachte über ihr Gespräch nach. Wenigstens war alles klar, und sie liebte Marc wirklich. Wenigstens würden jetzt keine Probleme zwischen ihr und Ben auftauchen. Einen oder zwei Augenblicke lang hatte sie das befürchtet. Er hatte etwas an sich, das ihr sehr gefiel.

Ben gab ihr Muscheln und watete bis an die Knie ins Wasser. Seine Sandalen hatte er schon vor Stunden ausgezogen. Er wirkte wie ein großer, glücklicher Junge, der in der Brandung spielt, und Deanna sah ihm lächelnd zu.

»Sollen wir um die Wette laufen?« fragte er mutwillig und kam wieder aus dem Wasser. Deanna nahm die Herausforderung mit Vergnügen an. Wenn Pilar ihre Mutter jetzt hätte sehen können, wo sie und dieser fremde Mann wie die Kinder über den Strand rannten! Deanna kam sich wie ein Mädchen vor. Atemlos und windzerzaust lief sie über den feuchten Boden. Schließlich blieb sie lachend stehen und schüttelte den Kopf, als er an ihr vorbeisauste.

»Geben Sie auf?« rief er zurück. Sie nickte, und er kehrte mit ein paar Sprüngen um und hielt da an, wo sie auf den Sand niedergesunken war. Die Sonne entlockte ihrem dunklen Haar rote Lichter. Er setzte sich zu ihr, und sie sahen aufs Meer hinaus und kamen langsam wieder zu Atem. Dann blickte sie zu ihm auf und wußte, was sie sehen würde: Diese meerfarbenen Augen, die auf sie warteten.

»Deanna...« Er schwieg lange, sah sie nur an, und dann beugte er sich langsam vor und flüsterte die Worte in die windzerzauste Dunkelheit ihres Haars. »Oh, Deanna, ich liebe dich...«

Wie ohne bewußte Absicht schlossen sich seine Arme um sie, und sein Mund senkte sich behutsam auf ihren nieder. Und ebenso schnell lagen Deannas Arme um seinen Hals, und ihr Mund war ebenso hungrig wie seiner. So saßen sie lange Zeit, hielten sich fest, berührten einer das Gesicht des anderen, sahen sich in die Augen. Es fiel kein Wort mehr zwischen ihnen nach denen, die er zuerst gesprochen hatte. Sie brauchten keine Worte; sie hatten einander in einer Welt, in der die Zeit stillstand. Es war Ben, der die Umarmung schließlich löste. Er stand schweigend auf und streckte ihr eine Hand entgegen. Hand in Hand wanderten sie über den Strand zurück.

Erst als sie wieder im Wagen saßen, redeten sie miteinander. Ben blickte beunruhigt drein.

»Ich müßte dir jetzt sagen, daß es mir leid tut, aber es tut mir nicht leid, Deanna.«

»Mir auch nicht.« Sie sprach wie im Schock. »Nur verstehe ich es nicht.«

»Vielleicht brauchen wir es nicht zu verstehen. Wir können immer noch Freunde sein.« Er sah sie an und versuchte zu lächeln, aber ihre Augen antworteten nicht darauf. Sie hatten einen irgendwie gehetzten Ausdruck.

»Ich fühle mich nicht betrogen. Wenigstens nicht von dir.« Sie wollte, daß er das wußte.

»Von dir selbst?«

»Vielleicht. Ich verstehe es einfach nicht.«

»Quäle dich nicht. Du hattest sehr klare Ansichten über dein Leben, als wir vorhin darüber sprachen. Es ist nicht nötig, daß du etwas verstehst oder erklärst.« Seine Stimme war so unerträglich liebevoll. »Wir können es vergessen. Ich bin sicher, das werden wir.«

Doch das wollte sie auch nicht, und das verwunderte sie am meisten. Sie wollte es ganz und gar nicht vergessen.

»War es dein Ernst, was du gesagt hast?« Sie meinte sein »Ich liebe dich«, und sie sah, daß er sie verstand. »So empfinde ich auch. Es ist wirklich ein bißchen verrückt.«

»Das ist es!« Diesmal lachte er laut heraus und küßte ihre Wange. »Vielleicht ist es sogar sehr verrückt. Doch was wir auch fühlen mögen, ich will dein Leben nicht zerstören. Du hast, was dir not tut, und es wäre ganz verkehrt, wenn ich dein Boot jetzt zum Kentern brächte. Ich kann mir denken, daß du die letzten achtzehn Jahre gebraucht hast, um dich mit diesem Leben abzufinden.« Es war die Wahrheit. »Ich verspreche es dir, Deanna. Ich will dich nicht verletzen.«

»Aber was sollen wir tun?« Sie kam sich wie ein Kind vor, verloren in seinen Armen.

»Nichts. Wir werden brav sein, alle beide. Und gute Freunde. Bist du damit einverstanden?«

»Ich muß wohl.« Ihre Stimme verriet Erleichterung ebenso wie Bedauern. Sie wollte Marc nicht betrügen. Ihre eheliche Treue bedeutete ihr viel.

Ben ließ den Motor an. Sie fuhren langsam nach Hause und sprachen wenig auf dem Rückweg. Es war ein Tag, den Deanna nicht so schnell vergessen würde. Eine Ewigkeit schien zu vergehen, bis sie vor ihrem Haus hielten.

»Wirst du ab und zu in mein Atelier zum Lunch kommen?« Sie sprach so wehmütig, daß es seinen Schmerz vertiefte. Aber er lächelte.

»Jederzeit. Ich rufe dich bald wieder an.«

Deanna nickte und stieg aus. Sie hörte ihn wegfahren, bevor sie eine Chance hatte, zurückzublicken.

Langsam stieg sie die Treppe zu ihrem Schlafzimmer hinauf und legte sich aufs Bett. Dann fiel ihr Blick auf das Telefon, und sie entdeckte eine Botschaft von Marc. Margaret hatte den Anruf heute nachmittag entgegengenommen. Deanna las: BITTE MR. DURAS ANRUFEN, und wand sich innerlich. Sie wollte jetzt nicht anrufen, sie wollte seine Stimme nicht hören. Nicht in diesem Augenblick. Ihr war jedoch klar, daß ihr nichts anderes übrigblieb. Sie mußte sich zwingen, den Traum am Strand zu verlassen und in ihr eigenes Leben zurückzukehren.

Es kostete sie eine halbe Stunde, sich zu dem Anruf aufzuraffen.

Schließlich wählte sie die Übersee-Vermittlung für Rom und verlangte Marcs Zimmer im Hassler.

Diesmal war er da.

»Marc? Ich bin's.«

»Ja. Hallo.« Seine Stimme klang fremd und kalt.

»Deanna.« Erst glaubte sie, er begreife nicht, wer am Apparat sei. Dann fiel ihr ein, daß es in Rom zwei Uhr morgens war. Zweifellos hatte er fest geschlafen.

»Ja, ja, ich weiß. Ich habe geschlafen.«

»Entschuldige. Wir wurden bei unserm letzten Gespräch unterbrochen, und Margaret hat mir eine Botschaft zurückgelassen. Ich dachte, es sei vielleicht wichtig.« Plötzlich beschlich sie ein merkwürdiges Gefühl. Seine Stimme klang nicht so, als ob er geschlafen habe.

»Richtig. Wo bist du gewesen?« Gott, warum sprach er so kalt? Warum jetzt? Sie brauchte einen Grund, ihr Leben mit ihm fortzusetzen. Einen Grund, sich nicht in Ben zu verlieben. Einen Grund, Marc treu zu bleiben.

»Ich war aus. Einkaufen.« Sie verabscheute die Lüge, aber was konnte sie ihm erzählen? Ich habe Ben Thompson am Strand geküßt? »Ist in Rom alles in Ordnung?«

»Bestens. Hör mal –« er zögerte einen Augenblick, »– ich rufe dich zurück.«

»Wann?« Sie mußte es wissen. Sie mußte ihn hören, mußte seine Stimme im Ohr behalten. Sicher würde das den Schmerz über das, was sie nicht haben konnte, lindern. »Wann wirst du mich anrufen?«

»Morgen. Dies Wochenende. Keine Bange, ich melde mich bestimmt. *D'accord?*«

»Ja, ist recht, gut.« Sein Ton traf sie bis ins Mark. »Ich liebe dich.« Das Flehen in ihrer Stimme entging ihm.

»Und ich dich. *Ciao.*« Und dann legte er auf, ohne noch etwas zu sagen. Deanna saß da und starrte blind das Telefon an.

An diesem Abend aß Deanna allein in ihrem Atelier. Danach stand sie eine halbe Stunde lang auf der kleinen gefliesten Terrasse und sah dem Sonnenuntergang über der Bucht zu. Sie hätte ihn sich zusammen mit Ben ansehen können, wenn sie ihn nicht weggeschickt hätte. Warum hatte sie das getan? Damit sie sich tugendhaft fühlen konnte, wenn Marc von der anderen Seite der Welt her anrief? Tränen rollten ihr über die Wangen. Die Türklingel läutete, und sie zuckte zusammen. Erst wollte sie nicht öffnen, dann fiel ihr ein, daß es Kim sein könnte, die nach ihr sehen wollte. Kim mußte das Licht im Atelier gesehen haben und denken, daß sie sich versteckte. Deanna wischte die Tränen mit dem Hemdsaum ab und rannte barfuß die Hintertreppe hinunter. Sie dachte nicht einmal daran, zu fragen, wer da sei. Sie riß einfach die Tür auf, und sie sah aus wie ein müdes, zerzaustes kleines Mädchen in Jeans und mit bloßen Füßen und auffällig schönem Haar. Sie hob den Kopf und erwartete Kim zu sehen. Überrascht wich sie zurück. Es war Ben.

»Komme ich ungelegen?« fragte er. Sie schüttelte den Kopf. »Können wir miteinander reden?« Er sah so beunruhigt aus, wie sie sich fühlte, und als sie zustimmend nickte, trat er schnell ein.

»Komm mit ins Atelier. Ich war eben oben.«

»Hast du gearbeitet?« Er suchte ihre Augen, und sie schüttelte den Kopf.

»Nachgedacht.«

»Das habe ich auch getan.«

Leise machte sie die Haustür zu. Ben folgte ihr die Treppe hinauf, und sie bot ihm mit einer Handbewegung ihren Lieblingssessel an. »Kaffee oder Wein?«

»Nichts, danke.« Plötzlich wirkte er sehr nervös, als frage er sich, warum er gekommen sei. Dann lehnte er sich im Sessel zurück, schloß die Augen und fuhr sich mit der Hand durchs Haar. »Das ist Wahnsinn. Ich hätte nicht kommen sollen.«

»Ich freue mich, daß du gekommen bist.«

»In dem Fall –« er öffnete die Augen und lächelte ihr versuchsweise zu »– freue ich mich auch. Deanna, ich – ich weiß, es ist verrückt… aber verdammt noch mal, ich liebe dich. Und ich komme mir wie ein unvernünftiges Kind vor. Ich dürfte nicht einmal hier sein. Ich habe absolut nichts Intelligentes zu sagen, außer dem, was ich dir am Strand gesagt habe.« Seine Stimme wurde zum Flüstern, und er senkte die Augen. »Nur, daß ich dich liebe.«

Es war lange still in dem Atelier. Sie sah ihn an, und ihre Augen füllten sich mit Tränen. Er hörte sie seufzen. »Ich liebe dich auch.«

»Weißt du, weshalb ich gekommen bin?« fragte er. »Ich wollte dir sagen, daß ich alles akzeptiere. Einen Augenblick, einen Abend, einen Sommer. Danach werde ich dir nicht im Weg stehen. Ich werde dich gehen lassen. Aber ich ertrage den Gedanken nicht, daß wir etwas verlieren sollen, das wir haben könnten.« Nun sah er zu ihr auf. Ihr Gesicht war naß von Tränen, die langsam auf ihr farbenverschmiertes Hemd tropften, aber sie lächelte ihn an und hielt ihm ihre Hand hin. Er faßte sie mit festem Griff und zog Deanna näher. »Hört sich das für dich nicht verrückt an?«

»Ja. Sehr. Und am Ende des Sommers?«

»Dann trennen wir uns.«

»Und wenn wir es nicht können?«

»Wir werden einfach müssen. Ich werde es können, weil ich weiß, es ist für deinen Seelenfrieden. Und du?«

»Ich nehme an, ich könnte es auch.« Ihre Arme schlossen sich um ihn. »Es ist mir gleich, was danach geschieht. Ich liebe dich.«

Mit breitem Lächeln drückte er sie an sich. Das hatte er hören wollen. Plötzlich fühlte er sich frei und aufgeregt und lebendig.

»Willst du mit mir nach Hause kommen, Deanna? Es ist dort schrecklich unordentlich, aber ich möchte, daß du mein Heim mit mir teilst. Ich möchte dir meine Schätze vorführen, die Dinge, die mir am Herzen liegen. Ich möchte dir mein Leben geben, dir meine Galerien zeigen und meine Arbeitsweise. Ich möchte mit dir am Strand in Carmel spazierengehen, ich möchte... oh, Deanna, mein Liebes, ich liebe dich!«

Jetzt lachten sie beide. Er hob sie hoch und trug sie die Treppe hinunter. Einen Augenblick lang war Deanna dankbar dafür, daß Margaret ihren freien Abend hatte, aber sie wagte es nicht, länger darüber nachzudenken. Nur einen Augenblick, und das war mehr Zeit, als sie auf Marc verwandte. Jetzt gehörte sie Ben. Für diesen Sommer.

9

»Guten Morgen.« Sie hörte Bens leise Stimme an ihrem Ohr. Sie öffnete ein Auge. Das Zimmer war unvertraut. Sie blickte auf eine blaßgelbe Wand. Jemand hatte die Läden der großen Fenster, die auf die Bucht hinausgingen, weit zurückgeschlagen, und die Sonne strömte herein. Gleich vor dem Fenster standen Bäume, und sie konnte Vögel singen hören. Es war ein herrlicher, warmer Sommertag, eher dem September gleichend als dem Juni.

Deanna ließ ihre Augen über die blaßgelbe Wand wandern, und sofort war sie bezaubert von einem Aquarell, das eine Strandlandschaft zeigte, einem kleineren Pastellbild und einem Ölgemälde. Die Bilder waren alle sehr stimmungsvoll und sonnig, Ben selbst nicht unähnlich. Deanna richtete sich auf einem Ellenbogen hoch, gähnte, streckte sich und lächelte. Er sah mit dem Gesicht der jungen Liebe auf sie nieder.

»Ich warte seit einer Stunde auf dich. Ich dachte, du würdest nie mehr aufwachen!« Es klang weniger nach einem Liebhaber als nach einem kleinen Jungen, und Deanna lachte.

»Ich glaube, ich war ein wenig müde.« Wieder lächelte sie und glitt zurück unter die Decke, eine Hand auf seinem Oberschenkel. Es war eine lange, köstliche Nacht in seinen Armen gewesen, und sie waren erst im Morgengrauen eingeschlafen.

»Ist das eine Beschwerde?«

»Hm-m.« Sie ließ ihre Lippen sein Bein hinaufgleiten, machte an seiner Hüfte halt und küßte die helle, zarte Haut, wo eine kleine Ader klopfte. »Guten Morgen, mein Liebster.« Sie sah, daß sich neues Leben regte, und Ben zog sie sanft wieder in seine Arme.

»Habe ich dir heute morgen schon gesagt, wie sehr ich dich liebe?« Er sah ihr zärtlich in die Augen. Es war etwas in seinem Gesicht, von dem sie geträumt und das sie gemalt, das sie aber nie gesehen hatte. Es war eine Art von Leidenschaft, eine Art ungefesselter Liebe. Sie hatte sich lange danach gesehnt und aufgehört zu glauben, daß so etwas existieren könne. »Ich liebe dich, Deanna... ich liebe dich...« Seine Worte schmolzen auf ihren Lippen, als er sie zum erstenmal an diesem Morgen küßte. Langsam ließ er seinen Körper über sie gleiten. Sie protestierte schwach, aber mit Lachen und Zappeln. Er drückte sie fest an sich. »Hast du etwas dagegen?« fragte er belustigt und erstaunt. Es sah nicht so aus, als würde er sich durch irgend etwas, das sie sagen würde, von seinem Vorsatz abbringen lassen.

»Ich habe mir nicht einmal die Zähne geputzt! Und mein Haar nicht gekämmt... und...« Er erstickte ihre Worte mit seinen Küssen. Kichernd fuhr sie ihm mit den Händen durch sein ungekämmtes Haar. »Ben... ich muß erst...«

»Nein, mußt du nicht. Ich liebe dich, wie du bist.« Es klang überzeugt.

»Aber ich...«

»Schsch...«

»Ben!« Diesmal vergaß sie ihre Zähne und ihr Haar. Sie war zu glücklich da, wo sie war, fortgetragen, dahintreibend auf einem Meer des Entzückens, als sein ganzer Körper in ihre Seele einzudringen schien.

»Schläfrig, Liebling?« Seine Stimme war nur ein Flüstern, als sie endlich sprachen. Beinahe zwei Stunden waren vergangen. Sie hatte sich glücklich in seinen Armen zusammengerollt, ein Bein zwischen den seinen.

»Hm-mmm... Ben?«

»Ja?« Seine Stimme war so sanft an diesem warmen Sommermorgen.

»Ich liebe dich.« Sie sagte es beinahe wie ein kleines Mädchen.

»Ich liebe dich auch. Jetzt schlaf.«

Und das tat sie, weitere zwei Stunden lang. Als sie die Augen öffnete, stand er am Fußende des Bettes. Er war angezogen und hielt ein Tablett in den Händen. Es überraschte Deanna, daß er einen blaugestreiften Straßenanzug trug. »Was hast du vor?« Verwirrt setzte sie sich im Bett auf und fuhr sich mit einer Hand durchs Haar. Plötzlich fühlte sie sich sehr nackt und zerzaust. Der süße Geruch ihrer Liebe stieg von dem Bett auf. »Wie lange habe ich geschlafen?«

»Nicht sehr lange. Ich würde auch noch so aussehen, hätte ich nicht eine Lunch-Verabredung in der Galerie. Gestern habe ich schon eine abgesagt, und wenn ich diese auch absage, wird Sally kündigen. Aber ich werde nicht lange fort sein.« Er stellte das Tablett auf ihre Knie. Deanna saß mit dem Rücken gegen die Kissen in dem großen Doppelbett. »Ich hoffe, das wird reichen.« Er hatte ihr Croissants, Obst, Milchkaffee und ein sorgfältig pochiertes Ei gebracht. »Ich wußte nicht recht, was du gern zum Frühstück ißt.« Er lächelte, und wieder sah er sehr jung aus.

Deanna sah verwundert das Frühstück und dann ihn an. Was sollte sie sagen? Er war an einem Strand in Carmel in ihrem Leben aufgetaucht, und jetzt machte er ihr pochierte Eier und Croissants zum Frühstück und entschuldigte sich, daß er nicht gewußt habe, was sie gern esse. Sie hatten sich die ganze Nacht und den größten Teil des Vormittags geliebt. Er hatte ihr gesagt, er liebe sie, und sie hatte es ihm gesagt. Sie fühlte sich nicht einmal schuldig, weil sie in seinem Bett aufwachte und nicht in ihrem eigenen – in dem Bett, das sie achtzehn Jahre lang mit Marc geteilt hatte. Marc interessierte sie an diesem Morgen überhaupt nicht. Sie fühlte sich glücklich, jung und verliebt, und alles, was sie sich wünschte, war das, was sie mit Ben hatte. Mit hinreißendem Lächeln sah sie zu ihm auf. Dann nahm sie ein Croissant und seufzte.

»Ich warne Sie, mein Herr, wenn Sie mich verwöhnen, werde ich in weniger als einer Woche unerträglich sein.«

»Nein, das wirst du nicht.« Er sagte es recht überzeugt. Plötzlich wirkte er wieder sehr erwachsen.

»Doch, das werde ich.« Genießerisch schloß sie die Augen und aß ihr Hörnchen. »Ich werde jeden Morgen Croissants erwarten und pochierte Eier und Café au lait...« Sie öffnete die Augen. Sie waren sehr strahlend und voller Schelmerei. »Ich werde sogar erwarten, daß du jeden Tag zu Hause bleibst, damit wir uns lieben können.«

»Nein, das wirst du nicht.«

»So? Warum nicht?«

»Weil du morgen an der Reihe bist, das Frühstück für mich zu machen. Dies ist eine Demokratie, Deanna. Wir leben hier zusammen, wir wechseln uns ab. Wir verwöhnen einander. Wir machen einander pochierte Eier.« Er beugte sich nieder, um sie ein letztes Mal zu küssen. »Und ich ziehe Spiegeleier vor.«

»Das werde ich mir notieren.« Sie grinste ihn an.

Er richtete sich auf. »Ich erinnere dich schon daran.«

»Okay.« Sie aß ihr Frühstück weiter, vollkommen glücklich und gelöst. Ihr war, als lebten sie schon seit Monaten, wenn nicht seit Jahren zusammen. Es kam ihr gar nicht seltsam vor, daß er glücklich auf ihre nackten Brüste niederlächelte, während sie Café au lait aus einem leuchtendgelben Becher trank. Alles zwischen ihnen war einfach, wirklich und gemütlich, sehr weit entfernt von der Förmlichkeit und den Ritualen ihres eigenen Heims. Und Deanna stellte fest, daß Bens Art ihr besser gefiel. Der gelbe Becher in ihrer Hand fühlte sich fest an, stark, nicht wie das zierliche blaugeblümte Limoges-Porzellan von Marcs Mutter.

»Was wirst du heute unterrehmen?«

»Ich glaube, zuerst einmal nehme ich ein Bad.« Sie zog die Nase kraus, und sie lachten beide.

»Ich liebe dich gerade so, wie du bist.«

»Du bist ein Schweinchen.« Aber sie streckte ihm ihre Arme entgegen, und er küßte sie noch einmal. Dann trat er zurück und rollte bedauernd die Augen.

»Gott, vielleicht muß ich diese Lunch-Verabredung doch noch absagen.«

»Danach ist auch noch Zeit. Oder –« Sie wollte ihn fragen, ob sie sich heute abend sehen würden, doch sie las ihm die Antwort bereits von den Augen ab.

»Kein ›Oder‹, Deanna. Um fünf werde ich in der Galerie fertig sein. Ich dachte, wir könnten in irgendein ruhiges Lokal zum Dinner gehen. Vielleicht irgendwo in Marin?«

»Das wäre fein.« Sie lehnte sich mit glücklichem Lächeln gegen die Kissen zurück. Da entdeckte sie einen Schatten von Besorgnis in seinen Augen. »Stimmt etwas nicht?«

»Für mich ist alles in Ordnung. Aber ich – ich habe mich gefragt, wie dir dabei zumute ist, wenn – wenn wir zusammen ausgehen. Ich möchte dich nicht in eine schwierige Situation bringen.« Er mußte sich selbst daran erinnern, daß sie noch ein anderes Leben führte. Daß sie nie völlig ihm gehören würde. Daß er sie geliehen hatte. Wie ein Meisterwerk aus einem ausländischen Museum, nicht wie etwas, das er besitzen und behalten konnte. Es würde sie in der Zeit, die sie teilen durften, unendlich kostbarer machen. »Schafft es kein Problem für dich, wenn wir zusammen ausgehen?« Er sah sie offen an, die grünen Augen zärtlich und groß.

»Das braucht es nicht. Es wird davon abhängen, was wir tun, wohin wir gehen, wie wir uns benehmen. Ich glaube, es besteht keine Gefahr.« Er nickte, sagte nichts mehr, und sie hielt ihm die Hand hin. Er ergriff sie schweigend und setzte sich wieder auf die Bettkante.

»Ich will nichts tun, was dir später Schaden zufügen könnte.«

»Das wirst du auch nicht. Nun hör auf, dir Sorgen zu machen. Alles wird gutgehen.«

»Es ist mir ernst damit, Deanna. Ich wäre unglücklich, wenn du später dafür leiden müßtest.«

»Meinst du nicht, daß wir beide leiden werden?«

Er sah überrascht auf. »Was meinst du?«

»Ich meine, dies wird der schönste Sommer meines Lebens und, wie ich hoffe, auch deines Lebens werden. Wenn er endet, wenn wir beide zu unserem eigenen Leben zurückkehren, glaubst du nicht, daß wir dann leiden werden?«

Er nickte und blickte auf die anmutige Hand nieder, die er fest umschlossen hielt. »Bereust du, was wir begonnen haben?«

Deanna warf den Kopf in den Nacken. Ihr Lachen klang silbern. Dann küßte sie ihn zärtlich auf die Wange. »Keine Sekunde lang.« Sie wurde wieder ernst. »Aber wir wären verrückt, wenn wir erwarteten, später nicht leiden zu müssen. Wenn es überhaupt etwas wert ist, wenn es schön ist, wenn es uns wirklich berührt... dann werden wir leiden. Das müssen wir akzeptieren.«

»Das tue ich. Für mich selbst. Aber –«

»Aber was? Du willst nicht, daß es mir weh tut? Du willst nicht, daß ich es empfinde? Oder daß ich dich liebe? Sei nicht dumm, Ben. Das ist es wert.«

»Das verstehe ich. Ich stimme dir zu. Trotzdem möchte ich diskret sein. Du sollst keine Schwierigkeiten mit Marc bekommen.« Sie wand sich beinahe, als sie den Namen hörte. Ben beugte sich vor, küßte sie schnell und stand auf. »Ich glaube, wir haben für einen Morgen genug gesagt.« Er verabscheute es, daran zu denken, was am Ende des Sommers geschehen würde, aber es war schwer zu glauben, daß diese Zeit einmal kam. Ihr Beisammensein hatte eben erst begonnen. »Wo wirst du um fünf sein?« Er war an der Tür und sah über die Schulter zu ihr zurück. »Hier?«

Deanna schüttelte den Kopf. »Ich gehe besser nach Hause.«

»Soll ich dich dort abholen?« Sein Gesicht verriet Zweifel.

»Ich komme zu dir.«

Er nickte, lächelte und war fort. Einen Augenblick später hörte Deanna den kleinen deutschen Wagen abfahren. Sie ging im Zimmer umher, setzte sich nackt auf die Bettkante und schlug die Beine übereinander. Sie lächelte vor sich hin. Am liebsten hätte sie gesungen. Die Welt war wundervoll, und sie war verliebt. Er war ein großartiger Mann, so sanft und so rücksichtsvoll und so klug. Und außerdem amüsierte er sie. Er liebte es, zu lachen, dumme Witze und komische Geschichten zu erzählen. Am vorigen Abend hatte er ihr stundenlang von seiner Jugend berichtet, ihr Fotoalben von sich als Kind und seinen Eltern und seiner Schwester und ihren Freunden gezeigt, von denen viele berühmte Künstler und Schauspieler und Stückeschreiber und Schriftsteller waren. Die Alben lagen immer noch auf dem Fußboden ausgebreitet.

Ben besaß ein gemütliches Häuschen, ganz anders als das Cottage in Carmel. Das Haus in Carmel war größer und in den gleichen blassen Sandfarben gehalten wie der Strand, Weiß-, Beige- und Grautöne, staubfarbenes Holz und weiche naturfarbene Wollstoffe. Das Stadthaus war ein kleines *»Bijou«* hoch oben auf dem Telegraph Hill und vollgestopft mit Gemälden und Büchern. Zwei tiefe Couches mit roten Lederbezügen standen in einem Wohnzimmer, das viele schön gebundene Bücher enthielt, hauptsächlich über Malerei. Die Wände in einem weichen Beige erhöhten die Wirkung der beiden Ölgemälde, die er aufgehängt hatte. Die Fußböden waren aus altem, gebohnertem Holz, und der Teppich war orientalisch, aber nicht so kostbar wie die, die Marc vor Jahren aus dem Iran mitgebracht hatte. Bens kleines Heim war kein Schaustück. Es war warm und schön und ein Ort, an dem er sich offenbar gern aufhielt, an dem er Abende mit seinen Malern oder seinen Freunden verbrachte. Es gab einen oft benutzten Kamin mit Feuerböcken aus Messing, die er in Frankreich gefunden hatte, und in einer Ecke stand eine Baßgeige. Er hatte ein kleines Klavier und eine Gitarre, einen schönen alten englischen Schreibtisch und eine Bronze-Büste von Cézanne. Überall herrschte eine Art von freundlicher Unordnung. Einige Gegenstände waren wertvoll, aber die meisten hatten Wert nur für ihn und die Menschen, die ihn liebten. Das Wohnzimmer war ganz Ben und ebenso das hübsche kleine gelbe Schlafzimmer, dessen Fenster nach Osten auf die Bucht hinausgingen, so daß es hell wie die Morgensonne war. Es grenzte an eine winzige Terrasse mit üppig blühenden Pflanzen und zwei bequemen, verblaßten Segeltuch-Sesseln. Sonst enthielt das Haus nur noch eine Küche und einen Abstellraum, in dem Ben seine Arbeitsunterlagen untergebracht hatte – einige wenige Ölgemälde, viele Aktenordner, noch einen Schreibtisch. Dies zusätzliche Zimmer erlaubte es ihm, zu Hause zu arbeiten, und wie sein Wagen war es nützlich, aber nicht luxuriös. Bei ihrem Rundgang wurde Deanna klar, daß Bens Welt eine seltsame Mischung von Bequemlichkeit und Stil war und daß er beides auf einmalige Art harmonisch in sich vereinte.

Deanna schlüpfte in seinen blau-schwarzen seidenen Bademantel und wanderte auf die Terrasse hinaus. Sie setzte sich auf einen der verblaßten Segeltuch-Sessel. Einmal hatte er in Papageiengrün geleuchtet, nun war er zu einem sehr hellen Limonengrün ausgebleicht. Sie streckte die Beine aus. Wo mochte er jetzt sein? Bereits in der Galerie? Saß er beim Lunch? Unterschrieb er Schecks mit Sally? Sprach er mit Gustave? Sie liebte die Art, wie er sein Leben führte, was er tat, wie er die Menschen seiner Umgebung behandelte – wie er sie selbst behandelte. Sie stellte fest, daß ihr sogar der Gedanke gefiel, abwechselnd das Frühstück zu bereiten – Demokratie hatte er es genannt. Es war einfach eine sehr angenehme Art zu leben. Sie ließ den Bademantel ein bißchen auseinanderfallen und genoß die Wärme der Sonnenstrahlen. In einer Weile würde sie nach Hause in ihr Atelier gehen und malen. Aber noch nicht gleich. Sie war zu glücklich, wie eine Katze in der Sonne zu sitzen und an Ben zu denken.

»*Grazie, Signore... Signora Duras.*« Der Portier im Hassler verbeugte sich förmlich vor Chantal und Marc, als sie das Hotel verließen, und Marc beglückte ihn mit einem mehr als großzügigen Trinkgeld. Vor dem Hotel wartete bereits ein Wagen auf sie. Ihr Gepäck war im Kofferraum verstaut, und der Fahrer hatte Anweisung, sie zum Flughafen zu bringen.

Während der Fahrt war Chantal merkwürdig still. Endlich riß Marc seine Aufmerksamkeit von der Fensterscheibe los und erlaubte sich, ihren Blick zu suchen.

»Bist du sicher, daß du das willst?«

»Absolut.«

Aber es machte ihm Sorgen. Sie war noch nie derartig widerspenstig gewesen. Sie hatte sich strikt geweigert, sich in San Remo oder einer anderen Stadt an der Riviera zu verkriechen. Sie wollte nach

Paris zurückkehren und dort auf ihn warten, während er seine Familie in Cap d'Antibes besuchte. Damit sie sich ein Wochenende mit ihrem Liebhaber stehlen konnte, dem Mann, der ihr einen Heiratsantrag gemacht hatte? Die versteckte Drohung war nicht ohne Eindruck auf Marc geblieben. Er loderte in mörderischer Eifersucht.

»Was willst du denn nun das ganze Wochenende mit dir anfangen?« Er sprach unüberhörbar gereizt. Aber sie gab ihm den Blick in dem durch den Verkehr brausenden Wagen ruhig zurück.

»Ich werde ins Büro gehen. Ich kann nicht alles auf Marie-Anges Schultern lassen. Schlimm genug, daß sie alle Arbeit tun muß, wann immer wir auf Reisen gehen. Da ich jetzt gerade Zeit habe, kann ich auch vorbeischauen und nachsehen, was sich tut.«

»Deine Hingabe an dein Geschäft beeindruckt mich. Das ist neu, nicht wahr?« Es kam nur selten vor, daß er sarkastisch zu Chantal sprach

Sie blieb ihm jedoch nichts schuldig. »Nein, neu ist es nicht. Du bist nur nicht oft genug da, um es zu sehen. Was hast du dir denn vorgestellt, daß ich tun würde?«

»Deine Neuigkeiten gestern habe ich noch nicht vergessen, Chantal.«

»Ich sagte, jemand habe mich gebeten. Ich habe nicht gesagt, ich hätte angenommen.«

»Wie tröstlich. Man kann jedoch voraussetzen, daß er dich nicht nach nur zwei Verabredungen zum Lunch und einer Teegesellschaft gebeten hat. Ich könnte mir denken, daß ihr euch recht gut kennt.«

Chantal antwortete nicht. Sie sah aus dem Fenster, und Marc-Edouard tobte innerlich. Verdammt noch mal, was erwartete sie von ihm? Er konnte nicht mehr Zeit mit ihr verbringen, als er es bereits tat, und er konnte ihr kaum einen Heiratsantrag machen. Er hatte Deanna.

Als Chantal endlich sprach, war ihre Stimme merkwürdig weich. »Mach dir keine Sorgen darüber.«

»Ich danke dir.« Er seufzte und nahm ihre Hand. Seine Schultern schienen zu sacken. »Ich liebe dich, mein Kleines. Bitte, bitte, versuch zu verstehen.«

»Ich versuche es ja. Mehr als du ahnst.«

»Ich weiß, es ist schwer für dich. Für mich ist es das auch. Aber stürze dich wenigstens nicht in einen Konkurrenzkampf mit Pilar und meiner Mutter. Das ist einfach nicht fair. Ich muß auch sie einmal besuchen.«

»Ich vielleicht auch.« Ihre Stimme klang so traurig, daß er nicht mehr wußte, was er sagen sollte. Wäre er ein weniger rationaler Mann gewesen, hätte er wohl den Entschluß gefaßt, die Vernunft in den Wind zu schreiben und sie mitzunehmen. Doch das konnte er einfach nicht.

»Liebling, es tut mir leid.« Sanft legte er ihr den Arm um die Schultern und zog sie an sich, und sie leistete keinen Widerstand. »Ich werde mir Mühe geben, diese Sache durchzudenken. In Ordnung?« Sie nickte stumm. Eine Träne hing an den Spitzen ihrer Wimpern, und es zerriß ihm das Herz. »Es ist nur für ein paar Tage. Am Sonntagabend komme ich zu dir. Wir können im Maxim essen, bevor wir nach Athen abreisen.«

»Wann werden wir abreisen?«

»Montag oder Dienstag.«

Wieder nickte sie. Er drückte sie auf dem ganzen Weg zum Flughafen an sich...

Deanna drehte ihren Schlüssel im Schloß, blieb einen Augenblick stehen und lauschte nach Margaret. Niemand zu Hause. Es war immer noch Margarets freier Tag. War das möglich? Waren nicht Wochen vergangen? Oder Monate oder sogar Jahre? War sie erst gestern abend mit Ben weggegangen, hatten sie sich das allererste Mal geliebt? War es erst achtzehn Stunden her, daß sie das Haus verlassen hatte? Sie schloß die Tür hinter sich, und ihr Herz klopfte. In Bens Haus war es so friedlich gewesen, als sie badete und sich anzog. Sie hatte zwei Vögelchen auf der Terrasse beobachtet, und sie hatte sich eine seiner Schallplatten angehört, während sie das Bett machte. Aus einem großen Obstkorb in der Küche hatte sie sich eine Pflaume genommen, und es war ihr vorgekommen, als wohne sie seit Jahren da, als gehöre das Haus ihr ebenso wie ihm. Und jetzt war sie plötzlich wieder in Marcs Haus, in dem Heim von Monsieur und Madame Duras. Ihr Blick fiel auf die silbergerahmte Fotografie, die in ihrem ersten Sommer in Cap d'Antibes aufgenommen worden war. Konnte sie das gewesen sein? Verlegen stand sie mit einem Glas Weißwein in der Hand da, und Marc plauderte mit seiner Mutter, die einen gigantischen Strohhut trug. Wie unbehaglich wurde ihr wieder, als sie das Foto nur ansah, wie unbehaglich fühlte sie sich in diesem Raum. Sie stand im Eingang zu dem blaßgrün-seidenen Wohnzimmer mit dem Aubusson-Teppich, und allein von diesem Anblick wurde ihr kalt. Aber dies war ihr Heim. Hierhin gehörte sie, nicht in das Häuschen auf dem Hügel, wo sie soeben die Nacht mit einem fremden Mann verbracht hatte. Was um alles in der Welt tat sie?

Sie schlüpfte aus den Sandaletten, wanderte barfuß in den kühlen grünen Raum hinein und setzte sich vorsichtig auf die Couch nieder. Was hatte sie getan? Sie hatte Marc zum erstenmal in achtzehn Jahren betrogen, und es war ihr alles so natürlich, so normal erschienen. Eine ganze Nacht hindurch war es gewesen, als kenne sie Marc gar nicht, als sei sie mit Ben verheiratet. Sie faßte nach einer kleinen Fotografie von Pilar, ebenfalls in einem Silberrahmen, und sah, daß ihre Hand zitterte. Pilar war in Tenniskleidung; das Bild war in Südfrankreich gemacht worden. Deanna starrte es beinahe blind an. Sie hörte das unablässige Läuten der Klingel nicht einmal. Erst zwei oder drei Minuten später erfaßte sie, daß jemand an der Tür war. Erschrocken sprang sie auf und legte die Fotografie von Pilar hin. Sie ging zur Tür, und ihre Gedanken rasten. Wer war das? Wer wußte es? Und was, wenn es Ben war? Sie war nicht bereit, ihn jetzt wiederzusehen. Es war falsch, was sie getan hatten. Sie mußte es ihm sagen, sie mußte ein Ende machen, jetzt, bevor es zu spät war, bevor ihr geordnetes Leben auseinanderbrach... bevor...

»Wer ist da?«

Eine Stimme informierte sie, es sei etwas abzugeben. Widerstrebend öffnete sie die Tür und sah den Botenjungen. »Aber ich habe nichts bestellt...« Dann begriff sie. Es waren Blumen von Ben. Einen Augenblick lang wollte sie sie abweisen, zurückschicken, so tun, als sei in der vorigen Nacht nichts Ungewöhnliches passiert und als würde nie dergleichen geschehen. Statt dessen nahm sie den Strauß entgegen und trug ihn hinein. Sie löste die Karte ab und hielt sie eine Weile in der Hand, bevor sie las, was darauf stand:

Komm schnell nach Hause, mein Liebling. Ich bin um fünf da.
Ich liebe Dich,
Ben

Ich liebe Dich, Ben. Tränen traten ihr bei diesen Worten in die Augen und flossen über ihre Wangen. Ich liebe Dich, Ben. Es war bereits zu spät. Sie liebte ihn auch.

Sie rannte hinauf in ihr Zimmer und packte einen kleinen Koffer. Dann ging sie ins Atelier. Mehr wollte sie nicht mitnehmen. Nur eine oder zwei Leinwände, ein paar Farben, das würde für eine Weile reichen. Sie brauchte ja nicht länger als ein paar Tage zu bleiben. Das war alles.

Sie hinterließ eine Telefonnummer für Margaret und schrieb ihr, sie sei bei einer Freundin. Um halb sechs war sie zurück in seinem Haus. Sie parkte den Jaguar einen halben Block entfernt und schritt zögernd auf die Tür zu. Zum Teufel, was tat sie da? Aber er hatte sie auf den Eingangsstufen gehört. Bevor sie läutete, öffnete er die Tür mit einer Verbeugung und einem Lächeln und einer schwungvollen Armbewegung.

»Komm herein. Ich warte seit Stunden.« Leise schloß er die Tür hinter ihr. Sie stand da und kniff die Augen zusammen, um die Tränen zurückzudrängen. »Deanna? Was hast du, Liebes?« fragte er besorgt. Schützend legte er die Arme um sie. »Hast du Angst?«

Sie öffnete die Augen und nickte zögernd.

Ben lächelte nur, drückte sie ganz fest an sich und flüsterte in ihr Haar: »Ich auch.«

10

»Okay, Mädchen, raus mit dir. Du bist an der Reihe.« Ben knuffte sie leicht ins Kreuz, und Deanna stöhnte.

»Bin ich nicht. Ich habe gestern Frühstück gemacht.« Sie lächelte in das Kissen und versteckte ihr Gesicht.

»Weißt du, daß ich dich liebe, auch wenn du eine Lügnerin bist? Ich habe das Frühstück gestern und vorgestern und auch die vier Tage davor gemacht. Meiner Meinung nach schuldest du mir dreimal Frühstück nacheinander.«

»Das ist nicht wahr!« Sie kicherte.

»Und ob das wahr ist! Ich habe dir gesagt, daß hier Demokratie herrscht!« Er lachte auch und versuchte, den nackten Körper, den er so liebte, herumzudrehen, damit er ihr Gesicht sehen konnte.

»Ich mag keine Demokratie!«

»Das nützt dir nichts. Ich möchte Kaffee und französischen Toast und Eier.«

»Und wenn ich nicht will?«

»Dann schläfst du heute nacht auf der Terrasse.«

»Ich wußte es, ich hätte Margaret mitbringen sollen.«

»Eine *ménage à trois*? Hört sich wundervoll an. Kann sie kochen?«

»Besser als ich.«

»Gut. Sie soll morgen einziehen.« Er rollte sich mit zufriedenem Lächeln im Bett herum. »Inzwischen lüpfst du deinen faulen Hintern und fütterst mich.«

»Du bist gräßlich verwöhnt.«

»Und das gefällt mir.«

»Du wirst dick werden.« Sie saß auf der Bettkante und betrachtete seinen alles andere als übergewichtigen Körper. »Außerdem sind Eier nicht gut für dich, sie enthalten Kohlenwasserstoff oder Cholesterol oder Chromosomen oder so etwas. Und...« Er zeigte mit gespielt strengem Gesicht auf die Küche, und Deanna stand auf. »Ich hasse dich.«

»Ich weiß.«

Lachend verschwand sie. Sie waren seit zwei Wochen zusammen – ein Augenblick, eine Lebensspanne. Sie kochten und erledigten die Hausarbeit abwechselnd. Ein komisches altes Frauchen kam zweimal die Woche zum Saubermachen, aber Ben liebte es, alles selbst zu tun, und Deanna genoß es, diese Dinge mit ihm zu teilen. Sie kauften ein, kochten Essen, polierten das Messing und rissen das Unkraut zwischen den Blumen auf der Terrasse aus. Sie sah ihm zu, wenn er Kataloge von bevorstehenden Auktionen studierte, und er sah ihr zu, wenn sie zeichnete oder in Pastell oder Öl malte. Er war der erste Mensch, dem sie erlaubte, dem Entstehen ihrer Arbeiten zuzusehen. Sie lasen Kriminalromane und saßen vor dem Fernseher und machten Autofahrten. Einmal gingen sie um Mitternacht am Strand spazieren, und zweimal übernachteten sie in seinem Haus in Carmel. Deanna besuchte eine weitere Vernissage in seiner Galerie und begleitete ihn als seine Frau, als er einen neuen Maler besuchte. Es war, als habe es vorher nichts gegeben und als werde nachher nichts mehr kommen – sie genossen nur die Zeit und das Leben, das sie teilten.

Deanna stellte das Tablett mit seinem Frühstück ab und gab ihm die Zeitung. »Weißt du was? Ich liebe dich. Wirklich.«

»Das sagst du so erstaunt. Hattest du Angst, die Demokratie würde dir deine letzten Kräfte rauben?«

»Vielleicht.« Mit einem kleinen glücklichen Schulterzucken setzte sie sich. »Ich habe im praktischen Sinn seit langer Zeit nicht mehr für mich selbst oder sonst jemanden gesorgt. Verantwortlich bin ich für vieles, aber Frühstück brauche ich nicht zu machen. Oder sonst etwas, das wir getan haben.«

»Mir paßt es nicht, von anderen abhängig zu sein, zum Beispiel von Hausmädchen. Im Grunde liebe ich das ganz einfache Leben.«

Sie grinste in sich hinein, denn sie dachte an die drei umwerfend teuren Gemälde, die er tags zuvor in Los Angeles gekauft hatte. Aber sie wußte, er sprach die Wahrheit. Überfluß war nicht sein Stil. Davon hatte er als Kind zuviel gesehen, erst bei seinen Großeltern, dann bei seinem Vater. Mit dem Häuschen auf dem Hügel in San Francisco und dem gemütlichen Cottage in Carmel war er glücklicher.

Er beugte sich vor und küßte sie auf die Nasenspitze. Dann lehnte er sich mit dem von ihr zubereiteten Frühstück auf den Schenkeln, das immer noch auf dem Tablett wartete, wieder gegen die Kissen. »Ich liebe dich, Deanna.« Er lächelte verführerisch. »Und wann wirst du den Vertrag mit der Galerie unterschreiben?«

»Fängst du schon wieder damit an? Also darum geht es! Ich wußte es! Ich wußte es!« Sie zielte mit einem Kissen nach seinem Kopf und lachte, als er sich duckte. »Was manche Leute nicht alles tun, um neue Maler zum Unterschreiben zu kriegen!«

»Und? Hat es funktioniert?«

»Natürlich nicht! Da mußt du dir etwas Besseres einfallen lassen.«

»Etwas Besseres?« Er sah sie unheilverkündend an und stellte das Frühstückstablett zur Seite. »Was genau meinst du mit ›etwas Besserem‹?« Er schloß ihren Mund mit einem Kuß und griff nach ihrer Taille. »Besser...?« Jetzt lachten sie beide. Es war eine halbe Stunde später, als sie sich voneinander lösten und wieder zu Atem kamen. »Nun, war das besser?« fragte Ben.

»Viel.«

»Gut.« Auf dem Rücken liegend, sah er glücklich zu ihr auf.

»Wirst du nun unterschreiben?«

»Also...« Deanna legte ihren Kopf an seine Brust und gähnte ein bißchen. »Vielleicht, wenn du deine Überzeugungskunst wiederholst...«

»Deanna!« Er rollte sich herum und über sie und nahm ihren Hals drohend in beide Hände. »Ich will, daß du unterschreibst!« brüllte er.

Sie lächelte süß. »Okay.«

»Was?« Er setzte sich auf. Sein Gesicht war nichts als Erstaunen.

»Ich sagte: okay. Gut?«

»Ist das dein Ernst?«

»Ja. Willst du mich noch? Für die Galerie, meine ich.« Sie grinste und sah ihn fragend an. Vielleicht war es doch nur ein Spiel gewesen.

Aber er betrachtete sie, als sei sie verrückt geworden. »Natürlich will ich dich noch, du Wahnsinnige! Du bist die beste unter all den neuen Malern, die ich in fünfzehn Jahren in die Finger bekommen habe!«

Sie drehte sich ihm wieder zu und schnurrte wie ein Kätzchen. »Und wen im einzelnen hast du in den letzten fünfzehn Jahren ›in die Finger bekommen‹?«

»Du weißt, was ich meine. Ich meine Leute wie Gustave.« Sie lachten beide über den Gedanken. »Ist es dein Ernst, Deanna? Wirst du unterschreiben?« Sie nickte. »Du mußt nicht, weißt du. Ich liebe dich auch dann, wenn du mir nie erlaubst, deine Bilder auszustellen.«

»Ich weiß. Aber ich habe dich seit Wochen bei der Arbeit beobachtet, und ich halte es nicht mehr aus. Ich möchte teil daran haben. Ich möchte meine eigene Ausstellung.«

Er lachte. »Deine eigene, wie? Keine anderen Maler. Na gut, du hast sie. Wann?«

»Wie du es einrichten kannst.«

»Ich werde mit Sally den Terminkalender durchgehen. Vielleicht in ein paar Wochen.« Mit breitem Lächeln nahm er sein Frühstück ein. Er sah aus, als habe Deanna ihm soeben einen Sohn geboren.

»Soll ich dir noch etwas sagen?« Sie sah zu, wie er den eiskalten französischen Toast verschlang.

»Alles, was du tun sollst, ist, mir deine Bilder bringen und mich sie ausstellen lassen. Von jetzt an mache ich das Frühstück. Jeden Tag.

Nein... fünfmal die Woche. Du machst es an den Wochenenden. Wie ist das?«

»Wundervoll. Ich wußte, es würde mir Vorteile eintragen, wenn ich nachgebe.« Sie zog die Decke bis ans Kinn hoch. »Ben? Glaubst du, daß ich es richtig mache?«

Er konnte sich denken, was jetzt kam. Die Zweifel standen ihr im Gesicht geschrieben. Doch er würde sie nicht mehr entkommen lassen. »Halt den Mund. Wenn du so anfängst, machen wir die Ausstellung nächste Woche. Du bist gut genug. Du bist überwältigend. Du bist phantastisch. Um Gottes willen, Deanna, du bist die beste junge Malerin in dieser Stadt und wahrscheinlich in Los Angeles dazu. Sei nur ruhig und laß mich für die Ausstellung sorgen. In Ordnung?«

»In Ordnung.«

Eine Zeitlang war sie sehr still und dachte an Marc. Wie sollte sie ihm beibringen, daß sie sich endlich zu einer Ausstellung entschlossen hatte? Mußte er es überhaupt wissen? Vor Jahren hatte er ihr gesagt, sie solle ihre Träume von der Malerei vergessen. Eine Madame Duras sei keine »Hippie-Malerin«. Aber verdammt noch mal, das war sie nicht, und welches Recht hatte er...

»Was denkst du?« Ben beobachtete sie immer noch.

»Nicht viel.« Sie lächelte. »Ich dachte gerade an die Ausstellung.«

»Bestimmt? Ein Gesicht hast du gemacht, als solltest du zusammengeschlagen werden.«

Sie seufzte, dann sah sie ihn wieder an. »So war mir auch zumute. Ich habe versucht, mir zurechtzulegen, was... was ich Marc sagen soll.«

»Mußt du es ihm sagen?« fragte Ben betroffen.

»Das sollte ich wohl. Ich weiß, es hört sich verrückt für dich an, aber ich will nicht unehrlich mit ihm sein. Nicht mehr, als ich muß.«

»Es hört sich tatsächlich verrückt an, aber ich verstehe, wie du es meinst. Die Ausstellung wird ihn gar nicht freuen, stimmt's?«

»So ist es. Aber ich finde, daß ich es ihm sagen muß.«

»Und wenn er nein sagt?« Bens Gesicht zeigte, daß er sich verletzt fühlte, und Deanna senkte die Augen.

»Das wird er nicht.«

Sie wußten jedoch beide, er würde nein sagen.

Marc schloß leise die Wohnungstür auf. Es war das zweite Wochenende, das er ohne Chantal verbracht hatte. Aber seine Besuche bei seiner Familie in Südfrankreich waren ihm heilig. Früher hatte sie das immer verstanden. Warum machte sie ihm gerade jetzt Schwierigkeiten? Am Freitag, als er abgereist war, hatte sie kaum mit ihm gesprochen. Er stellte seinen Koffer in der Diele ab und sah sich um. Chantal war nicht zu Hause. Und es war bereits neun Uhr vorbei. Wo, zum Teufel, war sie? Ausgegangen? Mit wem? Marc stieß einen langen, müden Seufzer aus und setzte sich auf die Couch. Sein Blick wanderte durchs Zimmer. Sie hatte ihm keine Nachricht hinterlassen. Wieder sah er auf die Uhr, und diesmal langte er nach dem Telefon. In San Francisco würde es Mittag sein, eine gute Zeit, um Deanna über Pilar zu berichten. Er benutzte den Selbstwählferndienst und wartete auf das Rufzeichen. Eine Woche lang hatte er nicht mehr mit Deanna telefoniert. Er war zu beschäftigt gewesen, um anzurufen, und das eine Mal, als er sich die Zeit genommen hatte, hörte er von Margaret, sie sei nicht da.

»Hallo?« rief Deanna, die die Treppe zum Atelier hinaufgerannt war, atemlos in den Apparat. Ben hatte sie gerade nach Hause gebracht. Sie hatte ihm versprochen, fünfundzwanzig ihrer Lieblingsbilder auszusuchen. Damit würde sie tagelang zu tun haben. »Ja?« Sie war noch nicht wieder zu Atem gekommen, und anfangs bemerkte sie das Surren der Fernverbindung gar nicht.

»Deanna?«

»Marc!« Erstaunt starrte sie das Telefon an, als sei er ein Geist aus der Vergangenheit.

»Du brauchst nicht so überrascht zu tun. So lange ist es auch wieder nicht her, daß wir miteinander gesprochen haben.«

»Nein, nein, entschuldige. Es ist nur... ich habe gerade an etwas anderes gedacht.«

»Ist etwas passiert?«

»Nein, natürlich nicht. Wie geht es Pilar?« Marc kam es vor, als sei sie zerstreut, als wisse sie nicht recht, was sie sagen solle. »Hast du sie in letzter Zeit gesehen?«

»Erst heute. Ich komme gerade aus Antibes. Es geht ihr gut, und sie sendet dir herzliche Grüße.« Das war eine Lüge, aber eine, die er oft benutzte. »Und auch von meiner Mutter soll ich dir liebe Grüße ausrichten.«

Darüber mußte Deanna lächeln. »Mit Pilar ist alles in Ordnung?«

Jetzt, wo sie mit Marc sprach, fielen ihr plötzlich ihre Pflichten ein. Bei Ben dachte sie nur an ihn und sich selbst. Sie dachte an ihre Gemälde und seine Galerie, ihre gemeinsamen Nächte, die schöne Zeit. Sie war wieder eine Frau, ein Mädchen. Aber Marcs Stimme erinnerte sie an ihre Rolle als Mutter. Es war, als habe sie das eine Zeitlang vergessen.

»Ja, Pilar geht es ausgezeichnet.«

»Sie hat doch das Motorrad nicht gekauft?«

Die Pause, die folgte, war lang. Zu lang.

»Deanna...«

»Marc, hat sie es gekauft?« Deannas Stimme wurde lauter. »Verdammt noch mal, sie hat es gekauft! Ich weiß es.«

»Es ist eigentlich kein Motorrad, Deanna. Es ist mehr ein... ein...« Er suchte nach Worten, aber er war müde, und wo, zum Teufel, steckte Chantal? Es war neun Uhr fünfundvierzig. »Wirklich, du brauchst dir keine Sorgen zu machen. Ihr wird nichts passieren. Ich habe sie fahren gesehen. Sie ist außerordentlich vorsichtig. Mutter würde ihr gar nicht erlauben, das Ding zu fahren, wenn sie es nicht wäre.«

»Deine Mutter sieht sie nicht fahren, wenn sie vom Haus weg ist. Sie hat ebensowenig Kontrolle über Pilar wie ich – oder du. Marc, ich habe dir ausdrücklich gesagt...« Tränen brannten in Deannas Augen. Sie hatte wieder gegen Pilar verloren. Sie verlor immer. Und diesmal war es etwas Gefährliches, etwas, das Folgen haben konnte... »Verdammt, Marc, warum hörst du mir nie zu?«

»Beruhige dich. Ihr wird nichts passieren. Was hast du inzwischen unternommen?«

Es gab nichts, was sie tun konnte. Das war ihr klar. Das Thema Pilar und ihr Motorrad war abgeschlossen. »Nicht viel.« Deannas Stimme war wie Eis.

»Ich rief einmal an, da warst du ausgegangen.«

»Ich habe angefangen, in einem Atelier zu malen.«

»Kannst du das nicht zu Hause tun?« fragte Marc gereizt und verwirrt.

Deanna schloß die Augen. »Ich habe einen Raum gefunden, wo es für mich leichter ist, zu arbeiten.« Sie dachte an Ben, und ihr Herz begann zu rasen. Wenn nun Marc ihre Gedanken lesen konnte? Wenn er Bescheid wußte? Wenn irgendwer sie zusammen gesehen hatte? Wenn …?

»Ich verstehe nicht, warum du nicht zu Hause malst, jetzt, wo wir beide weg sind. Und was hat diese plötzliche Leidenschaft für deine Malerei zu bedeuten?«

»Was für eine Leidenschaft? Ich male wie immer.«

»Deanna, das begreife ich einfach nicht.« Der Ton, in dem er das sagte, traf sie wie ein Schlag ins Gesicht.

»Ich habe Freude an meiner Arbeit.« Ihr war wohl bewußt, daß sie ihn reizte.

»Meiner Meinung nach brauchst du das nicht gerade ›Arbeit‹ zu nennen.« Er seufzte ins Telefon und blickte auf die Uhr.

»Ich nenne es Arbeit, weil es das ist. Ich habe nächsten Monat eine Ausstellung in einer Galerie.« Ihre Stimme vibrierte vor Trotz, und ihr Herz schlug schneller und schneller. Er antwortete nicht.

Dann: »Du hast was?«

»Eine Ausstellung in einer Galerie.«

»Aha.« Er sprach auf widerwärtige Weise belustigt, und einen Augenblick lang haßte sie ihn. »Wir machen uns einen Sommer *à la Bohème*, was? Nun, vielleicht tut es dir gut.«

»Vielleicht.« Der Mistkerl … nie verstand er!

»Ist es notwendig, daß du deinen Standpunkt durch eine Ausstellung beweist? Willst du nicht wenigstens davon Abstand nehmen? Du kannst in deinem anderen Atelier malen und es dabei bewenden lassen.«

Danke, Daddy. »Die Ausstellung ist wichtig für mich.«

»Dann kann sie warten. Wir werden darüber sprechen, wenn ich wieder zu Hause bin.«

»Marc …,« Ich liebe einen anderen Mann … »Ich werde die Ausstellung machen.«

»Na fein. Warte damit nur bis zum Herbst.«

»Warum? Damit du sie mir ausreden kannst?«

»Das habe ich nicht vor. Wir werden dann darüber reden.«

»Ich will nicht warten. Ich habe schon zu lange gewartet.«

»Weißt du, Liebling, du bist zu alt für kindische Launen und zu jung für die Wechseljahre. Ich finde, du benimmst dich sehr unvernünftig.«

Sie hätte ihn am liebsten geschlagen, und doch kam sie für einen Moment die Lachlust an. Es war eine lächerliche Unterhaltung, und ihr war klar, daß sie sich beinahe wie Pilar anhörte. Sie lachte und schüttelte den Kopf. »Vielleicht hast du recht. Ich will dir was sagen: Du gewinnst deinen Fall in Athen, ich tue, was ich meiner Meinung nach tun muß, und im Herbst sehen wir uns wieder.«

»Ist das deine Art, mir beizubringen, ich solle mich um meine eigenen Angelegenheiten kümmern?«

»Mag sein.« Sie war plötzlich mutiger, als sie es in all den Jahren gewesen war. »Mag sein, daß wir beide gerade jetzt tun müssen, was uns nötig ist.« O Gott, was machst du da? Du sagst ihm … Deanna hielt den Atem an.

»Nun, in jedem Fall mußt du auf deinen Mann hören, und dein Mann ist im Moment sehr müde. Warum stellen wir das alles nicht einfach eine Weile zurück? In ein paar Tagen telefonieren wir wieder miteinander. In Ordnung? Und in der Zwischenzeit – keine Kunstausstellung. *C'est compris? Capisce?* Verstanden?«

Deanna hätte am liebsten mit den Zähnen geknirscht. Sie war kein Kind, und er war immer derselbe. Pilar bekam ihr Motorrad, Deanna bekam ihre Kunstausstellung nicht, und wir werden darüber reden, »wenn ich Zeit habe«. Seine Art, immer seine Art. Aber nicht länger. »Ich verstehe, Marc, doch ich stimme dir nicht zu.«

»Du hast keine andere Wahl.«

Es sah ihm nicht ähnlich, so deutlich zu werden. Er mußte wirklich sehr müde sein. Auch ihm selbst fiel sein starres Auftreten auf. »Vergiß es«, sagte er. »Tut mir leid. Wir reden ein anderes Mal weiter.«

»Gut.« Deanna stand schweigend in ihrem Atelier, wartete, fragte sich, was er sagen würde.

Er sagte: *»Bonsoir.«*

Und weg war er. Gute Nacht. Und diesmal hatte sie sich nicht die Mühe gemacht, ihm zu sagen, sie liebe ihn. »Keine Kunstausstellung.« Die Worte dröhnten in ihrem Kopf. Keine Kunstausstellung. Sie seufzte schwer und sank in ihren Sessel. Und was, wenn sie sich ihm widersetzte? Wenn sie die Ausstellung doch machte? Konnte sie ihm das antun? Sich selbst antun? War sie tapfer genug, einfach weiterzumachen und zu tun, was sie wollte? Warum nicht? Er war fort. Und sie hatte Ben. Aber es war nicht für Ben. Es war für sie selbst. Lange hielt sie in dem Atelier Umschau. Ihr ganzes bisheriges Leben stand hier mit dem Gesicht gegen die Wand, versteckt auf Bildern, die niemand je gesehen hatte und niemand je sehen würde, wenn sie nicht tat, was sie tun mußte. Marc konnte sie nicht aufhalten, und Ben konnte sie nicht dazu veranlassen. Sie mußte es jetzt tun – sie mußte – für sich selbst.

Marc stellte das Telefon hin und sah erneut auf die Uhr. Es war beinahe zehn, und das Gespräch mit Deanna hatte seine Nerven nicht gerade beruhigt. Verdammt. Er hatte ihr von dem Motorrad erzählt, und das hatte gar nicht in seiner Absicht gelegen. Und ihre blöde Kunstausstellung! Warum, zum Teufel, verzichtete sie nicht auf diesen Unsinn? Und wo in aller Welt war Chantal? Eifersucht quälte ihn. Er goß sich einen Scotch ein. Als er die Klingel hörte, ging er zur Tür und öffnete sie einen Zoll. Es war der kleine alte Mann von nebenan. Monsieur Moutier. Er sei süß, sagte Chantal, und er wurde von einer Tochter und einem Hausmädchen umsorgt. Auch er war früher einmal Rechtsanwalt gewesen, aber jetzt war er achtzig Jahre alt. Er hatte eine Schwäche für Chantal. Einmal hatte er ihr Blumen geschickt.

»*Oui?*« Marc sah ihn fragend an. Ob der alte Mann krank war? Warum käme er sonst zu dieser Stunde an seine Tür? »Ist etwas passiert?«

»Ich... nein. Ich... *je regrette.* Ich wollte Sie das gleiche fragen. Wie geht es Mademoiselle?«

»Sehr gut, danke, abgesehen davon, daß, soweit ich informiert bin, sie ein bißchen spät nach Hause kommt.« Marc lächelte den alten Herrn an. Er trug einen schwarzen Smoking und zweifellos von seiner Tochter bestickte Pantoffeln. »Möchten Sie hereinkommen?« Marc trat zur Seite; ihn zog es zurück zu seinem Scotch. Aber der alte Mann schüttelte den Kopf.

»Nein, nein...« Kummervoll sah er Marc an. Er verstand nur zu gut. Der Mann, der immer reiste, der nie da war. Er war ebenso gewesen. Seine Frau war gestorben, und die Einsicht war zu spät gekommen. »Sie hat sich nicht verspätet, Monsieur. Man hat sie gestern abend ins Krankenhaus gebracht.« Er sah das Entsetzen in Marcs Gesicht.

»Chantal? Mein Gott! Wohin?«

»Ins amerikanische Krankenhaus, Monsieur. Sie war in einer Art Schock. Der Fahrer des Krankenwagens sagte –«

»O mein Gott!« Marc starrte den alten Mann fassungslos an. Dann rannte er hinein, riß sein Jackett vom Sessel und war sofort wieder da. Der alte Mann trat zur Seite, und Marc knallte die Wohnungstür zu. »Ich muß zu ihr.« O mein Gott... Oh, Chantal... O nein... Sie war also nicht mit einem anderen Mann ausgegangen. Marc raste die Treppen hinunter und auf die Straße. Das Herz hämmerte ihm in der Brust. Er winkte ein Taxi heran.

11

Das Taxi hielt in Neuilly, einem ruhigen Außenbezirk von Paris, vor der Nummer 92 des Boulevard Victor Hugo. Marc drückte dem Fahrer ein paar Franc-Noten in die Hand und stürmte davon. Die Besuchszeit war längst vorbei, aber er schritt entschlossen auf den Informationsschalter zu und fragte nach Mademoiselle Chantal Martin. Zimmer 401, eingeliefert mit Insulin-Schock, augenblicklicher Zustand zufriedenstellend. Sie kann in zwei Tagen nach Hause gehen. Marc sah die Schwester bestürzt an. Ohne sich in eine weitere Diskussion einzulassen, fuhr er mit dem Aufzug zum vierten Stock. Eine Schwester saß auf ihrem Platz und richtete streng den Blick auf ihn, als er aus dem Aufzug trat.

»*Oui,* Monsieur?«

»Mademoiselle Martin.« Er gab sich Mühe, autoritär zu sprechen, aber er fürchtete sich sehr. Wie war es geschehen, und warum? Plötzlich fühlte er sich schuldbewußt, weil er nach Antibes gefahren war. »Ich muß sie sehen.«

Die Schwester schüttelte den Kopf. »Morgen.«

»Schläft sie?«

»Sie dürfen sie morgen sehen.«

»Bitte. Ich – ich bin eigens von –« Er wollte Südfrankreich sagen, doch ihm kam eine bessere Idee. Er klappte die Brieftasche auf. »Von San Francisco in den Vereinigten Staaten gekommen. Ich habe das erste Flugzeug genommen, als ich davon hörte.« Lange Pause.

»Nun gut. Zwei Minuten. Und dann gehen Sie. Sie sind... ihr Vater?« Marc schüttelte nur den Kopf. Das war der endgültige Schlag.

Die Schwester führte Marc-Edouard zu einem nicht weit entfernten Zimmer. An der Tür verließ sie ihn. Drinnen brannte eine matte Lampe. Er zögerte einen Augenblick auf der Schwelle, bevor er leise eintrat.

»Chantal?« Seine Stimme war nur ein Flüstern in dem dunklen Raum. Sie lag im Bett und sah sehr blaß und sehr jung aus. In ihrem Arm steckte ein Schlauch, der zu einer unheimlich aussehenden Flasche führte. »Liebling...« Er trat näher. Was hatte er getan? Er hatte dies Mädchen an sich gefesselt und ihr nur die Hälfte seines Lebens gegeben. Er mußte sie vor seiner Mutter, seiner Tochter, seiner Ehefrau verstecken, manchmal sogar vor sich selbst. Welches Recht hatte er, ihr das anzutun? Er stand neben dem Bett und ergriff behutsam ihre freie Hand. Seine Augen waren glänzend. »Liebling, was ist geschehen?« Ein sechster Sinn hatte ihm bereits gesagt, daß der Insulin-Schock kein Unfall war. Chantal hatte die Art von Diabetes, bei der man die Vorsicht nie außer acht läßt. Aber solange sie ihr Insulin nahm, gut aß, genügend schlief und nicht schwanger wurde, konnte ihr nichts passieren.

Ihre Augen schlossen sich. Tränen drangen durch die Wimpern. *»Je m'excuse.* Es tut mir so leid...« Dann, nach einer Pause: »Ich habe mein Insulin nicht genommen.«

»Absichtlich?« Er sah sie nicken, und es versetzte ihm einen Schlag. »O mein Gott. Chantal, Liebes... wie konntest du?« Er betrachtete sie voller Entsetzen. Wenn sie nun gestorben wäre? Wenn sie...? Er ertrug es nicht, sie zu verlieren. Erst jetzt traf es ihn mit voller Wucht. Er drückte ihre Hand fest. »Tu das nie, nie wieder!« Seine Stimme hob sich verzweifelt. »Hast du gehört?« Wieder nickte sie. Und dann strömten auch über sein Gesicht Tränen. Er setzte sich auf die Bettkante. »Ich würde sterben ohne dich. Weißt du das nicht?«

Es war keine Antwort in ihren Augen. Nein, sie wußte es nicht. Aber es war die Wahrheit. Er hatte es selbst eben erst erkannt. Jetzt waren es zwei. Deanna und Chantal. Zwei Frauen, denen er sein ganzes Leben schuldete, und er war nur ein einzelner Mann. Er würde nicht mehr mit sich selbst zu Rande kommen können, wenn er Deanna aus seinem Leben verbannte. Und er konnte nicht ohne Chantal leben. Es schmetterte ihn wie ein Axthieb nieder. Er merkte, daß sie ihn beobachtete. Sein Gesicht war beinahe grau. »Ich liebe dich, Chantal. Bitte, bitte, tu so etwas nie wieder. Versprich es mir!« Er drückte die zarte Hand noch heftiger.

»Ich verspreche es«, flüsterte es in dem Raum. Das Schluchzen unterdrückend, das in seiner Brust aufstieg, nahm Marc-Edouard sie sanft in die Arme.

Bis zum Abend hatte Deanna elf Gemälde ausgewählt. Die Auswahl der übrigen würde schwer sein. Sie stellte die elf auf eine Seite und ging dann zurück in den Hauptteil des Hauses. Immer noch dachte sie über ihr Gespräch mit Marc nach. Hätte sie ihm auch dann Trotz geboten, wenn er Pilar nicht erlaubt hätte, das Motorrad zu kaufen? Seltsam, wie ein Ereignis das andere nach sich zog. Ihre Ehe war voll von kleinlichen Racheakten. Sie stieg die Treppe zu ihrem Schlafzimmer hinauf und sah in den Schrank. Was brauchte sie? Noch einen Bademantel, Jeans, den champagnerfarbenen Wildlederrock, der Ben sicher gefallen würde. Warum plante sie hier in Marcs Schlafzimmer ihr Leben mit einem anderen Mann? Kam sie in die Wechseljahre oder war sie kindisch, wie Marc gemeint hatte, oder war sie einfach verrückt? Während sie noch grübelnd in den Schrank starrte, läutete das Telefon. Sie fühlte sich nicht einmal mehr schuldig, außer wenn sie mit Marc sprach. In der übrigen Zeit kam es ihr vor, als gehöre sie zu Ben. Das Telefon läutete wieder und wieder. Es gab niemanden, mit dem sie hätte sprechen wollen. Sie hatte das Gefühl, bereits ausgezogen zu sein. Widerstrebend nahm sie den Hörer dann doch ab.

»Hallo?«

»Kann ich dich jetzt abholen? Bist du bereit, nach Hause zu kommen?« Es war Ben. Und es war erst halb fünf.

»So früh?« Sie lächelte ins Telefon.

»Brauchst du noch Zeit für deine Arbeit?« Als ob ihre Arbeit wichtig sei, als ob es darauf ankomme…

Aber sie schüttelte den Kopf. »Nein. Ich bin fertig. Heute habe ich elf Bilder für die Ausstellung ausgesucht.«

Ihre Stimme klang fest, und er lächelte. »Ich bin so stolz auf dich, daß ich es kaum noch aushalte. Ich habe Sally heute von unserem Vorhaben erzählt. Wir werden eine wunderschöne Anzeige aufgeben.«

O Jesus, keine Anzeige. Dann erfuhren es alle! Deanna mußte nach Luft schnappen, bevor sie fragen konnte: »Ist eine Anzeige unbedingt nötig?«

»Ich kümmere mich um mein Geschäft und du dich um deins. Dabei fällt mir ein, ich möchte dich gern...« Seine Stimme drang ganz leise aus dem Hörer, und Deanna errötete.

»Hör auf!«

»Warum?«

»Weil du in deinem Büro bist, und ich bin – ich bin hier.«

»Nun, wenn das alles ist, was dich hemmt, wollen wir wie der Blitz von diesen deprimierenden Orten verschwinden. Ich hole dich in zehn Minuten ab, ja?«

»Oh, mach schnell.« Sie konnte es nicht erwarten, das Haus zu verlassen. Jeder Augenblick, den sie darin verbrachte, erdrückte sie.

»Fühlst du dich stark genug für den ganzen Weg nach Carmel?«

»Herrlich!« Dann: »Was ist mit deiner Haushälterin?«

»Mrs. Meacham? Sie wird nicht da sein.« Es war unerfreulich, sich auf diese Weise verstecken zu müssen, aber Deanna wußte, daß sie keine andere Wahl hatten. Sie war ja nicht frei. »Wie dem auch sei, mach dir über Mrs. Meacham keine Gedanken. Ich bin in zehn Minuten da. Und übrigens, Deanna –« er machte eine Pause, und sie fragte sich, was er wohl sagen wolle; er hätte so feierlich gesprochen. Von neuem dämpfte er seine Stimme, und sie konnte ihn beinahe lächeln sehen. »Ich liebe dich.«

Glücklich schloß sie die Augen. »Ich dich auch.«

Das Wochenende in Carmel war himmlisch. Der vierte Juli. Sie verbrachten drei Tage mit Spaziergängen am Strand, Sonnenbädern, Muschelsuchen und Treibholzsammeln, und ein- oder zweimal stürzten sie sich mutig in den noch eisigen Ozean und schwammen ein kurzes Stück.

Bibbernd vor Kälte legte Ben sich neben sie auf die Decke. Sie hatte Sonne getankt und ihre honigfarbene Bräune vertieft, und sie lächelte vor sich hin.

»Weshalb lächelst du, schlafende Schönheit?« Sein Körper war kühl und feucht, und seine Haut fühlte sich köstlich an. Sie drehte sich um und ließ ihre Finger seinen Arm hinuntergleiten.

»Ich dachte gerade daran, daß all dies beinahe wie Flitterwochen ist. Oder wie eine sehr gute Ehe.«

»Das kann ich nicht beurteilen. Ich habe weder das eine noch das andere je gehabt.«

»Keine Flitterwochen?«

»Eigentlich nicht. Wir waren in New York. Sie war Schauspielerin und trat in einem Stück am Broadway auf. Deshalb verbrachten wir die Hochzeitsnacht im Plaza in New York. Als das Stück abgesetzt wurde, gingen wir nach New England.«

»Lief das Stück lange?« Deanna sah ihn bewundernd mit ihren großen, unschuldigen grünen Augen an. Ben lächelte.

»Drei Tage.« Sie lachten beide. Ben drehte sich auf die Seite, damit er Deanna ansehen konnte. »Warst du glücklich mit Marc, bevor ich des Weges kam?«

»Ich glaubte es. Manchmal. Und manchmal war ich schrecklich einsam. Wir haben keine richtige Beziehung zueinander. Wir sind keine wirklichen Freunde. Wir lieben uns, aber... es ist ganz anders.« Sie dachte an das letzte Telefongespräch, als er ihr befohlen hatte, auf die Ausstellung zu verzichten. Marc hatte immer noch Autorität. »Er respektiert mich nicht so wie du – meine Arbeit, meine Zeit, meine Gedanken. Aber er braucht mich. Es liegt ihm etwas an mir. Auf seine eigene Weise liebt er mich.«

»Und du liebst ihn?« Seine Augen erforschten ihr Gesicht. Sie antwortete nicht sofort.

»Ich dachte, wir wollten über solche Dinge nicht sprechen. Das ist unser Sommer.« Ihre Stimme klang vorwurfsvoll.

»Aber es ist auch unser Leben. Es gibt einige Dinge, die ich wissen muß.« Er war merkwürdig ernst.

»Die weißt du bereits, Ben.«

»Was sagst du?«

»Daß er mein Mann ist.«

»Daß du ihn nicht verlassen willst?«

»Ich weiß es nicht. Mußt du mich das jetzt fragen?« Ihre Augen bewölkten sich vor Kummer. »Können wir nicht einfach genießen, was wir haben, und dann –«

»Und dann was?«

»Ich weiß es noch nicht, Ben.«

»Und ich hatte versprochen, nicht zu fragen. Doch es fällt mir immer schwerer.«

»Ob du es glaubst oder nicht, mir auch. Meine Gedanken wandern zum Ende des Sommers, und ich stelle mir Fragen, die ich nicht beantworten kann. Ich hoffe immerzu auf ein Eingreifen Gottes, ein Wunder, etwas, das uns die Antworten aus der Hand nimmt.«

»Ich auch.« Nun lächelte er ihr zu, beugte sich über sie und küßte sie immer wieder und wieder. »Ich auch.«

12

»Ben?« klang Deannas Stimme aus dem Abstellraum. Es war spät am Sonntagabend, und sie waren gerade von einem weiteren Wochenende in Carmel zurückgekehrt.

»Was? Brauchst du Hilfe?« Er hörte weiter nichts als einen Schrei und ein ersticktes Gelächter. Deanna war seit mehr als einer Stunde in der Kammer. Ben kletterte aus dem Bett und ging nachsehen. Als er die Tür zu dem Abstellraum, in dem er oft arbeitete, öffnete, sah er Deanna mit einem gefährlich schwankenden Bilderstapel kämpfen, der von einem gegen die Wand gelehnten Berg aus Schachteln abzugleiten drohte.

»Hilfe! Da kommt eine Lawine!« Sie lugte zu ihm hin, einen kleinen Pinsel zwischen die Zähne geklemmt. Mit beiden hochgehobenen Armen mühte sie sich, die Gemälde vor dem Hinunterfallen auf den Fußboden zu bewahren. »Ich hatte gesehen, daß ein paar Bilder nicht signiert sind, und das wollte ich eben nachholen. Und sofort...« Ben nahm ihr den Stapel ab. Und dann, die Hände noch ganz voll von ihren Gemälden, beugte er den Kopf und küßte sie auf die Nasenspitze.

»Nimm den Pinsel aus dem Mund.«

»Was?« Sie sah ihn geistesabwesend an. In Gedanken war sie bei den beiden Bildern, die sie noch signieren mußte.

»Ich sagte –« er legte die Gemälde sorgfältig zur Seite und faßte mit einer Hand nach dem Pinsel, »– nimm das Ding aus dem Mund.«

»Warum? So habe ich doch die Hände frei, um...« Augenblicklich brachte er sie mit einem Kuß zum Schweigen.

»Darum, du Dummchen. Kommst du jetzt ins Bett?« Er zog sie näher, und sie kuschelte sich lächelnd an ihn.

»In einer Minute. Kann ich nur das hier noch fertig machen?«

»Warum nicht?« Er ließ sich in dem bequemen alten Sessel an seinem Schreibtisch nieder und sah zu, wie sie den Stapel von neuem nach unsignierten Bildern durchstöberte. »Bist du wegen der Ausstellung ebenso aufgeregt wie ich, Deanna?« Es war nur noch vier Tage hin. Donnerstag. Endlich würde er Deanna in die Welt der Kunst einführen. Sie hätte seit Jahren ausstellen sollen. Deanna steckte den Pinselstiel durch ihr Haar und hatte nun die Hände wieder frei, und er betrachtete sie mit Stolz und Freude. Ihr Gesicht war ein einziges Lächeln. Es spielte nicht nur um ihren Mund, es tanzte auch in ihren Augen.

»Aufgeregt? Machst du Spaß? Ich bin halb verrückt. Ich habe seit Tagen nicht mehr geschlafen.«

Ben hatte den Verdacht, daß das stimmte. Jede Nacht sah er ihr nach den Stunden, die sie ihrer Liebe widmeten, in die Augen, und das letzte, an das er sich vor dem Einschlafen erinnerte, war immer dies Lächeln. Neuerdings war sie jeden Morgen gleich ganz wach. Sie sprang auf und machte ihm das Frühstück, und dann verschwand sie in dem Abstellraum, wo sie ihre Arbeiten untergebracht hatte. Sie hatte alle ihre Schätze angeschleppt, damit Ben sie bis zu der Ausstellung aufbewahre. Sie wollte nicht, daß sie vor dem Tag der Vernissage in der Galerie lagen.

Jetzt signierte sie das letzte Bild und drehte sich zu Ben um. »Ich weiß nicht, ob ich es bis Donnerstagabend schaffe.«

»Du wirst es schaffen«, sagte er streng. Wie schön sie war! In letzter Zeit schien sie noch gewonnen zu haben. Ihr Gesicht hatte eine weiche, leuchtende Schönheit, und in ihren Augen loderte ein leidenschaftliches Feuer. Plötzlich war sie von einer seltenen Zartheit und um sie ein Brennen wie eine glühende Flamme. Und ihr Zusammensein hatte einen Zauber wie nichts, was er je gekannt hatte. Das kleine Cottage in Carmel summte förmlich von Deannas Anwesenheit. Sie schmückte die Zimmer mit Blumen, brachte große Stücke Treibholz herbei, gegen die sie sich lehnte, wenn sie ihre Füße an dem Feuer auf »ihrer« Düne rösteten. Sie erfüllte seine Träume und seine Tage. Ein Leben ohne sie konnte er sich nicht mehr vorstellen.

»Was denkst du?« Sie legte den Kopf auf die Seite und stützte sich gegen den Bilderstapel.

»Ich denke daran, wie sehr ich dich liebe.«

»Oh.« Sie lächelte, und ihre Augen wurden weich, als sie in seine tauchten. »Ich denke auch viel darüber nach.«

»Darüber, wie sehr ich dich liebe?« Er lächelte, und sie tat es auch.

»Ja. Und darüber, wie sehr ich dich liebe. Was habe ich überhaupt gemacht, bevor du auftauchtest?«

»Du hast außerordentlich gut gelebt und dir nie das Frühstück selbst bereitet.«

»Hört sich schrecklich an.« Sie ging auf ihn zu, und er zog sie auf seinen Schoß.

»Das ist nur, weil du wegen der Ausstellung so aufgeregt bist und nicht schlafen kannst. Warte noch einen Monat oder zwei...« Er brach schmerzlich ab. Er hatte sagen wollen »oder ein Jahr«, aber sie hatten kein Jahr. Nur noch fünf oder sechs Wochen. »Du bekommst es noch leid, Frühstück zu machen. Du wirst es sehen.«

Sie wollte es sehen. Sie wollte es ihr Leben lang sehen, nicht nur einen Monat lang. »Mir wird es nie leid werden.« Sie vergrub ihr Gesicht an seiner Brust und fühlte sich warm und geborgen wie ein Kind. Sie waren beide braun von ihrem Wochenende in Carmel, und als sie mit den Füßen über den Boden fuhr, merkte sie, daß sie immer noch sandig waren. »Weißt du, was ich denke?«

»Was denn?« Er schloß die Augen und sog den frischen Duft ihres Haars ein.

»Daß wir Glück haben. Was mehr können wir uns wünschen?«

Eine Zukunft, doch das sprach er nicht aus. Er öffnete die Augen. »Wünschst du dir kein zweites Kind?«

»In meinem Alter?« fragte Deanna perplex. »Großer Gott, Pilar ist beinahe sechzehn Jahre alt!«

»Was hat das damit zu tun? Und was meinst du mit ›deinem Alter‹? Viele Frauen bekommen Mitte Dreißig Kinder.«

»Aber ich bin siebenunddreißig. Das ist Wahnsinn.«

Ben schüttelte den Kopf. Deanna wirkte völlig verblüfft. »Wenn das für einen Mann nicht zu alt ist, warum sollte es für eine Frau zu alt sein?«

»Das, mein Liebling, ist ein sehr großer Unterschied. Und das weißt du selbst.«

»Weiß ich nicht. Ich würde mich so freuen, wenn wir ein Kind hätten. Oder sogar zwei. Und ich glaube nicht, daß du zu alt bist.«

Ein Baby? Jetzt? Sie sah ihn erstaunt an. Nein, er machte keinen Spaß. Seine Arme lagen immer noch um sie.

»Ist das wirklich dein Ernst?«

»Ja.« Er blickte ihr lange in die Augen, und er war sich nicht sicher, was er da sah. Verwirrung, Staunen und auch Kummer und Schmerz. »Oder darfst du keine Kinder mehr bekommen, Deanna?« Das hatte er sie nie gefragt. Es gab keinen Grund dazu. Sie schüttelte den Kopf.

»Nein, es liegt kein Grund vor, daß ich nicht darf, aber... ich glaube nicht, daß ich es noch einmal durchmachen möchte. Pilar war ein Geschenk nach den beiden Jungen. Aber wenn...«

»Weiß man, warum es geschehen ist?«

»Nichts als ein unglücklicher Zufall, wurde mir gesagt. Zwei unerklärliche Tragödien. Die Wahrscheinlichkeit, daß so etwas zweimal hintereinander geschieht, ist minimal... aber es ist geschehen.«

»Dann wird es nicht wieder geschehen.« Er sprach entschlossen, und Deanna entzog sich ihm.

»Willst du mich dazu überreden, ein Kind zu bekommen?« Ihre Augen waren sehr groß, und ihr Gesicht war wie erstarrt.

»Ich weiß es nicht. Vielleicht. Es hört sich ganz so an, nicht wahr?« Er ließ den Kopf hängen. Dann sah er wieder auf. »Glaubst du, daß ich dich überreden will?«

Deanna nickte plötzlich sehr ernst. »Tu es nicht.«

»Warum nicht?«

»Ich bin zu alt.« Und ich habe bereits ein Kind. Und einen Mann.

»Das ist der einzige Grund, den anzuerkennen ich mich kategorisch weigere! Das ist Unsinn!« Nun sprach er fast zornig, und Deanna fragte sich, warum. Es spielte doch keine Rolle, ob sie für ein Kind zu alt war oder nicht!

»Aber ich bin zu alt. Ich bin beinahe vierzig. Und schon das ist ziemlich verrückt. Ich komme mir wieder wie ein junges Ding vor. Ich benehme mich wie siebzehn, nicht wie siebenunddreißig.«

»Und was ist daran verkehrt?« Er suchte ihre Augen, und sie ergab sich.

»Absolut nichts. Mir gefällt es.«

»Gut. Dann komm ins Bett.« Er hob sie hoch und trug sie nach nebenan in das große, bequeme Bett. Die Steppdecke war zerknüllt, denn sie hatten darauf gelegen, als sie von Carmel zurückkamen. Es brannte nur eine kleine Lampe im Zimmer. Die weichen Farben sahen warm und hübsch aus, und die große Vase mit Margeriten, die Deanna am Freitagnachmittag auf der Terrasse gepflückt hatte, gab dem Schlafzimmer einen ländlichen Anstrich. Deanna machte etwas Besonderes aus seinem Haus, sie gab ihm eine Atmosphäre, nach der er sich seit Jahren gesehnt hatte. Er hatte nie richtig gewußt, was fehlte, aber jetzt, wo er sie hatte, wußte er es. Gefehlt hatte Deanna mit ihren grünen Augen und dem dunklen, auf dem Kopf hochgetürmten Haar, wenn ihre nackten Beine aus seinem Bett hervorguckten oder wenn sie im Schneidersitz mit ihrem Skizzenblock auf seinem Schreibtisch saß, von Blumen umgeben. Deanna mit ihren Stapeln von Bildern und den Pinseln, die in allen seinen Kaffeetassen steckten, mit den Hemden, die sie sich »auslieh« und mit Farbe bekleckerte, und mit den zahllosen Aufmerksamkeiten. Die Krawatten, die sie säuberte, die Anzüge, die sie weghängte, die kleinen Geschenke, die sie kaufte, die Bücher, die sie ihm brachte, weil sie wußte, daß sie ihm gefallen würden, das Lachen und das Necken und die sanften Augen, die immer verstanden. Sie war in sein Leben hineingetrieben wie ein Traum. Und er wollte niemals mehr aufwachen. Nicht ohne Deanna an seiner Seite.

»Ben?« fragte ein dünnes Stimmchen neben ihm in der Dunkelheit.

»Was denn, Liebes?«

»Wenn ich nun schlechte Kritiken bekomme?« Sie sprach wie ein verängstigtes Kind, und er hätte beinahe gelacht, aber er tat es nicht. Er wußte, wie groß ihre Furcht war.

»Wirst du nicht.« Wieder legte er unter der Steppdecke den Arm um sie. Die Decke hatte die Frau eines Malers vor Jahren seiner Mutter in New York geschenkt. »Die Kritiken werden großartig sein. Das verspreche ich dir.«

»Woher weißt du das?«

»Ich weiß es, weil du sehr, sehr gut bist.« Er küßte ihren Hals und zitterte, als er ihr nacktes Fleisch an seinen Beinen spürte. »Und weil ich dich so sehr liebe.«

»Du bist töricht.«

»Ich bitte um Verzeihung!« Er sah sie grinsend an. »Ich sage dir, daß ich dich liebe, und du hältst mich für töricht. Hör zu, du...« Er zog sie enger an sich und bedeckte ihren Mund mit seinem. Gemeinsam verschwanden sie unter der Steppdecke.

Am nächsten Morgen wachte Deanna um sechs Uhr auf und lief sofort in den Abstellraum. Ihr war eingefallen, daß sie ein Bild mitgebracht hatte, das sie nicht ausstellen wollte. Dann erinnerte sie sich an ein anderes, das wahrscheinlich nicht den richtigen Rahmen hatte. Nach dem Kaffee begann sie nach zwei weiteren unsignierten Bildern zu suchen, und so ging es die ganzen vier Tage weiter. Die Ausstellung versetzte Deanna in einen Zustand nervöser Zappeligkeit. Ben lächelte und liebte und schmeichelte. Er führte sie zum Dinner aus, zerrte sie ins Kino, nahm sie mit an den Strand. Er zwang sie, schwimmen zu gehen, hielt sie abends im Bett lange wach. Am Donnerstag ging er mit ihr zum Lunch.

»Ich will nichts davon hören.« Er hielt die Hand hoch.

»Aber, Ben, was ist, wenn –?«

»Nein. Bis morgen kein Wort mehr über die Ausstellung.«

»Aber...«

»Nein!« Er legte einen Finger auf ihre Lippen, und sie sprudelte ihn mit einem neuen Ausbruch von Sorgen weg. Er lachte nur. »Wie ist der Wein?«

»Was für ein Wein?« Deanna sah sich zerstreut um, und er wies auf ihr Glas.

»Der Wein, den du nicht trinkst. Wie ist er?«

»Ich weiß es nicht, und was ich dich fragen wollte, ist...«

Ben steckte beide Zeigefinger in die Ohren, und Deanna begann zu lachen. »Ben! Hör auf!«

»Womit?« Er grinste ihr über den Tisch hinweg zu. Sie lachte.

»Hör mir zu! Ich wollte dich etwas wegen heute abend fragen!«

Ben begann leise zu summen, die Finger immer noch in den Ohren. Deanna konnte gar nicht mehr aufhören zu lachen. »Du bist scheußlich, und ich hasse dich!«

»Nein, das tust du nicht. Du kannst die Finger nicht von mir lassen, und du willst mich fortschleppen, damit du mich attackieren kannst. Richtig?«

»Also, jetzt, wo du es erwähnst...« Deanna nahm einen Schluck Wein, und sie neckten sich während des ganzen Essens. Ben hatte sich den Nachmittag freigenommen. Die Gemälde waren für Deannas Ausstellung alle perfekt gehängt. Sally hatte das Kommando über die Galerie. Denn Ben hielt es für besser, bei Deanna zu bleiben, damit sie ihre Meinung nicht änderte oder völlig aus dem Häuschen geriet. Und er hatte heute nachmittag eine Überraschung für sie.

Nach dem Lunch gingen sie zu seinem Wagen, und er sah auf die Uhr.

»Deanna, macht es dir etwas aus, wenn ich bei Saks hineinschaue?«

»Jetzt?« fragte sie überrascht. »Nein, das geht in Ordnung.«

»Ich werde nicht lange brauchen.« Er parkte vor dem Geschäft und lächelte hintergründig. »Möchtest du mitkommen?«

»Nein, ich warte hier.«

»Bist du sicher?« Er drängte sie nicht; er wußte, daß sie heute nicht alleinbleiben wollte, nicht einmal für kurze Zeit.

»Na gut, ich komme mit.« Das war leicht gegangen. Glücklich betrat er an ihrer Seite den Laden. »Was hast du vor?«

»Ein Kleid abholen.« Er sagte es mit absoluter Selbstsicherheit und völliger Nonchalance.

»Ein Kleid?«

»Für Sally. Sie sagte, sie habe keine Zeit dazu. Deshalb versprach ich ihr, es abzuholen und heute abend zeitig genug in die Galerie mitzubringen, daß sie sich noch umziehen kann. Übrigens, was wirst du tragen?« Deanna war mit ihren Signaturen und ihren Rahmen so beschäftigt gewesen, daß sie jetzt nicht sagen konnte, ob sie überhaupt einen Gedanken daran verschwendet hatte.

»Ich weiß nicht. Vielleicht mein Schwarzes.« Sie hatte zwei oder drei Dinner-Kleider von zu Hause mitgebracht. Sie hingen in seinem Schrank, zusammen mit ihren Jeans, ihren farbenbekleckssten Hemden, mehreren Gabardine-Hosen und einem halben Dutzend Kaschmir-Pullover. Ihm gefiel der Anblick, den ihre Kleider neben seinen boten.

»Warum ziehst du nicht das grüne an?«

»Zu aufgeputzt.« Sie war zehntausend Meilen weit weg. »Sag mal, weißt du, welche Kritiker kommen werden?« Ihre Augen flackerten.

»Ich halte es nicht für zu aufgeputzt«, erklärte er belustigt.

»Hast du nicht gehört, was ich dich gefragt habe?« Ihre Stimme begann zu schwanken.

»Nein. Was ist jetzt mit dem grünen Kleid?«

»Du kannst dir das grüne Kleid an den Hut stecken! Ich möchte wissen –«

Ben küßte sie hart auf den Mund. Atemlos stieg Deanna im zweiten Stock aus dem Aufzug. »Ben!« protestierte sie, aber es war niemand in der Nähe gewesen, der seine Untat gesehen hätte. »Willst du mir wohl zuhören?«

»Nein.« Er sprach bereits mit der Verkäuferin. Sie brachte das Kleid. »Perfekt«, lobte er. Dann wandte er sich wieder Deanna zu. »Was meinst du?«

»Hm?« Sie hatte überhaupt nicht aufgepaßt. Aber dann wurde ihre Aufmerksamkeit plötzlich von dem Kleid gefesselt. Es war aus einem erikafarbenen, in Mauve übergehenden Wollstoff, hochgeschlossen, mit langen Ärmeln und ausgeschnittenem Rücken. Und dazu gehörte ein wundervoller Mantel. »Hübsch, nicht wahr? Ist das Sallys Kleid?« Deanna trat einen Schritt vor, um die feine Wolle zu berühren. Es war ein französischer Stoff und ein französisches Modell und mußte Sally ein Vermögen gekostet haben. »Herrlich!« Die Verkäuferin und Ben tauschten lächelnd einen Blick. »Vielleicht sollte ich doch das grüne anziehen.«

»Ich bin anderer Meinung. Warum ziehst du nicht das hier an?« Er blickte so unschuldig drein, daß er Deanna völlig verwirrte.

»Ich soll Sallys Kleid anziehen? Sei doch nicht albern.«

»Du könntest ihr ja dein grünes leihen.«

»Liebling, ich liebe dich, aber ich halte dich für total verrückt.« Sie lächelte der Verkäuferin zu und wandte sich zum Gehen. Doch Ben faßte sie sanft beim Arm und flüsterte ihr ins Ohr:

»Ich halte dich auch für verrückt. Und nun geh und probiere dein neues Kleid an.«

Erstaunt sah sie zu ihm hoch. »Machst du Spaß?« Er schüttelte den Kopf. »Es ist für mich?«

Ben nickte mit befriedigtem Lächeln. »Gefällt es dir?«

»Ich... oh, Ben, das kann ich nicht annehmen. Es ist hinreißend!« Sie betrachtete es noch einmal, und ihre Augen wurden groß. Das Kleid war exquisit, aber wahrscheinlich auch unheimlich teuer. Und Ben hatte es für sie gekauft? Der Mann, der einen anonymen deutschen Wagen fuhr und lieber Spaghetti als Kaviar aß? Der Mann, der seinen Stolz darein setzte, kein Hausmädchen, sondern nur zweimal pro Woche eine Putzfrau zu haben, während sein Großvater umgeben von einer Armee von Dienstboten gelebt und sein Vater sich in einem Palazzo bei Rom zur Ruhe gesetzt hatte? Dieser Mann schenkte ihr dies Kleid? Es wäre ihr schon peinlich gewesen, wenn Marc etwas so Teures hätte bezahlen müssen. »Großer Gott!«

»Halt den Mund und probiere es an. Ich möchte es sehen!«

Sie probierte, und er sah. Es war vollkommen. Der Schnitt, der Stil, die Farbe. Deanna sah königlich aus, als sie auf ihn zuschritt, den Mantel über den Arm drapiert. Ihre Sonnenbräune hob das tiefe Erikablau hervor, und ihr bloßer Rücken und die Schultern waren in dem Kleid tadellos modelliert. »Was wirst du dazu tragen?«

»Diamant-Ohrringe und schwarze Seidensandaletten. Und das Haar hochgesteckt.«

»O Gott, ich halte es nicht aus.« Er grinste so vergnügt, daß sogar die Verkäuferin lachte.

Als Deanna das Kleid am Abend anzog, saß Ben auf dem Bett. Sie lächelten einander an, und er zog den kleinen Reißverschluß am Rükken zu. Sie legte die Diamant-Ohrringe an und frisierte das Haar nach oben. Ihre Schönheit benahm ihm für einen Augenblick den Atem. Dann löste er behutsam die Ohrringe ab.

»Was machst du?«

»Ich nehme dir diese Ohrringe ab.«

Sie sah ihn verwirrt an. »Warum? Gefallen sie dir nicht?« Vielleicht lag es daran, daß sie ein Geschenk von Marc waren. »Ich habe keine anderen hier, die dazu passen würden.«

»Macht nichts.« Ben faßte in die Tasche und holte ein blauseidenes Beutelchen hervor. Er öffnete es und förderte zwei große und sehr schöne Perlen zutage. Unter jeder Perle saß ein winziger Diamant. Die Ohrringe sahen sehr alt und fein aus. »Ich möchte, daß du diese hier trägst.«

»Oh, Ben.« Deanna sah sie erstaunt an, dann hob sie die Augen zu ihm. »Was hast du getan?« Das Kleid, die Ohrringe, die Ausstellung. Er schenkte ihr so viel. Alles...

»Die Ohrringe haben meiner Großmutter gehört. Ich möchte, daß du sie bekommst, Deanna. Heute ist ein ganz besonderer Abend.« Wieder sah sie zu ihm auf, und jetzt standen Tränen in ihren Augen. Zart nahm er ihr Gesicht in die Hände. »Ich möchte, daß es der schönste Abend deines Lebens wird. Dies ist der Beginn deines Lebens in der Welt der Kunst, Deanna. Und jeder soll erfahren, wie gut du bist.« Aus seinen Augen sprach mehr Liebe, als sie je zuvor gesehen hatte. Sie legte die Arme um ihn, und ihr Herz zitterte.

»Du bist so gut zu mir.«

»Wir sind gut zueinander, und das ist ein ganz besonderes Geschenk.«

»Ich kann die Ohrringe nicht behalten.« Das konnte sie nicht, wenn sie nicht bei Ben blieb. Aber in einem Monat mußte sie zu Marc zurückkehren.

»Doch, das kannst du. Ich möchte, daß du sie behältst. Unter allen Umständen.«

Er verstand. Er verstand immer. Und irgendwie machte das die Sache noch schlimmer. Die Tränen liefen ihr über das traurige Gesicht. Schluchzen schüttelte ihre Schultern.

»Liebling, nicht.«

»Oh, Ben... ich kann dich nicht verlassen.«

»Das brauchst du auch nicht. Nicht jetzt. Genießen wir einfach, was wir haben.«

So vernünftig hatte er seit dem Anfang nicht mehr gesprochen. Deanna fragte sich, ob er schließlich doch akzeptiert hatte, was kommen mußte. »Ich liebe dich.« Ihre Stimme klang gepreßt. Sie schmiegte sich an ihn, und er schloß die Augen.

»Ich liebe dich auch. Und sollen wir jetzt zu deiner Vernissage gehen?«

Er trat zurück, um sie anzusehen, und sie nickte. Er nahm einen der Ohrringe und befestigte ihn behutsam an ihrem Ohr. Und nachdem er sich Zeit für einen Kuß genommen hatte, befestigte er auch den anderen. »Du siehst exquisit aus. Und ich bin so stolz, daß es deine Vernissage ist.«

»Ich denke immerzu, daß ich aufwachen werde, und dann war alles nur ein Traum. Ich werde am Strand von Carmel aufwachen und mir vorkommen wie Rip van Winkle, und Kim wird immer noch auf mich im Hotel warten. Aber immer, wenn ich dies Gefühl habe, sehe ich dich an, und du bist wirklich.« Sie betrachtete ihn mit erstauntem Entzücken, und er lachte.

»Und ob ich wirklich bin!« Wieder lachte er und ließ eine Hand auf ihren Rücken gleiten. »Und ich würde es dir sehr gern beweisen, mein Liebes. Ich fürchte nur, dazu haben wir keine Zeit mehr.« Mit einer kleinen Verbeugung bot er ihr den Arm. »Sollen wir?«

Sie nahm seinen Arm. »Aber natürlich.«

»Bist du bereit?« Sie waren gerade an der Galerie vorgefahren.

»O Gott, nein!« Sie streckte mit aufgerissenen Augen die Arme nach ihm aus. Er drückte sie kurz an sich. Dann führte er sie hinein. Ein Fotograf wartete, und es war bereits eine beträchtliche Anzahl von Gästen da. Die Kunstkritiker hatten sich alle versammelt, und Deanna entdeckte sogar Kim, die trauliche Beziehungen zu einem der Herren von der Presse anknüpfte. Sally kam ihnen entgegen, und beim Anblick des erikafarbenen Kleides blieb ihr der Mund offenstehen.

Alles in allem war der Abend ein Riesenerfolg. Die Galerie verkaufte sieben von Deannas Gemälden. Ihr war, als müsse sie sich von alten Freunden trennen. Sie wollte ihre Bilder nicht hergeben, und Ben neckte sie deswegen, als er sie den Bewunderern ihres Werks vorstellte. Ben war wundervoll zu ihr. Er war immer in der Nähe, aber nie zu nahe, er half ihr, aber nicht so, daß man es merkte. Er war Benjamin Thompson III., ein außergewöhnlicher Galerie-Besitzer. Niemand konnte etwas von ihrer Affäre ahnen. Er war so diskret, wie er es an jenem ersten Vormittag mit Kim gewesen war, und Deanna wußte, daß sie nichts zu befürchten hatte. Tagsüber hatte sie einen Augenblick lang Angst gehabt, was Marc zu Ohren kommen könnte. Man wußte nie, wer zu solchen Ausstellungen kam, wer etwas entdecken oder ahnen mochte. Aber niemand erriet an diesem Abend irgend etwas, nicht einmal Kim, die ihr einen riesigen Blumenstrauß geschickt hatte. Kim fühlte sich persönlich verantwortlich für das Zusammenkommen von Deanna und Ben – natürlich nur vom beruflichen Standpunkt aus, denn von einer anderen Verbindung war ihr nichts bekannt. Allerdings hatte sie sich gefragt, ob Deanna Marc von der Vernissage erzählt habe. Später am Abend sagte Deanna ihr dann, sie habe es getan.

»Und was hat er gesagt?«

»Nicht sehr viel. Erfreut war er nicht.«

»Er wird darüber hinwegkommen.«

»Das nehme ich an.« Mehr sprach Deanna nicht darüber. Sie verriet Kim nicht, daß Marc ihr die Ausstellung verboten und schließlich einfach das Gespräch beendet hatte. Er hatte ihr zu verstehen gegeben, daß er ihr Vorhaben für eine anstößige Prahlerei halte, und zum erstenmal in ihrer Ehe hatte sie nicht nachgegeben. Die Ausstellung war zu wichtig für sie. Er hatte sich ihren Wünschen wegen Pilar und des Motorrades auch nicht gefügt. Warum sollte sie ihm entgegen ihrer Wünsche nachgeben?

»Himmel, weshalb runzelst du die Stirn, Kleines?« Ben sprach leise, damit es sonst niemand hörte, und Deanna riß sich von ihren Gedanken los.

»Es ist nichts. Entschuldige. Ich dachte nur, daß ... es ist soviel geschehen.«

»Das kannst du getrost zweimal sagen. Sally hat gerade zwei weitere deiner Gemälde verkauft.« Er sah glücklich aus wie ein Junge, und Deanna hätte ihn zu gern umarmt. Statt dessen streichelte sie ihn nur mit ihren Augen. »Kann ich dich für ein Dinner zur Feier des Tages interessieren?«

»Nur wenn es eine Pizza ist.« Deanna kannte doch seine Vorlieben.

»Diesmal nicht, Madame. Diesmal ist es etwas Richtiges.«

»Hamburger?«

»Geh zum Teufel.« Ohne weitere Förmlichkeiten legte er einen Arm um ihre Schultern und küßte sie auf die Wange.

Für einen Galerie-Besitzer am Abend des ersten Erfolges einer Malerin war das nichts Unschickliches, aber Kim, die die beiden beobachtete, fragte sich plötzlich, ob mehr dahinterstecken mochte. Deanna flüsterte Ben soeben etwas ins Ohr, und Kim hörte ihn mit zärtlichem Lächeln antworten: »Ich freue mich, daß sie dir gefallen.« Deanna hatte die Perlen in ihren Ohren berührt, und jetzt ging sie mit strahlendem Gesicht weiter. Zum erstenmal machte Kim sich bestimmte Gedanken.

13

»Okay, ich bin bereit. Sag mir die Wahrheit.« Deanna saß in dem gelben Schlafzimmer im Bett, die Augen geschlossen, die Fäuste geballt, und hielt sich ein Kissen über den Kopf.

»Du siehst aus, als ob du auf ein Erdbeben wartest«, lachte Ben. Er hockte auf der Bettkante neben ihr und hatte die Zeitung in der Hand. »Was soll ich dir denn vorlesen, Liebling? Den Börsenbericht? Die Comics? Oh, ich weiß!«

»Wirst du es mir wohl vorlesen, verdammt noch mal! Ich halte es keine Minute mehr aus!« Sie knirschte mit den Zähnen. Wieder lachte er und schlug die Kritiken ihrer Ausstellung auf. Aber er wußte bereits, was er zu lesen bekommen würde. Er war zu lange im Geschäft, um sehr überrascht zu sein. Im allgemeinen wußte er, wie die Kritiken ausfallen würden. Und als er den Artikel überflog, sah er, daß er wieder einmal recht behalten hatte.

»Okay, jetzt? Bist du bereit?«

»Benjamin! Lies, verdammt noch mal!« Sie stieß es durch fest zusammengebissene Zähne hervor. Ihr Gesicht zeigte nichts als Angst. Ben begann vorzulesen.

»...ein lichter, zarter Stil, der nicht nur Jahre des Studiums und der Hingabe an ihre Arbeit, sondern auch die Art von Talent verrät, die wir zu selten sehen...« Bens Stimme sprach weiter. Deannas Augen wurden groß. Sie zog sich das Kissen vom Kopf.

»Das erfindest du!« Sie grapschte nach der Zeitung. Er hielt sie außer ihrer Reichweite und las weiter, bis er zum Ende der Kritik gekommen war.

»Das glaube ich nicht.« Deanna war wie betäubt. »Das kann nicht sein.«

»Warum nicht? Du bist gut. Das habe ich dir gesagt. Ich weiß es, sie wissen es, die Leute, die deine Gemälde kauften, wissen es. Jeder weiß es außer dir, du dummes, bescheidenes Schäfchen...« Er beugte sich über sie und kitzelte sie.

»Hör auf! Ich bin berühmt! Du kannst mich jetzt nicht mehr kitzeln!« Aber sie mußte zu sehr lachen, um ihn daran hindern zu können. »Hör auf! Ich bin ein Star!«

»Ach ja? Und wer hat dich zum Star gemacht? Wer hat dir gepredigt, du müßtest eine eigene Ausstellung haben? Wer hat dich angefleht? Wer wollte deine Arbeiten beim ersten Anblick ausstellen? He? Sag mir das, sag mir das!« Sie lachten jetzt beide. Sie wand sich in seinen Armen, und ihr hellrosa Seidenhemd kroch langsam bis zu ihrer Taille hoch. Ben hörte für einen Augenblick auf zu lachen und betrachtete sie. Nie hatte sie so schön, so zart ausgesehen, und er wünschte sich, sie für immer bei sich zu haben. Er hätte die Zeit anhalten mögen.

»Was ist los, Lieber?« Sie hatte den Ausdruck in seinen Augen bemerkt. »Stimmt etwas nicht?«

»Ganz im Gegenteil. Du bist unglaublich schön.«

»Und ich gehöre ganz dir.« Sie ließ ihren Körper auf seinen gleiten und lächelte ihn glücklich an. Dann senkte sie ihren Mund zu einem langen, zärtlichen Kuß. In weniger als einer Minute lag das rosaseidene Nachthemd auf dem Fußboden. Es war Mittag, als sie aus dem Bett stiegen. Deanna trat unter die Tür zur Terrasse und gähnte schläfrig. Sie war immer noch nackt, und das Haar floß ihr wie ein ebenholzschwarzer Strom den Rücken hinunter. Ben sah ihr vom Bett aus zu und wünschte, sie würde immer so stehenbleiben.

»Weißt du, was ich glaube? Du zerstörst meine Karriere.« Er konnte die Augen nicht von ihr abwenden. Deanna drehte sich wieder um. Sie sah so zerbrechlich und so jung aus. Nichts an ihrem Äußeren verriet die Zähigkeit, die er an ihr kennengelernt hatte. Deanna hatte Stahl in sich, andernfalls hätte sie die Einsamkeit ihrer Jahre mit Marc nicht überlebt.

»Warum zerstöre ich deine Karriere? Ich dachte, ich würde dir mit meinen brillanten Gemälden ein Vermögen eintragen.« Sie warf ihm über die Schulter einen erhabenen Blick zu.

»Nur wenn ich jemals wieder ins Büro gelange. Ein Glück, daß ich Sally gesagt habe, sie könne heute nicht mit mir rechnen. Weißt du auch, daß ich so etwas in meinem ganzen Leben noch nie getan habe?« Aber unglücklich über seinen neuen Lebensstil sah er gar nicht aus. Er wickelte sich in ein Handtuch, warf Deanna seinen Bademantel zu und folgte ihr auf die Terrasse hinaus. Dort setzten sie sich gemütlich auf den beiden grünen Segeltuch-Sesseln zurecht. »Du machst mich faul und glücklich und stark und jung.«

»Genau das machst du auch aus mir.« Sie beugte sich vor, und sie küßten sich. »Ich fühle mich wie einundzwanzig. Vielleicht zweiundzwanzig.«

»Gut. Dann laß uns heiraten und zwölf Kinder bekommen.«

Sie sah ihn an, und einen Augenblick lang hätte sie beinahe geglaubt, er spreche im Ernst. »Das würde gewiß ein paar neue Probleme schaffen, über die wir nachdenken müßten. Habe ich recht?« Deanna versuchte, einen leichten Ton beizubehalten. Sie wollte nicht von neuem mit ihm darüber sprechen. Sie konnte es nicht. Es war nicht richtig. Deshalb fragte sie: »Was unternehmen wir an diesem Wochenende?«

Sie hob ihr Gesicht der Sonne entgegen und schloß zufrieden die Augen. Es war schön, bei ihm zu sein, mit ihm zu leben, nach Carmel zu fahren und in der Stadt zu bleiben, am Morgen neben ihm aufzuwachen und abends neben ihm einzuschlafen. Ihr war, als seien sie schon seit hundert Jahren zusammen, nicht erst seit sieben Wochen. War es schon so lange? Waren ihr und sein Leben so schnell zu einem verschmolzen? Unglaublich, wieviel geschehen war – und wie schnell.

»Möchtest du nach Carmel hinunterfahren, oder bist du das leid?«

»Carmel wird mir nie leid werden. Es ist der vollkommenste, friedlichste Ort.«

»Das freut mich.« Er faßte nach ihrer Hand und hielt sie fest. »Ich empfinde ebenso, aber zuweilen denke ich auch, du würdest vielleicht gern etwas Ausgefalleneres unternehmen.«

»Zum Beispiel?« Der Gedanke belustigte sie. Athen? Schnell verbannte sie jeden Gedanken an Marc.

»Ich weiß es nicht. Wir könnten nach Beverly Hills fahren. Da unten bin ich seit Wochen nicht mehr gewesen.« Für gewöhnlich hielt er sich dort nur für einen Tag auf und kam rechtzeitig zum Dinner zurück. »Irgendwann könnten wir sogar New York besuchen.« Ben war nie sehr weit von seiner Arbeit entfernt – andere Galerien, andere Kunsthändler, Auktionen, Maler. Auf seine eigene Weise war seine Leidenschaft für seinen Beruf ebenso tief wie die Marcs. Der Unterschied war, daß Deanna Ben helfen konnte und daß es eine Leidenschaft war, die sie teilte. »Wie dem auch sei, Liebling, was würdest du an diesem Wochenende am liebsten tun?«

»Hab' ich doch schon gesagt – nach Carmel fahren.« Deanna öffnete die Augen mit strahlendem, glücklichem Lächeln.

»Dann fahren wir nach Carmel.«

»Und dabei fällt mir ein…« Sie legte stirnrunzelnd den Kopf zurück. »Ich muß ein paar Sachen aus dem Haus holen.« Seit Tagen war sie nicht mehr dort gewesen. Hin und wieder fragte sie sich, was Margaret wohl dachte. Sie hatte ihr erklärt, sie arbeite in dem Atelier einer Freundin, und meistens sei es einfacher, auch dort zu übernachten. Aber die gelegentlichen morgendlichen Besuche im Haus, bei denen sie, wenn Margaret frei gehabt hatte, ihr Bett zerwühlte, konnten niemanden täuschen, und erst recht nicht eine Frau, die seit Jahren für sie arbeitete. Doch was sollte sie sagen? Ich liebe einen anderen Mann? Deshalb hielt sie einfach den Mund und wich den wissenden blauen Augen der alten Frau aus.

Um zwei Uhr nachmittags setzte Ben sie einen Block vom Haus entfernt ab. Deanna wollte die Post durchsehen und ein paar Schecks unterschreiben. Sie mußte Margaret bezahlen und ihr Geld für Lebensmittel dalassen, auch wenn sie überhaupt nicht mehr zu Hause aß. Ihr Magen lebte wie ihr Herz anderswo. Sie betrat nicht einmal mehr ihr eigenes Atelier. Sie malte nur noch bei Ben, auch an dem Bild, an dem sie heimlich arbeitete, wann immer er nicht zu Hause war.

Deanna schloß die Tür auf und rief nach Margaret. Aber Margaret war nicht da. Warum sollte sie auch da sein? Deanna war nie zu Hause, und es gab wenig zu tun. Der übliche Stapel von Rechnungen und uninteressanten Einladungen hatte sich angehäuft. Kein Brief von Pilar und nichts von Marc. Er schrieb ihr nicht. Er telefonierte. Nichts von der Post war für ihn. Immer, wenn er auf Reisen war, kam Dominique dreimal die Woche ins Haus, holte seine Briefe ab, packte sie mit der Büropost zusammen und schickte ihm alles nach.

Deanna stieg langsam zu ihrem Zimmer hinauf, in einer Hand die Post, die andere auf dem Geländer. Auf dem Treppenabsatz blieb sie stehen. Es war deprimierend, wieder hier zu sein. Es war, als zwinge man sie, einen Traum aufzugeben, wieder alt zu werden fern von dem Mann, der von Heirat und zwölf Kindern sprach. Bei dem Gedanken lächelte sie vor sich hin. Dann hörte sie das Telefon läuten und seufzte. Sie entschloß sich, nicht abzunehmen, aber es konnte ja Ben sein, der in einer Telefonzelle stand, während er auf sie wartete. Ihr war, als existiere sonst niemand mehr, nur sie und Ben. Sie vermochte sich nicht vorzustellen, daß es jemand anders war als er.

»Ja?« Ihre Stimme klang glücklich.

»Allo?« O Gott, es war Marc. *»Allo?«*

»Marc?«

Sie wollte Zeit gewinnen.

»Offenbar. Und ich möchte, daß du mir diesen Unsinn mit der Ausstellung erklärst. Dominique hat mich soeben angerufen.«

»Wie pflichtbewußt.«

»Ich hatte dir gesagt, wie ich darüber denke. Es ist sehr geschmacklos, was du getan hast.« Er sprach verbittert.

»Ganz im Gegenteil, ich versichere dir, es war sogar alles äußerst geschmackvoll.«

»Darüber läßt sich streiten, meine Liebe. Du weißt genau, daß ich dir verboten hatte, Bilder auszustellen. Und die Publicity! Um Gottes willen, Deanna, das stellt dich doch als eine Art Hippie hin.«

»Das tut es ganz bestimmt nicht.« Ihr Rücken versteifte sich bei dem Gedanken. »Die Kritiken sprechen von mir als einer ernsthaften Malerin. Und es könnte ja sein, daß ich das wirklich bin.«

»Ich dachte, das hätten wir bereits vor geraumer Zeit erledigt.«

»Du vielleicht, aber ich nicht.« Verdammt sollte er sein. Er verstand nicht. Er hatte nie verstanden.

»Ach so. Auf jeden Fall hoffe ich, dein brandneues Ich wird sich nicht Tag für Tag in fragwürdige Unternehmungen wie diese stürzen.«

»Kaum. Ich kann von Glück sagen, wenn ich alle fünf Jahre ausstelle.«

»Dann tut es mir leid, daß ich diese Ausstellung verpaßt habe.«

»Es tut dir nicht leid!« Jetzt war sie wütend und dachte nicht daran, auf sein Spiel einzugehen.

»Wie bitte?«

»Ich sagte, es tut dir nicht leid, daß du nicht hier warst. Deine Heuchelei steht mir bis zum Hals. Wie kannst du es wagen, meine Arbeit herabzusetzen!«

»Deanna?« Er war entsetzt.

»Es tut mir leid, ich...« Gott, was geschah mit ihr? Sie konnte es nicht mehr in sich hineinfressen. Ihr war, als müsse sie alles hinausbrüllen. »Ich weiß nicht, Marc... ich glaube, ich bin müde.«

»Anders ist dein Ausbruch wohl nicht zu erklären. Habe ich zu einer ungünstigen Zeit angerufen?« Seine Stimme war voll von Sarkasmus und klang eisig. Ihr Benehmen gefiel ihm ganz und gar nicht. Er hätte sie zwingen sollen, für den Sommer nach Cap d'Antibes zu gehen.

»Nein. Ich wollte gerade nach Carmel fahren.«

»Schon wieder?«

»Ja. Mit Kim.« O Gott, nicht schon wieder. Sie haßte es, ihn anzulügen. »Nicht etwa, daß ich eine Menge zu tun hätte, wenn du fort bist.« Sie wußte, das würde ihn in Schach halten.

»Nun ja, lange wird es nicht mehr dauern.«

»Wie lange?« Deanna schloß die Augen und hielt den Atem an. Laß es noch lange dauern, o bitte, laß ihn nicht nach Hause kommen...

»Etwa einen Monat.«

Deanna nickte stumm. Ihr und Ben blieben noch ein Monat. Das war alles.

Eine halbe Stunde später fuhren sie auf der vertrauten Straße nach Carmel dahin. Deanna war ungewöhnlich still. Ben sah zu ihr hinüber. Schön und bekümmert sah sie aus, und ihr Haar flatterte im Wind.

»Stimmt etwas nicht?« erkundigte er sich. Sie schüttelte den Kopf. »Hast du zu Hause schlechte Nachrichten vorgefunden?«

»Nein.« Nach langem Zögern sagte sie es ihm, den Blick auf die vorbeisausende Landschaft gerichtet. »Er hat angerufen.«

»Wie war es?« Hast du ihn um die Scheidung gebeten...?

»Wie üblich. Ich bin wütend geworden. Er entrüstete sich wegen der Ausstellung. Seine Sekretärin hat eigens in Paris angerufen, um es ihm mitzuteilen?«

»Spielt das eine Rolle?« fragte cr. Sie zuckte die Schultern. »Kümmert es dich immer noch so sehr, ob du ihn verärgerst?«

Deanna wandte sich ihm zu. »In mancher Hinsicht ist er wie mein Vater. Marc ist viele Jahre lang meine Autoritätsperson gewesen.«

»Hast du Angst vor ihm?«

»Darüber habe ich nie nachgedacht, aber vielleicht ist es so. Ich dachte nur, ich respektierte ihn. Aber... oh, wer weiß...«

»Was ist das Schlimmste, das er dir antun könnte?«

»Mich verlassen – so habe ich jedenfalls früher gedacht.«

»Und jetzt denkst du nicht mehr so?«

Deanna schüttelte den Kopf. »Nein.« Auf seltsame Weise

wünschte sie beinahe, er würde sie verlassen. Dann wäre alles so einfach. Doch natürlich war da auch noch Pilar. Pilar würde ihr niemals verzeihen. Deanna zog die Brauen zusammen, und Ben berührte ihre Hand.

»Quäle dich nicht. Es wird sich schon alles finden.«

»Ich wünschte, daß ich einen Weg wüßte. Ben, ich – ich weiß nicht, was ich tun soll.« Sie kannte ihre Möglichkeiten, und sie wollte sich nicht entscheiden, ihn zu verlieren oder Marc zu verlassen. »Und... ich habe auch eine Verpflichtung Pilar gegenüber.«

»Ja, und eine Verpflichtung dir selbst gegenüber. Erst kommst du, dann dein Kind. Danach liegt alles bei dir.«

Deanna nickte und schwieg eine Weile. Sie wirkte weniger beunruhigt als anfangs. »Es ist merkwürdig. Die meiste Zeit vergesse ich, daß Marc existiert. Achtzehn Jahre lang ist er der Angelpunkt meines Lebens gewesen, und plötzlich, in eineinhalb Monaten, ist es, als sei er fort, und ich hätte ihn nie gekannt. Ich komme mir wie ein neuer Mensch vor. Aber er existiert, Ben. Er ruft an, und er ist wirklich, und er erwartet, daß ich mit ihm spreche, und irgendwie kann ich das nicht.«

»Dann sprich doch nicht mit ihm.«

Jesus, er versteht nicht. Und, lieber Gott, laß nicht zu, daß er mich als Eigentum ansieht. Nicht jetzt schon...

Ben fuhr fort: »Nimm es doch leicht und genieße, was ist. Später kannst du dir Sorgen darüber machen, was sein wird.«

»So hältst du es, nicht wahr?« Sie legte eine Hand auf seinen Nakken und küßte ihn auf die Wange. Die Unruhe in seinem Gesicht, die Angst in seinen Augen, der Kummer, wenn er meinte, sie sehe es nicht, waren ihr nicht entgangen. »Du machst dir überhaupt keine Sorgen, wie?«

»Ich?« Er schüttelte so ausdrucksvoll den Kopf, daß sie lachen mußte.

»Du lügst. Dich nimmt es ebenso mit wie mich. Deshalb halte mir keine Predigten. Erst habe ich dich für so gelassen gehalten, daß Probleme gar nicht an dich herankämen. Nun, jetzt weiß ich es besser.«

»Ach ja?« Er sah sie an, und in seinen Augen mischten sich Lachen und zur Schau gestellter Mut. Aber der Gedanke an den Herbst entsetzte ihn. Er konnte es einfach nicht über sich bringen, der Zukunft ins Auge zu sehen.

»Nun, wenigstens hat er gesagt, er käme erst in einem Monat nach Hause.«

»In einem Monat?«

Deanna nickte schweigend, und sie fuhren weiter.

14

»Komm, Schlafmütze. Steh auf. Es ist beinahe zehn.« Deanna öffnete ein Auge, stöhnte und drehte sich auf die andere Seite. Ben klopfte ihr auf den Hintern, und dann beugte er sich über sie und küßte sie. »Komm schon. Du hast heute einen Termin mit einem potentiellen Käufer. Um elf mußt du in der Galerie sein.«

»Und was ist mir dir?« Sie sprach aus den Tiefen ihres Kissens heraus.

»Ich gehe jetzt. Liebes, willst du wohl aufstehen?«

»Nein.«

Er setzte sich neben sie. »Deanna, geht es dir gut?« Sie hatte sich in den beiden Wochen seit der Vernissage oft erschöpft gefühlt.

»Mir geht es ausgezeichnet.« Aber das stimmte nicht. Ihr Kopf war schwer, und ihr Körper kam ihr wie in Zement getaucht vor. Es war soviel leichter, im Bett zu bleiben, den Tag zu verschlafen und zu verträumen.

»Wie kommt es, daß du neuerdings so müde bist?« Er blickte ziemlich besorgt auf sie nieder.

»Das muß das Alter sein.«

»Offenbar. Ich hoffe nur, der Erfolg wird dir nicht zuviel, denn es sieht ganz so aus, als würdest du großen Erfolg haben.« Er stand auf und ging in die Küche. »Möchtest du Toast?« fragte er über die Schulter zurück.

Der Gedanke daran gefiel ihr nicht. Sie schüttelte den Kopf, schloß die Augen und vergrub den Kopf von neuem im Kissen. »Nein, danke.« Kurz darauf kam er mit Kaffee zurück, und zum erstenmal seit Jahren mochte sie auch den Kaffee nicht.

»Deanna? Fehlt dir wirklich nichts?«

»Nein, nein. Ich bin nur müde.« Und krank vor bösen Vorahnungen wegen Marcs Rückkehr. Das mußte es sein. Es erschütterte sie bis in die Knochen, wenn sie an ihn und an Pilar dachte. Zu dumm, sich diese letzten Wochen mit Ben auf diese Weise zu verderben, aber sie konnte nicht anders. »Wirklich, Liebling, mir geht es gut. Du brauchst dir keine Gedanken zu machen.« Sie lächelte ihn strahlend an und nahm einen Schluck Kaffee. Doch als ihr der warme Dampf ins Gesicht stieg, wäre sie beinahe erstickt. Sie wurde sichtbar blaß und stellte die Tasse hin.

»Du bist krank!« Seine Stimme klang verängstigt und anklagend zugleich.

»Das bin ich nicht, also hör auf damit. Mir geht es sehr gut, mir geht es sogar ausgezeichnet, ich bin kerngesund, und ich bete dich an.« Sie streckte die Arme nach ihm aus, und er zog sie an sich. Ihr durfte nichts zustoßen! Der Gedanke, sie zu verlieren, entsetzte ihn. Zehntausendmal am Tag dachte er daran. Sie könnte krank werden, einen Unfall haben, in der Brandung bei Carmel ertrinken, bei einem Brand umkommen... Sie könnte zu Marc zurückkehren.

»Wer ist der Käufer, mit dem wir heute verabredet sind?«

»Sein Name ist Junot. Er ist entweder Schweizer oder Franzose, ich bin mir nicht sicher.«

Franzose? Vielleicht kannte er Marc. Aber bevor sie sprechen konnte, beantwortete Ben ihre Frage schon.

»Nein. Er ist erst diese Woche in die Stadt gekommen. Er kam an der Galerie vorbei, und deine Bilder gefielen ihm. So einfach ist das. Okay?«

»Völlig, du Gedankenleser.«

»Gut. Dann sehen wir uns dort um elf.« Er sah sie an und zwang sich zum Lächeln. An der Tür winkte er ihr noch einmal zu. Jetzt hatte die Angst sie beide gepackt, das war ihm klar. Die Furcht hielt sie im Griff. Deanna hatte Alpträume und klammerte sich verzweifelt an ihn, wenn sie einschliefen. Und jetzt diese Erschöpfung und Übelkeit. Beide litten sie unter denselben Ängsten, fragten sich, was das Ende des Sommers bringen würde, und fürchteten sich jetzt schon davor, einander zu verlieren. Noch zwei weitere Wochen blieben ihnen. Vielleicht sogar drei, falls Marc aufgehalten wurde. Er würde Pilar mit nach Hause bringen. Und was dann? Weder Ben noch Deanna wußten eine Antwort darauf, noch nicht. Und das Wunder, das sie ersehnten, war noch nicht eingetreten.

Deanna war pünktlich um elf in der Galerie. Sie trug ein cremefarbenes Seidenkostüm mit einer elfenbeinfarbenen Seidenbluse, Schuhe und Handtasche waren auf die Vanille-Töne abgestimmt. Sie hatte die Perlen ihrer Mutter und die Ohrringe angelegt, die Ben ihr vor der Vernissage geschenkt hatte. Monsieur Junot, der Interessent, war überwältigt. Er machte großzügige Angebote und strahlte Charme aus. Dann kaufte er nicht eins, sondern zwei ihrer besten Gemälde. Als er sich verabschiedet hatte, schüttelten Ben und Deanna sich triumphierend die Hände. Der Verkauf hatte ingesamt beinahe achttausend Dollar eingebracht, wovon natürlich knapp die Hälfte an Ben ging. Er nahm die bei Kunsthändlern üblichen 40 Prozent. Manche Händler forderten sogar fünfzig. Trotzdem hatte Deanna in den letzten Wochen ansehnlich verdient. Seit der Vernissage hatte sie fast zwölftausend Dollar eingenommen.

»Was wirst du mit all dem Geld anfangen?« fragte Ben belustigt. Deanna betrachtete hingerissen den Scheck.

»Unabhängig sein«, erklärte sie plötzlich, daran denkend, was Marc einmal zu ihr gesagt hatte. Das sei der Grund, warum sie immer noch male. Sie wolle sich beweisen, daß sie unabhängig sein könne, wenn sie es je wieder sein müsse. Vielleicht hatte er recht. Es war bestimmt nicht der einzige Grund, aber das Wissen, jetzt eigenes Geld zu besitzen, machte sie zu einem neuen Menschen.

»Möchtest du deine Unabhängigkeit beweisen und mich zum Lunch einladen?« Ben betrachtete sie bewundernd. Aber obwohl sie sehr hübsch aussah, las er es ihr doch von den Augen ab, daß sie nicht ganz sie selbst war. »Wie ist es damit? Mit dem Lunch?« Er sehnte sich danach, mit ihr auszugehen, mit ihr zusammenzusein, sie nach Hause zu bringen, mit ihr allein zu sein, jede Minute zu genießen, die sie noch hatten. Es wurde zur Besessenheit.

Deanna schüttelte den Kopf. »Ich möchte gern. Aber ich kann nicht. Ich bin zum Lunch mit Kim verabredet.«

»Verdammt. Na gut, ich will dich nicht bitten, dein Wort zu brechen. Aber wenn ich heute nachmittag um fünf von hier weggehe, Madam, gehörst du allein mir.«

»Jawohl, Sir.« Sie blickte voller Vergnügen zu ihm auf.

»Versprochen?«

»Das Versprechen ist leicht zu halten.«

»Dann bis später.«

Er brachte sie an die Eingangstür der Galerie, verabschiedete sich mit einem flüchtigen Kuß auf die Wange und sah ihr nach, wie sie über die Straße zu ihrem Jaguar ging. Was war sie für eine elegante Frau! Und sie gehörte zu ihm. Mit stolzem Lächeln ging Ben wieder hinein.

»Und wie geht es meiner Lieblingsmalerin heute? Der neuen Mary Cassatt«, begrüßte Kim sie, und Deanna setzte sich zu ihr. Sie trafen sich wie üblich im Trader Vic. Deanna war seit beinahe zwei Monaten nicht mehr in dem Lokal gewesen.

»Kannst du es glauben, daß wir heute vormittag zwei weitere Bilder verkauft haben?«

»Ich glaube es. Gott sei Dank, daß Thompson dich überreden konnte. Ich dachte schon, du würdest nie mehr nachgeben.« Aber Kim wußte, daß Marcs Abwesenheit ebenfalls eine Rolle gespielt hatte. Deanna hätte sich nie mit einer Ausstellung einverstanden erklärt, wenn Marc dagewesen wäre, um jeden Versuch im Keim zu ersticken. »Jedenfalls bin ich entzückt, daß du es gewagt hast. Es war ja wohl auch Zeit.« Kim winkte dem Kellner und bestellte trotz Deannas lachendem Protest Champagner. »Warum nicht? Um Himmels willen, wir haben uns seit Carmel kaum gesehen. Und wir haben eine Menge zu feiern.«

Deanna lachte vor sich hin. Mehr als Kim wußte.

»Und was gibt es Neues, abgesehen von der Tatsache, daß du jetzt eine berühmte Malerin bist?« Kim sah ihr forschend in die Augen, aber Deanna lächelte bloß. »Du siehst wie die Katze aus, die den Kanarienvogel verschluckt hat.«

»Ich weiß nicht, warum.«

»Quatsch! Vielleicht weiß ich es.« Die erste Ahnung war Kim bei Deannas Vernissage gekommen, doch anfangs war sie sich nicht sicher gewesen. »Wirst du es mir nun erzählen, oder soll ich vor Spannung sterben?«

»Du meinst, ich hätte eine Wahl?«

»Nicht doch, Deanna. Komm schon, sei lieb... erzähl es mir.« Kim scherzte, aber Deanna wurde plötzlich ernst. »Das hört sich an, als wüßtest du es schon. Himmel, ich hoffe, es ist nicht so offensichtlich.«

»Das ist es nicht. Mir kamen an jenem Abend bei der Vernissage nur gewisse Vermutungen. Allerdings glaube ich nicht, daß sonst jemand etwas gemerkt hat.« Endlich trafen sich ihre Blicke. Deanna schwieg eine Weile.

»Er ist etwas ganz Besonderes, Kim. Und ich liebe ihn, sehr.«

Kim gab einen langen Seufzer von sich und wartete. »Er macht mir den Eindruck eines sehr netten Mannes. Ist es ernst?« fragte sie. Deanna nickte, und Kim nahm einen Schluck Champagner.

»Ich würde gern sagen, daß ich es nicht wüßte. Aber ich weiß es.« Deannas Augen füllten sich mit Tränen. »Ich muß zu Marc zurückkehren. Ben weiß das auch. Ich kann nicht wieder ganz von vorn anfangen, Kim. Ich kann nicht. Ich bin zu alt. Ich bin beinahe vierzig, und...« Ihre Stimme war kaum noch ein Flüstern. »Ich habe eine zu lange Zeit mit Marc verbracht. Ich habe ihn immer geliebt. Und... und da ist Pilar...« Deanna konnte nicht weitersprechen. Die Augen liefen ihr über, und sie mußte sich die Nase putzen.

Kim hätte sie am liebsten in die Arme genommen und ihr eine vollendete Lösung präsentiert. Sie wußten beide, daß es die nicht gab.

»Gibt es denn keinen anderen Weg?« Deanna schüttelte den Kopf. »Was empfindet Ben dabei?«

Deanna holte tief Atem. »Er ist ebenso in Panik wie ich. Aber ich kann einfach nicht davonlaufen und mein Leben von vorn anfangen. Ich kann nicht...« Verzweifelt flüsterte sie Kim zu: »Ich bin zu alt.«

»Wenn das alles ist, was dich aufhält, dann weißt du verdammt genau, daß du nicht zu alt bist. Zum Teufel, Frauen fangen noch mit sechzig ein neues Leben an, wenn ihre Männer sterben. Mit siebenunddreißig wärst du wahnsinnig, wolltest du etwas wegwerfen, das du wirklich willst.«

»Aber es ist nicht recht. Und ich bin zu alt, Kim! Er möchte Kinder, um Gottes willen, und ich habe eine beinahe erwachsene Tochter.«

»Das ist nur ein Grund mehr. Pilar wird weggehen. Wenn du weitere Kinder willst, ist jetzt der richtige Zeitpunkt.«

»Du bist ebenso verrückt wie er.« Deanna versuchte zu lächeln. Es fiel ihr nicht leicht, darüber zu sprechen. Ihr war, als schrumpften die nächsten beiden Wochen bereits vor ihren Augen zusammen.

»Bist du glücklich mit Ben, Deanna?«

»So glücklich bin ich noch nie in meinem Leben gewesen. Und das begreife ich nicht. Ich habe beinahe zwanzig Jahre lang mit Marc gelebt, wir kennen einander, und plötzlich... O Gott, Kim, ich kann mich kaum noch erinnern, wie Marc aussieht, wie seine Stimme klingt. Es ist, als sei ich immer schon mit Ben zusammengewesen. Anfangs fühlte ich mich schuldig. Ich hielt das, was ich tat, für schrecklich. Jetzt ist mir nicht einmal mehr beklommen zumute. Ich liebe ihn einfach.«

»Und du meinst, du wirst imstande sein, das aufzugeben?« Kim war ernstlich besorgt um ihre Freundin.

»Ich weiß es nicht. Vielleicht können wir uns trotzdem noch sehen. Vielleicht... Kim, ich weiß es einfach nicht.«

Kim wußte es auch nicht, aber sie hatte den Verdacht, Ben Thompson würde sich nicht lange damit zufriedengeben, Deanna mit Marc zu teilen. So ein Mann schien er ihr nicht zu sein.

»Wirst du es Marc erzählen?«

Deanna schüttelte den Kopf. »Niemals. Er würde es nicht verstehen. Es würde ihm das Herz brechen. Ich – wir müssen abwarten. Ben muß im September für ein paar Wochen nach New York. Das läßt mir Zeit zu sehen, wie die Dinge sich entwickeln.«

»Wenn ich irgend etwas tun kann, Deanna... wenn du eine Schulter brauchst oder eine Hand brauchst – ich bin immer für dich da, Kleines. Das weißt du hoffentlich.«

»Ja, das weiß ich.«

Die beiden tauschten ein Lächeln und gingen zu einem anderen Thema über. Doch noch lange Zeit, nachdem sie sich getrennt hatten, sah Kim das Gesicht ihrer Freundin vor sich und machte sich Sorgen.

Deanna fuhr langsam nach Hause. Sie mußte nach der Post sehen und ihre Rechnungen bezahlen. Vor fünf Uhr würde sie Ben nicht wiedersehen. Sie wollten dann das Dinner in einem ruhigen Restaurant nehmen, vielleicht einen Spaziergang machen oder ins Kino gehen, alles Dinge, die Leute tun, die keine Kinder haben, nicht unter Streß stehen und nicht unter Zeitdruck leiden. Deanna wollte diese zwei Wochen verbringen wie die beiden Monate zuvor, einfach, ruhig – mit Ben. Es war das, was auch Ben sich wünschte.

»Mrs. Duras?« Als Deanna den Schlüssel im Schloß drehte, wartete Margaret schon auf sie. Ihr Gesicht trug einen angespannten Ausdruck, den Deanna sich nicht gleich zu deuten wußte.

»Margaret? Geht es Ihnen nicht gut?« Sie fand, die ältere Frau sehe blaß aus. Sie trat an den Tisch in der Diele und merkte, daß die Haushälterin sie immer noch anstarrte. »Margaret? Ist etwas passiert?« Diesmal klang ihre Frage eindringlicher, und sie sah die Frau in dem dunkelblauen Hauskleid scharf an. Konnte sie über Ben Bescheid wissen? Hatte sie sie gesehen? »Was ist?«

»Es sind zwei Anrufe gekommen...« Margaret verstummte, wußte nicht, was sie sonst noch sagen sollte. Sie war sich nicht sicher, und sie hatte kein Recht, Mrs. Duras zu beunruhigen, aber sie hatte so ein Gefühl.

»Von Mister Duras?« Deanna richtete sich sehr gerade auf.

»Von Madame Duras, seiner Mutter.«

»Was hat sie gesagt?« Deannas Gesicht verfinsterte sich. »Ist irgend etwas nicht in Ordnung?«

»Ich weiß es nicht. Sie hat nur mit der Telefonistin in Paris gesprochen. Aber sie möchte, daß Sie zurückrufen. Sofort.«

»In Paris? Sie meinen Antibes.« Für Margaret war das ein und dasselbe, wie Deanna wußte. Die Haushälterin schüttelte mit Nachdruck den Kopf.

»Nein. In Paris. Sie haben eine Nummer hinterlassen.« Margaret fischte den Zettel von dem Stapel und reichte ihn Deanna. Sie hatte recht. Es war Paris, die Nummer des Hauses auf der Rue François Premier. Da mußte etwas passiert sein. Vielleicht war die alte Dame krank und wollte Pilar vorzeitig nach Hause schicken. Marc! Marc war etwas zugestoßen! Tausend katastrophale Gedanken schossen Deanna durch den Kopf. Sie rannte die Treppe hoch und zum Telefon im Schlafzimmer. In Paris würde es kurz nach Mitternacht sein. Zu spät? Sollte sie bis morgen früh warten?

Die Übersee-Vermittlung stellte den Anruf schnell durch, und das vertraute Schnurren der französischen Telefone klang Deanna in den Ohren. Jahrelang war es ihr wie ein Besetztzeichen vorgekommen, aber jetzt hatte sie sich daran gewöhnt.

»Es wird vielleicht eine Minute dauern, bis sich jemand meldet. Tut mir schrecklich leid«, sagte Deanna.

»Geht in Ordnung.« Die Telefonistin, offenbar Kalifornierin, sprach ohne Hast, und Deanna lächelte. Dann hörte sie die Stimme ihrer Schwiegermutter durch den Apparat.

»Allo? Oui?«

»Mamie?« Das Kosewort war Deanna nie leicht über die Lippen gekommen. Nach beinahe zwanzig Jahren war sie immer noch versucht, ihre Schwiegermutter Madame Duras zu nennen. *»Mamie?«* Die Verbindung war nicht sehr gut, aber Deanna konnte hören, und sie hob die eigene Stimme, um gehört zu werden. Madame Duras' Stimme klang weder schläfrig noch erfreut. Das tat sie nie. »Hier ist Deanna. Es tut mir sehr leid, daß ich noch so spät anrufe, aber ich dachte, daß ...«

»Deanna, *il faut que tu viennes.*« O Jesus, nicht auf französisch bei einer solchen Verbindung! Doch die ältere Frau fuhr mit einem Wortschwall fort. Deanna verstand sie kaum.

»Langsam, langsam! Ich kann dich nicht hören. Ich verstehe nicht. Bitte, sag es auf Englisch. Ist etwas passiert?«

»Ja.« Das Wort war ein jammernder Aufschrei. Dann herrschte Schweigen. Deanna wartete. Was war passiert? Es war Marc. Sie wußte es! »Pilar... Sie hatte... einen Unfall... mit dem *moto* –«

Deannas Herz setzte aus. »Pilar?« Jetzt schrie sie ins Telefon; sie hörte Margaret nicht ins Zimmer kommen. »Pilar?« Die Verbindung wurde noch schlechter, und sie schrie lauter. »*Mamie?* Kannst du mich hören? Was ist geschehen?«

»Ihr Kopf... ihre Beine...«

»O Gott! Wie geht es ihr?« Tränen strömten Deanna über das Gesicht. Sie gab sich verzweifelte Mühe, ihre Stimme zu beherrschen. »*Mamie?* Wie geht es ihr?«

»*Paralysées. Les jambes.* Ihre Beine... gelähmt. Und ihr Kopf... Wir wissen es nicht.«

»Wo ist sie?« brüllte Deanna.

»Im amerikanischen Krankenhaus.« Die alte Frau schluchzte jetzt.

»Hast du Marc angerufen?«

»Wir können ihn nicht finden. Er ist in Griechenland. Seine *société* versucht, ihn aufzuspüren. Man meinte, er werde morgen hier sein. O bitte, Deanna... wirst du kommen?«

»Heute abend noch. Sofort.« Sie blickte auf die Uhr, und ihr ganzer Arm zitterte. Es war zehn Minuten vor vier. Sie wußte, um neunzehn Uhr dreißig ging eine Maschine: Marc nahm sie immer. Sie würde morgen um sechzehn Uhr dreißig Ortszeit in Paris sein. »Ich komme... am Nachmittag an... Ich gehe sofort ins Krankenhaus. Wer ist ihr Arzt?« Hastig kritzelte sie seinen Namen hin. »Wie kann ich ihn erreichen?« Madame Duras gab ihr seine Privatnummer.

»Oh, Deanna. Das arme Kind... Ich habe Marc gesagt, das *moto* sei zu schwer für ein Kind. Warum hat er nicht auf mich gehört? Ich sagte ihm...«

Ich auch. »*Mamie,* ist jemand bei ihr?« Das war ihr als erstes in den Sinn gekommen. Ihr Kind war allein in einem Krankenhaus in Paris.

»Wir haben natürlich Schwestern.« Das hörte sich schon eher nach der Madame Duras an, die Deanna kannte.

»Sonst niemand?« fragte sie entsetzt.

»Hier ist es nach Mitternacht.«

»Ich möchte nicht, daß sie allein ist.«

»Gut. Ich werde gleich Angéline hinschicken, und morgen früh gehe ich selbst.« Angéline, die älteste Hausangestellte auf dem Angesicht der Erde. Angéline. Wie konnte sie Angéline schicken?

»Ich komme, so schnell ich kann. Sag ihr, daß ich sie liebe. Lebewohl, *Mamie.* Wir sehen uns morgen.«

Verzweifelt verlangte Deanna die Vermittlung. »Dr. Hubert Kirschmann, mit Voranmeldung. Dringend.«

Aber Doktor Kirschmann meldete sich nicht. Und ein Anruf im amerikanischen Krankenhaus ergab nicht viel mehr. Obwohl immer noch in kritischem Zustand, leide Mademoiselle Duras nicht. Sie sei bei Bewußtsein, und es bestünde die Möglichkeit, daß man morgen früh operiere. Das zu entscheiden, sei noch zu früh. Sie sei erst an diesem Abend von Cannes eingeflogen worden, und Madame möge doch so freundlich sein, den Arzt am Morgen anzurufen... Oh, geh zum Teufel. Pilar war nicht fähig, ein Telefongespräch entgegenzunehmen, und es gab nichts mehr, was Deanna tun konnte, außer ein Flugzeug zu besteigen.

Sie saß eine Weile ganz still da, kämpfte gegen die Tränen an, hielt den Kopf in den Händen. Sie seufzte gequält. »Pilar... mein Baby. O mein Gott!« Dann sah sie das blaue Hauskleid, und Margarets Arme hielten sie tröstend fest.

»Ist es sehr schlimm?« Margarets Flüstern klang laut in dem zu stillen Raum.

»Ich weiß es nicht. Sie sagen, ihre Beine seien gelähmt, und ihr Kopf ist irgendwie verletzt. Aber von niemandem konnte ich vernünftige Antworten erhalten. Ich werde das nächste Flugzeug nehmen.«

»Ich packe Ihnen einen Koffer.«

Deanna nickte und versuchte, ihre Gedanken zu ordnen. Sie mußte Ben anrufen – und Dominique. Automatisch wählten ihre Finger Dominiques Nummer im Büro. Sofort meldete sich die ihr so unsympathische Stimme. »Wo ist Monsieur Duras?« fragte Deanna.

»Ich habe keine Ahnung.«

»Zum Teufel, natürlich haben Sie die. Unsere Tochter hat soeben einen Unfall gehabt, und man kann ihn nicht finden. Wo ist er?«

»Ich... Madame Duras, es tut mir sehr leid... Ich werde mein Bestes tun, um ihn bis morgen früh ausfindig zu machen. Dann soll er Sie anrufen.«

»Ich fliege heute abend nach Paris ab. Sagen Sie ihm nur, er soll dorthin kommen. Und telefonieren Sie mit seiner Mutter. Pilar liegt im amerikanischen Krankenhaus in Paris. Und um Gottes willen, tun Sie mir einen Gefallen, Dominique, und finden Sie ihn bitte!« Ihre Stimme zitterte.

»Ich werde mein Bestes tun. Und es tut mir wirklich sehr leid. Ist es ernst?«

»Das weiß ich noch nicht.«

Deanna rief die Luftfahrtgesellschaft und die Bank an. Sie warf einen Blick auf die Dinge, die Margaret in ihren Koffer gelegt hatte, und konnte Ben dann gerade noch erreichen, bevor er die Galerie verließ. Eine Stunde blieb ihr, bis sie zum Flughafen fahren mußte.

»Ich muß heute abend abreisen.«

»Was hast du heute nachmittag angestellt? Eine Bank ausgeraubt?« neckte Ben sie vergnügt. Er freute sich auf den vor ihnen liegenden Abend. Aber dann erfaßte er schnell, daß etwas nicht in Ordnung war.

»Pilar hat einen Unfall gehabt. Oh, Ben...« Und dann kamen die Tränen. Deanna schluchzte. Das Herz tat ihr weh, sie hatte Angst, und sie war zornig auf Marc, daß er Pilar das Motorrad ermöglicht hatte.

»Nimm es nicht so schwer, Darling. Ich bin gleich bei dir. Geht es in Ordnung, wenn ich ins Haus komme?«

»Ja.«

Sieben Minuten später öffnete Margaret ihm die Tür. Deanna wartete auf ihn in ihrem Zimmer. Sie trug noch das Kostüm, in dem sie zum Lunch gegangen war, und die Ohrringe, die Ben ihr geschenkt hatte. So wollte sie nach Frankreich reisen. Ben trat ein, warf ihr einen kurzen Blick zu und nahm sie in die Arme. »Es ist alles in Ordnung, Liebling, alles in Ordnung. Sie wird wieder gesund.«

Da erzählte sie ihm von den gelähmten Beinen.

»Das könnte eine vorübergehende Reaktion auf den Sturz sein. Du kennst die Einzelheiten noch nicht. Vielleicht ist es längst nicht so schlimm, wie es sich anhört. Möchtest du etwas zu trinken?« Deanna war gefährlich blaß, doch sie schüttelte den Kopf. Ben sah nichts als ihr Gesicht und die Verzweiflung darin. Von neuem begann sie zu weinen und suchte Zuflucht in seinen Armen.

»Mir sind so schreckliche Gedanken gekommen.«

»Nicht. Du weißt ja noch nichts. Du mußt einfach warten, bis du dort bist.« Er sah sie fragend an. »Möchtest du, daß ich dich begleite?«

Deanna seufzte und lächelte ein klein wenig. »Ja. Nur geht es nicht. Aber ich liebe dich, weil du gefragt hast. Danke.«

»Wenn du mich brauchst, rufe an, und ich komme. Versprochen?« fragte er. Sie nickte.

»Wirst du Kim Bescheid sagen, wohin ich verschwunden bin? Ich habe eben versucht, sie zu erreichen, aber sie ist nicht da.«

»Wird sie keinen Verdacht schöpfen, wenn ich es ihr sage?« Er blickte besorgt drein, aber seine Sorgen galten Deanna, nicht Kim.

»Nein.« Deanna lächelte. »Ich habe ihr heute beim Lunch von uns erzählt. Sie hatte es bereits erraten, frag mich nicht, wie – bei der Vernissage. Aber sie hält dich für einen ganz besonderen Mann. Ich finde, sie hat recht.« Wieder schmiegte sie sich an ihn. Es war für eine lange Zeit das letzte Mal, daß sie es tun konnte, ihn festhalten und ihm gehören. »Ich wünschte, ich könnte noch einmal nach Hause... nur, um dort zu sein... es gibt mir so viel Frieden.« Sie meinte sein Haus, nicht ihr eigenes. Er verstand.

»Du wirst bald wieder nach Hause kommen.«

»Versprochen?« Ihre Augen fanden die seinen.

»Versprochen. Nun komm, wir müssen gehen. Hast du alles, was du brauchst?« fragte er. Sie nickte und schloß die Augen. Einen Sekundenbruchteil lang war ihr schwindelig gewesen. »Geht es dir gut?«

»O ja.« Sie folgte ihm die Treppe hinunter und umarmte Margaret zum Abschied. Bis zum Flughafen brauchten sie eine Stunde. Fünfundvierzig Minuten später würde sie in der Maschine sein, zwölf Stunden danach in Paris – bei ihrem Kind. Pilar.

Während der Fahrt zum Flughafen betete Deanna stumm, sie möge Pilar noch am Leben finden.

15

»*Quoi? Oh, mon Dieu!* Dominique, sind Sie sicher?«

»Absolut. Ich habe auch mit Ihrer Mutter gesprochen. Und mit dem Arzt.«

»Wie heißt er?« Dominique nannte Marc, der wild nach einem Kugelschreiber gestikulierte, den Namen. Chantal reichte ihm ihren. »Wann haben sie operiert?«

»Heute morgen. Vor drei Stunden, glaube ich. Es geht ihr ein bißchen besser, hieß es, aber sie ist noch nicht wieder bei Bewußtsein. Hauptsächlich macht man sich Sorgen um ihren Schädel und... und ihre Beine.«

Während Marc-Edouard zuhörte, liefen ihm Tränen über die Wangen. »Ich schicke ein Telegramm. Heute abend bin ich dort.« Er drückte auf die Gabel, und der Portier meldete sich. Knapp erteilte er Befehle. »Hier Duras. Besorgen Sie mir ein Flugticket nach Paris. Sofort.« Er legte auf, wischte sich das Gesicht ab und sah Chantal merkwürdig an.

»Ist es Pilar?« fragte sie. Er nickte. »Ist es sehr schlimm?« Sie setzte sich auf die Couch neben ihn und nahm seine Hände.

»Das weiß man nicht. Man weiß nicht, ob...« Er brachte es nicht über sich, die Worte auszusprechen oder ihr zu erzählen, daß das Motorrad ein Geschenk von ihm war. Von neuem wurde er von Schluchzen geschüttelt.

Deanna verließ das Flugzeug erschöpft, ängstlich und elend. Die ganze Nacht hindurch hatte sie ins Leere gestarrt und die Fäuste geballt. Sofort rief sie das Krankenhaus an, aber es gab nichts Neues. Vor dem Flughafen winkte Deanna ein Taxi herbei und saß während der Fahrt schweigend da. Sie hatte dem Fahrer die Adresse des amerikanischen Krankenhauses genannt und ihm nur gesagt: *»Aussi vite que possible.«*

In echtem gallischen Stil nahm er sie beim Wort. Deanna sah die Bäume am Straßenrand aus dem Augenwinkel nur als verwischtes grünes Band vorbeirasen. Sie hielt den Blick geradeaus gerichtet und beobachtete die Manöver des Fahrers, der jedes in Sicht kommende Hindernis tollkühn umfuhr. Sie spürte ihren Puls, jeden Schlag ihres Herzens... Schnell... schnell... *Vite!* Ihr schien es Stunden zu dauern, bis sie den Boulevard Victor Hugo erreichten und mit kreischenden Reifen vor den großen Doppeltüren hielten. Deanna entnahm ihrer Brieftasche die Franc-Noten, die sie am Flughafen für Dollar eingetauscht hatte. Ohne nachzudenken, gab sie dem Mann hundert Francs und stieß die Tür auf.

»Votre monnaie?« Er sah sie fragend an, und sie schüttelte den Kopf. Das Wechselgeld war ihr völlig gleichgültig. Ihre Lippen waren eine strenge, schmale Linie, die sich irgendwo in der elfenbeinernen Qual ihres Gesichts verlor. Der Fahrer hatte es sich gleich gedacht, als sie ihm die Adresse des amerikanischen Krankenhauses nannte. »Ihr Mann?«

»Non. Ma fille.« Von neuem füllten sich ihre Augen mit Tränen.

Der Fahrer nickte mitfühlend. *»Désolée.«* Er hob ihren kleinen braunen Lederkoffer vom Sitz und öffnete die Tür. So stand er einen Augenblick lang, den Koffer in der Hand, sah sie an und hätte gern etwas mehr gesagt. Auch er hatte Kinder, und er erkannte den Schmerz in Deannas Augen. So hatte seine Frau geblickt, als sie einmal fast ihren Sohn verloren hätten. Schweigend reichte er Deanna den Koffer. Einen Sekundenbruchteil lang hielt sie seinen Blick fest. Dann drehte sie sich um und betrat rasch das Krankenhaus.

Eine säuerlich wirkende Matrone saß an einem Schreibtisch.

»Oui, Madame?«

»Pilar Duras. Ihre Zimmernummer?« O Gott, bitte, nur ihre Zimmernummer. Daß sie mir jetzt nicht sagen, sie...

»Vierfünfundzwanzig.« In Deanna wollte sich ein langer, qualvoller Seufzer Bahn schaffen. Doch sie nickte nur kurz und folgte den Hinweisen. Zwei Männer und eine Frau waren im Aufzug, die zu anderen Stockwerken wollten. Sie sahen wie nüchterne Europäer aus, vielleicht waren sie Freunde von Patienten, vielleicht Verwandte, aber keiner von ihnen wirkte besonders erschüttert oder aus der Fassung gebracht. Deanna beobachtete sie neidisch, während sie wartete. Der lange Flug voller Angst forderte jetzt seinen Zoll: Deanna hatte eine schlaflose Nacht verbracht, und ihre Gedanken waren zwischen Pilar und Ben hin- und hergerast. Was wäre, wenn sie ihn hätte mitkommen lassen? Sie sehnte sich nach seinen Armen, seiner Wärme, seinem Trost, seiner Hilfe und der Zärtlichkeit seiner Worte.

Die Aufzugtüren öffneten sich im vierten Stock, und zögernd trat Deanna hinaus. Krankenschwestern eilten vorbei, und in ein paar gesetzten kleinen Gruppen bemerkte sie ältere, distinguierte Männer: Ärzte. Plötzlich fühlte Deanna sich verloren. Sie war sechstausend Meilen von zu Hause entfernt und suchte nach einer Tochter, die sogar schon tot sein konnte. Sie war sich nicht einmal mehr sicher, ob sie noch französisch sprechen konnte oder ob sie Pilar in diesem Irrgarten je finden würde. Tränen brannten in ihren Augen. Sie kämpfte gegen eine Woge aus Schwindel und Übelkeit an und ging dann langsam auf den Schreibtisch zu.

»Ich möchte zu Pilar Duras. Ich bin ihre Mutter.« Sie versuchte es gar nicht erst auf französisch. Sie konnte es einfach nicht. Sie betete nur darum, daß irgendwer sie verstand. Die meisten Schwestern waren Französinnen, aber irgendwer würde schon Englisch sprechen. Irgendwer würde Bescheid wissen... irgendwer würde alles regeln und sie zu Pilar führen, ihr zeigen, daß die Verletzungen gar nicht so schlimm waren...

»Duras?« Die Krankenschwester blickte beunruhigt zu Deanna auf und betrachtete dann stirnrunzelnd eine Karte. Deannas Inneres verwandelte sich zu Stein. »O ja.« Die Schwester nickte Deanna zu und fragte sich, ob die schrecklich blasse, zitternde Frau vor ihr krank sei. »Madame Duras?«

»Ja.« Deanna brachte nicht mehr als ein Flüstern heraus. Jeder Augenblick der Anstrengung machte sich jetzt bemerkbar. Sie konnte einfach nicht mehr. Sie ertappte sich sogar dabei, daß sie sich Marc herbeiwünschte.

»Madame Duras, geht es Ihnen nicht gut?« Die junge Frau in der weißen Schwesterntracht sprach mit einem deutlichen Akzent, aber ihr Englisch war fließend. Deanna starrte sie nur an. Sie war sich ja selbst nicht sicher. Ihr war sehr merkwürdig, als würde sie gleich ohnmächtig.

»Ich muß… ich glaube… Darf ich mich setzen?« Sie sah sich vage um, und dann beobachtete sie fasziniert, wie alles um sie erst grau wurde und dann schrumpfte. Es war wie ein verblassender Fernsehschirm. Langsam… langsam… verschwand das Bild. Schließlich hörte sie nichts mehr als ein Summen. Dann berührte eine Hand ihren Arm.

»Madame Duras? Madame Duras?« Es war die Stimme desselben Mädchens, und Deanna merkte, wie sie lächelte. Die Schwester hatte eine so angenehme junge Stimme… eine so angenehme… Deanna war ganz schlaftrunken. Sie wollte nichts weiter als davontreiben, aber immerzu zog die Hand an ihrem Arm. Dann lag etwas Kaltes auf ihrem Nacken und ihrem Kopf. Das Bild kehrte auf den Schirm zurück. Ein Dutzend Gesichter umringte sie, alle nach unten blikkend. Sie begann, sich aufzusetzen, aber sofort hielt eine Hand sie zurück. Zwei junge Männer sprachen aufgeregt auf französisch miteinander. Sie wollten sie in die Notaufnahme bringen, doch Deanna schüttelte entschlossen den Kopf.

»Nein, nein, mir geht es gut. Wirklich. Ich habe nur einen sehr langen Flug von San Francisco hinter mir, und ich habe den ganzen Tag nichts gegessen. Wirklich, ich bin nur furchtbar müde und…« Wieder quollen ihr Tränen aus den Augen. Sie versuchte, sie mit Willenskraft zurückzudrängen. Verdammt, warum wollte man sie in die Notaufnahme bringen? »Ich muß meine Tochter sehen. Pilar… Pilar Duras.«

Das schien ihnen Einhalt zu gebieten. Die beiden jungen Männer sahen sie an, nickten. Sie hatten verstanden. Gleich darauf stand Deanna, unter jedem Ellenbogen eine stützende Hand, auf den Füßen. Eine junge Schwester half ihr, ihren Rock zu glätten. Jemand brachte einen Stuhl, und die erste Schwester reichte ihr ein Glas Wasser. Einen Augenblick später hatte sich die Menge zerstreut. Nur die junge Schwester und die ältere blieben zurück.

»Es tut mir schrecklich leid«, entschuldigte sich Deanna.

»Oh, nicht doch. Sie sind sehr müde. Sie haben einen langen Flug hinter sich. Wir verstehen. Gleich bringen wir Sie zu Pilar.« Die beiden Schwestern wechselten einen Blick, und die ältere nickte beinahe unmerklich.

»Danke.« Deanna trank noch einen Schluck Wasser und gab das Glas zurück. »Ist Dr. Kirschmann hier?« Die Schwester schüttelte den Kopf.

»Er ist gerade gegangen. Er war die ganze Nacht bei Pilar. Man hat operiert, wissen Sie.«

»Ihre Beine?« Deanna begann von neuem zu zittern.

»Nein, ihren Kopf.«

»Wie geht es ihr?«

Eine endlose Pause. Dann: »Besser. Kommen Sie, sehen Sie selbst.« Die Schwester trat neben sie, um ihr aufzuhelfen. Aber Deanna war jetzt ruhig und nur auf sich selbst wegen der vergeudeten Zeit böse.

Die Schwester führte Deanna einen langen, pfirsichfarbenen Flur entlang und machte endlich vor einer weißen Tür halt. Nach einem langen, forschenden Blick auf Deannas Gesicht öffnete sie langsam die Tür. Deanna machte ein paar Schritte ins Zimmer und fühlte die Luft in ihren Lungen gefrieren. Ihr war, als könne sie nicht mehr atmen.

Pilar war in Verbände eingewickelt und mit Apparaten und Schläuchen bedeckt. Eine streng aussehende Schwester saß still in einer Ecke, und mindestens drei Monitoren lieferten geheimnisvolle Berichte. Pilar selbst war unter den Bandagen kaum sichtbar, und ihr Gesicht war schrecklich verzerrt.

Aber diesmal fiel Deanna nicht in Ohnmacht. Sie stellte den Koffer zu Boden, wo sie gerade stand, und ging mit festem Schritt und einem Lächeln in das Zimmer hinein. Die Schwester, die sie hergeführt hatte, tauschte Blicke mit der im Krankenzimmer diensttuenden Kollegin. Diese näherte sich, aber Deanna achtete nicht darauf. Sie setzte ihren Weg zum Bett fort, betete um Kraft und kämpfte die Tränen mit einem herzzerreißenden Lächeln zurück.

»Hallo, Baby. Hier ist Mommy.« Ein leises Stöhnen kam von dem Bett, und die Augen ihres Kindes folgten ihren Schritten. Es war deutlich zu sehen, daß Pilar sie erkannte und begriff. »Alles kommt wieder in Ordnung, du wirst sehen...« Sie stellte sich neben das Bett, nahm Pilars nicht verbundene Hand ganz behutsam, so leicht, daß es kaum eine Berührung zu nennen war, in ihre beiden Hände, hob sie an ihre Lippen und küßte die Finger ihres kleinen Mädchens. »Es ist alles in Ordnung, mein Liebling, du wirst wieder gesund.«

Von dem Mädchen in dem Bett kam ein grausiger Laut.

»Schsch... du kannst später mit mir reden. Nicht jetzt.« Deannas Stimme war nicht mehr als ein Flüstern, aber sie klang fest.

Pilar schüttelte den Kopf. »Ich...«

»Schsch...« mahnte Deanna eindringlich, aber Pilars Augen waren voll von Worten.

»Möchtest du etwas?« Deanna paßte genau auf, doch es stand keine Antwort in den Augen zu lesen. Sie sah zu der Schwester hin. Ob Pilar Schmerzen hatte? Die Schwester trat näher, und gemeinsam beobachteten und warteten sie. Offensichtlich gab Pilar sich große Mühe.

»Fr... oh... duuu... gekommen.« Es war ein fadendünner Hauch, und er ließ Deannas Herz überquellen vor Liebe. Ihre Augen füllten sich mit Tränen. Sie zwang sich zu lächeln. Immerfort hielt sie Pilars Hand fest.

»Ich bin auch froh, daß ich gekommen bin. Nun sprich nicht mehr, Baby. Bitte. Wir können uns später unterhalten. Wir werden uns eine Menge zu erzählen haben.«

Diesmal nickte Pilar nur, und dann schloß sie eine Weile die Augen. Die Schwester trat mit Deanna in den Flur hinaus und berichtete ihr, ausgenommen während der Narkose bei der Operation sei Pilar die ganze Zeit wach gewesen, als warte sie auf jemanden, auf etwas. Jetzt erkenne man den Grund leicht.

»Ihre Anwesenheit wird eine enorme Veränderung hervorrufen, Madame Duras.« Pilars Pflegerin sprach untadeliges Englisch und wirkte schrecklich kompetent. Ihre Worte bedeuteten für Deanna eine Erleichterung. Pilar hatte auf sie gewartet. Sie liebte ihre Mutter immer noch. Es war töricht, daß das bei einer Gelegenheit wie dieser von Bedeutung sein sollte, aber das war es. Deanna hatte gefürchtet, daß Pilar sie selbst in der größten Not zurückweisen könnte. Doch sie hatte es nicht getan. Oder hatte sie in Wirklichkeit auf Marc gewartet? Es spielte keine Rolle. Leise ging Deanna ins Krankenzimmer zurück und setzte sich.

Es dauerte länger als zwei Stunden, bis Pilar erwachte. Dann lag sie nur da und wandte die Augen nicht vom Gesicht ihrer Mutter.

Nach einer Zeit, die Deanna wie Stunden vorkam, meinte sie, Pilar lächeln zu sehen. Wieder trat sie an das Bett und ergriff sanft die Hand des Mädchens.

»Ich liebe dich, Liebling. Und es geht dir schon wieder viel besser. Versuch doch, noch ein bißchen zu schlafen!«

Pilars Augen sagten nein. Sie blieben eine weitere Stunde lang offen, beobachteten, starrten in das Gesicht ihrer Mutter, als tränken sie es in sich hinein, als wollten sie die Worte vermitteln, die auszusprechen Pilar nicht die Kraft besaß. Erst am Ende dieser Stunde sprach Pilar von neuem.

»Hundi...« Deanna blickte verwirrt drein, und Pilar versuchte es noch einmal. »Hast du... mein Hundi... mitgebracht?« Diesmal konnte Deanna sich des Weinens nicht erwehren. Hundi, der Schatz aus Pilars Kinderjahren. Hundi, so alt und schmutzig und abgenutzt, hatte endlich einen Ruheplatz auf einem Regal irgendwo im Haus gefunden. Deanna hatte es nie über sich gebracht, ihn wegzuwerfen. Hundi rief zu viele Erinnerungen an Pilar als Kind wach. Jetzt sah Deanna ihre Tochter forschend an. Ob sie wußte, wo sie war? Oder war sie an einen fernen Ort davongetrieben, zurück in die Kindheit und zu Hundi?

»Er wartet zu Hause auf dich.«

Pilar nickte mit einem winzigen Lächeln. »Okay...« kam es schwach von ihren Lippen. Sie schlief wieder ein.

Hundi. Deanna saß auf dem unbequemen Stuhl, und ihre Gedanken wanderten in die Vergangenheit zurück, bis zu der Zeit, wo Pilar drei – und vier – und fünf – und neun gewesen war... und dann zu schnell zwölf, und nun beinahe sechzehn. Sie war so süß gewesen als Kind, so zierlich und anmutig, das kleine Mädchen mit den goldenen Locken und den blauen Augen. Die entzückenden Dinge, die sie gesagt hatte, die Tänze, die sie, wenn sie spielte, manchmal für ihre Eltern aufführte, die Teegesellschaften, die sie ihren Puppen gab, die Geschichten, Gedichte, Schauspiele, die sie geschrieben hatte, die Bluse, die sie Deanna in einem Jahr aus zwei grüngelben Geschirrtüchern angefertigt hatte... Und Deanna hatte sie wie selbstverständlich zum Kirchgang angezogen.

»Madame Duras?« Der Klang einer fremden weiblichen Stimme riß Deanna aus großer Ferne zurück. Sie sah sich erschrocken um und erblickte eine andere Krankenschwester.

»Ja?«

»Möchten Sie sich nicht hinlegen? Wir können Ihnen ein Bett im Nachbarzimmer herrichten.« Ihr Gesicht war sehr sanft, und ihre Augen waren weise und alt. Sie klopfte Deanna auf den Arm. »Sie sitzen schon sehr lange Zeit hier.«

»Wie spät ist es denn?« Deanna war zumute, als habe sie stundenlang in einem Traum gelebt.

»Beinahe elf.«

Dann war es in San Francisco zwei Uhr nachmittags. Sie war noch keine vierundzwanzig Stunden von zu Hause weg, aber es kam ihr eher wie Jahre vor. Sie stand auf und reckte sich.

»Wie geht es ihr?« Deanna sah forschend zum Bett hin.

Die freundliche Schwester zögerte kurz. »Unverändert.«

»Wann kommt der Arzt zurück?« Und warum, zum Teufel, hatte er sich in den fünf Stunden nicht gezeigt, die Deanna an Pilars Bett verbracht hatte? Und wo blieb Marc, verdammt noch mal? Kam er nicht? Er würde diese Schwachköpfe auf Trab bringen, und dann würde sich endlich etwas tun. Deanna sah die Monitoren böse an. Die Hieroglyphen, die sie schrieben, irritierten sie.

»Der Arzt wird in ein paar Stunden wieder hier sein. Sie könnten ein bißchen ruhen. Sie könnten sogar für die Nacht nach Hause gehen. Wir haben Mademoiselle eine weitere Injektion gegeben. Sie wird jetzt ziemlich lange schlafen.«

Deanna wollte nicht gehen, aber andererseits wurde es Zeit, daß sie sich im Haus ihrer Schwiegermutter meldete. Sie wollte hören, ob man Marc ausfindig gemacht hatte, und sich nach diesem Arzt erkundigen. Wer war er? Und wo war er? Und was sagte er? Deanna hatte bisher weiter nichts erfahren, als daß Pilars Zustand kritisch war. Sie empfand verzweifelte Hilflosigkeit. Da saß sie stundenlang, wartete auf eine Erklärung oder ein Zeichen, irgend etwas, das Ermutigung oder gute Nachrichten bedeutete... wartete auf jemanden, der ihr sagte, es sei nicht so schlimm. Aber das hätte sie wiederum nicht glauben können.

»Madame?« Die Schwester sah sie besorgt an.

Deanna ergriff ihren Koffer. Sie sah beinahe ebenso blaß aus wie Pilar. »Ich lasse Ihnen eine Telefonnummer da, unter der ich zu erreichen bin, und ich komme bald wieder. Was meinen Sie, wie lange wird sie schlafen?«

»Mindestens vier Stunden, vielleicht sogar fünf oder sechs. Keinesfalls wird sie vor drei Uhr wach werden. Und ich verspreche Ihnen... wenn es Schwierigkeiten gibt oder wenn sie aufwacht und nach Ihnen verlangt, rufe ich Sie an.«

Deanna nickte und schrieb die Nummer von Marcs Mutter nieder. Angstvoll sah sie der Schwester in die Augen. »Rufen Sie mich sofort, wenn... ich kommen soll.« Sie brachte es nicht über sich, mehr zu sagen, aber die Schwester verstand. Sie klammerte die Telefonnummer an die Fieberkurve und lächelte in Deannas sehr müde Augen.

»Ich werde anrufen. Aber Sie müssen etwas schlafen.«

Deanna erinnerte sich nicht, jemals in ihrem Leben so müde gewesen zu sein, aber das letzte, was sie beabsichtigte, war zu schlafen. Sie mußte Ben anrufen. Mit dem Arzt sprechen. Herausfinden, was mit Marc los war. Ihre Gedanken rasten, und ihr wurde wieder schwindelig. Sie stützte sich gegen die Wand, und diesmal fiel sie nicht in Ohnmacht. Sie stand nur lange Zeit da und sah Pilar an. Dann verließ sie mit tränenüberströmtem Gesicht das Zimmer, den Koffer in einer Hand, den Mantel über dem Arm. Ihr Herz blieb bei Pilar zurück.

An einem Stand gegenüber dem Krankenhaus fand sie ein Taxi. Mit einem Seufzer, der schon fast ein Stöhnen war, sank sie in die Polsterung zurück. Jeder Zoll von ihr war müde und tat weh, jede Fiber ihres Körpers war gespannt und erschöpft, und ihre Gedanken hörten nicht auf, um ein Thema zu kreisen: Pilar als Baby... Pilar im letzten Jahr... Pilar mit sieben Jahren... Pilar in ihrem Zimmer, in der Schule, am Flughafen, mit einer neuen Frisur, ihre ersten Seidenstrümpfe, eine rote Schleife. Es war ein endloser Film, den sie den ganzen Tag angesehen hatte, manchmal mit Ton, manchmal ohne. Sie konnte der Vision nicht entfliehen, nicht einmal, als das Taxi durch Paris zur Rue François Premier raste.

Es war eine elegante Gegend in bequemer Nähe zu Christian Dior. Die Straße war eine der hübschesten von Paris, die Champs-Élysées ganz nahe. Früher war Deanna des Nachmittags oft entflohen, um sich die Schaufenster anzusehen und in einem Café einen Espresso zu trinken, bevor sie in das strenge Haus ihrer Schwiegermutter zurückkehrte. Aber jetzt kam ihr kein Gedanke an diese Zeit. Sie fuhr tränenblind durch die Straßen, und die Erschöpfung hüllte sie ein wie eine mit Äther getränkte Decke.

Der Fahrer rauchte eine Maispapier-Zigarette und sang ein altes Lied. Er war zu glücklich, um etwas von dem Leid auf dem Rücksitz zu bemerken, und als er an der angegebenen Adresse hielt, sah er Deanna mit einem herausfordernden Lächeln an. Sie bemerkte es nicht. Sie gab ihm einfach das Geld und stieg aus. Der Fahrer zuckte die Schultern und fuhr davon. Deanna taumelte auf die Tür zu. Ihr war nicht entgangen, daß sich ihre Schwiegermutter den ganzen Abend nicht im Krankenhaus hatte sehen lassen. Die Schwester hatte berichtet, sie sei am Vormittag zwei Stunden bei Pilar gewesen. Zwei Stunden? Das war alles? Und dann hatte sie sie in diesem furchtbaren Zustand allein gelassen? Es bewies, was Deanna immer gedacht hatte. Madame Duras besaß kein Herz.

Sie drückte zweimal fest auf die Klingel, und die schwere hölzerne Eingangstür schwang vor ihr auf. Sie trat über die hohe Schwelle, schloß die Tür hinter sich und ging schnell auf den kleinen eleganten Käfig zu. Der Aufzug war ihr früher immer geeigneter für Kanarienvögel als für Menschen vorgekommen, aber heute kam ihr der alte Scherz nicht in den Sinn. Sie drückte den Knopf für den siebenten Stock. Das war das Penthouse; Madame Duras besaß das ganze Geschoß.

Ein gesichtsloses Hausmädchen in Uniform wartete an der Tür, als Deanna ausstieg. *»Oui, Madame?«* Sie musterte Deanna mit Mißvergnügen, wenn nicht gar mit Verachtung.

»Je suis Madame Duras.« Deannas Akzent war nie schlimmer gewesen, und das war ihr verdammt gleichgültig.

»Ah, bon. Madame erwartet Sie im Salon.« Wie entzückend. Schenkte sie Tee ein? Deanna knirschte unwillkürlich mit den Zähnen und marschierte hinter dem Hausmädchen auf das Wohnzimmer zu. Nichts war ungewöhnlich, nichts in Unordnung. Niemand hätte geglaubt, daß Madame Edouard Duras' Enkelin zwei Meilen entfernt in einem Krankenhaus lag und möglicherweise starb. Alles war vorschriftsmäßig, einschließlich Madame Duras. Das Hausmädchen geleitete Deanna ins Zimmer. Ihre Schwiegermutter trug dunkelgrüne Seide und eine makellose Frisur. Mit sicherem Schritt und ausgestreckter Hand kam sie Deanna entgegen. Nur ihre Augen verrieten Kummer. Sie gab Deanna die Hand, küßte sie auf beide Wangen und nahm bestürzt den Gesichtsausdruck ihrer Schwieger-

tochter wahr.

»Bist du soeben angekommen?« Ein Blick ihrer Augen entließ das Hausmädchen, das augenblicklich entfloh.

»Nein. Ich bin den ganzen Abend bei Pilar gewesen. Und ich muß noch mit dem Arzt sprechen.« Deanna zog ihre Jacke aus und fiel beinahe in einen Sessel.

»Du siehst sehr müde aus.« Die ältere Frau betrachtete sie mit einem starren, wie aus Stein gehauenen Gesicht. Nur die verschlagenen alten Augen verrieten, daß hinter der granitenen Fassade tatsächlich jemand lebte.

»Ob ich müde bin oder nicht, ist unwesentlich. Wer, zum Teufel, ist dieser Kirschmann, und wo steckt er?«

»Er ist Chirurg und in ganz Frankreich bekannt. Bis spät am Nachmittag war er bei Pilar, und er wird in wenigen Stunden wieder nach ihr sehen. Deanna –« sie zögerte und fuhr freundlicher fort, »– es gibt einfach nichts, was er sonst noch tun könnte. Wenigstens im Augenblick nicht.«

»Warum nicht?«

»Jetzt müssen wir warten. Sie muß Kraft sammeln. Sie muß ... leben.« Ihr Ausdruck zeigte bei diesem Wort Schmerz, und Deanna fuhr sich mit der Hand über die Augen. »Möchtest du etwas zu essen haben?«

Deanna schüttelte den Kopf. »Nur eine Dusche und ein bißchen Schlaf. Und –« mit qualvoll verzogenem Gesicht sah sie auf »– es tut mir leid, dir einfach so ins Haus zu fallen. Ich habe nichts von den Dingen gesagt, die sich gehören, wie ›Schön, dich wiederzusehen‹ oder ›Wie geht es dir‹, aber, *Mamie*, es tut mir leid, ich kann einfach nicht.«

»Ich verstehe.«

Ob sie es wirklich verstand? fragte Deanna sich. Aber was spielte es jetzt für eine Rolle, ob sie es tat oder nicht.

»Ich finde, du solltest etwas essen, meine Liebe«, meinte Madame Duras. »Du siehst sehr blaß aus.«

So fühlte sich Deanna auch, nur war sie überhaupt nicht hungrig. Sie hätte nichts hinuntergebracht, ganz gleich, was. Nicht heute abend. Nicht, nachdem sie Pilar beinahe leblos und zerbrochen in diesem Bett gesehen hatte, wie sie nach Hundi fragte und zu schwach war, die Hand ihrer Mutter zu halten.

»Ich werde nur duschen und mich umziehen und dann wieder ins Krankenhaus fahren. Wahrscheinlich wird es eine lange Nacht werden. Übrigens, hast du von Marc gehört?« Ihre Brauen zogen sich bei der Frage zusammen. Ihre Schwiegermutter nickte.

»Er wird in einer Stunde hier sein.«

In einer Stunde... einer Stunde. Nach mehr als zwei Monaten empfand Deanna in ihrem Inneren nichts außer den um Pilar kreisenden Gefühlen.

»Er kommt von Athen. Er ist völlig außer sich.«

»Das sollte er wohl sein.« Deanna sah Marcs Mutter gerade in die Augen. »Er hat ihr das Motorrad gekauft. Ich hatte ihn angefleht, es nicht zu tun.«

Sofort rüstete sich Madame Duras zum Kampf. »Deanna, ihm kann man keinen Vorwurf machen. Bestimmt quält er sich sowieso schon genug.«

»Davon bin ich überzeugt.« Deanna wandte das Gesicht ab. Dann stand sie auf. »Er landet in einer Stunde?«

»Ja. Willst du ihn abholen?«

Deanna wollte schon nein sagen, doch dann schwankte sie. Sie dachte an Pilar und wie das Kind aussah... was es für Marc bedeuten würde, wenn er, wie sie es getan hatte, das Krankenzimmer betrat und sie zum erstenmal erblickte. Es kam ihr grausam vor, ihn allein zu Pilar gehen zu lassen. Pilar war sein Baby, sein Schatz, sein Kind. Sie gehörte auch Deanna, aber für Marc war Pilar beinahe eine Göttin. Sie konnte es nicht zulassen, daß er dem Entsetzlichen unvorbereitet gegenüberstand. Sie mußte ihn vom Flugzeug abholen.

»Weißt du seine Flugnummer?« Seine Mutter nickte. »Dann gehe ich. Ich wasche mir nur schnell das Gesicht. Mit Umziehen halte ich mich nicht mehr auf. Willst du mir ein Taxi rufen?«

»Gewiß.« Die ältere Madame Duras blickte erfreut drein. »Das tue ich gern für dich. Fleurette wird dir ein Sandwich machen.« Fleurette, kleine Blume – der Name der ungeheuer dicken Köchin, die Madame Duras beschäftigte, war Deanna immer komisch vorgekommen, aber nicht heute abend. Gar nichts war mehr komisch. Sie nickte ihrer Schwiegermutter kurz zu und eilte den Flur hinunter. Gerade wollte sie das Gästezimmer betreten, als sie das Gemälde in dem dunklen Gang bemerkte. Es war das Porträt von ihr selbst und Pilar. Madame Duras war nie sonderlich begeistert davon gewesen.

Ohne weiter darüber nachzudenken, beschloß Deanna, daß sie es diesmal mit nach Hause nehmen würde, wo es hingehörte.

In dem vertrauten Gästezimmer sah sie sich um. Alles war in dezenten Beigetönen gehalten, aus Damast und Seide, und die Möbel waren alle Louis XV. Das Zimmer war Deanna immer kalt vorgekommen, sogar als sie in ihren Flitterwochen mit Marc darin geschlafen hatte. Sie fuhr sich mit dem Kamm durchs Haar und gab sich Mühe, an Marc zu denken. Wie würde es sein, ihn wiederzusehen? Sein Gesicht zu sehen, seine Hand zu berühren... nach Ben. Woran lag es, daß Ben ihr jetzt wirklicher erschien? Oder war er nur ein Traum? War sie von neuem von dieser beigeseidenen Welt verschluckt worden, um niemals zurückzukehren? Sie wünschte sich verzweifelt, Ben anrufen zu können, aber dazu hatte sie keine Zeit. Sie mußte rechtzeitig am Flughafen sein, um Marc am Ausgang abzufangen, sonst verpaßte sie ihn. Ob es eine Möglichkeit gab, eine Nachricht zu hinterlassen, daß sie kam? Aber sie wußte aus Erfahrung, daß solche Nachrichten nie den Empfänger erreichten. Ein Mann mit einer dünnen, blechernen Stimme würde in einer Ecke des Flughafens stehen und vor sich hinflüstern: »Monsieur Duras... Monsieur Duras«, während Marc ahnungslos vorüberging. Und wenn er die Nachricht doch erhielt, mochte er sich Pilars wegen gar zu sehr ängstigen. Wenigstens das konnte sie ihm ersparen.

Das Hausmädchen klopfte an die Tür des Gästezimmers und meldete, daß das Taxi warte. Gleichzeitig reichte sie Deanna ein kleines Paket. Zwei Schinken-Sandwiches und ein Stückchen Hühnerfleisch. Vielleicht würde Monsieur ebenfalls hungrig sein. Hungrig? Himmel, wer konnte essen?

Anders als die Fahrt vom Flughafen, die ihr entsetzlich lang vorgekommen war, schien diese viel zu kurz zu sein. Deanna ertappte sich dabei, daß sie auf dem Rücksitz langsam einnickte, während sie durch die Nacht rasten. Ihre Gedanken sprangen unzusammenhängend von Pilar zu Ben und weiter zu Marc. Nur Augenblicke später bremste das Taxi.

»Voilà.«

Deanna murmelte dem Fahrer ein geistesabwesendes *»Merci«* zu, gab ihm den Fahrpreis und ein gutes Trinkgeld und eilte in die Halle. Beim Laufen strich sie ihren Rock glatt. Allmählich fühlte sie sich, als habe sie ihre Kleider eine Woche lang nicht gewechselt. Doch im

Grunde war es ihr gleichgültig, wie sie aussah, sie hatte zuviel anderes im Kopf. Sie blickte auf die große Tafel, die Flugnummern und Flugsteige auswies, und rannte in Richtung des Flugsteigs los, den Marc benutzen mußte. Die Maschine war soeben gelandet. Es konnte nur noch eine oder zwei Minuten dauern, bis die Passagiere ausstiegen. Deanna würde es gerade noch schaffen. Die Passagiere der ersten Klasse kamen immer zuerst, und Marc reiste stets erster Klasse.

Sie wand sich eilig zwischen anderen Reisenden durch und wäre beinahe über irgendwelche Koffer gestolpert. Aber sie war zur Stelle, gerade als die ersten Passagiere durch den Zoll kamen. Aufseufzend zog sie sich in eine Ecke zurück und sah sie sich an. Sie wollte Marc überraschen, um ihm zu zeigen, daß er ihr etwas bedeutete, auch wenn sie ihn in diesem Sommer betrogen hatte. In dieser Zeit der furchtbaren Angst um Pilar war ihr Bestreben, Marc zu helfen, es leichter für ihn zu machen. Sie würde einfach vor ihm auftauchen, ihn mit einer Berührung ihrer Hand und einem Lächeln begrüßen. Das konnte sie immer noch für ihn tun. Sie konnte ihm einen Augenblick der Freude inmitten von soviel Schmerz schenken.

Deanna zog ihre Jacke fester um sich und sah auf den Schal ihrer elfenbeinfarbenen Seidenbluse nieder. Sieben oder acht Leute waren bereits an ihr vorübergegangen, doch von Marc gab es noch keine Spur.

Dann plötzlich sah sie ihn, groß und schlank und adrett, makellos geschniegelt und gebügelt, sogar nach dem Flug. Überrascht stellte sie fest, daß er weniger berunruhigt wirkte, als sie befürchtet hatte. Offenbar ahnte er noch nicht, wie schlimm es stand, oder vielleicht... Deanna trat einen Schritt aus ihrem Versteck vor, und dann blieb ihr das Herz stehen.

Er drehte sich mit einem langsamen, weichen Lächeln um, mit diesem Lächeln, das sie *Diane* und nicht Deanna nannte. Sie sah ihn den Arm ausstrecken und die Hand einer jungen Frau ergreifen. Diese gähnte verschlafen. Seine Hand wanderte zu ihrer Schulter hoch, und er zog sie an sich. Die Frau sagte etwas und streichelte seinen Arm. Deanna sah es in sprachlosem Staunen. Wer mochte das Mädchen sein? Eigentlich kümmerte es sie gar nicht. Was sie gesehen hatte, war das fehlende Teilchen im Puzzle, die Antwort auf die Fragen so vieler Jahre in ihrem Leben. Das war keine zufällige Bekanntschaft, kein Mädchen, das er sich auf dem Flug angelacht hatte. Mit dieser Frau war er vertraut, bei ihr fühlte er sich wohl, es war eine Frau, die er gut kannte. Die Art, wie sie in Einigkeit gingen und sprachen und sich bewegten, verriet Deanna alles.

Sie stand wie angewurzelt in der Ecke, eine Hand entsetzt an den offenen Mund gehoben. Die beiden gingen weiter in die Halle hinein, bis sie sie nicht mehr sehen konnte. Dann setzte Deanna sich in Bewegung. Sie rannte mit gesenktem Kopf, sah niemanden und wünschte sich verzweifelt, nicht gesehen zu werden. Am Ausgang winkte sie ein Taxi herbei.

16

Panikerfüllt und atemlos nannte Deanna dem Taxifahrer die Adresse des Krankenhauses. Sie legte den Kopf an die Rückenlehne und schloß die Augen. Sie konnte ihr Herz in ihren Ohren hämmern hören. Nichts anderes wollte sie mehr als weg, so viele Meilen wie möglich zwischen sich und den Flughafen legen. Einen Augenblick lang war ihr, als würde sie verrückt oder von einer Flutwelle davongetragen. Es war, als sei sie in ein fremdes Schlafzimmer getreten und habe dessen Bewohner nackt angetroffen, als habe sie entdeckt, was sie nie hätte sehen dürfen. Aber hatte sie das? War es wirklich das? Wenn es nun bloß eine Frau war, die im Flugzeug neben ihm gesessen hatte? Wenn sie selbst nichts als wilde Vermutungen anstellte, wahnsinnige Schlüsse zog? Nein, es steckte mehr dahinter. Das hatte sie in dem Augenblick erkannt, als sie die beiden sah. Im innersten Herzen hatte sie es einfach gewußt. Aber wer war sie? Und wie lange ging das schon? Eine Woche? Einen Monat? Ein Jahr? War es eine Affäre für diesen Sommer, oder war es mehr? Viel, viel mehr…?

»*Voilà*, Madame.« Der Fahrer drehte sich zu ihr um und blickte auf sein Taxameter zurück. Deanna konnte ihn kaum verstehen. Ihre Gedanken rasten in vierzehn Richtungen gleichzeitig davon. Während der ganzen qualvollen Fahrt vom Flughafen hatte sie nicht einmal an Ben gedacht. Es kam ihr nicht in den Sinn, daß sie das gleiche getan hatte. Sie wußte nur, daß sie ihren Mann mit einer anderen Frau gesehen hatte und daß das trotz allem weh tat. Sehr sogar. Die Überraschung und der Schmerz blendeten sie.

»Madame?« Der Fahrer sah sie mit glasigen Augen auf das Taxameter starren.

»Je m'excuse.« Schnell reichte sie ihm das Geld, stieg aus und blickte um sich. Sie stand wieder vor dem Krankenhaus, aber wie war sie hergekommen? Wann hatte sie dem Fahrer die Adresse genannt? Sie hatte vorgehabt, in die Wohnung zurückzukehren, um ihre Gedanken zu ordnen, und statt dessen war sie hierhergefahren. Auch gut. Marc würde nach Hause fahren, um sein Gepäck abzustellen und seine Mutter zu begrüßen, und erst dann würde er Pilar besuchen. Deanna hatte ein klein wenig Zeit gewonnen. Sie war noch nicht bereit, ihm gegenüberzutreten. Jedesmal, wenn sie an ihn dachte, sah sie ihn dastehen, und der Kopf der hübschen jungen Frau war nahe dem seinen, ihre Hand lag auf seinem Arm, ihre Blicke tauchten ineinander, als er ihr den Arm um die Schultern legte. Und sie sah so verdammt jung aus! Deannas Augen füllten sich mit Tränen. Sie schob die schwere Glastür auf und war wieder in der Eingangshalle des Krankenhauses. Sie holte tief Atem. Schon kam ihr der Gedanke vertraut vor. Automatisch drückte ihre Hand den Aufzugknopf für den vierten Stock. Sie hatte sich in einen Roboter verwandelt, in einen Körper ohne Geist. Sie fühlte zwar, daß sie funktionierte, aber sie verstand es nicht. An nichts anderes vermochte sie zu denken als an dies Gesicht neben dem Marcs. Und er hatte so glücklich, so jung ausgesehen...

»Geht es dir auch gut?« Marc sah sie mit müden Augen an und nahm seinen Mantel auf. Chantal lag auf dem Bett.

»Ausgezeichnet. Du hast genug zu denken, auch ohne daß du dir über mich Sorgen machst.« Sie wußte, er geriet außer sich, wenn sie müde war. Der Arzt hatte ihn, nachdem sie knapp dem Tod entronnen war, gewarnt, sie dürfe sich nicht überanstrengen. Seitdem hatte Marc sie ständig wie ein überängstlicher Vater ein zartes Kind behandelt. Er bestand darauf, daß sie viel schlief, gut aß und auf sich achtgab, damit der Diabetes niemals außer Kontrolle geriet und die schrecklichen Möglichkeiten, die der Arzt ihm vor Augen gehalten hatte, nie eintraten. »Fehlt dir auch bestimmt nichts?« Sie streckte ihm die Arme entgegen. Es tat ihr leid, daß er gehen mußte, es tat ihr leid, daß sie so wenig für ihn tun konnte. Aber es war unmöglich, daß sie mit ihm ins Krankenhaus ging; das sah sie ein. Bestimmt war Deanna dort. Chantal mochte darauf bestehen, nach Cap d'Antibes mitgenommen zu werden, solange alles in bester Ordnung war, aber jetzt wäre es Wahnsinn, wollte sie ihn begleiten. Das war nicht der richtige Zeitpunkt. Chantal begriff das. Sie hatte immer ein ausgezeichnetes Fingerspitzengefühl für den richtigen Augenblick gehabt. »Wirst du mich anrufen und mir sagen, wie es ihr geht?« Ehrliche Sorge stand in ihren Augen, und Marc war sofort dankbar.

»Sobald ich selbst etwas erfahre, das verspreche ich. Und, Liebling...« Er setzte sich auf die Bettkante und drückte sie an sich. »Ich danke dir. Ich – ich hätte diese Reise ohne dich nicht machen können. Es war die furchtbarste Nacht meines Lebens.«

»Sie wird bestimmt wieder gesund, Marc-Edouard. Das verspreche ich dir.« Er drückte sie ganz fest. Dann löste er sich von ihr, wischte sich die Augen und räusperte sich.

»*J'espère.* Ich hoffe.«

»*Oui, oui. Je le sais.*«

Aber wie wollte sie das wissen?. Und was, wenn sie sich irrte?

»Ich komme dann wieder, um meinen Koffer zu holen.«

»Du weckst mich doch, falls ich schlafe?« Ein kätzchenhaftes Lächeln lockte in ihren Augen, und er lachte.

»*On verra.*« Er hatte sie bereits verlassen. In Gedanken war er anderswo. Sie waren erst vor zehn Minuten vom Flughafen eingetroffen, und trotzdem hatte er das Gefühl, sich zu lange aufgehalten zu haben. Er schlüpfte in seinen Regenmantel.

»Marc-Edouard!« Beim Klang ihrer Stimme blieb er stehen und drehte sich um. Er war schon an der Tür.

»*N'oublie pas que je t'aime*... Vergiß nicht, daß ich dich liebe.«

»*Moi aussi!*« Geräuschlos schloß sich die Tür.

Er fuhr mit Chantals kleinem Renault zum Krankenhaus und parkte ihn unten an der Straße. Besser hätte er ein Taxi genommen, aber er hatte keinen Augenblick mehr vergeuden wollen. Es zog ihn ins Krankenhaus, an Pilars Seite. Er wollte wissen, was passiert war, wollte versuchen, es zu begreifen. Während des Fluges hatte er immer wieder und wieder darüber nachgedacht. Über das Warum und das Wie und das Wann – nichts ergab Sinn. Es gab Zeitabschnitte, in denen ihm war, als sei nichts geschehen, als kehre er nach geschäftlichen Besprechungen in Griechenland wie immer nach Paris zurück... und dann plötzlich war alles kristallklar wieder gegenwärtig, und er erinnerte sich an Pilar. Es wäre ihm nie gelungen, auf dem Rückflug die Beherrschung zu bewahren, hätte Chantal ihn nicht begleitet.

In der Eingangshalle war es ruhig. Dominique hatte ihm Pilars Zimmernummer bereits telefonisch mitgeteilt, und ihm selbst war es gelungen, zu Dr. Kirschmann durchzukommen, bevor er Athen verließ. Es war zu früh gewesen, um irgend etwas mit Bestimmtheit sagen zu können. Die Verletzungen ihres Schädels waren beträchtlich, die Beine vielleicht für immer beschädigt. Die Milz war gerissen, eine Niere gequetscht. Sie war, alles in allem, sehr krank.

Marc wurde die Brust eng, als er den Aufzug betrat und den Knopf für den vierten Stock drückte. Die Kabine stieg in die Höhe, und sein Kopf war ganz leer. Dann öffneten sich die Türen zischend, und er trat hinaus. Einen Augenblick fühlte er sich verloren, machtlos und ängstlich. Er sah hierhin und dahin und fragte sich, wo er sein Kind finden werde. Schließlich entdeckte er die Oberschwester an ihrem Schreibtisch und trat bedrückt näher.

»Pilar Duras?« Die Schwester begann, ihm den Weg zu ihrem Zimmer zu erläutern. Marc hob die Hand. »*D'abord*, wie geht es ihr?«

»Kritisch, Monsieur.« Die Augen der Schwester waren ernst.

»Aber schon etwas besser als vorher?« Die Antwort war nur ein Kopfschütteln. »Und Dr. Kirschmann? Ist er hier?«

»Er war hier und ist wieder gegangen. Später kommt er zurück. Er hält die Patientin unter sehr genauer Beobachtung, ihre Körperfunktionen werden mit Hilfe von Monitoren überwacht... Wir tun alles, was wir können.«

Marc nickte stumm. Er räusperte sich und betupfte die Augen mit dem Taschentuch, während er entschlossen den Flur hinunterschritt. Er mußte sich zusammennehmen, mußte Pilar zeigen, daß alles wieder in Ordnung kam. Er würde dafür sorgen, er würde ihr seine Kraft leihen. Chantal war vergessen. Er hatte nichts mehr im Kopf als sein kleines Mädchen.

Die Tür stand halb offen, und er warf einen Blick hinein. Das Zimmer schien mit Maschinen angefüllt. Zwei Schwestern waren drinnen, eine in einem sterilen grünen Operationskittel und die andere in Weiß. Ihre Augen richteten sich auf sein Gesicht. Geräuschlos trat er ein.

»Ich bin ihr Vater.« Die geflüsterten Worte hatten autoritären Klang, und beide Schwestern nickten. Marcs Augen wanderten durch den Raum. Sofort entdeckte er sie, winzig in dem Bett und umgeben von Schläuchen und Monitoren, die bei jedem ihrer Atemzüge präzise zuckten. Er sah ihr Gesicht, und Kälte durchschauerte ihn. Ihr Teint war hellgrau, und sie sah niemandem ähnlich, den er kannte. Bis er näher herantrat und die verzerrten Züge seines Kindes entdeckte. Die Schläuche, der Schmerz und die Verbände hatten sie fast völlig verwandelt, und doch war sie seine Pilar. Lange Zeit betrachtete er sie, wie sie mit geschlossenen Augen dalag. Ganz leise kam er näher und berührte mit äußerster Zartheit ihre Hand. Die Hand bewegte sich ein wenig. Pilar öffnete die Augen. Aber da war kein Lächeln und nur ein ganz schwaches Wiedererkennen.

»Pilar, *ma chérie, c'est Papa.*« Er mußte gegen die Tränen ankämpfen. Weiter sagte er nichts mehr, er stand nur da, sah sie an, hielt ihre Hand, bis sie die leuchtend blauen Augen wieder schloß. Ihm war, als sei die Luft aus dem Raum abgesaugt worden. Es war so schwer, zu denken, zu sehen und zu atmen. Wie konnte dies geschehen? Wie? Und seinem Kind? Seine Knie zitterten, und einen Augenblick lang fürchtete er, sich übergeben zu müssen. Aber er blieb stehen, sah sie an und hielt ihre blasse kleine Hand. Sogar ihre Nägel waren seltsam fleckig. Sie bekam kaum genug Luft. Marc stand und stand, ohne sich zu bewegen, ohne zu sprechen, nur sein Kind betrachtend.

Stumm, von ihrem Platz in der Ecke aus, beobachtete Deanna ihn. Sie hatte nichts gesagt, als er das Zimmer betrat, und er hatte sie nicht gesehen, denn die Mammut-Maschinen verbargen sie.

Erst zwanzig Minuten später bemerkte er das vertraute Gesicht und diese Augen, die mit dem Ausdruck der Verzweiflung auf ihn gerichtet waren. Marc wirkte überrascht, als begreife er nicht. Warum hatte sie nichts gesagt? Warum saß sie nur da? Wann war sie gekommen? Oder war sie im Schockzustand? Sie sah ausgehöhlt aus, beinahe so blaß wie Pilar.

»Deanna...« flüsterte er ganz leise.

Ihre Augen wichen nicht von seinem Gesicht. »Hallo, Marc.«

Er nickte, und sein Blick wanderte wieder zu Pilar hin. »Wann bist zu gekommen?«

»Um fünf Uhr.«

»Bist du schon den ganzen Abend hier?«

»Ja.«

»Irgendeine Veränderung?«

Schweigen. Marc drehte ihr von neuem das Gesicht zu, und seine Augen wiederholten die Frage.

»Es scheint ihr ein bißchen schlechter zu gehen. Ich war vorhin eine Weile weg... ich mußte... ich war im Haus deiner Mutter, um meinen Koffer abzustellen. Ich war nur zwei Stunden fort, und... und als ich zurückkam, machte ihr das Atmen große Mühe. Dann kam Kirschmann. Er sagte, wenn es in ein paar Stunden nicht besser sei, würden sie noch einmal operieren.« Deanna seufzte und senkte die Augen. Ihr war, als habe sie in diesen zwei Stunden beide verloren. Pilar und Marc.

»Ich bin eben erst angekommen.«

Lügner. Das stimmt nicht. Du bist vor zwei Stunden angekommen. Wo bist du gewesen? Aber Deanna sprach es nicht aus.

So blieb es zwischen ihnen fast eine Stunde lang, bis die Krankenschwester sie schließlich bat, für ein paar Minuten hinauszugehen. Es mußten Verbände gewechselt werden. Langsam stand Deanna auf und verließ das Zimmer. Marc blieb noch einen Augenblick. Es widerstrebte ihm, sein Kind zu verlassen. Deannas Gedanken wanderten zurück zu der Szene am Flughafen. Es war plötzlich alles so merkwürdig. Sie hatte ihn zwei Monate lang nicht gesehen, doch sie hatten kaum »Hallo« zueinander gesagt. Es war ihr unmöglich, sich über das Wiedersehen zu freuen. Auf einmal war es zu spät. Und er verhielt sich ebenfalls kühl. Vielleicht war er aber auch nur zu verstört wegen Pilar.

Deanna ging ernst den Flur hinunter, den Kopf gesenkt. Sie dachte an kleine Gebete, die sie als Kind gesprochen hatte. Jetzt konnte sie keine Zeit auf Marc verschwenden, sie brauchte ihre ganze Energie für Pilar. Sie hörte seine Schritte dicht hinter ihr, aber sie drehte sich nicht um, ging nur weiter, setzte Fuß vor Fuß, bis sie das Ende des Flurs erreichte. Dort starrte sie aus einem Fenster, hinter dem es nichts als eine Mauer zu sehen gab. In der Glasscheibe erkannte sie das Spiegelbild Marcs, der hinter ihr stand.

»Deanna, kann ich helfen?« Er sprach müde, gedämpft. Sie schüttelte langsam den Kopf. »Ich weiß nicht, was ich sagen soll.« Seine Stimme brach. Er begann zu weinen. »Es war unrecht von mir, ihr zu erlauben, das... das...«

»Das spielt jetzt keine Rolle mehr. Du hast es getan. Es ist geschehen. Es hätte auf zehntausend verschiedene Arten geschehen können. Sie hatte einen Unfall, Marc. Kommt es darauf an, wessen Schuld der Unfall war, wer ihr das Motorrad schenkte, wer...?« Auch Deannas Stimme zitterte.

»*Mon Dieu*...« Er ließ das Gesicht in die Hände sinken. Dann richtete er sich wieder auf und holte tief Atem. »Mein Gott, wenn sie nur ohne Schaden aus dieser Sache herauskommt. Wenn sie nun nicht mehr laufen kann?«

»Dann werden wir sie lehren, das Beste aus ihrem Leben zu machen. Das schulden wir ihr. Unsere Liebe, unsere Hilfe, unsere Unterstützung in allem, was auf sie zukommen mag...« Wenn wir nur die Chance dazu bekommen. Zum erstenmal in beinahe zwanzig Jahren fühlte Deanna sich von Entsetzen überwältigt... Was, wenn?

Sie spürte seine Hand auf ihrer Schulter. Er drehte sie langsam zu sich herum. Seine Augen waren die Augen Pilars, und sein Gesicht war das eines sehr alten, müden Mannes.

»Wirst du mir jemals verzeihen?«

»Was?« Ihre Stimme klang fern und kalt.

»Das hier. Was ich unserm Kind angetan habe. Daß ich nicht auf dich gehört habe, als ich es hätte tun sollen. Daß –«

»Ich war heute abend am Flughafen, um dich abzuholen, Marc.« Etwas in ihren Augen verriet ihm, daß sie gestorben war, und ihm wurde eiskalt. »Du mußt mich verpaßt haben.« Es klang fragend. Er forschte in ihrem Gesicht.

»Nein. Ich bin wieder gegangen. Es... es hat mir vieles erklärt, Marc. Ich hätte es mir denken können, schon lange. Aber ich bin nicht darauf gekommen.« Sie zeigte ein ganz kleines Lächeln, dann zuckte sie die Schultern. »Vermutlich bin ich dumm gewesen. Und darf ich dir gratulieren? Sie ist nicht nur hübsch, sondern auch jung.« Bitterkeit schwang ebenso wie Kummer in ihrer Stimme mit.

»Deanna –« der Druck der Hände auf ihren Schultern verstärkte sich, »– du bist zu einigen sehr merkwürdigen Schlußfolgerungen gelangt. Ich glaube, du siehst das nicht richtig.« Es klang lahm. Er war zu müde und zu aufgeregt, um eine glaubwürdige Geschichte zu erfinden. Sein ganzes Leben schien vor seinen Augen zusammenzubrechen. »Es war ein nervenzerfetzender Flug, und ich habe einen furchtbaren Tag hinter mir, wie du selbst weißt. Die junge Dame und ich gerieten in ein Gespräch, und –«

»Marc, hör auf. Ich will es nicht hören.« Deanna wußte einfach die Wahrheit, das war alles. Und sie wollte keine erlogenen Versicherungen. »Bitte. Nicht heute abend.«

»Deanna...« Aber er war nicht fähig fortzufahren. Zu einem anderen Zeitpunkt wäre es ihm vielleicht gelungen. Jetzt nicht. Er schaffte es nicht, eine gute Ausrede zusammenzudichten. »Bitte.« Nun wandte er sich ab; er ertrug den Schmerz in ihren Augen nicht. »Es ist wirklich nicht so, wie du denkst.« Er haßte sich für diese Worte. Es war so, wie sie dachte, ganz genau. Und jetzt fühlte er sich als Verräter, weil er Chantal verleugnete. Wie man es auch drehte und wendete, er war ein Betrüger. »Es ist nicht so.«

»Doch, Marc. Das war sonnenklar. Nichts, was du mir erzählst, kann mich überzeugen. Nichts kann auslöschen, was ich gesehen, was ich gefühlt, was ich erkannt habe.« Es war ihr wie ein Pfeil mitten ins Herz gedrungen. »Du mußt mich in all diesen Jahren für sehr dumm gehalten haben.«

»Wie kommst du auf den Gedanken, daß es schon Jahre dauert?« Verdammt, woher wußte sie das?

»Die Art, wie ihr nebeneinander hergingt, die Art, wie sie dich ansah. Es ist schwer, eine solche Vertrautheit in ganz kurzer Zeit zu erreichen. Du sahst mit ihr verheirateter aus als jemals mit mir.« Plötzlich schoß ihr ein Gedanke durch den Kopf. Hatte sie nicht ebenso verheiratet mit Ben ausgesehen? Und in sehr kurzer Zeit? Trotzdem, heute abend auf der Rückfahrt vom Flughafen war ihr alles klargeworden – die langen Abwesenheiten, die Entfernung, die ständigen Reisen, die Telefonnummer in Paris, die zu oft auf ihrer Rechnung auftauchte, die verschiedenen Geschichten, die nie so ganz zusammenpaßten. Und heute abend der Ausdruck in seinen Augen. Wenn es nicht jenes Mädchen gewesen war, dann eine andere. Seit Jahren. Dessen war sie sicher.

Er sah sie wieder an. »Was möchtest du mir sagen?«

»Nichts. Es gibt nichts mehr zu sagen.«

»Soll das heißen, es ist vorbei? Du willst mich verlassen, weil du mich am Flughafen mit einem Mädchen gesehen hast? Das ist doch Wahnsinn! Deanna, du bist verrückt.«

»Ach ja? Sind wir denn so glücklich miteinander? Fühlst du dich wohl in meiner Gesellschaft, Marc? Sehnst du dich danach, heimzukommen, wenn du fort bist? Oder haben wir eine tiefe und bedeutungsvolle Verbindung, respektieren wir einer des anderen Nöte und Besonderheiten und Gefühle? Vielleicht sind wir tatsächlich mit so viel Glück gesegnet, nach all diesen Jahren –«

»Vielleicht ist es das, daß ich dich immer noch liebe.« Seine Augen füllten sich mit Tränen, und Deanna wandte das Gesicht ab.

»Es kommt nicht darauf an, ob du es tust.« Es war jetzt zu spät. Jeder von ihnen war seinen eigenen Weg gegangen.

»Was hast du vor, Deanna?« Er wurde plötzlich grau im Gesicht.

»Ich bin mir nicht völlig sicher. Laß uns abwarten, was mit Pilar wird. Danach können wir über uns reden.«

»Wir werden uns wiederfinden. Das weiß ich.« Er sah sie voll Entschlossenheit an, und sie fühlte, wie eine Woge der Erschöpfung sie überspülte.

»Wie kommst du auf den Gedanken? Warum sollten wir uns wiederfinden?«

»Weil ich es will.« Aber das klang nicht ganz sicher.

»Wirklich? Warum? Weil es dir gefällt, sowohl eine Ehefrau als auch eine Mätresse zu haben? Das kann ich dir kaum zum Vorwurf machen. Es muß ein sehr angenehmes Arrangement sein. Wo wohnt sie, Marc? Hier in Paris? Dann klappt es ja wunderbar.« Und das war der Grund, warum er sie nicht nach Griechenland hatte mitnehmen wollen.

»Deanna, hör auf damit!« Er packte ihren Arm, aber sie riß sich los.

»Laß mich in Frieden.« Zum erstenmal in ihrem Leben haßte sie ihn. Sie haßte ihn für das, was er war, was er ihr antat, und weil er so gar nichts verstand. Einen schmerzlichen Augenblick lang sehnte sie sich nach Ben. Aber war Marc wirklich so schlecht? War sie anders, war sie besser? Ihre Gedanken überschlugen sich. »Ich möchte heute abend nicht mit dir darüber diskutieren. Wir haben genug andere Sorgen. Laß uns warten, bis Pilar auf dem Weg der Besserung ist.«

Er nickte erleichtert. Er brauchte Zeit, mußte nachdenken. Die richtigen Worte würden ihm schon einfallen. Er würde alles wieder einrenken.

In diesem Augenblick winkte die Krankenschwester ihnen vom anderen Ende des Ganges. Sie eilten auf sie zu, und ihre eigenen Probleme waren vergessen.

»Gibt es eine Änderung?« Marc fragte als erster.

»Nein. Aber sie ist wach. Und sie fragt nach Ihnen beiden. Sprechen Sie ein Weilchen mit ihr, aber achten Sie darauf, sie nicht zu ermüden. Sie braucht das bißchen Kraft, das sie noch hat.«

Gleich beim Eintreten bemerkte Deanna eine schwer zu beschreibende Veränderung an Pilar. Ihre Farbe war nicht besser, doch in ihren Augen schien mehr Leben zu sein. Sie glitten nervös von einem Gesicht zum anderen, hielten Ausschau nach jemandem, suchten, rollten hierhin und dahin.

»Hallo, Schätzchen. Hier sind wir, und Papa ist jetzt auch da.« Deanna stand ganz dicht neben ihr und streichelte sehr zart ihre Hand. Wenn sie die Augen schloß, konnte sie sich vorstellen, Pilar sei noch ein kleines Kind.

»Das... ist... schön...« Pilar entdeckte ihren Vater und versuchte zu lächeln. Ihr Atem ging mühsam, und von Zeit zu Zeit schloß sie die Augen. »Hallo, Papa... Wie... war... Griechenland?« Sie schien sich der Gegenwart jetzt bewußter zu sein als vorhin. Plötzlich wurde sie unruhig. »Ich... Durst...«

Deanna sah zu der Schwester hin, die den Kopf schüttelte und ein Zeichen mit dem Finger machte: »Nein.«

»Wasser?«

»Du mußt noch ein Weilchen warten, Schatz.« Deanna sprach mit beruhigender Stimme weiter, während Marc stumm vor Qual neben ihr stand. Er schien die Fähigkeit des Sprechens verloren zu haben. Deanna erkannte an seinen glänzenden Augen und den zitternden Lippen, daß er einen unablässigen Kampf mit den Tränen ausfocht.

»Ça va?« Endlich hatte er gesprochen, und wieder versuchte Pilar zu lächeln.

Sie nickte vorsichtig. *»Ça va.«* Doch wie konnte in ihrem Zustand irgend etwas okay sein? Dann, als verstehe sie, was er durchmachte, sah sie ihn bedeutungsvoll an und suchte mühsam nach Worten. »Ich bin... viel zu schnell... gefahren... Meine Schuld, Papa... nicht deine...« Sie schloß die Augen und drückte Deannas Hand. »Es tut mir leid.«

Jetzt liefen Marc die Tränen ungehindert über das Gesicht. Still wandte er sich ab. Pilars Augen blieben geschlossen.

»Quäle dich nicht, Kleines. Es spielt keine Rolle, wessen Schuld es ist. Aber deine Mutter hatte recht.« Er streifte Deanna mit einem Blick.

»Mommy...?« Pilars Stimme schien schwächer zu werden.

»Schsch. Nicht sprechen...«

»Erinnerst du dich an das kleine Spielhaus, das ich... im Garten hatte? Ich träume immerzu... davon... und von meinem Hündchen. Augustin.«

Es war ein komischer kleiner Terrier gewesen, erinnerte Deanna sich, dem ein Mops und dann eine Katze und dann ein Vogel folgten, bis es schließlich keine Tiere mehr gab. Marc-Edouard liebte Tiere im Haus nicht.

»Wohin... hast du... Augustin geschickt?« Sie hatten ihn einer Familie auf dem Land geschenkt.

»Er ist aufs Land gegangen. Ich glaube, er war sehr glücklich.« Deanna plauderte weiter, aber jetzt suchte sie Marcs Blick einzufangen. Was bedeutete das? Wurde es besser oder schlechter mit Pilar. Deanna mußte an den winzigen Jungen denken, der in den paar Stunden, bevor er starb, so heftig in ihren Armen gezappelt hatte. Philippe-Edouard. War dies ein ähnliches Symptom, oder war es ein Zeichen, daß es Pilar besserging? Deanna und Marc wußten es beide nicht.

»Mommy?... könnte ich... Augustin zurückhaben?... Frag Papa...« Es war die Stimme eines Kindes. Deanna schloß die Augen und holte schnell Atem.

»Ich werde mit Papa reden.«

Aus Marcs Augen sprach jetzt Angst. Er sah Pilar und dann Deanna an. »Wir besorgen dir einen Hund, *chérie*... Du wirst sehen. Ein wundervolles Hündchen mit Schlappohren und einem Wackelschwanz.« Er mußte sein Gehirn anstrengen, um die Wörter zu finden.

»Aber ich... möchte... Augustin.« Das klang klagend, und die Schwester winkte ihnen, zu gehen. Pilar war wieder eingeschlafen und merkte nicht, daß die Eltern das Zimmer verließen.

Diesmal schritten sie im Flur auf und ab, anfangs schweigend.

Ohne nachzudenken, faßte Deanna nach Marcs Hand. »Wann, zum Teufel, kommt Kirschmann zurück?«

»Es hieß, bald. Glaubst du, es geht ihr schlechter?«

Deanna nickte. »Sie ist nervös, unruhig, ängstlich.«

»Aber sie spricht. Das könnte ein hoffnungsvolles Zeichen sein.«

»Vielleicht ist es das«, antwortete Deanna. Doch beider Herzen waren erfüllt von Furcht. Sie gingen den Flur entlang, und sein Arm legte sich wie von selbst um ihre Schultern. Sie wehrte sich nicht. Plötzlich brauchte sie ihn, wie er sie brauchte. Er war der einzige Mensch, der verstand, der teilen konnte, was sie fühlte, der wußte...

»Marc?« Er sah sie mit kummervollen Augen an, aber sie schüttelte nur den Kopf. Tränen strömten ihr übers Gesicht. Schweigend nahm er sie in die Arme. Er hatte nichts zu sagen, kein Wort des Trostes, seine Tränen zeugten von der Verzweiflung.

Sie durchmaßen den Gang von einem Ende zum anderen noch weitere sieben- oder achtmal, und schließlich setzten sie sich auf zwei Stühle mit geraden Lehnen. Deannas Augen waren glasig vor Erschöpfung. Sie blickte auf den Saum ihres völlig zerknitterten cremefarbenen Rocks nieder.

»Erinnerst du dich, als sie fünf war und wir ihr diesen Hund schenkten?« In Gedanken daran lächelte sie vor sich hin. Sie hatten das Hündchen in einem Stiefel in Pilars Schrank versteckt und ihr gesagt, sie solle sofort die Tür öffnen und ihre Kleider herausnehmen. Und da hatte er aus dem Stiefel gelugt. Pilar hatte gequietscht vor Entzücken.

Auch Marc lächelte bei der Erinnerung. »Ich werde ihr Gesicht nie vergessen.«

»Ich auch nicht.« Deanna sah zu ihm auf, lächelte unter Tränen, nahm sein Taschentuch und putzte sich die Nase. Es war seltsam. Erst vor einer Stunde hatten sie gestritten, und sie hatte von Trennung gesprochen. Aber das war unwichtig geworden. Es kam nicht mehr auf ihre Ehe an, nur noch auf ihr Kind. Welchen Schmerz sie sich auch zugefügt haben mochten, Pilar gehörte zu ihnen beiden. In diesem Augenblick war Marc der einzige Mensch, der sich vorzustellen vermochte, was sie empfand, und sie war die einzige lebende Seele, die seine Qual mit ihm teilte. Es war, als hielten sie sich ganz fest umschlungen und ließen sich nicht los und redeten und hofften und beteten immer weiter... denn Pilar würde da sein, sie konnte nicht sterben. Wieder sah Deanna zu Marc auf, und er streichelte ihre Hand.

»Versuch, dich zu entspannen.«

Seufzend legte sie die Hand über die Augen, aber bevor sie etwas sagen konnte, stand die Schwester vor ihnen.

»Dr. Kirschmann möchte Sie sprechen. Er ist jetzt drinnen bei ihr.«

Sie sprangen auf und rannten beinahe zum Krankenzimmer. Der Arzt stand am Fußende des Bettes und betrachtete abwechselnd das Mädchen und die Monitoren. Es schien Stunden zu dauern, bis er zu ihnen auf den Flur hinaustrat.

»Docteur?« Mark sprach als erster.

Der Arzt sah ernst aus. »Ich möchte ihr ein bißchen mehr Zeit lassen. Wenn es in einer Stunde nicht besser aussieht, werden wir sie wieder in den Operationssaal bringen und sehen, was wir tun können.«

»Was meinen Sie?« Marc wollte Aussagen von ihm, Versprechungen, Garantien.

»Ich weiß es nicht. Sie lebt. Mehr als das kann ich Ihnen nicht sagen.« Er hätte ihnen sagen können, wie groß Pilars Chancen waren, aber groß waren sie nicht, und deshalb sprach er erst gar nicht davon. »Möchten Sie eine Weile bei ihr sitzen?«

»Ja«, antwortete Deanna und nahm ihren Posten neben Pilars Kopf ein. Marc stellte sich zu ihr.

So standen sie beinahe eine Stunde. Pilar schlief, gab merkwürdige Laute von sich, regte sich ab und zu und rang nach Luft. Marc legte eine Hand auf das Bett, spürte den zarten kleinen Körper in seiner Nähe, und seine Augen wichen nicht von ihrem Gesicht. Deanna hielt Pilars Hand und wartete. Auf irgend etwas... auf Hoffnung. Die Stunde war beinahe vorbei, als Pilar endlich erwachte.

»Durst...«

»Noch ein Weilchen, Liebes.« Deannas Worte waren ein sanftes Flüstern mit einem liebkosenden Lächeln. Ganz leicht berührte sie die Stirn des Mädchens. »Noch ein Weilchen, mein Liebling. Schlaf jetzt. Mommy und Papa sind hier, Kleines. Schlaf... du wirst dich sehr bald viel besser fühlen.«

Und dann lächelte Pilar. Es war ein echtes Lächeln trotz der Schläuche, und es zerriß Marc und Deanna das Herz.

»Ich fühle mich... jetzt... besser.«

»Da bin ich froh, *chérie*. Und morgen wird es dir noch besser gehen. Mommy hat recht.« Marcs Stimme war so sanft wie eine Sommerbrise. Noch einmal lächelte Pilar und schloß die Augen.

Gleich darauf kam der Arzt zurück und forderte sie durch ein Nicken auf, das Zimmer zu verlassen.

»Wir bereiten sie jetzt für die Operation vor«, flüsterte er ihnen zu. »Sie können dann wieder hereinkommen.« Er drehte sich um, und Marc und Deanna gingen hinaus. Auch Deanna war jetzt atemlos, als müsse sie wie Pilar nach Luft ringen. Der Flur war gleichzeitig zu kalt und zu stickig, und sie mußte sich an Marc festhalten. Es war vier Uhr morgens, und beide hatten sie seit zwei Tagen nicht geschlafen.

»Sie sagte, sie fühle sich besser.« Marc klammerte sich an den Hoffnungsschimmer, und Deanna nickte. »Ich meine, auch ihre Farbe sei ein bißchen besser gewesen.«

Gerade wollte Deanna etwas sagen, als Dr. Kirschmann auftauchte und vom anderen Ende des Flurs auf sie zukam.

»Er sollte seine Zeit Pilar widmen, nicht nach uns Ausschau halten.« Marc setzte sich in Bewegung, aber Deanna blieb stehen. Sie wußte es bereits und umklammerte Marcs Arm. Sie wußte es, und sie war nicht mehr fähig, einen Schritt zu tun. Die Welt war soeben untergegangen. Pilar war tot.

17

Die Sonne ging auf, als sie das Krankenzimmer verließen. Es hatte länger als eine Stunde gedauert, die Papiere zu unterschreiben und die notwendigen Anordnungen zu treffen. Marc wollte, daß die Beerdigung in Frankreich stattfand. Deanna war es gleich. Eins ihrer Babys war in Kalifornien begraben, das andere in Frankreich. Es kam ihr nicht darauf an. Und sie dachte bei sich, daß Pilar selbst Frankreich vorgezogen hätte. Dr. Kirschmann war mitfühlend und freundlich gewesen. Er hatte nicht mehr tun können. Pilar war bereits in zu schlechtem Zustand aus Südfrankreich eingeflogen worden. Bei der schweren Schädelverletzung wunderte er sich nur, daß sie nicht unmittelbar nach dem Unfall gestorben war. »Ahhh... Motorräder!« sagte er, und Marc zuckte sichtlich zusammen.

Man hatte ihnen Kaffee angeboten, den sie ablehnten, und schließlich waren alle Formalitäten erledigt. Marc nahm Deannas Arm und führte sie vorsorglich auf die Straße. Sie hatte das Gefühl, ihr Gehirn habe innerhalb der letzten Stunde seine Funktion eingestellt. Sie konnte nicht denken, sich nicht bewegen, nicht einmal mehr etwas empfinden. Sie hatte alle Formulare mechanisch ausgefüllt, aber ihr war, als sei auch sie gestorben.

Marc brachte sie zu dem kleinen blauen Renault und schloß die Tür auf.

»Wessen Wagen ist das?« Das war eine seltsame Frage an einem solchen Morgen. Deannas Augen starrten ihn beinahe blind an.

»Das spielt keine Rolle, steig ein.« Marc hatte sich noch nie so müde, so verloren und allein gefühlt. Alle seine Hoffnungen waren zerschmettert, alle seine Freuden, alle seine Träume. Ihm bedeutete es nicht einmal mehr etwas, daß er Deanna hatte – und Chantal. Er hatte Pilar verloren. Er ließ den Motor an. Die Tränen rannen langsam über sein Gesicht, und diesmal kämpfte er nicht dagegen an. Es kümmerte ihn nicht.

Deanna legte auf ihrem Platz den Kopf zurück und schloß die Augen. Brust und Kehle waren ihr wie zusammengeschnürt. Da waren die Trauer und das Weinen eines ganzen Lebens, aber im Augenblick wollte es nicht herauskommen.

Sie fuhren langsam durch Paris. Straßenfeger waren bei der Arbeit, und die Sonne schien zu hell auf das Pflaster. Es hätte ein Tag mit Regen und dichtem Nebel sein sollen, aber das war es nicht, und die strahlende Sonne machte das Entsetzen zu einer Lüge. Wie konnte Pilar an einem Tag wie diesem gestorben sein? Aber sie war gestorben... sie war fort. Der Gedanke hämmerte immerzu in Marc-Edouards Kopf, während Deanna nichts sehend aus dem Fenster starrte.

Als sie die Duras-Wohnung erreichten, war das Hausmädchen bereits an der Tür. Sie trug noch ihren Bademantel. Sie hatte den Aufzug gehört und war hinausgegangen, um das Neueste zu hören. Marc-Edouards Gesicht sagte ihr alles. Leise begann sie zu weinen.

»Soll ich Madame wecken?«

Marc schüttelte den Kopf. Es hatte keinen Sinn, sie jetzt zu wekken. Die schlechten Nachrichten konnten warten.

»Kaffee, Monsieur?«

Diesmal nickte er. Er schloß lautlos die Tür. Deanna stand herum und fühlte sich verloren. Marc sah sie an, wischte sich die Augen und hielt ihr die Hand hin. Ohne zu sprechen, nahm sie sie, und so gingen sie in ihr Zimmer.

Die Vorhänge waren zugezogen, die Läden geschlossen, das Bett aufgeschlagen, aber Deanna war nicht danach, sich hinzulegen. Sie war nicht fähig, den Tatsachen ins Gesicht zu sehen, ertrug es nicht, dazuliegen und zu denken, ertrug das Wissen nicht, daß Pilar tot war. Marc-Edouard sank in einen Sessel und verbarg das Gesicht in den Händen. Von neuem begann er zu schluchzen. Deanna trat zu ihm und legte ihm die Hände auf die Schultern, aber mehr konnte sie nicht tun. Endlich hatte er sich ausgeweint, und sie half ihm ins Bett.

»Du solltest versuchen zu schlafen.« Sie flüsterte mit ihm, wie sie es mit Pilar getan hatte.

»Und du?« Seine Stimme war heiser.

»Ich werde auch schlafen. Später.« Er schloß die Augen. Wenn er seinen Koffer abholte, traf er mit Chantal zusammen. Er mußte ihr von Pilar erzählen. Und seiner Mutter mußte er es auch erzählen. Und allen ihren Freunden. Er ertrug es nicht. Darüber zu sprechen, würde es wirklich machen. Wieder quollen ihm Tränen aus den Augenwinkeln. Dann schlief er ein.

Der Kaffee kam, und Deanna trank ihn allein. Sie trug ihre Tasse in den leeren Salon, setzte sich, blickte auf die Dächer von Paris hinaus und dachte an ihr Kind. Frieden überkam sie, während sie dasaß, nachdachte und den goldverbrämten Morgenhimmel betrachtete. Pilar war so vieles gewesen und in den letzten Jahren oft schwierig, aber letzten Endes wäre sie erwachsen geworden. Sie und ihre Mutter wären Freundinnen geworden… wären geworden. Es war schwer vorstellbar. Deanna war, als sei Pilar ganz in der Nähe, als habe sie sie nicht verloren. Ihr Gehirn faßte es nicht, daß sie nie mehr miteinander reden oder lachen oder streiten würden. Nie mehr würde Pilar das lange goldene Haar wie eine Mähne zurückwerfen und mit den blauen Augen blitzen, um zu bekommen, was sie wollte. Nie mehr wurden Deannas Pantoffeln ausgeliehen, fehlte ihr

Lippenstift, verschwand ihr Lieblingskleid mitsamt ihrem besten Mantel. Als sie darüber nachdachte, kamen endlich die Tränen. Jetzt wußte sie, daß Pilar nicht mehr war.

»Deanna?« Es war die alte Frau. Sie stand in der Mitte des Raumes und sah wie eine Statue in einem eisblauen Morgenmantel aus. »Pilar?«

Deanna schüttelte den Kopf und schloß die Augen. Madame Duras stützte sich auf eine Sessellehne.

»O mein Gott. *O bon Dieu... bon Dieu.*« Sie sah sich mit tränenüberströmtem Gesicht um und fragte: »Wo ist Marc?«

»Er schläft, glaube ich. Er liegt im Bett«, antwortete Deanna. Ihre Schwiegermutter nickte und verließ stumm das Zimmer. Es gab nichts, was sie sagen konnte, aber Deanna haßte sie von neuem dafür, daß sie es nicht einmal versuchte. Auch sie hatte Pilar verloren, doch sie schuldete Deanna zumindest ein Wort der Anteilnahme.

Auf Zehenspitzen schlich sich Deanna ins Gästezimmer zurück. Sie fürchtete, Marc aufzuwecken, und öffnete die Tür sehr leise. Er schlief noch und schnarchte ein bißchen. Wieder einmal betrachtete sie ihn im Schlaf, und diesmal wirkte er nicht jung. Sein Gesicht war eingefallen vor Leid, und Deanna erkannte, daß auch der Schlaf ihm keinen Frieden brachte.

Eine Weile saß sie da, betrachtete ihn und fragte sich, was geschehen würde, was sie tun sollten. Sehr viel hatte sich in einem Tag verändert. Pilar. Die Frau, mit der sie ihn am Flughafen gesehen hatte. Deanna fiel ein, daß ihr wahrscheinlich der Wagen gehörte und daß er seinen Koffer in ihrer Wohnung gelassen hatte. Sie wollte ihn dafür hassen, aber jetzt kümmerte es sie nicht mehr. Plötzlich schoß es ihr durch den Kopf, daß sie Ben anrufen mußte. Ein Blick auf Marcs Uhr sagte ihr, daß es halb neun vorbei war. In San Francisco war es Mitternacht. Vielleicht war er noch auf, und sie mußte jetzt mit ihm telefonieren, solange sie die Möglichkeit dazu hatte.

Sie fuhr sich mit der Hand über das Haar, zog ihre Jacke wieder an und griff nach ihrer Handtasche. Einen halben Block entfernt war ein Postamt, wo man Anrufe tätigen konnte. Deanna wollte nicht, daß Bens Nummer auf der Telefonrechnung ihrer Schwiegermutter erschien.

Benommen fuhr sie in dem winzigen Aufzug nach unten und ging den halben Block bis zur Post. Sie konnte die Füße nicht schnell bewegen, und sie konnte ihren Schritt auch nicht verlangsamen. Sie marschierte immer im gleichen Tempo wie eine Maschine, bis sie die Telefonzelle erreicht und die Tür geschlossen hatte.

Die Verbindung war schnell hergestellt. Das Rufzeichen erklang nur zweimal. Deanna wartete zitternd, und dann hörte sie seine Stimme. Sie klang verschlafen, und sie sagte sich, daß er doch schon im Bett gewesen sein mußte.

»Ben?«

»Deanna? Liebling, geht es dir gut?«

»Ich...« Und dann fehlten ihr die Worte. Sie konnte nicht weitersprechen.

»Deanna?«

Sie zitterte heftig und brachte keinen Ton heraus.

»Oh, Liebling... ist es...? Wie schlimm steht es mit ihr? Ich habe seit deiner Abreise jede Minute an dich gedacht.« Als Antwort gab Deanna nur ein kurzes, krampfhaftes Aufschluchzen von sich. »Deanna! Bitte, Liebling, versuche, dich zu beruhigen und mit mir zu sprechen.« Doch plötzlich lief ihm ein kalter Schauer den Rücken hinunter. »Mein Gott, ist sie... Deanna?« fragte er ganz leise.

»Oh, Ben, sie ist heute morgen gestorben.« Dann versagte ihr die Stimme von neuem.

»O Gott, nein. Liebes, bist du allein? Wo bist du?«

»Auf der Post.«

»Oh, um Gottes willen, was tust du da?«

»Ich wollte dich anrufen.«

»Ist... ist er auch in Paris?«

»Ja.« Sie rang nach Atem. »Er ist gestern abend hier angekommen.«

»Es tut mir so leid. Für euch beide.«

Deanna schluchzte. Bei Ben durfte sie sich gehenlassen, sie durfte ihm zeigen, wie dringend sie ihn brauchte. Marc gegenüber mußte sie immer die Fassade bewahren. Sie mußte darstellen, was er erwartete, mußte sein, was er für richtig hielt.

»Möchtest du, daß ich hinüberkomme? Ich könnte die erste Maschine heute morgen nehmen.«

Und was willst du tun? fragte sich Deanna. Für Pilar war es zu spät. »Das ist lieb von dir, aber es hat nicht viel Sinn. In zwei Tagen bin ich wieder zu Hause.«

»Bestimmt? Ich möchte nicht, daß du meinetwegen Probleme hast, aber wenn ich dir helfen kann, komme ich auf der Stelle. Kann ich dir helfen?«

»Sehr.« Deanna lächelte durch Tränen. »Trotzdem ist es besser, wenn du nicht kommst.«

»Und... alles andere?« Er gab sich Mühe, nicht besorgt oder aufgeregt zu sprechen.

»Ich weiß es nicht. Wir werden darüber reden müssen.«

Er wußte, sie meinte Marc. »Nun, mach dir darüber jetzt keine Gedanken. Sieh zu, daß du diese Zeit überstehst, und dann können wir uns um alles übrige kümmern. Wird die... wird es hier stattfinden?«

»Die Beerdigung?« Deanna wünschte sich zu sterben, als sie das Wort aussprach. Ihre Hand bebte heftig. Sie faßte den Hörer fester. »Nein, Marc möchte sie in Frankreich haben. Es kommt nicht darauf an. Ich glaube, auch Pilar hätte Frankreich vorgezogen. Auf jeden Fall komme ich in zwei oder drei Tagen nach Hause.«

»Ich wünschte, ich könnte dir all das ersparen.«

»Es –« sie vermochte nicht gleich weiterzusprechen »– geht schon. Ich bin ganz in Ordnung.« War sie das? Sie war sich nicht ganz sicher. Noch nie in ihrem Leben hatte sie sich so zittrig gefühlt.

»Nun, denke daran, wenn du mich brauchst, komme ich. Ich werde in den nächsten Tagen nirgendwohin gehen, ohne eine Telefonnummer zu hinterlassen, so daß du mich immer erreichen kannst. Okay?«

»Okay.« Deanna versuchte zu lächeln, aber von der Anstrengung mußte sie wieder weinen. »Kannst du... könntest du Kim...?«

»Anrufen?«

»Ja.« Es war ein trauriger kleiner Krächzer.

»Das tue ich sofort. Jetzt möchte ich, daß du nach Hause gehst und etwas schläfst. Darling, du darfst dich nicht zwingen, auf den Füßen zu bleiben. Du mußt ausruhen. Und sobald du nach Hause kommst, fahren wir nach Carmel. Ganz gleich, was wird. Mir ist gleich, was danach geschieht, aber du wirst mit mir nach Carmel fahren. Wir werden am Strand spazierengehen, und wir werden zusammensein.«

Deanna schluchzte jetzt laut. Sie würden niemals wieder zusammensein. Sie würde niemals mehr über jenen Strand oder einen anderen gehen. Sie würde in diesem Alptraum gefangen bleiben, für immer, allein.

»Deanna, hör mir zu«, drängte Ben. »Willst du in dieser Zeit an Carmel denken und versuchen, dich zu erinnern, daß ich dich liebe?«

Sie nickte traurig, unfähig, die Worte herauszubekommen.

»Meine Liebste, in Gedanken bin ich jeden Augenblick bei dir. Sei stark, Darling. Ich liebe dich.«

»Ich liebe dich auch.« Ihre Stimme war nur ein Flüstern. Sie hängte auf, ging an den Schalter, bezahlte der Postbeamtin das Gespräch – und brach ohnmächtig auf dem Fußboden zusammen.

18

»Wo, um alles in der Welt, bist du gewesen?« Bei Deannas Rückkehr saß Marc im Wohnzimmer. Er sah zerknittert und ausgehöhlt aus. »Du bist Stunden weggewesen.« Es war eine Anklage. Er starrte sie über seine Kaffeetasse mit roten Augen an. Deanna sah nicht besser aus, tatsächlich sehr viel schlimmer. »Wo bist du gewesen?«

»Ich habe einen Spaziergang gemacht. Es tut mir leid. Ich brauchte frische Luft.« Deanna stellte ihre Handtasche auf einen Sessel. »Wie geht es deiner Mutter?«

»Das kannst du dir vorstellen. Vor einer halben Stunde habe ich den Arzt gerufen, und er hat ihr eine Spritze gegeben. Wahrscheinlich wird sie vor Mittag nicht aufwachen.«

Einen Augenblick lang beneidete Deanna sie. Was für ein einfacher Ausweg! Sie sprach den Gedanken nicht aus. Statt dessen fragte sie: »Und du?«

»Wir haben heute eine Menge zu erledigen.« Er sah sie traurig an, und dann bemerkte er die Schmutzflecken auf ihrem Rock. »Was ist passiert? Bist du gefallen?«

Sie nickte und wandte das Gesicht ab. »Es muß die Müdigkeit gewesen sein. Ich bin gestolpert. Es ist nichts.«

Nun kam er zu ihr und legte einen Arm um sie. »Du solltest wirklich zu Bett gehen.«

»Das werde ich. Aber was ist mit den Vorbereitungen?«

»Darum kümmere ich mich. Du brauchst überhaupt nichts zu tun.«

»Aber ich möchte...« Wieder wurde ihr alles aus den Händen genommen, als habe sie nie ein Mitspracherecht.

»Nein. Ich möchte, daß du schläfst.« Er führte sie ins Schlafzimmer und setzte sie auf das Bett. »Soll ich den Arzt für dich rufen?« Deanna schüttelte den Kopf, legte sich hin und sah mit einem Blick zu ihm auf, der ihm das Herz zerriß. »Deanna...«

»Was ist mit deiner Freundin?«

Er stand auf und wandte sich ab. »Laß das jetzt.«

»Vielleicht ist es nicht der richtige Zeitpunkt, aber früher oder später müssen wir doch darüber reden.«

»Vielleicht auch nicht.«

»Was soll das bedeuten?« Sie sah ihn sehr scharf an. Er drehte sich wieder um.

»Es bedeutet, daß es nicht deine Angelegenheit ist und daß ich mein Bestes tun werde, um die Sache zu erledigen.«

»Für dauernd?«

Er zögerte lange Zeit. Dann nickte er stumm, die Augen fest auf ihr Gesicht gerichtet. »Ja.«

Chantal kam gerade aus der Duschkabine. Sie hörte, wie sich sein Schlüssel im Schloß drehte. Im Haus auf der Rue François Premier hatte sie nicht anzurufen gewagt, und ihre letzte telefonische Nachfrage im Krankenhaus, bei der sie keinen Namen nannte, hatte ihr nur die Mitteilung eingetragen, Pilars Zustand sei unverändert. Sie hatte beabsichtigt, gleich nach dem Frühstück noch einmal anzurufen. Aber nun kam Marc-Edouard vorher, und er sah aus, als habe er die ganze Nacht nicht geschlafen. Chantal blickte auf und lächelte ihm von der Badezimmertür aus zu. Sie trocknete sich mit einem blaßgelben Handtuch ein Bein ab.

»*Bonjour, mon chéri.* Wie geht es Pilar?« Mit ernstem Gesichtsausdruck richtete sie sich auf, das Handtuch in einer Hand. Es lag etwas in seinen Augen, das ihr plötzlich Angst einflößte. Dann schloß er die Augen und bedeckte sie mit der Hand. Es schien lange Zeit zu vergehen, bis er sie wieder ansah.

»Sie – sie ist gestorben. Heute morgen um vier.« Marc ließ sich schwer in einen Sessel im Wohnzimmer sinken. Chantal riß einen rosa Bademantel vom Haken und eilte zu ihm.

»Oh, Marc-Edouard... oh, Liebling, es tut mir so leid.« Sie kniete sich neben ihn, zog ihn sanft in ihre Arme und hielt ihn wie ein Kind fest. *»Oh, mon pauvre chéri,* Marc-Edouard. *Quel horreur...«*

Diesmal weinte er nicht. Er saß nur mit geschlossenen Augen und fühlte sich erleichtert, daß er hier war.

Chantal hätte ihn gern gefragt, ob sonst noch etwas passiert sei. Es war eine furchtbar törichte Frage, wenn man bedachte, was diesen Morgen geschehen war. Doch er kam ihr merkwürdig vor, anders, fremd. Vielleicht waren es aber auch die Erschöpfung und der Schock. Sie ließ ihn nur los, um ihm eine Tasse Kaffee einzugießen, und dann setzte sie sich wieder ihm zu Füßen, auf dem weißen Teppich zusammengerollt. Der rosafarbene Bademantel verhüllte bloß das Notwendigste und gab lange seidige Beine frei. Marc starrte darauf nieder. »Kann ich irgend etwas tun?« fragte Chantal und zündete sich eine Zigarette an.

Er schüttelte den Kopf. »Chantal, Deanna hat uns gestern abend gesehen. Sie wollte mich am Flughafen abholen, und sie sah uns beide durch den Zoll kommen. Sofort wußte sie Bescheid. Über alles. Frauen sind in der Beziehung unheimlich. Sie sagt, die Art, wie wir nebeneinander hergingen, habe ihr verraten, daß wir uns schon lange Zeit kennen.«

»Sie muß eine sehr intelligente Frau sein.« Chantal musterte ihn und fragte sich, was als nächstes kommen würde.

»Das ist sie – auf ihre eigene stille Art.«

»Und? Was hat sie gesagt?«

»Nicht viel. Noch nicht. Es ist zuviel geschehen. Aber sie ist Amerikanerin. Sie nimmt so etwas nicht leicht. Das tun sie alle nicht. Sie glauben an ewige Treue, an die vollkommene Ehe, an Ehemänner, die das Geschirr spülen, an Kinder, die den Wagen waschen. Und alle gehen am Sonntag zusammen zur Kirche und leben glücklich miteinander, bis sie hundertundneun sind.« Es klang bitter und müde.

»Und du? Glaubst du nicht daran?«

»Es ist auf jeden Fall ein schöner Traum. Sehr realistisch ist er nicht. Das weißt du ebensogut wie ich.«

»*Alors,* was werden wir tun? Oder, genauer, was willst du tun?« Sie wollte ihn nicht vor die Wahl stellen »sie oder ich«, aber darauf lief es hinaus, und das war ihnen beiden klar.

»Es ist zu früh, um das zu entscheiden, Chantal. Denk daran, was eben erst geschehen ist. Und sie ist in einem schrecklichen Zustand; es ist alles in ihrem Inneren verschlossen.«

»Es ist noch frisch.«

Er nickte zustimmend und sah zur Seite. Er war hergekommen, um Chantal Lebewohl zu sagen, um Schluß zu machen, um ihr zu erklären, daß er Deanna das nicht antun könne – sie hätten gerade ihr einziges Kind verloren. Aber als er sie ansah, wie sie ihm zu Füßen saß, wünschte er sich nichts mehr, als sie in die Arme zu nehmen, seine Hände über ihren Körper gleiten zu lassen, sie festzuhalten, jetzt und für immer, wieder und wieder. Wie konnte er etwas aufgeben, das er so sehr liebte und brauchte?

»Worüber denkst du nach, Marc-Edouard?« Sein gequälter Gesichtsausdruck entging ihr nicht.

»Über dich.« Er sagte es ganz leise und blickte dabei auf seine Hände.

»In welcher Weise?«

»Ich dachte –« er sah ihr von neuem in die Augen, »– daß ich dich liebe und daß ich mir in diesem Augenblick nichts sehnlicher wünsche, als mit dir ins Bett zu gehen.«

Sie betrachtete ihn eine Weile forschend. Dann stand sie auf und streckte ihm die Hand entgegen. Er nahm sie und folgte ihr schweigend ins Schlafzimmer. Lächelnd ließ sie den rosafarbenen Bademantel von den Schultern gleiten.

»Chantal, du wirst niemals wissen, wie sehr ich dich liebe.«

In den nächsten zwei Stunden bewies er es ihr auf jede Art, die er kannte.

19

Die Beerdigung war kurz und formell und qualvoll. Deanna trug ein einfaches schwarzes Wollkleid und einen kleinen schwarzen Hut mit Schleier. Marcs Mutter war ganz in Schwarz mit schwarzen Strümpfen gekleidet. Marc selbst hatte einen dunklen Anzug mit schwarzer Krawatte angelegt. Alles geschah ganz nach französischer Tradition in einer hübschen kleinen Kirche im *seizième arrondissement,* und das »Ave Maria« wurde vom Schulchor der Gemeinde gesungen. Die Stimmen der Kinder zerrissen Deanna das Herz. Sie versuchte, nicht hinzuhören, aber da gab es kein Entkommen. Marc hatte dafür gesorgt, daß alles *à la française* ablief – der Gottesdienst, die Musik, die Gedenkrede, der kleine ländliche Friedhof mit einem weiteren Priester und dann die Versammlung von Freunden und Verwandten im Haus. Es war eine Ganztagsunternehmung mit endlosen Runden von Händeschütteln und Beileidsbekundungen, Erklärungen und geteiltem Leid. Für manche bedeutete es zweifellos eine Erleichterung, auf diese Weise zu trauern, doch für Deanna nicht. Von neuem überkam sie das Gefühl, Pilar sei ihr gestohlen worden, nur kam es jetzt wirklich nicht mehr darauf an. Dies war das allerletzte Mal. Dann wagte Deanna es, Ben vom Haus aus anzurufen.

»Es tut mir leid, ich kann nicht lange dranbleiben. Ich mußte nur unbedingt mit dir sprechen. Ich bin im Haus.«

»Wirst du es durchstehen?«

»Ich weiß es nicht. Ich bin wie betäubt. Alles ist der reinste Zirkus. Ich mußte mit ihnen sogar darum kämpfen, daß sie auf einen offenen Sarg verzichteten. Gott sei Dank, wenigstens diese Schlacht habe ich gewonnen.«

Der Ton ihrer Stimme machte ihm Sorge. Sie sprach nervös, müde und angespannt. Doch das war unter diesen Umständen eigentlich nicht verwunderlich. »Wann kommst du zurück?«

»Irgendwann in den nächsten beiden Tagen, hoffe ich. Aber ich bin nicht sicher. Laß uns heute abend darüber reden.«

»Schick mir einfach ein Telegramm, sobald du es weißt.«

Deanna seufzte leise. »Das werde ich. Jetzt sollte ich wohl besser zu den Festlichkeiten zurückkehren.«

»Ich liebe dich, Deanna.«

»Ich dich auch.« Sie fürchtete sich, das Wort auszusprechen, denn es könnte gerade jemand ins Zimmer kommen, aber sie wußte, daß er verstand.

Deanna kehrte zu den fünfzig oder sechzig Gästen zurück, die die Räume ihrer Schwiegermutter füllten, plauderten, von Pilar redeten, Marc trösteten. Noch nie hatte sie sich so sehr als Fremde gefühlt. Es schien Stunden her zu sein, daß sie Marc gesehen hatte. Schließlich fand er sie in der Küche, wie sie aus dem Fenster auf eine Mauer starrte.

»Deanna? Was tust du hier draußen?«

»Nichts.« Sie richtete die großen, traurigen Augen auf ihn. Er sah tatsächlich besser aus. Und Deanna wirkte von Tag zu Tag kränker. Sie fühlte sich auch nicht gut, aber das hatte sie Marc gegenüber nicht erwähnt. Auch nicht, daß sie in den letzten vier Tagen zweimal ohnmächtig geworden war. »Ich bin nur hinausgegangen, um wieder zu Atem zu kommen.«

»Es tut mir leid, daß es ein so langer Tag geworden ist. Mutter hätte kein Verständnis dafür gehabt, wenn wir es anders gemacht hätten.«

»Ich weiß. Ich verstehe.«

Plötzlich kam ihr zu Bewußtsein, daß auch er verstand und daß er erkannte, wie sehr es sie mitnahm. »Marc, wann reisen wir nach Hause?«

»Nach San Francisco?« fragte er. Sie nickte. »Ich weiß es nicht. Ich habe noch gar nicht darüber nachgedacht. Bist du in Eile?«

»Ich möchte nur wieder nach Hause. Hier ist es... schwerer für mich.«

»*Bon.* Aber ich muß hier eine geschäftliche Sache abschließen. Dazu brauche ich noch mindestens zwei Wochen.«

O Gott, nein! Sie überlebte keine weiteren zwei Wochen unter dem Dach ihrer Schwiegermutter – und ohne Ben. »Es gibt doch keinen Grund, warum ich bleiben müßte, nicht wahr?«

»Was meinst du damit? Möchtest du allein nach Hause reisen?« fragte Marc betroffen. »Das wäre mir gar nicht recht. Du sollst mit mir zusammen heimkehren.« Darüber hatte er bereits nachgedacht. Es würde hart für sie sein, das Haus allein wiederzusehen, Pilars Zimmer, alle ihre Sachen. Das wollte er nicht. Deanna würde auf ihn warten müssen.

»Ich kann keine zwei Wochen warten.« Bei dem Gedanken geriet sie in Panik, und ihm fiel von neuem auf, wie erschöpft und ausgehöhlt sie war.

»Wir werden sehen.«

»Marc, ich muß nach Hause.« Ihre Stimme wurde lauter und zitterte.

»Na gut. Aber willst du zuvor etwas für mich tun?«

»Was?« Sie sah ihn merkwürdig an. Was wollte er? Sie wünschte sich nichts mehr, als Frankreich verlassen zu können.

»Wirst du mit mir für zwei Tage wegfahren? Irgendwohin, nur für das Wochenende. An einen ruhigen Ort, wo wir uns beide erholen können. Wir müssen miteinander reden. Dazu waren wir hier nicht imstande, und ich möchte nicht, daß du zurückfliegst, bevor wir uns ausgesprochen haben. In aller Ruhe. Allein. Willst du das für mich tun?«

Deanna zögerte lange mit ihrer Antwort und sah ihn nur an. »Ich weiß es nicht.«

»Bitte. Mehr verlange ich nicht. Nur das. Zwei Tage, und dann kannst du gehen.«

Sie wandte sich ab und starrte von neuem auf die Dächer. Sie dachte an Ben und an Carmel. Aber sie hatte kein Recht, zu ihm zu eilen, nur damit sie sich besser fühlte. Sie schuldete ihrer Ehe mit Marc etwas, und wenn es nur zwei Tage waren. Deshalb drehte sie sich wieder zu Marc um und nickte langsam. »Gut. Ich komme mit dir.«

20

»*Merde alors!* Was verlangst du von mir? Meine Tochter ist vor drei Tagen gestorben, und ich soll Deanna um die Scheidung bitten? Kommt dir das nicht ein bißchen übereilt vor, Chantal? Und meinst du nicht, daß du auf unfaire Weise Vorteil aus dieser Situation ziehst?« Er fühlte sich zwischen zwei Frauen und zwei Welten hin- und hergerissen. Wieder einmal ging von Chantal ein merkwürdiger Druck aus, eine Art emotionaler Erpressung, die ihm ankündigte, daß es eine Katastrophe geben würde, wenn er Chantal verließ. Beide Frauen wollten, daß er seine Wahl traf, eine schmerzliche Wahl. Das war ihm in dieser Woche nur zu klar geworden. Deanna machte den Eindruck, als würde sie ihn mit Freuden auf der Stelle verlassen. Sie hatte ihm noch nicht verziehen, was sie an dem Abend vor Pilars Tod am Flughafen gesehen hatte. Aber er wollte Deanna nicht verlieren. Sie war seine Frau, er brauchte sie, er respektierte sie, er war an sie gewöhnt. Und sie war seine letzte Verbindung zu Pilar. Sich von Deanna zu trennen, würde sein, wie die Heimat zu verlassen. Andererseits konnte er Chantal nicht aufgeben – sie war seine Erregung, seine Leidenschaft, seine Freude. Jetzt sah er Chantal verzweifelt an und fuhr sich mit der Hand durchs Haar. »Verstehst du das denn nicht? Es ist zu früh!«

»Es sind fünf Jahre vergangen. Und nun weiß sie es. Und vielleicht ist es nicht zu früh. Vielleicht ist gerade jetzt der richtige Augenblick.«

»Für wen? Für dich? Verdammt noch mal, Chantal, hab doch ein kleines bißchen Geduld. Laß mich erst einmal zur Ruhe kommen.«

»Und wie lange wird das dauern? Weitere fünf Jahre, während du dort lebst und ich hier? Du wolltest in zwei Wochen zurückfliegen, und was dann? Was ist mit mir? Ich sitze hier und warte zwei Monate lang auf dich? *Et alors?* Ich war vierundzwanzig, als wir uns kennenlernten, jetzt bin ich fast dreißig. Und dann werde ich fünfunddreißig und siebenunddreißig und fünfundvierzig. Die Zeit vergeht schnell. Besonders in meiner Situation. Sie vergeht viel, viel zu schnell.«

Er wußte, daß das die Wahrheit war, aber er war einfach nicht in der Stimmung, zu diskutieren. »Sieh mal, können wir das nicht für eine Weile zurückstellen? Des bloßen Anstands wegen möchte ich meiner Frau Gelegenheit geben, sich vom Verlust ihrer Tochter zu erholen, bevor ich ihr Leben zerstöre.« Einen Augenblick lang haßte er Chantal. Weil er an ihr hing, weil er sie nicht verlieren wollte – und weil ihr das die Oberhand gab.

Und sie wußte es. »Wie kommst du auf die Idee, es würde ihr Leben zerstören, wenn du sie verläßt? Vielleicht hat sie einen Liebhaber.«

»Deanna? Das ist lächerlich. In dieser ganzen Angelegenheit benimmst du dich einfach albern. Ich fahre für das Wochenende mit ihr fort. Wir haben eine Menge zu besprechen. Ich werde mit ihr reden, ich werde sehen, wie die Dinge liegen. Und nach einiger Zeit werde ich den richtigen Schritt unternehmen.«

»Was für ein Schritt ist das?«

Er seufzte unmerklich, und plötzlich fühlte er sich sehr alt. »Der Schritt, den du dir wünschst.«

Aber als er zwei Stunden später ein Taxi heranwinkte, um in die Wohnung seiner Mutter und zu Deanna zurückzufahren, kamen ihm allerlei Gedanken. Warum mußte Chantal ihn derartig drängen? Erst der Streit wegen Cap d'Antibes, dann der furchtbare Abend, als sie ihr Insulin nicht genommen hatte und er sie beinahe für immer verloren hätte. Und jetzt das. Warum? Warum jetzt? Seltsamerweise verstand er es nicht. Es erweckte in ihm nur den Wunsch, zu Deanna zu eilen und sie vor einer Welt zu beschützen, die sehr grausam sein konnte.

Sie fuhren früh am Morgen aus der Stadt hinaus und aufs Land. Deanna war merkwürdig still und saß gedankenverloren da. Marc wollte mit ihr einen neutralen Ort aufsuchen, wo es keine Fülle von Erinnerungen an Pilar gab. Die überfielen sie beide ständig im Haus seiner Mutter. Ein Freund hatte ihm sein Landhaus in der Nähe von Dreux angeboten.

Zerstreut blickte er zu Deanna hinüber und wandte dann seine Aufmerksamkeit wieder der Straße zu. Immerzu mußte er an Chantal denken. Heute morgen, vor der Abfahrt, hatte er mit ihr telefoniert, und sie hatte gefragt:

»Wirst du es ihr an diesem Wochenende sagen?«

»Ich weiß noch nicht. Ich muß abwarten. Wenn ich sie in einen

Nervenzusammenbruch treibe, nützt das keinem von uns.« Chantal hatte darauf gereizt und kindisch reagiert. Nachdem sie so viele Jahre lang Geduld gehabt hatte, verlor sie ausgerechnet jetzt die Beherrschung. Aber sie war in den letzten fünf Jahren der Pfeiler seines Lebens gewesen. Er konnte sie nicht aufgeben. Konnte er Deanna aufgeben? Wieder sah er zu ihr hinüber. Ihre Augen waren geschlossen, und sie hatte noch kein Wort gesprochen. Liebte er sie? Das hatte er immer geglaubt, aber nach dem Sommer mit Chantal war er sich nicht mehr sicher. Es war ihm unmöglich, sich klarzuwerden und einen Weg zu finden – und verdammt sollte Chantal sein, daß sie ihn drängte. Erst vor zwei Tagen hatte er Deanna versprochen, daß er mit Chantal Schluß machen würde, und jetzt hatte er seiner Geliebten das Versprechen gegeben, Deanna zu verlassen.

»Ist es sehr weit?« Deanna öffnete die Augen, drehte jedoch nicht den Kopf. Die Erschöpfung, unter der sie schon seit Tagen litt, lastete auf ihr.

»Nein. Etwa eine Stunde. Und es ist ein hübsches Haus. Ich bin seit meiner Kindheit nicht mehr dort gewesen, aber es war immer schön da.« Er lächelte ihr zu. Unter seinen Augen waren Ringe. »Du siehst schrecklich müde aus.«

»Ich weiß. Vielleicht erhole ich mich an diesem Wochenende ein bißchen.«

»Hat dir der Arzt meiner Mutter keine Schlaftabletten gegeben?« Das hatte Marc angeregt, als der Arzt seinen letzten Hausbesuch machte.

Deanna schüttelte den Kopf. »Ich muß selbst damit fertig werden.« Marc verzog das Gesicht, und zum erstenmal lächelte sie.

Dann schwieg sie, bis sie ankamen. Es war wirklich ein wunderschöner Ort, ein altes Steinhaus in bemerkenswerten Proportionen und voller *grandeur*, fast im Stil eines Château. Umgeben war es von erstklassig gepflegten Anlagen. In der Ferne erstreckten sich meilenweit Obstgärten.

»Hübsch, nicht wahr?« fragte er tastend, und ihre Blicke begegneten sich.

»Ja, sehr. Danke, daß du es arrangiert hast.« Er faßte nach den Koffern, und jetzt sagte sie kaum hörbar: »Ich freue mich, daß wir hergefahren sind.«

»Ich mich auch.« Er sah sie sehr vorsichtig an, und beide lächelten.

Er trug die Koffer ins Haus und stellte sie in der Eingangshalle ab. Die Möbel waren zum größten Teil im englischen und französischen Landhausstil, und alles in den Zimmern war aus dem siebzehnten Jahrhundert, in dem das Haus erbaut worden war. Deanna wanderte die langen Flure hinunter, sah sich die herrlichen Parkettböden an und blickte aus den hohen Fenstern in die Gärten. Endlich blieb sie am Ende des Ganges in einem Wintergarten stehen, der mit gemütlichen Sesseln möbliert war. Sie setzte sich in einen davon und betrachtete die Aussicht. Eine ganze Weile später hörte sie Marcs Schritte im Flur widerhallen.

»Deanna?«

»Ich bin hier drinnen.«

Er trat näher und blieb eine Weile im Eingang stehen, sah nach draußen und streifte gelegentlich seine Frau mit einem Blick.

»C'est joli, non?« Er sprach geistesabwesend. Deanna sah zu ihm auf. »Es ist schön.«

Sie nickte. »Ich verstehe. Marc?« Sie wollte nicht fragen, aber sie mußte. Und ihr war klar, daß es ihn gar nicht freuen würde. »Was ist mit deiner Freundin?«

Lange Zeit antwortete er nicht. »Ich weiß nicht, was du meinst.«

»Doch, das weißt du.« Ein Gefühl der Übelkeit stieg in ihr auf. »Wie hast du dich in dieser Angelegenheit entschlossen?«

»Meinst du nicht, es ist ein bißchen zu früh, das zu besprechen? Wir sind eben erst aus dem Auto gestiegen.«

Sie lächelte. »Wie französisch. Was hast du im Sinn, Liebling? Daß wir das Wochenende damit verbringen, charmant zu sein, und es Sonntagabend auf der Heimfahrt diskutieren?«

»Das ist nicht der Grund, warum ich dich hergebracht habe. Wir mußten beide einmal in eine andere Umgebung.«

Wieder nickte sie, und ihre Augen füllten sich mit Tränen. »Ja.« Sofort rasten ihre Gedanken zu Pilar zurück. »Aber wir müssen auch darüber sprechen. Weißt du, ich frage mich plötzlich, warum wir unsere Ehe aufrechterhalten haben.« Wieder sah sie zu ihm auf. Er kam ins Zimmer und setzte sich langsam.

»Bist du verrückt?«

»Vielleicht bin ich es.« Sie suchte nach ihrem Taschentuch und putzte sich die Nase.

»Deanna, bitte...« Er sah sie an und wandte dann das Gesicht ab.

»Was? Du willst so tun, als sei nichts geschehen? Marc, das geht nicht.« Zu viel war in diesem Sommer geschehen. Sie hatte Ben gehabt, und jetzt wußte sie, daß auch Marc jemanden hatte. Nur dauerte es in Marcs Fall wahrscheinlich schon Jahre.

»Aber das ist nichts, worüber du dir jetzt Sorgen machen solltest.«

»Gibt es eine bessere Zeit? Wir haben bereits soviel Leid zu tragen, daß wir ebensogut ganz reinen Tisch machen können. Tun wir es nicht, wird es weiter schwären und schmerzen, während wir uns einreden, es sei nicht da.«

»Bist du so lange schon unglücklich?«

Sie nickte und wandte sich dem Fenster zu. Sie dachte an Ben. »Erst in diesem Sommer ist mir klargeworden, wie schrecklich einsam ich gewesen bin, ständig allein... wie wenig wir gemeinsam unternehmen, wie wenig wir geteilt haben. Wie wenig du verstehst, was ich möchte.«

»Und was möchtest du?« fragte er sehr leise und sanft.

»Deine Zeit, deine Zuneigung. Lachen. Spaziergänge am Strand...« Das letzte sagte sie, ohne nachzudenken, und dann drehte sie sich überrascht zu ihm um. »Ich möchte, daß du Interesse an meiner Arbeit nimmst, weil sie für mich wichtig ist. Ich möchte mit dir zusammensein, Marc. Nicht immer allein zu Hause sitzen. Wie stellst du es dir vor, jetzt, wo Pilar nicht mehr ist? Du wirst monatelang auf Reisen sein, und was werde ich tun? Herumsitzen und warten?« Der bloße Gedanke an ein solches Leben ließ sie innerlich zittern. »Ich kann es nicht mehr. Ich will es nicht mehr.«

»Und was schlägst du vor?« Er wollte, daß sie es aussprach, daß sie ihn um die Scheidung bat.

»Ich weiß es nicht. Wir könnten uns trennen, oder, wenn wir uns entschließen, verheiratet zu bleiben, müßte sich alles ändern, besonders jetzt.« Himmel, was tat sie da? Wenn sie bei ihm blieb, konnte sie Ben nicht haben. Aber Marc war ihr Mann, mit dem sie achtzehn Jahre lang gelebt hatte.

»Das heißt, du möchtest mich auf meinen Reisen begleiten?« Er sah verärgert aus.

»Warum nicht? Sie reist ja auch mit dir, oder nicht?« Das hatte Deanna sich zusammengereimt. »Warum nicht ich?«

»Weil... weil es unvernünftig ist. Und unpraktisch. Und – und teuer.« Und weil er dann Chantal nicht mitnehmen konnte.

»Teuer?« Deanna hob mit einem kleinen, boshaften Lächeln eine Augenbraue. »O weh, o weh. Bezahlt sie für sich selbst?«

»Deanna! Darüber will ich mit dir nicht sprechen!«

»Warum sind wir dann hergekommen?« Ihre Augen loderten aus dem schmalen weißen Gesicht.

»Um uns zu erholen.« Das waren die Worte eines Monarchen, ihres Königs. Das Thema war beendet.

»Ich verstehe. Dann brauchen wir nichts anderes zu tun, als das Wochenende zu überstehen, höflich zu sein, wieder nach Paris zu fahren und uns so zu verhalten, als sei nichts passiert. Du kehrst zu deiner kleinen Freundin zurück, und in zwei Wochen fliegen wir in die USA und machen weiter wie bisher. Wie lange wirst du denn diesmal zu Hause bleiben, Marc? Drei Wochen? Einen Monat? Sechs Wochen? Und dann verschwindest du wieder, wer weiß wie lange und wer weiß mit wem, und ich sitze allein in dem gottverdammten Museum, das wir bewohnen, und warte auf dich. Wieder allein, verdammt noch mal. Allein!«

»Das ist nicht wahr.«

»Doch, es ist wahr, das weißt du selbst. Und was ich dir klarzumachen versuche, ist, daß ich genug davon habe. Soweit es mich betrifft, ist diese Zeit vorbei.« Sie erhob sich und wollte den Raum verlassen, aber als sie sich auf die Füße stellte, schwindelte ihr. Sie blieb für einen Augenblick stehen, sah nach unten und hielt sich an ihrem Sessel fest.

Marc beobachtete sie, ohne gleich etwas zu sagen. Dann fragte er besorgt: »Geht es dir nicht gut?«

»Doch. Es ist nichts.« Sie richtete sich auf und maß ihn mit einem düsteren Blick. »Ich bin nur sehr müde.«

»Dann geh und ruh dich aus. Ich zeige dir unser Zimmer.« Behutsam nahm er ihren Ellenbogen, bis er sicher war, daß sie fest auf den Füßen stand. Dann führte er sie den langen Flur hinunter zum anderen Ende des Hauses. Sie hatten das herrschaftliche Schlafzimmer übernommen, eine großartige Suite, dekoriert mit himbeer- und sahnefarbenen Seidenstoffen. »Leg dich doch ein Weilchen hin, Deanna.« Sie sah von Minute zu Minute schlechter aus. »Ich mache einen Spaziergang.«

»Und was dann?« Sie sah ihn vom Bett aus jammervoll an. »Was tun wir dann? Ich kann nicht mehr so weitermachen, Marc. Ich mache bei dem Spiel nicht mehr mit.«

Er war versucht zu fragen: »Was für ein Spiel?«, um alles abzuleugnen. Doch er sagte nichts. Deanna sah ihn mit ihren traurigen und tränenfeuchten Augen an und fuhr fort:

»Ich möchte wissen, was du empfindest, was du denkst, was du vorhast. Was sich für mich ändern wird, abgesehen von der Tatsache, daß wir Pilar nicht mehr haben. Ich möchte wissen, ob du dich auch weiterhin mit deiner Geliebten treffen wirst. Ich möchte all die Dinge wissen, von denen du meinst, es sei unhöflich, sie auszusprechen. Sprich sie aus, Marc. Ich muß es wissen.«

Er nickte stumm, ging zur anderen Seite des Zimmers und sah aus dem Fenster auf die sanften Hügel hinaus. »Es ist nicht leicht für mich, über Dinge dieser Art zu reden.«

»Ich weiß.« Ihre Stimme war sehr leise. »Seit wir verheiratet sind, bin ich mir die meiste Zeit nie sicher gewesen, ob du mich liebst.«

»Das habe ich immer getan.« Er sprach, ohne sich umzudrehen, und sie sah von ihm nur seinen Rücken. »Ich werde dich immer lieben, Deanna.«

Tränen brannten ihr in den Augen. »Warum?« Sie brachte es kaum heraus. »Warum liebst du mich? Weil ich deine Ehefrau bin? Aus Gewohnheit? Oder weil du dich wirklich für mich interessierst?« Er antwortete nicht. Er wandte sich nur zu ihr um, und in seinem Gesicht zeichnete sich heftiger Schmerz ab.

»Müssen wir das entscheiden? Jetzt... so bald nach Pilars... Tod?« Deanna blieb stumm. Sein ganzes Gesicht hatte gebebt, als er von Pilar sprach. »Deanna, ich – ich kann einfach nicht.«

Ohne ein weiteres Wort verließ er das Zimmer, und dann sah sie ihn mit gesenktem Kopf durch den Garten gehen. Bei diesem Anblick füllten sich ihre Augen von neuem mit Tränen. Die letzten paar Tage kamen ihr wie das Ende ihres Lebens vor. In dieser Minute dachte sie nicht einmal an Ben – nur an Marc.

Er kehrte erst eine Stunde später ins Haus zurück, und da fand er sie schlafend vor. Immer noch wirkte das Gesicht mit den schwarz umränderten Augen erschöpft. Zum erstenmal seit Jahren trug sie kein Make-up, und Marc fand, daß ihr Teint im Kontrast zu der himbeerfarbenen Seidendecke beinahe grün aussah. Er wanderte in die Eingangshalle und in die dahinterliegende Bibliothek. Eine Weile saß er da und starrte das Telefon an. Und dann, als stünde er unter

Zwang, begann er zu wählen.

Sie meldete sich nach dem dritten Rufzeichen. »Marc-Edouard?«

»Oui.« Er hielt inne. »Wie geht es dir?« Und wenn nun Deanna aufwachte? Warum hatte er Chantal angerufen?

»Du sprichst so merkwürdig. Stimmt etwas nicht?«

»Alles in Ordnung. Ich bin nur sehr müde. Das sind wir beide.«

»Verständlich. Habt ihr miteinander geredet?« Sie war erbarmungslos. Diese Seite an Chantal hatte er bisher nicht kennengelernt.

»Eigentlich nicht. Nur ein bißchen.«

»Vermutlich ist es nicht leicht.« Er hörte sie seufzen.

»Nein, das ist es nicht.« Er machte eine Pause. Im Flur waren Schritte zu hören. »Ich rufe dich wieder an.«

»Wann?«

»Später.« Und dann: »Ich liebe dich.«

»Gut, Liebling, ich dich auch.«

Die Schritte näherten sich, und Marc-Edouard legte mit zitternder Hand den Hörer auf. Aber es war nur der Hausmeister, der nachsehen wollte, ob sie gut untergebracht waren. Zufrieden entfernte sich der Mann wieder, und Marc ließ sich in einen Sessel sinken. Es würde nie klappen. Er konnte das Doppelspiel nicht für immer fortführen. Chantal anrufen, Deanna beruhigen, zwischen Kalifornien und Frankreich hin und her fliegen, Lügen und Ausreden ersinnen und aus lauter Schuldbewußtsein beide Frauen mit Geschenken überschütten. Deanna hatte recht. Es war ihm eigentlich schon seit Jahren fast unmöglich. Natürlich hatte Deanna bisher nichts geahnt, aber jetzt, wo sie Bescheid wußte, war alles anders geworden. Sein Unbehagen war sehr wesentlich gewachsen dadurch. Er schloß die Augen, und sofort wanderten seine Gedanken zu Pilar zurück, zu dem letzten Mal, als er sie gesehen hatte. Sie waren am Strand spazierengegangen. Sie hatte ihn geneckt, und er hatte gelacht, und er hatte ihr das Versprechen abverlangt, daß sie mit dem Motorrad vorsichtig fahren würde. Wieder hatte sie gelacht... Die Kehle wurde ihm eng vor Tränen, und plötzlich erfüllte sein Schluchzen den Raum. Er hörte nicht einmal, daß Deanna hereinkam, leise wie eine Katze, auf Strümpfen. Langsam trat sie zu ihm und hielt seine zuckenden Schultern in ihren Armen.

»Es ist ja gut, Marc. Ich bin hier.« Auch auf ihrem Gesicht waren

Tränen. Sie legte ihre Wange auf seinen Rücken, und er fühlte die warme Feuchtigkeit durch sein Hemd. »Es ist ja gut.«

»Wenn du nur wüßtest, wie sehr ich Pilar geliebt habe... Warum habe ich das getan? Warum habe ich ihr diese verdammte Maschine gekauft! Ich hätte es wissen sollen.«

»Das spielt jetzt keine Rolle mehr. Es war vorherbestimmt. Du kannst dir nicht für den Rest deines Lebens Vorwürfe machen.«

»Aber warum?« Er wandte sich seiner Frau zu. Seine Stimme bebte vor Schmerz. »Warum sie? Warum wir? Wir haben bereits zwei Jungen verloren, und jetzt das einzige Kind, das uns geblieben war. Deanna, wie kannst du das ertragen?«

Sie drückte die Augen fest zu. »Uns bleibt keine andere Wahl. Ich dachte – ich dachte, ich würde auch sterben, als die beiden Babys starben... Ich dachte, ich könnte keinen weiteren Tag mehr überstehen. Tag für Tag wollte ich einfach aufgeben, mich in einer Ecke verstecken. Aber ich tat es nicht. Ich machte weiter... irgendwie. Teilweise deinetwegen, teilweise um meiner selbst willen. Und dann hatten wir Pilar, und ich vergaß den Schmerz. Ich glaubte, so etwas Schreckliches würde ich nie wieder durchmachen müssen. Jetzt erinnere ich mich, wie es ist. Nur ist es diesmal soviel schlimmer.« Sie senkte den Kopf, und er streckte die Arme aus und zog sie an sich.

»Ich weiß. Wenn du wüßtest, wie sehr ich mir jetzt wünsche, wir hätten unsere Söhne behalten dürfen. Wir haben – wir haben keine Kinder mehr.« Deanna nickte stumm, sich seines Schmerzes mehr denn je bewußt. »Ich würde alles tun, um – um sie zurückzubekommen.«

Lange saßen sie beieinander und hielten sich umfaßt. Dann machten sie einen Spaziergang im Freien. Zur Dinnerzeit kehrten sie zurück.

»Möchtest du ins Dorf zum Essen gehen?« Er sah sie mit einem Ausdruck an, in dem sich Leid und Erschöpfung mischten. Deanna schüttelte den Kopf.

»Warum soll ich uns nicht hier etwas zubereiten? Sind Lebensmittel da?«

»Der Hausmeister sagte, seine Frau habe uns etwas Brot, Käse und Eier hiergelassen.«

»Wie ist es damit?« Er nickte gleichgültig. Deanna zog den Pullover aus, den sie bei dem Spaziergang getragen hatte, legte ihn über einen großen Louis-XIV-Sessel und ging in die Küche.

Zwanzig Minuten später war sie mit Rührei, Toast und Brie-Käse und zwei dampfenden Tassen Kaffee wieder da. Sie fragte sich, ob sie sich nach dem Essen besser fühlen würden, ob es wirklich einen Unterschied mache. Die ganze Woche hatten Leute ihnen zugeredet zu essen, als könnte das helfen. Aber ihr war es gleichgültig, ob sie jemals wieder etwas essen würde. Sie hatte den Imbiß für Marc zubereitet, weil es ihr etwas zu tun gab. Keiner von beiden schien Lust zum Reden zu haben, obwohl es so viel zu sagen gegeben hätte.

Sie aßen schweigend. Nach der Mahlzeit trennten sie sich. Deanna sah sich die Bildersammlung in den langen Gängen und Galerien an, Marc setzte sich in die Bibliothek. Um elf Uhr gingen sie wortlos zu Bett, und am Morgen stand er auf, sobald sie sich regte. Es wurde elf, bevor einer von ihnen etwas sagte. Deanna war gerade aus dem Bett gekommen und hatte sich auf einen Stuhl im Ankleidezimmer gesetzt, als ihr übel wurde.

»*Ça ne va pas?*« Mit besorgtem Stirnrunzeln sah er sie an.

»Mir geht es gut.«

»So siehst du nicht aus. Soll ich dir Kaffee bringen?« Bei dem Gedanken allein drehte sich ihr der Magen um. Beinahe verzweifelt schüttelte sie den Kopf.

»Nein, wirklich nicht. Danke.«

»Glaubst du, es fehlt dir etwas? Du siehst seit Tagen schon nicht gut aus.«

Sie versuchte zu lächeln, aber es gelang ihr nicht. »Ich sage das ungern, Liebling, aber du auch nicht.«

Er tat es mit einem Schulterzucken ab. »Du glaubst doch nicht, daß du ein Geschwür hast, Deanna?« Sie hatte eins nach dem Tod ihres ersten Sohnes gehabt, doch es war nie wiedergekehrt. Sie schüttelte den Kopf.

»Ich habe keine Schmerzen. Ich bin nur die ganze Zeit müde, und ab und zu wird mir schlecht. Es ist nichts als Erschöpfung«, fuhr sie fort und zwang sich zum Lächeln. »Kein Wunder. Wir haben beide nicht viel Schlaf bekommen. Wir leiden beide unter Überanstrengung und dem Schock... Eigentlich ist es erstaunlich, daß wir uns noch auf den Füßen halten. Ich bin überzeugt, es ist nichts.«

Marc glaubte ihr nicht recht. Er sah sie schwanken, als sie aufstand. Emotionen konnten einem Menschen merkwürdige Dinge antun. Deanna verschwand unter der Dusche, und Marc mußte wieder an Chantal denken. Er hätte sie gern wieder angerufen, aber sie erwartete Berichte, sie verlangte, das Neueste zu hören, und er hatte ihr nichts zu sagen, außer daß er ein Wochenende mit seiner Frau verbrachte – und daß es für sie beide die Hölle war.

Deanna stand mit nach oben gerichtetem Gesicht unter der Dusche und ließ sich das Wasser über den Rücken laufen. Sie dachte an Ben. In San Francisco war es zwei Uhr morgens; er würde noch schlafen. Sie sah sein Gesicht im Bett deutlich vor sich, das dunkle Haar verwirrt, eine Hand auf seiner Brust, die andere ruhte irgendwo auf ihr... Nein, er war wahrscheinlich in Carmel, und sie dachte an die Wochenenden, die sie dort verbracht hatten. Wie sehr unterschieden sie sich von diesen Tagen mit Marc! Es war, als hätten Marc und sie sich nichts mehr zu sagen. Alles, was sie besaßen, war die Vergangenheit.

Schließlich drehte sie den Wasserhahn ab, trocknete sich mit dikken himbeerfarbenen Handtüchern ab und sah dabei aus den offenen Fenstern in den Garten. Dies Haus unterschied sich gewaltig von dem in Carmel. Ein Château in Frankreich und ein Cottage in Carmel. Himbeerfarbene Seide und bequeme alte Wollstoffe. Ihr Blick fiel auf die zerknüllte seidene Bettdecke im Zimmer nebenan, und sie dachte an die gemütliche karierte Decke auf Bens Bauernbett. Es war wie der Gegensatz zwischen ihren beiden Leben. Dort die einfache, leichte Realität des Lebens mit Ben in seiner »Demokratie«, wo sie abwechselnd das Frühstück bereiteten und den Müll vor die Hintertür brachten, und hier nur der ewige Prunk ihres Lebens mit Marc. Sie fuhr sich mit der Bürste übers Haar und stieß einen langen Seufzer aus.

Nebenan im Schlafzimmer las Marc stirnrunzelnd die Zeitung. »Kommst du mit mir in die Kirche?« rief er ihr zu. Sie kam aus dem Badezimmer, den Morgenmantel fest geschlossen, und trat vor den Schrank. Sie nickte und nahm einen schwarzen Rock und einen schwarzen Pullover heraus. Beide trugen sie die solide schwarze Trauerkleidung, die man in Frankreich immer noch zu tragen pflegte. Deanna ließ nur die üblichen schwarzen Strümpfe weg, wie sie ihre Schwiegermutter trug.

Sie sah in dem leblosen Schwarz, das Haar zu einem strengen Nackenknoten zurückgekämmt, merkwürdig unscheinbar aus.

Make-up hatte sie auch heute nicht aufgelegt. Es war, als lege sie keinen Wert mehr darauf.

»Du siehst schrecklich blaß aus.«

»Das macht nur der Kontrast zu all dem Schwarz.«

»Bist du sicher?« Er sah sie scharf an, bevor sie das Haus verließen, aber sie lächelte nur. Er benahm sich, als fürchte er, sie könne sterben. Vielleicht fürchtete er sich wirklich davor. Sie hatten beide so viel verloren.

Schweigend fuhren sie zu der winzigen Dorfkirche von Sainte Isabelle. Deanna glitt lautlos neben Marc in die Kirchenbank. Das Gotteshaus, klein und hübsch und warm, war mit Bauern gefüllt, dazu kamen ein paar Wochenendausflügler wie sie aus Paris. Plötzlich fiel Deanna ein, daß es immer noch Sommer war, noch nicht ganz Ende August. In den Staaten würde bald der Labor Day sein, der den Herbst ankündigte. Sie konnte sich nicht auf den Gottesdienst konzentrieren. Sie dachte an Carmel und an Ben, an Marc und dann an Pilar. Sie dachte an die langen Spaziergänge, die sie als Kind auf dem Land gemacht hatte. Schließlich starrte sie wie gebannt auf jemandes Hinterkopf. Es war stickig in der kleinen Kirche, und die Predigt dröhnte weiter und weiter. Vorsichtig berührte Deanna Marcs Arm. Sie wollte ihm zuflüstern, es sei zu warm, aber plötzlich verschwamm sein Gesicht vor ihren Augen, und alles wurde dunkel.

21

»Marc?« Sie streckte die Hand nach ihm aus. Er und ein anderer Mann trugen sie zum Wagen.

»Ruhig, Liebling, nicht sprechen.« Sein Gesicht war von einem blassen, schwitzenden Grau.

»Setz mich ab. Wirklich, mir fehlt nichts.«

»Nicht doch.« Er dankte dem Mann, der ihm geholfen hatte, und erkundigte sich noch einmal nach dem Weg zum nächsten Krankenhaus.

»Was? Du bist verrückt. Ich bin doch nur ohnmächtig geworden, weil es so heiß war.«

»Es war nicht heiß, es war ziemlich kühl. Und ich will nichts mehr darüber hören.« Er knallte die Tür auf ihrer Seite zu und setzte sich hinter das Lenkrad.

»Marc, ich will nicht ins Krankenhaus!« Sie legte die Hand auf seinen Arm. Ihre Augen flehten ihn an, aber er schüttelte den Kopf. Ihre Blässe war beinahe durchsichtig. Er ließ den Motor an.

»Es interessiert mich nicht, was du willst oder nicht«, erklärte er mit strengem Gesicht. Er wollte nicht schon wieder ein Krankenhaus betreten, wollte weder diese Geräusche noch diese Gerüche wahrnehmen. Niemals... niemals wieder. Sein Herz raste. Wenn es nun etwas Ernstes war? Wenn Deanna sehr krank war? Was, wenn...? Er streifte sie mit einem Blick, versuchte, seine Angst zu verbergen. Aber sie hatte das Gesicht abgewandt und sah hinaus auf die Landschaft. Er musterte ihr Profil, ihre Schultern, ihre Hände, alles in soviel Schwarz gehüllt. Finster. Diese Düsternis schien symbolisch zu sein für alles, was ihnen geschah, alles, was sie sagten. Warum konnten sie dem nicht entrinnen? Warum war dies nicht einfach ein Wochenende auf dem Land, von dem sie erholt und glücklich zurückkehrten, um Pilar mit diesem hinreißenden Lächeln auf dem Gesicht wiederzufinden? Noch einmal sah er zu Deanna hinüber und seufzte. Der Laut zog ihre Augen von der Straße ab.

»Sei nicht so dumm, Marc. Wirklich, mir geht es ausgezeichnet.«

»*On verra.* Wir werden sehen.«

»Wäre es dir lieber, wenn wir gleich nach Paris zurückführen?« Ihre Hand, die in seiner ruhte, zitterte, und er sah sie forschend an. Paris – und Chantal. Ja, er wollte nach Paris zurück. Aber erst mußte er wissen, ob Deanna wirklich gesund war.

»Wir fahren nach Paris, wenn du beim Arzt gewesen bist.« Sie wollte von neuem protestieren, doch wieder wurde ihr schwindlig. Sie legte den Kopf an die Rückenlehne. Nervös trat er aufs Gas. Sie stritt nicht mit ihm, sie hatte nicht mehr die Kraft dazu.

Zehn Minuten später hielten sie vor einem kleinen, nüchtern aussehenden Gebäude, über dem HÔPITAL SAINT GÉRARD stand. Marc stieg wortlos aus und kam schnell auf ihre Seite herüber. Aber als er die Tür aufhielt, machte Deanna keine Anstalten auszusteigen.

»Kannst du gehen?« Wieder stand Entsetzen in seinen Augen geschrieben. Wenn das nun der Anfang eines Schlaganfalls war? Was würde er dann tun? Deanna wäre gelähmt, und er müßte immer bei ihr bleiben. Nein, das war Wahnsinn. Er wollte bei Deanna bleiben, oder nicht? Mit klopfendem Herzen half er ihr aus dem Wagen.

Deanna setzte dazu an, ihm von neuem zu versichern, es gehe ihr gut. Doch inzwischen wußten sie beide, daß das nicht die Wahrheit war. Sie holte tief Atem und richtete sich mit einem kleinen Lächeln auf. Sie wollte ihm beweisen, daß sie es schaffen würde, daß es nur die Nerven waren. Für einen Augenblick, als sie ins Krankenhaus gingen, fühlte sie sich besser, und sie fragte sich, warum sie überhaupt hingefahren waren. Eine Minute lang schritt sie sogar in ihrem gewohnten leichten Gang dahin. Gerade wollte sie sich Marc-Edouard gegegenüber dessen rühmen, als ein Mann auf einer Bahre an ihnen vorübergefahren wurde. Er war alt und verrunzelt und roch schlecht, sein Mund stand offen, sein Gesicht war schlaff. Deanna faßte mit einer Hand nach Marc und brach ohnmächtig zusammen.

Marc rief um Hilfe und hob sie auf. Zwei Schwestern und ein Mann in einem weißen Kittel kamen angerannt. In weniger als einer Minute lag Deanna auf einem Tisch in einem kleinen, antiseptisch riechenden Raum, und sie war wieder wach. Verwirrt sah sie sich um. Dann erkannte sie Marc, der entsetzt in einer Ecke stand.

»Es tut mir leid, aber dieser Mann…«

»Das reicht.« Marc hob die Hand und trat langsam näher. »Es lag nicht an dem alten Mann und nicht an der Temperatur in der Kirche.« Er stand neben ihr, sehr groß, sehr grimmig und plötzlich sehr alt. »Finden wir heraus, was es war – was es ist. *D'accord*?« Deanna antwortete nicht. Der Arzt nickte ihm zu, und Marc ging hinaus.

Auf dem Flur rannte er hin und her und kam sich sehr fehl am Platz vor. Er sah ein Telefon. Sollte er sie anrufen? Warum nicht? Machte das einen Unterschied? Wer würde es sehen? Trotzdem war ihm jetzt nicht danach zumute. Seine Gedanken waren bei Deanna. Sie war achtzehn Jahre lang seine Frau gewesen. Sie hatten soeben ihr einziges Kind verloren. Und jetzt würde vielleicht… Er ertrug den Gedanken nicht. Wieder ging er am Telefon vorbei, diesmal ohne stehenzubleiben.

Es kam ihm wie Stunden vor, bis eine junge Ärztin zu ihm kam.

Und dann erfuhr er es. Und nun konnte er Deanna die Wahrheit sagen. Oder eine Lüge – eine sehr kleine Lüge. Er überlegte sich, ob er es ihr schuldig war, ihr zu sagen, daß er Bescheid wußte – oder ob statt dessen Deanna ihm etwas schuldig war.

22

Deanna saß aufrecht im Bett und war blasser als die weißgetünchte Wand hinter ihrem Kopf. »Das ist nicht wahr. Das ist gelogen!«

Marc sah sie mit einem ganz kleinen Lächeln an. Er war vollkommen ruhig. »Es ist ganz gewiß wahr. Und in sechs Monaten, mein Darling, wird es dir, wie ich fürchte, sehr schwerfallen, irgendwen zu überzeugen, es sei nicht wahr.«

»Es kann nicht sein.«

»Und warum nicht?« Seine Augen richteten sich scharf auf ihr Gesicht.

»Ich bin zu alt, um schwanger zu werden, um Himmels willen.«

»Mit siebenunddreißig? Sei nicht albern. Wahrscheinlich würdest du noch in den nächsten Jahren jederzeit ein Kind bekommen können.«

»Ich bin zu alt!« Sie schrie es ihm entgegen, und die Tränen standen ihr nahe. Warum hatten sie es nicht zuerst ihr gesagt und ihr Zeit gelassen, den Schock zu überwinden, bevor Marc zu ihr kam? Aber nein, so machte man es hier in Frankreich nicht, wo der Patient immer der letzte war, der irgend etwas erfuhr. Und sie konnte sich die Szene, die Marc gemacht hatte, sehr gut vorstellen: ein entschlossener Mann, ein bedeutender Mann, der über Madames Zustand als erster informiert werden mußte. Er wollte nicht, daß seine Frau aufgeregt wurde, und sie hatten gerade erst soviel durchgemacht, eine solche Tragödie erlebt...

»Liebes, bitte, sei nicht töricht«, sagte Marc. Er stand auf und kam an ihr Bett, legte ihr sanft die Hand auf den Kopf und ließ sie langsam über ihr langes, seidiges schwarzes Haar gleiten. »Du bist durchaus nicht zu alt. Darf ich mich setzen?« Sie nickte, und er setzte sich auf die Bettkante.

»Aber... zwei Monate?« In ihren Augen stand Verzweiflung geschrieben. Sie hatte sich gewünscht, daß es Bens Kind ist. Auch sie hatte daran gedacht, zum erstenmal, kurz bevor sie einschlief. Sie hatte die aufdämmernde Erkenntnis verscheuchen wollen – aber die Schwindelanfälle, die Übelkeit, das ständige Schlafbedürfnis! Sie hatte an nichts anderes mehr denken können als an Ben. Sie wollte nicht, daß es Marcs Kind war. Jetzt sah sie ihn voller Schmerz und Enttäuschung an. Zwei Monate Schwangerschaft bedeuteten, daß Marc der Vater war, nicht Ben.

»Es muß in der letzten Nacht vor meiner Abreise geschehen sein. *Un petit au revoir.*«

»Das ist nicht komisch.« Tränen füllten ihre Augen. Sie war alles andere als erfreut. Und Marc hatte jetzt mehr erkannt, als sie wußte. Es gab also nicht nur einen anderen Mann, es war einer, den sie liebte. Es kam nicht darauf an. Sie würde ihn vergessen. In den nächsten Monaten hatte sie etwas Wichtiges zu tun. Sie schuldete Marc einen Sohn. »Ich verstehe nicht.«

»Liebling, sei nicht naiv.«

»Ich bin jahrelang nicht schwanger geworden. Warum jetzt?«

»Manchmal geschieht so etwas eben. Auf jeden Fall macht es keinen Unterschied. Wir bekommen eine ganz neue Chance – eine neue Familie, ein Kind.«

»Wir haben bereits ein Kind gehabt.« Sie sah wie ein eigensinniges kleines Mädchen aus, als sie da mit untergeschlagenen Beinen in dem Krankenhausbett saß und sich die Tränen mit der Hand abwischte. »Ich will keine Kinder mehr.« Zumindest nicht deins. Jetzt erkannte sie die Wahrheit. Würde sie ihn wirklich lieben, dann hätte sie sein Kind gewollt. Und sie wollte es nicht. Sie wollte Bens Kind.

Marcs Freude wirkte peinlich, seine Geduld tat ihr weh. »Es ist normal, anfangs so zu empfinden. Das tun alle Frauen. Aber wenn es kommt... Erinnerst du dich an Pilar?«

Deannas Augen blitzten auf. »Ja, ich erinnere mich an Pilar – und an die anderen. Ich habe das durchgemacht, Marc. Ich will es nicht noch einmal durchmachen. Für was? Damit mir noch einmal das Herz bricht, damit ich noch mehr Schmerz empfinden muß? Soll ich es für dich tun, der du weitere achtzehn Jahre nicht da sein wirst? Erwartest du von mir, daß ich in meinem Alter ein Kind allein großziehe? Und wieder ein Halbblut, halb Amerikaner, mehr Franzose?

Du willst, daß ich noch einmal mit dir um die Liebe unseres Kindes kämpfe? Verdammt noch mal, das werde ich nicht tun!«

»Du wirst es ganz bestimmt tun.« Seine Stimme war ruhig und so fest wie Stahl.

»Ich brauche es nicht!« schrie sie ihn an. »Wir leben nicht im Mittelalter! Ich kann eine Abtreibung machen lassen, wenn ich will!«

»Nein, das kannst du nicht!«

»Zum Teufel, ich kann!«

»Deanna, ich will darüber nicht mit dir streiten. Du bist zu aufgeregt.« Sie lag jetzt im Bett und weinte in das Kissen. »Aufgeregt« war kaum der richtige Ausdruck für das, was sie empfand. »Du wirst dich an den Gedanken gewöhnen. Du wirst dich freuen.«

»Du meinst, ich hätte keine andere Wahl – ist es das?« Sie sah ihn böse an. »Was wirst du mit mir tun, wenn ich es loswerde? Dich scheiden lassen?«

»Rede keinen Unsinn.«

»Dann schubse mich nicht herum.«

»Ich schubse dich nicht, ich bin glücklich.« Er lächelte sie an und breitete die Arme aus, aber seine Augen sagten etwas anderes. Sie kam nicht zu ihm. Da ergriff er ihre Hände und führte sie eine nach der anderen an seine Lippen. »Ich liebe dich, Deanna. Und ich will unser Kind haben. Unser Baby. Deins und meins.«

Sie schloß die Augen. Innerlich wand sie sich. Er sagte nichts, stand nur auf und nahm sie in die Arme, streichelte kurz ihr Haar. Dann ging er. Deanna sah ihm gedankenverloren nach.

Allein im Dunkeln, weinte sie eine Weile. Was sollte sie tun? Dies änderte alles. Warum hatte sie es nicht erkannt? Warum hatte sie es nicht erraten? Sie hätte es sich längst denken können, aber ihre Regel war nur einmal ausgeblieben, und sie hatte es auf Nervosität zurückgeführt. Da war die Vernissage gewesen, die Nächte mit Ben, dann die Nachricht über Pilar, der Flug... Ihrer Meinung nach handelte es sich nur um zwei Wochen. Aber zwei Monate? Wie war das möglich? O Gott, es bedeutete, daß sie die ganze Zeit, die sie mit Ben verbracht hatte, von Marc schwanger war. Wenn sie zuließ, daß dies Baby in ihr blieb, war es, als leugne sie alles, was sie mit Ben gehabt hatte – und es würde ihr das Herz zerreißen. Dies Baby war eine Bestätigung ihrer Ehe mit Marc.

Die ganze Nacht lag Deanna wach im Bett. Am Morgen holte

Marc-Edouard sie aus dem Krankenhaus. Sie fuhren geradewegs nach Paris zu seiner Mutter. Am nächsten Tag wollte er nach Athen fliegen. »Ich werde fünf oder sechs Tage fort sein. Dann habe ich in Griechenland alles abgewickelt. In einer Woche verlassen wir Paris, kehren nach Hause zurück und bleiben dort.«

»Was heißt das? Ich bleibe dort, und du reist?«

»Nein. Es bedeutet, ich werde dort sein, wann immer ich kann.«

»Fünf Tage im Monat? Fünf Tage im Jahr? Etwas in der Art?« fragte sie und sah dabei zum Fenster hinaus. Ihr war, als sei sie dazu verdammt worden, die ersten achtzehn Jahre als seine Frau zu wiederholen. »Wann werde ich dich sehen, Marc? Zweimal im Monat zum Dinner, falls du in der Stadt bist und nicht irgendwo anders essen mußt?«

»So wird es nicht werden, Deanna. Das verspreche ich dir.«

»Warum nicht? Es ist bisher immer so gewesen.«

»Jetzt ist es anders. Ich habe dazugelernt.«

»Wirklich? Was denn?« fragte sie bitter. Seine Stimme jedoch war sanft und traurig. Er hielt die Augen beim Fahren auf die Straße gerichtet.

»Ich habe gelernt, wie kurz das Leben, wie schnell es vorüber sein kann. Das mußten wir früher schon zweimal erfahren, aber ich hatte es vergessen. Jetzt weiß ich es. Ich bin wieder daran erinnert worden.« Deanna ließ den Kopf hängen und sagte nichts. Aber Marc war sich bewußt, sein Ziel erreicht zu haben. »Könntest du nach Pilar, nach den beiden Jungen dies Kind wirklich abtreiben lassen?«

Es entsetzte sie, daß er ihre Gedanken gelesen hatte. Lange Zeit antwortete sie nicht. »Ich bin mir nicht sicher.«

»Ich aber. Es würde dich zerstören.« Der Ton seiner Stimme jagte ihr Angst ein. Vielleicht wußte er Bescheid. »Die Schuld, der seelische Schmerz – es würde dich fertigmachen. Du wärst nicht mehr imstande, zu denken oder zu leben oder zu lieben, nicht einmal zu malen. Das garantiere ich dir.« Der bloße Gedanke verängstigte sie. Und wahrscheinlich hatte er recht. »Du hast nicht die Veranlassung, so kaltblütig zu sein.«

»Mit anderen Worten«, seufzte sie, »mir bleibt keine andere Wahl.«

Er antwortete nicht.

An diesem Abend lag sie um halb zehn im Bett. Gesprochen

wurde nichts mehr. Marc küßte sie sanft auf die Stirn, bevor er sie im Gästezimmer allein ließ. Er wollte sich ein Taxi zum Flughafen nehmen.

»Ich rufe dich jeden Abend an.« Er wirkte besorgt, aber zweifellos auch erfreut, und es stand nicht mehr diese schreckliche Qual in seinen Augen. Als einziges Leid war seine Trauer um Pilar darin zurückgeblieben. »Das verspreche ich dir, Liebes. Ich rufe jeden Abend an«, wiederholte er, doch Deanna wandte das Gesicht ab.

»Wird sie es dir erlauben?« Er versuchte, die Bemerkung zu ignorieren, aber sie sah ihn vom Bett aus bedeutungsvoll an. »Du hast mich gehört, Marc. Ich nehme an, sie geht mit dir. Habe ich recht?«

»Sei nicht albern. Das ist eine Geschäftsreise.«

»Und das letzte Mal war es keine?«

»Du bist aufgeregt. Hören wir doch auf damit! Ich möchte nicht mit dir streiten, bevor ich abreise.«

»Warum nicht? Hast du Angst, ich könnte das Kind verlieren?« Einen Augenblick lang spürte sie das wahnsinnige Verlangen, ihm zu sagen, das Kind sei nicht von ihm. Aber das Schlimmste daran war ja, daß es von ihm sein mußte, wenn sie zwei Monate schwanger war.

»Deanna, ich möchte, daß du dich in meiner Abwesenheit ausruhst.« Er sah sie mit einer Miene väterlicher Zärtlichkeit an, blies ihr eine Kußhand zu und schloß leise die Tür.

Deanna lag eine Weile da und lauschte auf die Geräusche im Haus ihrer Schwiegermutter. Bisher wußte es noch niemand. Es war »ihr Geheimnis«, wie Marc es nannte.

Als sie am nächsten Morgen erwachte, war es im Haus still. Sie blieb lange Zeit im Bett liegen, dachte nach, überlegte, was sie tun könnte. Sie konnte nach San Francisco fliegen, während Marc in Griechenland war, eine Abtreibung machen lassen und frei sein. Aber sie erkannte die Wahrheit dessen, was Marc gesagt hatte. Eine Abtreibung würde sie ebenso zerstören wie ihn. Sie hatte bereits zu viele Verluste erlitten. Und wenn er nun recht hatte? Wenn es ein Geschenk Gottes war? Und was, wenn... was, wenn es Bens Kind war? Ein letzter Hoffnungsstrahl flackerte auf und erstarb. Zwei Monate, hatte er gesagt, und die junge, schüchtern wirkende Ärztin hatte zustimmend genickt. Es konnte nicht Bens Kind sein.

Also würde sie eine Woche lang in diesem beigeseidenen Kokon liegen und darauf warten, daß Marc wiederkam und sie nach Hause brachte, um das alte Leben von neuem zu beginnen. Bei diesem Gedanken geriet sie in Panik, und plötzlich wollte sie nur noch weglaufen. Sie stieg aus dem Bett, kämpfte das aufsteigende Schwindelgefühl nieder und zog sich schnell an. Sie mußte hinaus, einen Spaziergang machen, nachdenken.

Deanna lief durch die Straßen, die sie kaum kannte, und entdeckte Gärten und Plätze und Parks, die sie entzückten. Sie saß auf Bänken und lächelte Vorübergehenden zu, komischen kleinen alten Damen mit schiefen Hüten, kleinen alten Männern, die Schach spielten, Kindern, die mit ihren Freunden plapperten, und hin und wieder eine junge Frau, die einen Kinderwagen schob. Junge Dinger – sie sahen alle wie ein- oder zweiundzwanzig aus, nicht wie siebenunddreißig. Immer, wenn sie sich ausruhte, beobachtete Deanna sie. Die Ärztin hatte ihr geraten, sich nicht anzustrengen. Sie solle spazierengehen, aber sich ab und zu hinsetzen, wieder nach Hause kommen und ein Nickerchen halten, keine Mahlzeit überschlagen und nicht lange aufbleiben. Dann werde sie sich in ein paar Wochen besser fühlen. Sie fühlte sich jetzt bereits besser. Bei ihrem Spaziergang durch Paris machte sie oft Pause und dachte nach. Über Ben. Seit Tagen hatte sie ihn nicht mehr angerufen –

Am späten Nachmittag betrat sie endlich ein Postamt. Sie konnte ihn nicht länger ohne Nachricht lassen. Sie nannte der Beamtin die Nummer und nickte zu ihrem erstaunten *»L'Amérique?«* Es schien Ewigkeiten zu dauern, bis sie ihn hörte, aber es war nicht einmal eine Minute vergangen, als er sich meldete. Für ihn war es acht Uhr morgens.

»Hast du noch geschlafen?« drang ihre Stimme über die sechstausend Meilen.

»Beinahe. Ich bin eben aufgewacht.« Ben lehnte sich lächelnd an sein Kissen. »Wann kommst du nach Hause?«

Deanna kniff die Augen zusammen und drängte die Tränen zurück. »Bald.« Mit Marc – und seinem Baby. Das Schluchzen stieg ihr in die Kehle. »Du fehlst mir schrecklich.« Die Tränen begannen ihr über das Gesicht zu rinnen.

»Nicht so sehr, wie du mir fehlst, Liebling.« Er horchte auf. Da war etwas, was sie nicht aussprach, etwas, das er nicht verstand. »Ist bei dir alles in Ordnung?« Er wußte, sie würde Pilars wegen immer noch verzweifelt sein, aber ihre Stimme klang, als bedrücke sie noch etwas anderes. »Ja? Antworte doch!«

Sie sagte nichts, sie stand nur in der Zelle, schweigend, in Tränen.

»Deanna? Liebes!... Hallo?« Er lauschte angestrengt. Er war sicher, daß sie noch da war.

»Ich bin hier.« Es war ein trauriges kleines Krächzen.

»Oh, Liebling...« Er runzelte die Stirn, und dann lächelte er. »Wie wäre es, wenn ich herüberkomme? Gibt es eine Möglichkeit dafür?«

»Eigentlich nicht.«

»Wie ist es mit dem nächsten Wochenende in Carmel? Es ist Labor Day. Meinst du, daß du bis dahin zurück bist?«

Er war Lichtjahre entfernt. Sie wollte schon nein sagen, dann überlegte sie es sich anders. Nächstes Wochenende in Carmel. Warum nicht? Marc würde noch in Griechenland sein. Wenn sie heute abend abflog, hatten sie das ganze Wochenende und vielleicht noch einen Tag dazu, bevor Marc kam. Zusammen – in Carmel. Und dann würde es vorbei sein, wie sie es vorausgesagt hatten. Das Ende des Sommers wäre gekommen. Ihre Gedanken rasten. »Ich bin morgen zu Hause.«

»Wirklich? Oh, Baby... um wieviel Uhr?«

Deanna rechnete schnell. »Ungefähr um sechs Uhr morgen früh. Kalifornische Zeit.« Sie stand in der Zelle und strahlte plötzlich durch ihre Tränen.

»Bist du sicher?«

»Ganz gewiß.« Sie nannte ihm die Fluglinie. »Ich rufe dich an, wenn ich diese Maschine nicht bekomme, aber andernfalls kannst du dich darauf verlassen.« Sie lachte ins Telefon, und da fühlte sie wieder die Tränen in ihren Augen brennen. »Ich komme nach Hause, Ben.« So lange schien es her zu sein, daß sie San Francisco verlassen hatte! Es war aber nur vor einer Woche gewesen.

Am Abend hinterließ sie eine Nachricht für ihre Schwiegermutter. Sie teilte ihr nur mit, sie sei nach San Francisco zurückgerufen worden und daß es ihr leid tue, so überstürzt abreisen zu müssen. Außerdem hatte sie den unwiderstehlichen Drang verspürt, Anspruch auf das Porträt von sich und Pilar zu erheben. Bestimmt würde ihre Schwiegermutter es verstehen. Sie wies das Mädchen an, wenn Marc anrufe, solle sie ihm sagen, sie sei ausgegangen. Das war alles. Es verschaffte ihr mindestens einen Tag Luft. Aber es gab nichts, was er tun könnte. Er mußte seine geschäftlichen Angelegenheiten in Griechenland zu Ende führen. Darüber dachte Deanna auf dem Rückflug nach. Marc würde sie eine Woche lang in Frieden lassen. Sie hatte keinen Grund, etwas anderes anzunehmen. Er konnte sich nur ärgern, daß sie Paris verlassen hatte. Sie war jetzt frei, für eine weitere Woche. An nichts anderes mehr vermochte sie zu denken.

Eine Stunde vor der Landung gelang es ihr kaum noch, still auf ihrem Platz zu sitzen. Sie kam sich wie ein ganz junges Mädchen vor. Nicht einmal die gelegentlichen Übelkeitsanfälle dämpften ihre Stimmung. Sie würde sich einfach ein paar Minuten ganz ruhig verhalten und die Augen schließen, und der Brechreiz würde vorübergehen. Sie konzentrierte sich auf ihre Gedanken an Ben.

Das Flugzeug senkte sich über San Francisco durch die Wolken und schien in die Sonne zu rasen, denn ringsherum wurde alles rosa und golden. Es war ein herrlicher Morgen, aber nicht einmal das lenkte Deanna von ihren Gedanken an Ben ab. Endlich rollte die Maschine aus, und Deanne wartete ungeduldig darauf, sich aus ihrem Gurt befreien zu können. Ein halbes Lächeln stand auf ihrem Gesicht. Sie schlüpfte in die schwarze Samtjacke, die sie über einer weißen Hose und einer weißen Seidenbluse trug. Ihr elfenbeinfarbenes Gesicht und ihr ebenholzschwarzes Haar ergänzten die Symphonie in Schwarz und Weiß. Sie sah viel besser aus als bei ihrer Abreise, und ihre Augen erzählten eine Vielfalt von Geschichten, aber auch sie tanzten und sangen, während sie sich zentimeterweise auf die Tür zuschob.

Dann sah sie ihn. Er stand um sechs Uhr morgens allein im Terminal und wartete auf sie hinter der Zollschranke, ein Jackett über dem Arm und ein Lächeln auf dem Gesicht. Sobald Deanna durch die Tür trat, rannten sie aufeinander zu, und gleich darauf lag sie in seinen Armen.

»Oh, Ben!« Lachen und Tränen waren in ihren Augen. Er sagte nichts, er hielt sie nur fest. Erst nach einer Ewigkeit löste er sich von ihr.

»Ich habe mir schreckliche Sorgen um dich gemacht, Deanna. Ich bin so froh, daß du wieder da bist.«

»Ich auch.«

Er sah ihr forschend in die Augen, aber er war sich nicht ganz sicher, was dort geschrieben stand. Eins erkannte er – den Schmerz. Doch mehr konnte er nicht entziffern. Sie streckte die Arme nach ihm aus und schmiegte sich an ihn.

»Sollen wir nach Hause fahren?«

Sie nickte, und von neuem füllten sich ihre Augen mit Tränen. Nach Hause. Für eine Woche.

23

»Geht es dir gut?« Deanna lag mit geschlossenen Augen und einem kleinen Lächeln um die Mundwinkel da. Sie war seit vier Stunden zu Hause, und die ganze Zeit war sie mit ihm im Bett gewesen. Es war erst zehn Uhr morgens, aber sie hatte während der Nacht auf dem Flug von Paris nicht geschlafen. Ben war sich nicht ganz sicher, ob das, was er sah, die Wirkung des langen Fluges war oder ob sie von Pilars Tod noch stärker mitgenommen war, als er befürchtet hatte. Beim Auspacken hatte sie ihm das Gemälde gezeigt. »Deanna? Bist du okay?« Er sah ihr ins Gesicht, und sie öffnete die Augen.

»Ich habe mich in meinem ganzen Leben nie besser gefühlt.« Ihr Lächeln bestätigte, daß sie die Wahrheit sagte. »Wann fahren wir nach Carmel?«

»Morgen. Übermorgen. Wann immer du willst.«

»Könnten wir schon heute fahren?«

Ein ganz dünner Faden von Verzweiflung war irgendwo eingewoben, aber er hatte noch nicht entdeckt, wo. Es beunruhigte ihn. »Das wäre möglich. Ich müßte mit Sally sprechen. Wenn sie nichts dagegen hat, sich allein um die Galerie zu kümmern, solange wir weg sind, geht das in Ordnung?«

»Hoffentlich ist sie einverstanden.« Es war leise gesprochen, aber voller Ernst.

»So schlimm ist es?« fragte er. Sie nickte nur, und er verstand. Er ging, das Frühstück zuzubereiten. »Morgen bist du an der Reihe«, sang er ihr aus der Küche zu, und sie lachte. Nackt wanderte sie durchs Zimmer, stellte sich unter die Tür und sah ihm zu. Jetzt kam es nicht mehr darauf an, ob sie ihn mit Marc-Edouards Kind im Bauch umarmte. Sie hatten es den ganzen Sommer getan, und es kümmerte sie nicht. Sie wollte mit Ben schlafen. Das durfte sie nicht vergessen. »Deanna?«

Lächelnd legte sie den Kopf auf die Seite. »Ja, mein Herr?«

»Was stimmt nicht? Ich meine, abgesehen von dem Offensichtlichen... von Pilar. Hast du noch anderen Kummer?«

Sie setzte dazu an, ihm zu sagen, das sei genug, aber sie konnte ihn nicht belügen.

»Es hat sich einiges ergeben, als ich in Frankreich war.«

»Etwas, das ich wissen sollte?« Wie Marc machte er sich Sorgen um ihre Gesundheit. Sie sah einfach zu zerbrechlich aus. Mißtrauisch musterte er sie.

Deanna schüttelte langsam den Kopf. Das mit dem Baby brauchte er nicht zu wissen. Ganz anders läge die Sache, wenn es von ihm wäre.

»Was hat sich ereignet?« In seinen Augen stand ein kleines Lächeln, als er fragte: »Spiegelei oder Rührei?«

»Rührei wäre fein.« Bei dem Gedanken an Spiegeleier wurde ihr übel, aber Rührei brachte sie hinunter, solange sie keine zu starke Duftwelle von seinem Kaffee mitkriegte. »Keinen Kaffee.«

»Wieso das?« wunderte er sich.

»Ich habe ihn der Fastenzeit wegen aufgegeben.«

»Da bist du sechs oder sieben Monate zu früh dran.«

Sieben Monate... sieben Monate. Deanna riß sich von dem Gedanken los und lächelte über seinen Versuch zu scherzen.

»Mag sein.«

»Also? Was ist los?«

»Ach, ich weiß nicht.« Sie kam in die Küche, legte die Arme um ihn und lehnte sich an seinen Rücken. »Ich weiß es nicht... ich weiß es nicht. Ich wünschte nur, mein Leben wäre ein bißchen einfacher.«

»Und?« Er drehte sich zu ihr um. So standen sie beide nackt vor seinem Küchenherd.

»Ich liebe dich, das ist alles.« Verdammt noch mal, warum mußte es jetzt sein? Warum mußte sie es ihm so bald erzählen? Ihre Augen füllten sich mit Tränen, aber sie zwang sich, ihn anzusehen. Das schuldete sie ihm. »Und... es hat sich nicht alles als so einfach herausgestellt, wie ich dachte.«

»Hast du wirklich geglaubt, es würde einfach sein?« Sein Blick hielt den ihren fest.

Deanna schüttelte den Kopf. »Nein. Aber einfacher, als es ist.«

»Und wie ist es?«

»Ich kann ihn nicht verlassen, Ben.« Da. Sie hatte es gesagt. O Gott, sie hatte es ihm gesagt. Lange Zeit sah sie ihn mit tränenüberströmtem Gesicht an.

»Warum nicht?«

»Ich kann einfach nicht. Jetzt nicht.« Und später auch nicht, wenn ich einmal sein Kind geboren habe. Frag mich nach weiteren achtzehn Jahren...

»Liebst du ihn, Deanna?«

Wieder schüttelte sie den Kopf. »Ich glaubte es. Ich war davon überzeugt. Und ich weiß, früher einmal habe ich ihn geliebt. Vermutlich liebe ich ihn irgendwie immer noch. Er hat mir auf seine eigene Weise achtzehn Jahre lang etwas gegeben. Aber es ist – es ist seit Jahren vorbei. Das hatte ich vor diesem Sommer nur nicht begriffen. Jetzt, nach dieser Woche, weiß ich es sogar genau.« Sie hielt inne, um Atem zu holen, und fuhr fort: »Es hat mit dir sogar Zeiten gegeben, wo ich mir nicht sicher war, ob ich ihn verlassen solle oder nicht. Ich wußte es nicht. Mir schien, daß ich kein Recht dazu hatte, und vielleicht dachte ich auch, daß ich ihn doch noch liebte.«

»Und das tust du nicht?«

»Nein.« Es war ein kleiner, erstickter Schluchzer. Schließlich wandte sie sich ab und trocknete sich das Gesicht mit den Händen. »Das ist mir erst vor ein paar Tagen klargeworden. Etwas geschah... und ich begriff.« Weil ich sein Kind nicht will. Ben, ich will deins!

»Warum bleibst du dann bei ihm? Wegen Pilar?« Er sprach merkwürdig ruhig, beinahe wie ein Vater mit einem Kind.

»Ja, und noch aus anderen Gründen. Darauf kommt es nicht an. Ich muß einfach.« Sie hob das schmerzverzerrte Gesicht. »Möchtest du, daß ich gehe?« Er starrte sie nur an. Dann verließ er wortlos die Küche. Sie hörte ihn kurz im Wohnzimmer, und dann knallte er die Schlafzimmertür zu, so laut er konnte. Deanna blieb eine Weile in der Küche stehen, grübelnd, hilflos. Sie wußte, jetzt sollte sie gehen. Es würde kein Carmel geben. Aber alle ihre Kleider waren bei ihm im Schlafzimmer. Ihr blieb nichts übrig als zu bleiben, wo sie war, bis er herauskam. Das tat er eine Stunde später. Er stand in der Tür, verzweifelt, mit roten Augen. Deanna erkannte nicht gleich, ob er wahnsinnig wütend oder nur außer sich vor Trauer war.

»Was genau hast du mir da gesagt, Deanna? Daß es vorbei ist?«

»Ich... nein... ich... o Gott!« Sie fürchtete, wieder ohnmächtig zu werden. Das durfte nicht passieren. Sie holte zweimal tief Atem und setzte sich auf den Rand der Couch. Die langen, schlanken, nackten Beine hingen anmutig auf den Boden. »Ich habe noch eine Woche.«

»Und dann was?«

»Dann verschwinde ich.«

»Zurück in dies einsame Leben? In ein Leben für dich? In dies Mausoleum, das du bewohnt hast, und jetzt noch dazu ohne Pilar? Wie kannst du dir selbst das antun?« Der Gedanke folterte ihn.

»Vielleicht muß ich einfach genau das, Ben.«

»Das verstehe ich nicht.« Er wollte ins Schlafzimmer zurückkehren, blieb jedoch stehen und drehte sich zu ihr um. »Deanna, ich habe dir gesagt... es könnte nur für den Sommer sein, und... ich wäre einverstanden. Das habe ich gesagt. Ich habe kein Recht, das jetzt abzuändern. Oder?«

»Du hast jedes Recht, wütend oder sehr, sehr verletzt zu sein.«

Sie sah Tränen in seine Augen steigen und fühlte sie in ihren eigenen. Unverwandt sah er sie an.

»Ich bin beides. Und ich bin es, weil ich dich sehr liebe.«

Sie nickte. Sprechen konnte sie nicht mehr. Sie konnte nur noch in seine Arme zurückkehren. Stunden schienen zu vergehen, bevor sie sich losließen.

»Sollen wir heute nach Carmel fahren?« Er lag auf dem Bauch und sah ihr ins Gesicht. Sie hatte drei Stunden geschlafen und war gerade aufgewacht. Es war beinahe fünf. Ben war nicht mehr in die Galerie gegangen. Er hatte Sally mitgeteilt, er sei die ganze Woche verreist, und sie müsse allein zurechtkommen. »Was möchtest du wirklich tun?«

»Bei dir sein.« Sie erklärte es feierlich, aber mit einem kleinen glücklichen Lächeln in den Augen.

»Ganz gleich, wo?«

»Ganz gleich, wo.«

»Dann laß uns nach Tahiti reisen.«
»Ich möchte lieber nach Carmel.«
»Im Ernst?« Er fuhr mit dem Finger über ihren Oberschenkel. Sie lächelte.
»Im Ernst.«
»Okay, dann los. Wir können das Dinner dort nehmen.«
»Sicher. Es ist zwei Uhr morgens nach Pariser Zeit. Bis wir uns zum Dinner setzen, werde ich zum Frühstück bereit sein.«
»Himmel, daran habe ich überhaupt nicht gedacht. Fühlst du dich halb tot?« Sie sah sehr müde aus, aber sie hatte jetzt etwas mehr Farbe.
»Nein, mir geht es ausgezeichnet, und ich bin glücklich, und ich liebe dich.«
»Nicht halb so sehr wie ich dich.« Er nahm ihr Gesicht in seine Hände und zog sie näher. Er wollte sie küssen, sie halten und berühren und alles von ihr haben, was er in den paar verbleibenden Tagen noch haben konnte. Dann fiel ihm etwas ein. »Was ist mit deiner Arbeit?«
»Wieso?«
»Werden wir in der Galerie weiter zusammenarbeiten? Werde ich dich weiterhin betreuen?« Er hoffte, daß sie begeistert »Natürlich« antworten würde, aber lange Zeit sagte sie gar nichts. Da wußte er Bescheid.
»Ich weiß es nicht. Wir müssen sehen.« Wie sollten sie es denn bewerkstelligen? Wie konnte sie ihn in ein paar Monaten in der Galerie aufsuchen, wenn sie angeschwollen von Marc-Edouards Kind war?
»Ist schon gut«, sagte er. »Laß nur.«
Doch sie konnte den Schmerz in seinen Augen nicht ertragen und brach in Tränen aus. Sie schien ständig den Tränen nahe zu sein.
»Was ist denn, Liebste?«
»Du wirst von mir denken, ich sei wie sie – die Fälschung, das Mädchen, mit dem du verheiratet warst.«
Ben kniete sich auf den Fußboden. »Du bist keine Fälschung, Deanna. Nichts an dir ist je unecht gewesen. Wir haben uns eben etwas Schwieriges vorgenommen, und nun müssen wir uns an die Abmachung halten. Es ist nicht leicht, aber es ist ehrlich. Es ist immer ehrlich gewesen. Ich liebe dich mehr, als ich jemals in meinem Leben einen Menschen geliebt habe. Das darfst du nie vergessen. Wenn du ir-

gendwann zu mir zurückkommen willst, werde ich für dich da sein. Immer. Auch wenn ich dreiundneunzig Jahre alt bin.« Er versuchte, sie zum Lächeln zu bringen, aber das schlug fehl. »Sollen wir jetzt eine neue Abmachung treffen?«

»Was für eine?« Deanna machte einen Schmollmund. Sie haßte Marc-Edouard, und sich selbst haßte sie noch mehr. Sie sollte eine Abtreibung machen lassen. Alles, was nötig war, damit sie bei Ben bleiben konnte. Oder vielleicht würde er Marcs Kind akzeptieren, wenn sie ihm von Anfang an die Wahrheit sagte. Aber sie wußte, daß sie es ihm nie erzählen könnte. Er würde es nie verstehen.

»Nun komm, ich möchte eine neue Abmachung mit dir treffen. Versprechen wir uns doch gegenseitig, daß wir nie mehr erwähnen, es sei ›nur noch eine Woche‹. Laß uns einfach jeden Tag erleben, jeden Tag lieben, jeden Augenblick genießen und dem Zeitpunkt ins Gesicht sehen, wenn er da ist. Wenn wir immerzu darüber reden, verderben wir uns die Zeit, die wir haben. Einverstanden?« Er nahm ihr Gesicht in die Hände und küßte sie zart auf den Mund. Ihr Haar hatte sich aus dem losen Knoten auf dem Kopf gelöst und fiel ihr weich ums Gesicht. »Abgemacht?«

»Abgemacht.«

»Okay.« Er nickte feierlich, küßte sie noch einmal und verließ das Zimmer.

Eine Stunde später brachen sie nach Carmel auf, aber es fiel ihnen schwer, die trüben Gedanken abzuschütteln. Es war nicht mehr so wie früher. Es war beinahe vorbei, und ob sie darüber sprachen oder nicht, sie wußten es beide. Die Trennung war viel zu nahe. Der Sommer kam zu einem bittersüßen Ende.

24

»Fertig, mein Liebling?« Es war am Montag um Mitternacht. Der Labor Day war vorbei. Zeit, nach Hause zurückzukehren. Deanna sah sich zum letztenmal im Wohnzimmer um. Dann nahm sie schweigend seine Hand. Die Lampen waren bereits ausgeschaltet. Die Frau am Strand von Wyeth verbarg ihr Gesicht im Mondschein. Deanna betrachtete sie noch einmal, bevor sie das Haus verließ. Es war kühl, aber der Mond schien hell, und der Himmel war voll von Sternen.

»Ich liebe dich«, flüsterte sie und glitt in den Wagen. Er berührte ihr Gesicht. Dann küßte er sie.

»Ich liebe dich auch.« Sie lächelten beide. Plötzlich war keine Zeit mehr, traurig zu sein. Sie hatten ein unvergleichliches Maß an Freude und Frieden und Liebe miteinander geteilt, und das konnte ihnen niemand mehr wegnehmen. Es gehörte ihnen, das ganze Leben lang. »Bist du ebenso glücklich wie ich, Deanna?« fragte er. Sie nickte. »Ich weiß nicht, warum mir so wohl zumute ist, außer daß du mich glücklich machst und immer machen wirst. Ganz gleich, was geschieht.«

»Du tust dasselbe für mich.« Und wirst es immer tun. Sie wollte sich in der langen Winternacht ihres Lebens mit Marc an diese Erinnerungen klammern. Sie wollte an ihn denken, wenn sie das Baby im Arm hielt, wollte denken, daß es sein Kind hätte sein können. Sie wünschte, es wäre seins, wünschte es sich mehr als alles andere im Leben.

»Was denkst du?«

Sie waren auf der Rückfahrt nach San Francisco. Um zwei Uhr morgens wollten sie da sein. Am nächsten Tag würden sie ausschlafen, und nach dem Frühstück würde er sie nach Hause bringen. Marc war am Nachmittag zu erwarten. Dienstag um drei. Das war alles, was in seinem Telegramm gestanden hatte. Margaret hatte es ihr am Telefon vorgelesen, als Deanna anrief, um sich zu vergewissern, daß zu Hause alles in Ordnung war. Dienstag um drei.

»Ich habe dich gefragt, was du denkst.«

»Vor einer Minute habe ich gedacht, daß ich gern deinen Sohn geboren hätte.« Sie lächelte in die Nacht hinein.

»Und meine Tochter? Wünschst du sie dir nicht auch?« Sie lächelten beide.

»Wie viele Kinder hattest du im Sinn?«

»Eine schöne runde Zahl. Vielleicht zwölf.« Diesmal lachte sie und lehnte sich an seine Schulter. Sie erinnerte sich daran, wie er das zum erstenmal gesagt hatte, an dem Morgen nach der Vernissage. Würde es je wieder einen Morgen wie diesen geben?

»Ich hätte mich mit zweien zufriedengegeben.«

Es schmerzte ihn, daß sie in der Vergangenheitsform sprach. Es machte ihn auf etwas aufmerksam, das er nicht wahrhaben wollte, woran er sich nicht erinnern wollte, nicht heute nacht.

»Wann bist du zu dem Schluß gekommen, du seist nicht zu alt?«

»Das glaube ich immer noch, aber... es ist leicht, zu träumen.«

»Du würdest in der Schwangerschaft süß aussehen.« Diesmal antwortete sie nicht. »Müde?«

»Nur ein bißchen.«

Sie war die ganze Woche zu oft müde gewesen. Es war die Anspannung, aber trotzdem gefielen ihm die dunklen Ringe unter ihren Augen und die Blässe nicht, wenn sie in der Früh aufstand. Und ab morgen durfte er sich keine Gedanken mehr darüber machen. Dies war seine letzte Chance. Unglaublich, aber ab morgen mußte er damit aufhören.

»Und was denkst du jetzt?« Sie blickte ernsthaft zu ihm auf.

»An dich.«

»Das ist alles?« Sie versuchte zu scherzen, doch es funktionierte nicht.

»Das ist alles.«

»Was im einzelnen?«

»Ich dachte daran, wie sehr ich mir unser Kind gewünscht habe.«

Das Schluchzen ballte sich in ihrer Kehle zur Faust. Sie wandte das Gesicht ab. »Nicht, Ben.«

»Es tut mir leid.« Er zog sie näher an sich, und sie fuhren weiter.

»Und was soll das bedeuten?« Chantal funkelte Marc von der anderen Seite des Zimmers her an. Er schloß seinen Koffer und schwang ihn auf den Fußboden.

»Es bedeutet genau das, was ich gesagt habe, Chantal. Nun stell dich nicht an. Ich bin in diesem Sommer beinahe drei Monate hier gewesen. Jetzt habe ich drüben zu tun.«

»Für wie lange?« Sie sah krank aus, und ihre Augen verrieten, daß sie geweint hatte.

»Das habe ich dir gesagt. Ich weiß es nicht. Nun sei ein braves Mädchen und laß uns gehen.«

»*Non, tant pis.* Es ist mir verdammt egal, ob du dein Flugzeug verpaßt. Du wirst mich nicht so einfach zurücklassen. Für was hältst du mich? Für dumm? Du willst nur zu ihr zurückkehren. Das arme, arme Frauchen, das Herz gebrochen über den Verlust ihrer Tochter! Da muß das liebe Männchen sie trösten. *Alors non, merde!* Was ist mit mir?« Sie trat drohend auf ihn zu. In seinem Kiefer spannte sich ein Muskel.

»Ich habe es dir gesagt. Sie ist krank.«

»Was hat sie?«

»Eine ganze Menge. Es kommt nicht darauf an, was es ist, Chantal. Sie ist eben krank.«

»Also kannst du sie jetzt nicht verlassen. Und wann kannst du sie verlassen?«

»Verdammt noch mal, das haben wir seit einer Woche immer von neuem durchgekaut. Warum müssen wir wieder davon anfangen? Ich muß meine Maschine erreichen!«

»Zum Teufel mit deiner Maschine. Ich lasse dich nicht gehen.« Ihre Stimme hatte sich gefährlich gehoben, und ihre Augen blitzten. »Du darfst nicht gehen! *Non,* Marc-Edouard, *non*!« Wieder brach sie in Tränen aus. Seufzend setzte er sich.

»Chantal, *chérie,* bitte. Ich habe dir gesagt, es wird nicht mehr lange dauern. Bitte, Darling. Versuch es zu verstehen. So bist du noch nie gewesen. Warum mußt du gerade jetzt so unvernünftig sein?«

»Weil ich genug habe! Was auch geschieht, du bleibst mit ihr verheiratet. Jahr für Jahr für Jahr. *Bien merde alors, j'en ai marre.* Ich habe es satt!«

»Mußt du es gerade jetzt sattbekommen?« Verzweifelt sah er auf die Uhr. »Ich habe dir gestern abend gesagt, wenn es so aussieht, als würde es sich längere Zeit hinziehen, lasse ich dich herüberkommen. In Ordnung?«

»Für wie lange?«

»Oh, Chantal!« Er hatte den gereizten Ausdruck, den er in früheren Zeiten nur Pilar gezeigt hatte. »*Voyons.* Warten wir ab, wie es läuft. Du kannst eine Weile in den Staaten bleiben, wenn du herüberkommst.«

»Wie lang ist eine Weile?« Jetzt begann sie zu spielen, stellte er erbittert fest.

»So lang wie mein Fuß. Genügt das? Laß uns gehen. Ich werde dich beinahe jeden Tag anrufen. Ich werde versuchen, in ein paar Wochen wieder hier zu sein. Und falls nicht, kommst du herüber. Zufrieden?«

»Beinahe.«

»Beinahe?« brüllte er sie an. Aber sie hob ihr Gesicht zu einem Kuß, und er konnte nicht widerstehen.

»*Toi, alors!*« Er küßte sie, und lachend liefen sie beide ins Schlafzimmer zurück, sich neckend und berührend und von neuem hungrig.

»Ich werde mein Flugzeug verpassen, weißt du.«

»Na und? Und nachher nehmen wir das Dinner im Maxim.«

Man hätte leicht auf den Gedanken kommen können, daß sie die Schwangere sei, aber das war sie ganz bestimmt nicht. Einmal hatten sie es geglaubt, und sie hatten wegen ihrer Zuckerkrankheit eine so gräßliche Angst gehabt, daß sie beschlossen, es nie wieder darauf ankommen zu lassen. Sie konnten es sich nicht leisten, Chantals Leben stünde auf dem Spiel. Und sie war gar nicht scharf darauf, schwanger zu werden. Sie hatte sich nie ein Kind gewünscht. Nicht einmal Marcs.

Ben hielt auf halber Höhe der Straße an. »Hier?«

Deanna nickte. Ihr war, als gehe die Welt zu Ende. Als habe ihnen jemand die Apokalypse angekündigt. Sie wußten, was kam, sie wußten sogar, wann... und was jetzt? Wohin sollten sie gehen? Was sollten sie tun? Wie würde sie einen Tag nach dem anderen ohne ihn überstehen? Wie konnte sie ohne die Augenblicke, die sie in Carmel genossen hatte, leben? Wie konnte sie nicht in diesem gelben Schlafzimmer aufwachen und nachrechnen, wer von ihnen mit dem Frühstückmachen an der Reihe war? Sie fragte sich, ob sie es überhaupt schaffen würde. Dann sah sie ihn lange an und nahm ihn fest in die Arme. Es kümmerte sie nicht einmal, ob jemand sie sah. Sollten sie doch. Sie würden nie wieder sehen, daß sie ihn umarmte. Sie würden glauben, es sei eine Halluzination gewesen. Ob auch sie das in den kommenden Jahren glaubte? Ob ihr dann alles wie ein Traum vorkam?

Sie flüsterte ihm ins Ohr: »Paß gut auf dich auf. Ich liebe dich...«

»Ich liebe dich auch.«

Sie umklammerten sich, sagten nichts mehr. Endlich öffnete er ihre Tür. »Ich möchte nicht, daß du gehst, Deanna. Aber wenn du länger bleibst, werde ich nicht imstande sein... dich gehen zu lassen.« Sie bemerkte, daß seine Augen zu stark glänzten, und sie spürte, daß sich ihre eigenen mit Tränen füllten. Sie blickte in ihren Schoß nieder, und dann sah sie schnell wieder zu ihm hoch. Sie mußte ihn ansehen, mußte sich vergewissern, daß er noch da war. Sofort lagen ihre Arme wieder um seinen Hals.

»Ben, ich liebe dich.« Sie drückte sich an ihn, dann löste sie sich langsam von ihm. Ein letzter, qualvoller Blick. »Darf ich dir sagen, daß diese Monate mein ganzes Leben lebenswert gemacht haben?«

»Du darfst.« Er lächelte sie an und küßte sie auf die Nasenspitze. »Und darf ich dir sagen, daß du wie der Blitz aus meinem Wagen verschwinden sollst?« Sie sah ihn überrascht an. Dann lachte sie.

»Das darfst du nicht.«

»Nun, mir scheint, daß es sowieso kein einfacher Weg ist, deshalb können wir ebensogut lachen.« Und das tat sie, und gleichzeitig begann sie wieder zu weinen.

»O Gott, ich bin schrecklich.«

»Ja, das bist du.« Er sagte es mit einem anerkennenden Nicken und einem Grinsen, das von einem etwas ernsteren Ausdruck abgelöst wurde. »Und ich auch. Aber offen gestanden, meine Liebe, ich finde, wir haben verdammt viel Stil.« Mit schiefem Grinsen beugte er sich nieder, küßte sie zum letztenmal und sagte: »Geh.«

Sie nickte, berührte seine Wange. Die Hände zu Fäusten geballt, stieg sie aus dem Wagen, sah ihn noch einmal an, drehte sich um und ging fort. Sobald sie ihm den Rücken gekehrt hatte – sie suchte noch in ihrer Handtasche nach den Schlüsseln –, hörte sie ihn abfahren. Aber sie wandte sich nicht mehr um. Sie begrub ihn in ihrem Herzen und trat in das Haus ein, das sie für den Rest ihres Lebens mit Marc teilen würde.

25

»Guten Morgen, Liebling. Hast du gut geschlafen?« Er sah auf Deanna nieder, die im Bett lag.

»Hast du dein Flugzeug verpaßt?« Die vergangene Woche, die Tatsache, daß sie buchstäblich aus Paris durchgebrannt war, wurden nicht erwähnt.

»So ist es. Zu dumm. Ich konnte kein Taxi bekommen, es gab einen Verkehrsstau, zehntausend winzige Zufälle, und ich mußte sechs Stunden auf den nächsten Flug warten. Wie fühlst du dich?«

»Anständig.«

»Nicht mehr als das?«

Zur Antwort zuckte sie die Schultern. Sie fühlte sich scheußlich, und sie wünschte sich, tot zu sein. Alles, was sie wollte, war Ben, aber nicht so, nicht mit Marc-Edouards Baby.

»Ich möchte, daß du heute zum Arzt gehst«, sagte Marc. »Soll ich Dominique bitten, einen Termin für dich auszumachen, oder willst du das selbst tun?«

»Mir ist beides recht.«

Warum so unterwürfig? Ihm gefiel nicht, was er sah. Sie wirkte hager und blaß, nervös und unglücklich, und trotzdem reagierte sie gleichgültig auf alles, was er sagte. »Ich möchte, daß du heute hingehst«, wiederholte er.

»Gut. Darf ich allein gehen, oder willst du, daß Dominique mich hinbringt?« Ihre Augen sprühten Feuer.

»Laß das. Wirst du heute gehen?«

»Du kannst dich darauf verlassen. Und wohin wirst du heute gehen, nach Athen oder Rom?«

Sie ging an ihm vorbei ins Badezimmer und schloß leise die Tür. Es würden reizende acht Monate werden, dachte Marc verbittert. Wenn das Baby einen Monat später kam, als Deanna erwartete, würde er ihr einfach sagen, es sei überfällig. Das passierte oft genug, daß Babys drei Wochen zu spät geboren wurden. Er hatte sich alles während des Rückflugs genau ausgedacht.

Er ging zum Badezimmer und sprach bestimmt durch die geschlossene Tür. »Ich bin im Büro, falls du mich brauchst. Und vergiß nicht, zum Arzt zu gehen. Heute. Verstanden?«

»Ja. Ganz genau.« Sie hielt ihre Stimme ruhig, damit er nicht merkte, daß sie weinte. So konnte sie nicht weitermachen. Sie konnte nicht damit leben, es war zu viel. Sie mußte ihn verlassen, um einen Weg zurück zu Ben zu finden, mit oder ohne dieses verdammte Kind. Dann kam ihr ein Gedanke. Als sie die Haustür zufallen hörte, verließ sie das Badezimmer und ging geradewegs zum Telefon. Die Sprechstundenhilfe sagte ihr, der Arzt sei beschäftigt, aber als sie ihr erklärt hatte, wer am Apparat war, nahm er doch den Anruf entgegen.

»Deanna?« Das klang überrascht. Sie rief nur noch selten an.

»Hallo, Dr. Jones.« Sie war schon erleichtert, als sie bloß seine Stimme hörte. Er würde ihr helfen. Das hatte er bisher immer getan. »Ich habe ein Problem. Ein sehr großes Problem. Kann ich zu Ihnen kommen?« Er spürte die Dringlichkeit heraus.

»Welchen Termin hatten Sie im Sinn, Deanna? Heute?«

»Werden Sie mich verabscheuen, wenn ich ja sage?«

»Ich werde Sie nicht verabscheuen, aber mir das bißchen Haar ausreißen, das noch übrig ist. Kann es nicht warten?«

»Nein. Ich werde wahnsinnig.«

»Na gut. Seien Sie in einer Stunde hier.«

Sie war pünktlich. Dr. Jones lehnte sich in dem riesigen roten Ledersessel zurück, der ihr immer vor Augen stand, wenn sie an ihn dachte. »Also?«

»Ich bin schwanger.« Er zuckte nicht mit der Wimper. Nichts regte sich in seinem Gesicht.

»Was empfinden Sie dabei?«

»Es ist gräßlich. Die falsche Zeit... und auch alles andere ist verkehrt.«

»Denkt Marc ebenso?«

Was hatte er damit zu tun? Kam es darauf an? Doch sie mußte ehrlich sein. »Nein. Er freut sich. Aber in meinen Augen sprechen tausend Gründe dagegen. Erstens einmal bin ich zu alt.«

»Das sind sie im Grunde nicht. Fühlen Sie sich zu alt, um es mit einem kleinen Kind aufzunehmen?«

»Das ist nicht die Hauptsache, aber... ich bin einfach zu alt, es noch einmal durchzumachen. Wenn das Baby nun stirbt, wenn so etwas noch einmal passiert?«

»Wenn Sie keine anderen Sorgen haben, werfen Sie sie getrost über Bord. Sie wissen ebensogut wie ich, daß die beiden Geschehnisse nicht in Zusammenhang miteinander standen. Es waren tragische Zufälle. Es wird nicht noch einmal passieren. Aber ich glaube, Deanna, Sie meinen eigentlich, daß Sie das Baby einfach nicht wollen. Lassen wir die Gründe dahingestellt sein, oder gibt es Gründe, die Sie mir doch erzählen wollen?«

»Ich... ja. Ich – ich will Marcs Kind nicht.«

Einen Augenblick lang war der gute Doktor sprachlos. »Aus einem bestimmten Grund, oder ist das eine vorübergehende Laune?«

»Es ist keine Laune. Ich habe den ganzen Sommer daran gedacht, ihn zu verlassen.«

»Ich verstehe. Weiß er das?« forschte Dr. Jones. Deanna schüttelte den Kopf. »Das kompliziert die Sache, nicht wahr? Aber das Kind ist von ihm?« Das hätte er sie zehn Jahre früher nie gefragt. Offenbar lagen die Dinge jetzt jedoch anders, und er fragte so freundlich, daß es ihr nichts ausmachte.

»Das Kind ist von ihm.« Sie zögerte und fuhr dann fort: »Weil ich zwei Monate schwanger bin. Bei einer kürzeren Schwangerschaft wäre es nicht von ihm.«

»Woher wissen Sie, daß Sie zwei Monate schwanger sind?«

»Das hat man mir in Frankreich gesagt.«

»Man könnte sich geirrt haben, aber wahrscheinlich stimmt es. Warum wollen Sie das Kind nicht? Weil es von Marc ist?«

»Teils. Und ich möchte nicht noch mehr an ihn gefesselt sein, als ich schon bin. Wenn ich das Kind habe, kann ich nicht einfach auf und davon gehen.«

»Das wäre natürlich schwieriger, aber Sie könnten es trotzdem. Und was würden Sie dann tun?«

»Nun, ich kann mit Marcs Kind kaum zu dem anderen Mann zurückkehren.«

»Doch.«

»Nein, Doktor. Das könnte ich nicht.«

»Immerhin brauchen Sie nicht bei Marc zu bleiben, weil Sie von ihm schwanger sind. Sie könnten sich auf eigene Füße stellen.«

»Wie?«

»Sie werden einen Weg finden, wenn Sie das wirklich wollen.«

»Das ist es nicht. Ich möchte... ich möchte etwas anderes.«

Jetzt verstand er.

»Bevor Sie es mir sagen, lassen Sie mich fragen, wie Ihre Tochter in all das hineinpaßt. Wie würde sie sich zu einem weiteren Kind stellen, sei es so oder so?« Deanna blickte düster in ihren Schoß nieder.

Endlich schlug sie die Augen zu ihm auf. »Auch das spielt keine Rolle mehr. Sie ist vor zwei Wochen gestorben, in Frankreich.«

Für einen Augenblick stand alles still. Dann beugte er sich vor und ergriff ihre Hand. »Mein Gott, Deanna. Wie schrecklich!«

»Ja, es ist ein schwerer Verlust für uns.«

»Und selbst unter diesen Umständen wollen Sie kein weiteres Kind?«

»Nicht so, nicht jetzt. Ich kann einfach nicht. Ich möchte eine Abtreibung. Deshalb bin ich gekommen.«

»Glauben Sie, Sie könnten damit leben? Hinterher, wissen Sie, gibt es kein Zurück mehr. Es ist fast immer eine Situation, die Gewissensbisse, Schuldgefühle, Reue hervorruft. Sie werden es sehr lange Zeit fühlen.«

»In meinem Körper?«

»In Ihrem Herzen ... Ihrer Seele. Eine Frau muß sich schon sehr verzweifelt wünschen, das Kind loszuwerden, wenn sie hinterher mit dem, was sie getan hat, zufrieden sein soll. Wenn die in Frankreich erstellte Diagnose nun falsch und es doch von dem anderen Mann ist? Würden Sie dann auch eine Abtreibung wollen?«

»Ich kann das Risiko nicht eingehen. Ich muß es loswerden für den Fall, daß es von Marc ist. Und ich habe keinen Grund zu der Annahme, daß die Diagnose nicht stimmt.«

»Menschen machen Fehler. Ich manchmal auch.« Er lächelte ihr gütig zu. Dann kam ihm ein neuer Gedanke, und er runzelte die Stirn. »Werden Sie in Anbetracht dessen, was gerade erst mit Pilar geschehen ist, fähig sein, das zu verkraften?«

»Ich muß. Werden Sie es tun?«

»Wenn Sie das wirklich wollen. Aber ehe ich meine endgültige Zustimmung gebe, werde ich Sie untersuchen. Zum Teufel, vielleicht sind Sie überhaupt nicht schwanger.«

Aber sie war es. Und er räumte ein, wahrscheinlich seien es zwei Monate, obwohl es so früh in der Schwangerschaft immer schwer sei, das ganz genau festzustellen. Also sei es am besten, die Operation schnell durchzuführen, wenn Deanna nun einmal entschlossen dazu sei.

»Morgen?« fragte er. »Kommen Sie um sieben Uhr früh, dann können Sie gegen fünf nach Hause gehen. Werden Sie es Marc sagen?«

Deanna schüttelte den Kopf. »Ich werde ihm sagen, ich hätte es verloren.«

»Und dann?«

»Ich weiß es nicht. Darüber muß ich erst nachdenken.«

»Und wenn Sie sich nun entschließen, bei Marc zu bleiben und doch noch ein Kind zu haben, aber entdecken, daß Sie nicht mehr empfangen können? Was ist dann, Deanna? Werden Sie sich mit Schuldgefühlen zugrunde richten?«

»Nein. Ich kann mir nicht vorstellen, daß das geschieht, aber falls doch, werde ich eben damit leben müssen.«

»Sie sind ganz sicher?«

»Ganz und gar.« Sie stand auf. Er nickte und schrieb die Adresse des Krankenhauses auf, wo sie hingehen sollte. »Ist es gefährlich?« Bis jetzt war ihr noch nicht eingefallen, ihn danach zu fragen. Es interessierte sie auch nicht besonders. Sie wollte lieber sterben, als jetzt schwanger mit Marcs Kind zu sein.

Dr. Jones schüttelte den Kopf und klopfte ihren Arm. »Nein, das ist es nicht.«

»Wohin willst du zu dieser Stunde?« Marc hob den Kopf, als Deanna aus dem Bett glitt und ärgerlich auf sich selbst war, daß sie ihn geweckt hatte.

»In mein Atelier. Ich kann nicht schlafen.«

»Du solltest im Bett bleiben.« Aber er hatte die Augen schon wieder geschlossen.

»Ich werde heute viel Zeit im Bett verbringen.« Zumindest das war die Wahrheit.

»Na gut.« Bis sie angezogen war, schlief er schon wieder fest, und er sah sie nicht gehen. Sie ließ ihm eine Nachricht zurück: Sie sei ausgegangen und werde am Nachmittag zurück sein. Das würde ihn verdrießen, aber er konnte nicht ahnen, was sie wirklich tat, und wenn sie nach Hause kam, würde es zu spät sein. Deanna stieg in ihren Wagen und ließ den Motor an. Ihr Blick fiel auf ihre Sandalen und ihre Jeans. Zum letztenmal hatte sie sie getragen, als sie mit Ben in Carmel war. Während der Motor warmlief, dachte sie weiter an

Ben und sah zu dem blassen Morgenhimmel auf. Als sie das letzte Mal einen solchen Himmel gesehen hatte, war es gemeinsam mit ihm gewesen. Plötzlich fiel ihr aus gar keinem besonderen Grund die Frage des Arztes ein: Wenn das Kind nun von Ben war? Aber das konnte ja nicht sein! Vor zwei Monaten hatte sie mit Marc geschlafen. Andererseits hatte sie Ben Ende Juni kennengelernt. Es war also doch möglich. Warum konnte sie keine sichere Auskunft bekommen? Warum konnte sie nicht erst einen Monat statt zwei schwanger sein? »Verdammt«, sagte sie laut, stellte den Fuß aufs Gas und fuhr rückwärts auf die Straße hinaus. Und wenn es doch Bens Kind war? Würde sie dann trotzdem eine Abtreibung wollen? Sie sehnte sich danach, mit ihm zu reden, es ihm zu erzählen, ihn zu fragen, was er denke. Aber das war Wahnsinn. Deanna fuhr geradewegs zum Krankenhaus. Ihr Kopf begann zu schwimmen.

Bei ihrer Ankunft sah sie blaß und nervös aus. Dr. Jones wartete bereits auf sie. Er war ruhig und freundlich wie immer, und er berührte Deannas Arm.

»Sie sind sich sicher?« fragte er. Sie nickte, doch der Ausdruck in ihren Augen gefiel ihm nicht recht. »Unterhalten wir uns erst einmal.«

»Nein. Bringen wir es hinter uns.«

»Gut.« Er gab einer Schwester Anweisungen, und Deanna wurde in ein kleines Zimmer geführt und aufgefordert, ein Krankenhaushemd anzuziehen.

»Wohin werde ich gebracht?«

»Den Flur hinunter. Sie werden den ganzen Tag fort sein. Sie werden den ganzen Tag nicht hierher zurückkommen.« Zum erstenmal wurde Deanna von Angst gepackt. Wenn es nun weh tat? Wenn sie starb? Wenn sie auf dem Heimweg Blutungen bekam? Wenn... Die Schwester fuhr mit ihren Erklärungen über die Technik des Eingriffs fort, und Deanna erbleichte.

»Haben Sie es verstanden?«

»Ja.« Mehr brachte Deanna nicht heraus. Verzweifelt wünschte sie sich Ben hierher.

»Haben Sie Angst?« Die Schwester versuchte, freundlich dreinzublicken, doch es gelang ihr nicht.

»Ein bißchen.«

»Nicht nötig. Das ist gar nichts. Ich habe drei gehabt.« Himmel, dachte Deanna, wie wundervoll. Mit Rabatt?

Wartend saß Deanna in dem kleinen Zimmer. Endlich wurde sie den Flur entlanggeführt. In einem Operationsraum legte man sie auf einen sterilen Tisch und schnallte ihre Füße an den Stützen fest. Es sah hier aus wie in dem Kreißsaal, in dem sie die beiden Jungen und später Pilar geboren hatte. Ein Kreißsaal – kein Raum für Abtreibungen. Sie spürte, wie ihr der Schweiß ausbrach. Fast eine halbe Stunde ließ man sie allein. Sie lag da, die Füße hoch, kämpfte gegen den Drang zu weinen an und sagte sich immer wieder, es werde bald vorbei sein. Vorbei. Man würde es mit dieser Maschine aus ihr herausziehen. Sie sah sich um, fragte sich, welcher Teil dieser bedrohlich wirkenden Apparatur »die Maschine« war, aber sie sahen alle gleich entsetzlich aus. Ihre Beine begannen zu zittern. Ihr kam es wie Stunden vor, bis Dr. Jones eintrat. Deanna zuckte zusammen.

»Deanna, wir werden Ihnen eine Spritze geben, die Sie ein bißchen benommen macht und ein wenig die Aufregung dämpfen wird.«

»Ich will nicht.« Sie versuchte, sich gerade hinzusetzen, und kämpfte mit ihren hochgelegten Beinen.

»Sie wollen keine Spritze? Aber es wird damit sehr viel leichter für Sie sein. Glauben Sie mir.« Er blickte sehr mitfühlend drein, aber sie schüttelte den Kopf.

»Ich will nicht. Ich meine nicht die Spritze. Die Abtreibung. Ich kann nicht. Und wenn das Kind nun von Ben ist?« Der Gedanke hatte sie die ganze letzte Stunde gequält. Oder war das nur ein Vorwand, um das Kind zu behalten? Sie war sich nicht sicher.

»Sind Sie fest entschlossen, Deanna? Oder haben Sie nur Angst?«

»Beides. Alles… ich weiß nicht.« Tränen füllten ihre Augen.

»Und wenn das Baby nur Ihnen und sonst keinem gehörte? Wenn kein Mann daran beteiligt wäre – würden Sie es dann haben wollen?«

Sie schlug die Augen zu ihm auf und nickte schweigend.

Er band ihre Beine los. »Dann gehen Sie nach Hause, Liebes, und denken Sie über alles nach. Das Kind kann ganz allein Ihres sein, wenn Sie es wollen. Niemand kann es Ihnen wegnehmen. Es wird nur Ihnen gehören.«

Bei dem Gedanken lächelte sie.

Marc war unter der Dusche, als sie nach Hause kam. Leise ging sie in ihr Atelier und schloß die Tür. Was hatte sie getan? Sie hatte sich entschlossen, das Kind auszutragen. Was der Arzt gesagt hatte, war wahr. Sie konnte es für sich behalten, es zu ihrem Kind allein machen. Das konnte sie doch, oder nicht? Oder würde es immer Marcs Kind sein? So wie es Pilar gewesen war? Plötzlich wußte sie, daß sie niemals entrinnen würde. Es war Marcs Baby. Sie hatte nicht den Mut, ausschließlichen Anspruch darauf zu erheben. Und spielte es eine Rolle? Sie hatte bereits Ben verloren.

26

»Guten Morgen, Deanna.« Marc setzte sich auf seinen Platz. Die Zeitungen waren in der gehörigen Ordnung hingelegt, der Kaffee war heiß, und Deanna aß ein Ei. »Hungrig heute?« Es war Wochen her, daß er sie essen gesehen hatte.

»Nicht sehr. Hier, du kannst meinen Toast haben.« Sie schob ihm den blauen Limoges-Teller mit dem durchbrochenen Rand über den Tisch zu. Das Tischtuch war an diesem Morgen ebenfalls von einem zarten, hellen Blau. Es entsprach ihrer Stimmung.

Sie spielte mit ihrem Ei, und Marc sah sie forschend an. »Fühlst du dich immer noch unwohl?« Sie zuckte mit den Schultern. Dann blickte sie auf.

»Nein.«

»Ich meine, du solltest vielleicht den Arzt rufen.«

»Ich gehe sowieso nächste Woche hin.« Drei Wochen war der letzte Besuch her. Drei Wochen war es her, seit sie an dem Morgen, als sie die Abtreibung hätte haben können, davongelaufen war. Drei Wochen war es her, daß sie Ben das letzte Mal gesehen hatte. Sie hatte nichts von ihm gehört, und sie würde nie wieder von ihm hören. Irgendwann, irgendwo würde sie ihm zufällig begegnen, und dann würden sie wie alte Freunde für ein Weilchen miteinander plaudern. Und das würde alles sein. Es war vorbei. Ganz gleich, wie weh es ihr oder ihm tat. Bei dem Gedanken schien ihr ganzer Körper in sich zusammenzufallen. Alles, was sie sich wünschte, war, zurück ins Bett zu gehen.

»Was hast du heute vor?« fragte Marc zerstreut, aber doch besorgt.

»Nichts. Wahrscheinlich werde ich eine Zeitlang im Atelier arbeiten.« Aber sie arbeitete nicht. Sie saß nur da, starrte die Berge von Gemälden an, die trotz Bens anfänglichen Protesten von der Galerie zurückgeschickt worden waren. Sie konnte das nicht. Sie konnte ihn nicht ihre Bilder verkaufen lassen und ihn niemals sehen. Und sie wollte nicht, daß er sie in diesem Winter schwanger sah. Ihr war keine andere Wahl geblieben. Sie hatte Sally gegenüber darauf bestanden, daß die Bilder zurückgeschickt wurden. Jetzt standen sie in ihrem Atelier herum, trübsinnig mit dem Gesicht zur Wand gedreht, und die schlammfarbenen Leinwand-Rückseiten sahen sie wie blinde Augen an. Eine Ausnahme machte nur das Porträt von ihr selbst und Pilar, das sie jeden Tag stundenlang betrachtete.

»Möchtest du dich irgendwo mit mir zum Lunch treffen?« hörte Deanna, die gerade hinausgehen wollte, Marcs Stimme. Sie drehte sich um. Er saß am Eßtisch wie ein König. Er war jetzt ihr König, und sie war seine Sklavin. Und das nur wegen dieses ungeborenen Kindes, das abzutreiben sie zu feige war.

Wieder schüttelte sie den Kopf. »Nein, danke.« Sie versuchte zu lächeln, aber es war kaum mehr als ein Sonnenstrahl im Winter, weniger als ein Glitzern auf dem Schnee. Sie wollte nicht zum Lunch mit ihm gehen. Sie wollte nicht in seiner Gesellschaft sein und nicht mit ihm gesehen werden. Wenn nun Ben sie zusammen sah? Den Gedanken ertrug sie nicht. Sie schüttelte nur noch einmal den Kopf und ging leise in das kleine Atelier, wo sie sich versteckte.

Zusammengekauert saß sie dort, die Arme um die Knie geschlungen, und die Tränen liefen ihr übers Gesicht. Es schien Stunden später zu sein, als sie das Telefon läuten hörte.

»Hallo, Mädchen, was treibst du gerade?« Es war Kim. Deanna seufzte und versuchte, halbwegs munter zu sprechen.

»Nicht viel. Ich sitze hier in meinem Atelier und denke, ich sollte Schluß machen mit der Malerei.«

»Der Teufel soll dich holen! Nicht nach den wunderbaren Kritiken, die deine Ausstellung gehabt hat. Wie geht es Ben? Hat er noch weitere Bilder von dir verkauft?«

»Nein.« Deanna gab sich Mühe, daß ihre Stimme nichts von ihren Gefühlen verriet. »Er – er hat im Grunde gar keine Gelegenheit dazu gehabt.«

»Ja, ich weiß. Aber wenn er von London zurück ist, wird er es tun. Sally sagt, er bleibt noch für eine Woche.«

»Oh. Das wußte ich nicht. Marc ist vor drei Wochen nach Hause gekommen, und wir hatten schrecklich viel zu tun.« Kimberly konnte das kaum glauben. Wegen Pilars Tod gingen Marc und Deanna nicht aus. Wenigstens hatte Deanna ihr das gesagt, als sie das letzte Mal miteinander telefonierten.

»Kann ich dich aus deinem Atelier zum Lunch locken?«

»Nein, ich... wirklich... ich kann nicht.«

Kim gefiel gar nicht, was sie da hörte. In Deannas Stimme schwang ein Schmerz mit, der ihr Angst einjagte. »Deanna?« Es kam keine Antwort; Deanna hatte zu weinen begonnen. »Soll ich gleich zu dir kommen?«

Deanna wollte nein sagen, denn sie wollte Kim nicht sehen, doch sie hatte nicht die Kraft dazu.

»Deanna, hast du gehört? Ich komme zu dir. In zwei Minuten bin ich da.«

Deanna hörte Kim auf der Treppe zum Atelier, bevor sie hinuntergehen konnte. Es war ihr nicht recht, daß Kim die Reihen von Gemälden zu sehen bekam, die gegen die Wände lehnten, doch es war bereits zu spät. Kim klopfte einmal und trat ein. Sie sah erstaunt in die Runde, ohne zu begreifen. Es mußten zwanzig oder dreißig Bilder herumstehen.

»Was ist denn das?« Sie wußte, es konnten keine neuen Arbeiten sein. Sie zog Bilder hinter anderen, die sie versteckten, hervor und entdeckte bekannte Motive. Erstaunt wandte sie sich Deanna zu. »Du hast sie dir von der Galerie zurückschicken lassen?« Deanna nickte. »Aber warum? Sie haben dort eine großartige Ausstellung für dich veranstaltet; die Kritiken waren gut. Als ich das letztemal mit Ben sprach, erzählte er mir, er habe beinahe die Hälfte deiner Bilder verkauft. Warum?« Und dann verstand sie. »Wegen Marc?«

Deanna seufzte und setzte sich. »Ich mußte einfach.«

Kim nahm ihr gegenüber Platz und runzelte besorgt die Stirn. Deanna sah gottserbärmlich aus, blaß, krank und erschöpft, und schlimmer als alles andere war der tragische Ausdruck in ihren Augen. »Deanna, ich – ich weiß, wie dir wegen Pilar zumute sein muß.

Oder vielmehr, ich weiß es nicht, aber ich kann es mir vorstellen. Trotzdem darfst du nicht dein ganzes Leben zerstören. Deine Karriere muß von allem anderen getrennt bleiben.«

»Das ist sie aber nicht. Wegen – wegen Ben.« Die Worte wurden erstickt von ihren Händen und ihren Tränen.

Kim rückte näher an Deanna heran und nahm sie fest in die Arme. »Laß dich einfach gehen.«

Ohne zu wissen, warum, tat Deanna es. Sie weinte lange in Kims Armen um Pilar, um Ben und vielleicht sogar um Marc. Sie wußte, sie hatte ihn an seine Geliebte verloren. Das einzige, was sie nicht verloren hatte, war das Baby, das sie nicht wollte. Kim sagte nichts, sondern ließ sie sich ihren ganzen Kummer vom Herzen weinen. Es schien Stunden zu dauern, bis das Schluchzen endlich verstummte und Deanna in Kims Gesicht aufsah.

»Oh, Kim, es tut mir so leid. Ich weiß nicht, was geschehen ist. Mir war...«

»Um Gottes willen, entschuldige dich nicht. Du kannst nicht alles in dich hineinfressen. Das geht einfach nicht. Möchtest du eine Tasse Kaffee?«

Deanna schüttelte den Kopf, doch dann hellte sich ihr Gesicht ein bißchen auf. »Vielleicht eine Tasse Tee.« Kim nahm den Hörer ab und rief in der Küche an.

»Und vielleicht könnten wir hinterher einen Spaziergang machen. Wie hört sich das an?«

»Was ist mit dir? Hast du deine Stellung aufgegeben oder dir nur für heute freigenommen, um bei mir den Psychiater zu spielen?« Deanna lächelte mit roten, nassen Augen.

»Teufel, wenn du deine Bilder aus der Galerie wegnehmen kannst, sollte ich vielleicht einfach kündigen. Das wäre ungefähr ebenso sinnvoll.«

»Nein, du irrst dich. Ich habe das einzig Richtige getan.«

»Aber warum? Das verstehe ich nicht.«

Deanna wollte sie erst durch irgendeine Geschichte von der richtigen Spur ablenken, doch dann sah sie Kim nur an. »Ich möchte Ben nicht mehr sehen.«

»Du hast mit Ben Schluß gemacht?«

Lange Zeit herrschte Schweigen, und die beiden Frauen sahen sich in die Augen. Deanna nickte.

»Du wirst bei Marc bleiben?«

»Ich muß.«

Deanna seufzte und holte das Tablett herein, das Margaret vor die Tür gestellt hatte. Sie reichte Kim ihren Kaffee und setzte sich mit ihrem Tee hin. Vorsichtig nahm sie einen Schluck, kniff die Augen fest zusammen und sprach endlich weiter. »Marc und ich werden ein Kind haben.«

»Was? Machst du Witze?«

Deanna öffnete die Augen wieder. »Ich wünschte, es wäre so. Ich habe es in Frankreich erfahren. Ein paar Tage nach der Beerdigung wurde ich in einer Dorfkirche ohnmächtig, und Marc bestand darauf, mich in das dortige Krankenhaus zu bringen. Er dachte, ich hätte ein tödliches Leiden, aber zu der Zeit waren wir beide in diesem Punkt hysterisch. Und dann wurde festgestellt, daß ich zwei Monate schwanger war.«

»Das macht jetzt?«

»Genau drei Monate.«

»Man sieht es dir nicht an.« Immer noch schockiert, senkte Kim den Blick auf Deannas in Jeans steckenden, ganz flachen Bauch.

»Ich weiß, daß man es mir nicht ansieht. Diesmal bin ich schlank, und ich bin so nervös gewesen, daß ich eine Menge abgenommen habe.«

»Himmel! Weiß Ben es?«

Deanna schüttelte den Kopf. »Ich konnte mich nicht überwinden, es ihm zu erzählen. Ich dachte an... an eine Abtreibung. Und ich habe es versucht. Es war alles schon in die Wege geleitet, aber als ich auf dem Tisch lag, konnte ich einfach nicht. Nicht mit zwei toten Babys – und jetzt Pilar. Ganz gleich, wie sehr es mir widerstrebt, dies Kind zu bekommen, ich kann nicht.«

»Und Marc?«

»Er ist begeistert. Endlich wird er seinen Sohn bekommen. Oder einen Ersatz für Pilar.«

»Und du, Deanna?« fragte Kim leise.

»Was ich bekomme? Nicht viel. Ich verliere den Mann, den ich wirklich liebe, ich werde gezwungen, eine Ehe fortzuführen, die, wie ich entdeckt habe, seit Jahren tot ist, ich bekomme wieder ein Kind, das vielleicht am Leben bleibt, vielleicht auch nicht – und wenn, dann wird es Marc gehören, und er wird es wieder anders erziehen, als ich will, wird es zu zweitausend Prozent französisch machen. Gott weiß, Kim, ich habe es schon einmal durchgemacht. Aber welche andere Wahl habe ich? Was kann ich tun?«

»Du könntest es allein großziehen, wenn du das Kind haben möchtest. Ben würde es vielleicht sogar akzeptieren, auch wenn es nicht von ihm ist.«

»Marc würde mich nie gehen lassen. Er würde alles in seiner Macht Stehende tun, um mich festzuhalten.« Es hörte sich wie eine recht nebelhafte Drohung an, aber Deanna blickte verängstigt über ihre eigenen Worte drein. Kim sah den Schmerz in den Augen ihrer Freundin. »Was könnte er denn tun?«

»Ich weiß es nicht. Irgend etwas. Alles. Mir ist, als könnte ich nie entfliehen. Wenn ich versuchte, mich auf eigene Füße zu stellen, würde er Mittel und Wege finden, mich daran zu hindern. Und irgendwie erschüttert er mein Selbstbewußtsein. Er überzeugt mich, daß ich nicht dazu fähig bin.«

»Sag mir eins, Deanna.« Kim sah sie scharf an. »Hast du in letzter Zeit gemalt?«

Deanna schüttelte den Kopf. »Zu welchem Zweck? Ich kann doch nicht ausstellen.« Ein kleines, hilfloses Schulterzucken.

»Du hattest zwanzig Jahre lang nicht ausgestellt und hast trotzdem gemalt. Warum hast du jetzt aufgehört?«

»Ich weiß es nicht.«

»Weil Marc es dir befohlen hat? Weil er es für töricht hält, weil er dich und deine Kunst herabsetzt?« Jetzt leuchteten Kims Augen hell auf.

»Ich weiß nicht, vielleicht... Er bringt es fertig, alles so trivial und sinnlos erscheinen zu lassen.«

»Und Ben?«

Deannas Stimme wurde weich, und in ihren Augen erschien wieder das Licht, das Kim so selten zu sehen bekam. »Mit Ben ist alles ganz anders.«

»Glaubst du nicht, daß er das Kind lieben könnte?«

»Ich weiß es nicht.« Deanna fand in die Wirklichkeit zurück und richtete die Augen auf Kim. »Ich kann ihn nicht fragen. Ist dir klar, daß ich die ganze Zeit, in der ich mit ihm geschlafen habe, von Marc schwanger war? Begreifst du nicht, wie abscheulich das ist?« Deanna sah aus, als hasse sie sich selbst.

»Um Himmels willen, sei nicht so verdammt zimperlich! Du wußtest doch nicht, daß du schwanger warst, oder?«

»Nein, natürlich nicht.«

»Siehst du wohl? Um Gottes willen, Deanna, es könnte sogar Bens Kind sein!«

Aber Deanna schüttelte den Kopf. »Nein. Da ist ein Zeitunterschied von einem Monat.«

»Könnte das kein Irrtum sein? Du müßtest es selbst am besten wissen.«

»Ja, aber es ist ziemlich schwer zu sagen. Bei mir ist die Periode unregelmäßig. Das bringt alles durcheinander. Ich muß mich auf die Aussage der Ärzte verlassen, nicht auf mein Gefühl. Und sie sagen, ich sei Mitte bis Ende Juni schwanger geworden. Es könnte Bens Kind sein... aber das ist nicht sehr wahrscheinlich.«

Kim saß lange Zeit schweigend da und betrachtete ihre Freundin. Dann stellte sie die eine Frage, die in ihren Augen wichtig war. Alles andere war Nebensache. »Deanna, möchtest du das Kind? Ich meine, wenn sie beide nicht existierten, wenn sie vom Angesicht der Erde fielen und nur du bliebst übrig, würdest du das Kind dann wollen? Denke eine Sekunde darüber nach, bevor du antwortest.«

Deanna brauchte nicht nachzudenken. Dr. Jones hatte sie dasselbe gefragt. Mit zärtlichem Leuchten in den Augen sah sie zu Kim auf. »Die Antwort ist Ja. Ja, ich würde es haben wollen. Ich würde wollen, daß es mein Baby ist. Meins.« Tränen stiegen ihr in die Augen, und sie wandte das Gesicht ab. »Und ich könnte mir einreden, es sei von Ben.«

Kim seufzte und stellte ihre Tasse hin. »Dann, um Gottes willen, bekomme das Kind, Deanna. Freue dich daran. Liebe es. Lebe mit ihm. Gedeihe mit ihm... aber ziehe es allein auf. Verlasse Marc, damit du wenigstens in diesem Kind Glück findest.«

»Ich kann nicht. Ich fürchte mich.«

»Wovor?«

Deanna ließ den Kopf hängen, als schäme sie sich. »Das Gemeine daran ist ja, daß ich es nicht weiß.«

27

»Ich weiß nicht recht, Kim. Die Layouts gefallen mir nicht, und das Ganze hat noch nicht genug Politur.« Ben fuhr sich mit der Hand durchs Haar und sah geistesabwesend auf die gegenüberliegende Wand. Den ganzen Vormittag war es schwierig gewesen, mit ihm umzugehen. Kim konnte sich denken, was ihn ablenkte.

»Wenn Sie letzte Nacht nach Ihrem Rückflug von London ein bißchen geschlafen hätten, würden sie Ihnen vielleicht etwas besser gefallen.« Sie versuchte zu scherzen, aber es war sinnlos. Er sah tatsächlich noch schlechter aus als Deanna, und das wollte viel heißen.

»Machen Sie keine Sprüche. Sie wissen genau, wie ich die Anzeigen haben will.«

»Na gut. Wir machen neue Entwürfe. Werden Sie lange genug hier sein, um sie sich in zwei Wochen anzusehen, oder laufen Sie wieder davon?« Das hatte er in letzter Zeit häufig getan.

»Ich fliege nächsten Dienstag nach Paris. Aber in zwei Wochen bin ich wieder zurück. Ich muß etwas wegen meines Hauses unternehmen.«

»Lassen Sie es renovieren?«

»Ich ziehe aus.«

»Wieso? Ich dachte, Sie lieben es.« In den Monaten, die Kim seinen Etat betreut hatte, waren sie Freunde geworden. Und seine Beziehung zu Deanna hatte ein zusätzliches Band zwischen ihnen geschmiedet.

»Ich kann es nicht mehr ausstehen.« Seine Augen bohrten sich in ihre. »Haben Sie sie gesehen?« Kim nickte stumm. »Wie geht es ihr?«

»Alles in Ordnung.« Ihr ist das Herz gebrochen, es geht ihr lausig, genau wie Ihnen.

»Gut. Ich wünschte, ich könnte von mir das gleiche sagen. Kim, ich – ich weiß nicht, wie ich mich ausdrücken soll. Ich verliere den Verstand. Ich halte es nicht durch. So ist mir noch nie zumute gewesen. Nicht einmal, als meine Frau mich verließ. Und das ist der reine Unverstand. Wir hatten alles, was wir haben konnten. Und ich hatte ihr versprochen, daß... daß es nur für den Sommer sei, daß ich sie nicht unter Druck setzen würde. Aber, um Himmels willen, Kim, sie begräbt sich mit diesem Mann. Ich glaube nicht einmal, daß er sie liebt.«

»Wenn es Ihnen ein Trost ist: Das habe ich auch nie angenommen.«

»Es ist kein Trost. Trotzdem hat sie sich entschieden, bei ihm zu bleiben, ganz gleich, was Sie oder ich denken. Ist sie glücklich? Malt sie?«

Kim hätte ihn gern angelogen, doch sie brachte es nicht fertig. »Nein. Weder – noch.«

»Warum dann? Wegen Pilar? Das begreife ich einfach nicht. Sie hätte mich bitten können zu warten, und ich hätte gewartet. Sie hätte für eine Weile bei ihm bleiben können. Ich hätte sie nicht gedrängt. Welche Macht übt er über sie aus?«

»Mit den Beziehungen zwischen Eheleuten ist es eine merkwürdige Sache. Für Außenstehende ist es schwierig, da durchzublicken. Ich habe Leute gekannt, die sich haßten und doch fünfzig Jahre miteinander verheiratet blieben.«

»Klingt reizend«, bemerkte er bitter. »Ich würde sie ja anrufen, aber ich halte es für besser, wenn ich es nicht tue.«

»Und was ist mit Ihnen, Ben? Wie kommen Sie zurecht?« fragte Kim herzlich.

»Ich verschaffe mir immerfort Arbeit. Ich habe keine andere Wahl. Sie hat mir keine andere Wahl gelassen.«

Kim verzichtete darauf, ihm zu sagen, daß er darüber hinwegkommen würde. Es wäre ihr grausam vorgekommen. »Kann ich Ihnen irgendwie helfen?«

»Ja. Helfen Sie mir, sie zu entführen.« Wieder wandte er das Gesicht ab. »Wissen Sie was? Ich bringe es nicht einmal mehr fertig, meinen Wyeth anzusehen. Er gleicht ihr so sehr.« Seufzend stand er auf, als wolle er sich von seinen eigenen Gedanken losreißen. »Ich weiß nicht, was ich tun soll, Kim. Zum Teufel, ich weiß es nicht.«

»Es gibt nichts, was Sie tun könnten. Ich wünschte nur, es wäre mir möglich, Ihnen zu helfen.«

»Das wünschte ich auch. Aber es geht nicht. Kommen Sie, ich lade Sie zum Lunch ein.«

Kim packte die Anzeigen für die Galerie in ihre Aktentasche und stellte sie auf den Fußboden. Es war eine Qual, ihn in einem solchen Zustand zu sehen.

»Immerzu ertappe ich mich bei dem Wunsch, ihr zufällig zu begegnen. Wenn ich ein Restaurant, einen Laden, ja sogar das Postamt betrete, suche ich nach ihr... als ob ich ihr Gesicht sehen würde, wenn ich meine Augen nur genug anstrenge.«

»Sie geht augenblicklich nicht viel aus.«

»Geht es ihr wirklich gut? Sie ist doch nicht krank?« Verlegen schüttelte Kim den Kopf, und er fuhr fort: »Vermutlich ist die einzige Lösung, immer in Bewegung zu bleiben, zu reisen, zu laufen.«

»Das können Sie nicht in alle Ewigkeit fortsetzen.« Sie stand auf und folgte ihm zur Tür. Seine Augen sahen sie traurig an.

»Trotzdem kann ich es versuchen.«

28

»Was hat der Arzt heute gesagt?« erkundigte sich Marc. Deanna lag bereits im Bett, als er nach Hause kam. »Alles in Ordnung?«

»Er meinte, für vier Monate sei ich furchtbar schlank, aber er nimmt an, das liegt nur an den Nerven. Und diesmal soll ich schon in zwei Wochen wiederkommen, weil er sich überzeugen will, daß die Herztöne des Kindes zu hören sind. Es ist noch zu klein, und Jones sagt, er hätte sie heute schon feststellen müssen. Vielleicht in zwei Wochen.« Keine dieser Neuigkeiten schien Marc zu beunruhigen. »Wie war's denn heute bei dir?«

»Außerordentlich anstrengend. Aber wir haben einen neuen Fall.« Er blickte erfreut drein.

»Wo?«

»In Amsterdam. Ich werde ihn mir mit Jim Sullivan teilen.« Lächelnd blickte er zu ihr nieder. »Ich habe dir doch versprochen, daß ich nicht mehr immerzu verreisen würde. Habe ich Wort gehalten?«

»Völlig.« Jetzt lächelte sie auch. Er war zwei Monate lang zu Hause geblieben und hatte sich nicht von der Stelle gerührt. Es hatte nicht einmal einen Wochenend-Ausflug nach Paris gegeben. Nicht, daß das jetzt noch eine Rolle gespielt hätte. In einer Weise wäre sie erleichtert gewesen, doch er hatte beteuert, die Sache mit diesem

Mädchen sei vorbei. »Es gibt aber keinen Grund, warum du den Fall nicht übernehmen solltest. Wann wird er vor Gericht kommen?«

»Wahrscheinlich nicht vor Juni. Erst eine ganze Zeit nach der Geburt des Babys.«

Das Baby. Es kam ihr immer noch nicht ganz wirklich vor, aber Marc.

»Möchtest du etwas zu essen? Ich gehe für einen Imbiß nach unten.« Schon an der Tür, sah Marc zu ihr zurück, und wieder mit diesem zärtlichen Lächeln. Er dachte jetzt an nichts anderes mehr als an sein Kind und an Deannas Wohlbefinden, da es ausschlaggebend für das seines Sohnes war. Manchmal rührte sie das, meistens ärgerte es sie. Ihr war klar, daß das nichts mit ihr, nur mit dem Kind zu tun hatte, mit seinem Erben.

»Was wirst du essen, Mixed Pickles und Eiscreme?«

»Was würdest du denn vorziehen, Deanna? Kaviar und Champagner? Auch dafür kann gesorgt werden.«

»Ein paar Crackers wären fein.«

»Äußerst langweilig. Ich hoffe, das Baby hat einen besseren Geschmack.«

»Davon bin ich überzeugt.«

Ein paar Minuten später war er wieder da, mit Crackers für sie und einem Sandwich für sich.

»Keine Erdbeeren, keine Pizza, keine Tacos?«

Zum erstenmal seit Monaten erkannte er wieder ihren Sinn für Humor. Aber sie hatte einen angenehmen Tag gehabt. Nach ihrem Besuch beim Arzt war sie mit Kim zum Lunch gegangen. Kim half ihr, in dieser seltsamen, einsamen Zeit den Verstand zu behalten. Und Deanna konnte ihr sagen, wie sehr Ben ihr fehlte. Sie wartete immer noch darauf, daß der Schmerz, ihn verloren zu haben, aufhörte. Doch bisher hatte er sich nicht vermindert.

Marc bot ihr gerade einen Bissen von seinem Sandwich an, als das Telefon neben ihr läutete. »Möchtest du abnehmen? Wahrscheinlich ist es für dich.«

»Um diese Zeit?« Marc sah auf seine Uhr, dann nickte er. In Europa war es acht Uhr morgens. Sehr wahrscheinlich war das Gespräch für ihn. Er setzte sich wieder auf die Bettkante neben seine Frau. So freundlich hatte er sie seit Wochen nicht mehr erlebt. Noch einmal lächelte er ihr zu, dann griff er nach dem Hörer. »Hallo?« Das übliche Summen eines Übersee-Gesprächs war zu hören. Marc überlegte, welcher seiner Mandanten in größter Verlegenheit sein mochte.

»Marc-Edouard?« Es war eine vor Verzweiflung hysterische Stimme, und er spürte, wie er plötzlich blaß wurde. Chantal. Deanna sah, daß sein Rücken sich leicht versteifte. Stirnrunzelnd wandte er sich von ihr ab.

»Ja? Was ist?« Er hatte erst heute morgen mit ihr telefoniert. Warum rief sie ihn zu Hause an? Er hatte ihr bereits versprochen, in ein paar Wochen nach Europa zurückzukommen. Er war überzeugt, daß er gleich nach dem Erntedankfest von Deanna loskommen könnte. Dann hatte er wahrlich seine Schuldigkeit getan. Zwei und einen halben Monat an ihrer Seite in den Vereinigten Staaten. »Ist etwas passiert?«

»Ja.« Sie stieß einen langen, erstickten Seufzer aus, und Marc packte die Angst. »Ich bin – ich bin wieder im Krankenhaus.«

»Ah, *merde.*« Er schloß die Augen, und Deanna bemerkte sein Stirnrunzeln. »Warum diesmal? Die gleiche Sache?«

»Nein. Ich bin mit meinem Insulin durcheinandergekommen.«

»Ausgeschlossen.« Es sei denn, du hast es mit Absicht getan. Er dachte an den Abend im Krankenhaus und die Panik, die ihn erfüllt hatte. »Nach all diesen Jahren ist es doch unmöglich...« Es war so peinlich, dazusitzen und mit ihr zu reden, während Deanna zuhörte. »Ist soweit alles in Ordnung?«

»Ich weiß es nicht.« Dann, nach einer Pause: »Oh, Marc-Edouard, ich brauche dich. Kannst du bitte nach Hause kommen?« Verdammt. Wie konnte er das hier mit ihr diskutieren?

»Ich habe die notwendigen Papiere nicht hier, um Ihnen diese Situation darzulegen. Können wir morgen von meinem Büro aus darüber sprechen?« Er nahm den Apparat und ging mit ihm auf die andere Seite des Zimmers zu einem Sessel. Deanna hatte begonnen, in ihrem Buch zu lesen. Das Gespräch hörte sich langweilig an, und Marc wirkte verärgert.

Marc jedoch fand die Unterhaltung alles andere als langweilig. Chantal hatte auf seinen Vorschlag, morgen von seinem Büro aus zu reden, mit einem kurzen Aufschrei geantwortet.

»Nein! Du kannst mich nicht immerzu hinhalten!«

»Ich halte Sie nicht hin. Ich weiß einfach nicht, wann es mir möglich ist.«

»Dann laß mich zu dir kommen. Du hast mir versprochen, wenn du nicht wegkommst, dürfte ich nach San Francisco fliegen. Warum darf ich es nicht?«

»Ich muß morgen darüber mit Ihnen sprechen, wenn ich die Unterlagen habe. Können Sie nicht zehn Stunden warten? Dann rufe ich Sie zurück.« Seine Stimme klang stählern. »Wo erreiche ich Sie?« Sie nannte ihm den Namen einer Privatklinik, und er war dankbar, daß es diesmal wenigstens nicht das amerikanische Krankenhaus war. Er hätte es nicht ertragen, sie dort anzurufen. »Ich setze mich mit Ihnen in Verbindung, sobald ich wieder im Büro bin.«

»Wenn du das nicht tust, nehme ich einfach das nächste Flugzeug.«

Sie benahm sich wie ein verwöhntes, ein gefährliches Kind. Er wollte keine weiteren Aufregungen mit Deanna. Nicht bis nach der Geburt. Dann konnte man weitersehen. Die Lage würde folgende sein: Wegen seiner eigenen Staatsangehörigkeit war das Kind von Rechts wegen sowohl Franzose als auch Amerikaner. Und in Frankreich unterstand es dem französischen Gesetz. Dort gehörte es ihm. War das Kind einmal in Frankreich, hatte Deanna keine Möglichkeit, es wieder herauszuholen. Gar keine. Der Gedanke würde ihn die nächsten sieben Monate über Wasser halten. Sobald das Baby einen Monat alt war, würde er es nach Frankreich bringen, um es seiner Großmutter zu zeigen. Deanna kam natürlich mit, aber dann konnte sie ihre eigene Wahl treffen, gehen oder bleiben. Das Kind jedoch würde das Land nicht wieder verlassen. Wenn nötig, blieb es bei Marcs Mutter, und Marc wollte schon dafür sorgen, daß er den Großteil seiner Zeit ebenfalls dort verbrachte. Das Baby gehörte ihm... wie Pilar ihm hätte gehören sollen und gehört hätte, wäre Deanna nicht gewesen. Die Gedanken an das Baby lenkten ihn von Pilar ab. Das neue Kind würde völlig sein eigen sein. In der Zwischenzeit brauchte er Deanna. Er brauchte sie gesund und glücklich, bis sie das Kind geboren hatte. Und danach wollte er von Herzen gern mit ihr verheiratet bleiben – vorausgesetzt, sie willigte ein, mit dem Kind in Frankreich zu leben. Er hatte alles genau überlegt. Zu diesem Zeitpunkt durfte Chantal seine Pläne nicht stören.

»Marc-Edouard? Hast du gehört? Ich sagte, wenn du nicht

kommst, nehme ich das nächste Flugzeug.«

»Wohin?« Sein Ton war eisig.

»Nach San Francisco natürlich. Was hast du denn gedacht?«

»Lassen Sie mich die Entscheidungen treffen. Ich gebe Ihnen Bescheid. Morgen. Verstanden?«

»*D'accord.* Und – Marc-Edouard?«

»Ja?« Der Klang ihrer Stimme besänftigte ihn ein wenig.

»Ich liebe dich so sehr.«

»Ich bin absolut überzeugt, daß das eine gegenseitige Übereinstimmung ist.« Beinahe hätte er gelächelt. »Ich rufe in ein paar Stunden zurück. Guten Abend.«

Marc legte den Hörer auf und seufzte. Er merkte nicht, daß Deanna ihn beobachtete.

»Ein unzufriedener Mandant?«

»Nichts, was ich nicht in Ordnung bringen könnte.«

»Gibt es überhaupt etwas, das du nicht in Ordnung bringen kannst?«

Lächelnd sah er ihr in die Augen. »Ich will es nicht hoffen, Liebes. Ganz bestimmt nicht.«

Eine halbe Stunde später kam er ins Bett. Deanna lag wach neben ihm.

»Marc?«

»Ja?« Es war dunkel im Zimmer.

»Stimmt irgend etwas nicht?«

»Nein, alles in Ordnung. Was sollte denn nicht stimmen?«

»Ich weiß es nicht. Dieser Anruf… solltest du mehr reisen, als du es tust?« Sie kannte die Antwort auf diese Frage schon.

»Ja. Doch es läßt sich auch so einrichten. Ich möchte dich nicht allein lassen.«

»Ich käme schon zurecht.«

»Wahrscheinlich. Aber solange ich nicht unbedingt fort muß, werde ich bleiben.«

»Das weiß ich zu schätzen.«

Es war das erste Mal seit Monaten, daß sie einen freundlichen Gedanken für ihn hatte. Sie berührte seinen Handrücken, und er schloß die Augen. Er hätte gern ihre Hand ergriffen und festgehalten, sie geküßt, sie *ma Diane* genannt, aber er konnte es nicht mehr, jetzt nicht mehr. Schon war sein Kopf voll von Gedanken an Chantal.

»Mach dir keine Sorgen, Deanna. Alles wird gut werden.« Er streichelte ihre Hand und drehte ihr ganz auf seiner Seite des Bettes den Rücken zu.

»Was ist das für ein Wahnsinn, daß du mich mitten in der Nacht zu Hause anrufst?« wütete Marc-Edouards Stimme über einen Kontinent und einen Ozean hinweg. »Wenn sie sich nun gemeldet hätte?«

»Na und? Verdammt noch mal, sie weiß doch Bescheid!«

Nein: Sie hatte Bescheid gewußt. Vergangenheit, nicht Gegenwart. »Es geht nicht darum, was sie weiß. Du hast kein Recht, so etwas zu tun! Ich hatte es dir ausdrücklich verboten!«

»Ich habe das Recht, zu tun, was mir paßt.« Ihre Stimme schwankte. Plötzlich weinte sie in sein Ohr. »Ich kann nicht mehr, Marc-Edouard. Bitte, es sind jetzt mehr als zwei Monate.«

»Genau zwei Tage mehr als zwei Monate.« Er mußte sie beruhigen. Wenn er sie nicht verlieren wollte, mußte er etwas unternehmen. Es würde ein schwieriger Winter werden, immer von einer Frau zur anderen.

»Bitte...« Fast verabscheute sie sich, daß sie ihn anflehte, aber sie brauchte ihn. Sie wollte bei ihm sein. Sie wollte ihn nicht von neuem an seine Frau verlieren. Immer verschworen sich die Umstände gegen sie, sogar Pilars Tod, Geschehnisse, die ihn und Deanna einander näherbrachten, Zeiten, wo sie sich brauchten. Jetzt brauchte sie ihn notwendiger, und diesmal würde sie nicht verlieren. »Marc-Edouard?« Wieder war die Drohung in ihrer Stimme.

»Chantal, Liebling, willst du nicht bitte noch ein Weilchen warten?«

»Nein. Wenn du jetzt nichts unternimmst, ist Schluß. Ich kann so nicht weiterleben. Es treibt mich zum Wahnsinn.«

O Gott, was sollte er mit ihr anfangen? »Ich komme nächste Woche.«

»Nein, du kommst nicht. Du wirst eine Ausrede finden.« Ihr Ton wurde härter. »Ein Freund hat mich ins Krankenhaus gebracht, Marc-Edouard. Der Mann, den ich in diesem Sommer erwähnte. Wenn du mich nicht für immer zu dir kommen läßt, werde ich –«

»Drohe mir nicht, Chantal!« Aber etwas in ihren Worten und ihrem Ton drehte ihm das Herz um. »Willst du mir sagen, daß du diesen Mann heiraten wirst?«

»Warum nicht? Du bist verheiratet, warum kann ich es nicht auch sein?«

O Gott, war das ihr Ernst? Wenn sie wie bei den Selbstmordversuchen den Gedanken tatsächlich in die Tat umsetzte? »Wenn du herüberkommmt«, erklärte er, »kannst du nicht in der ganzen Stadt herumlaufen. Du müßtest außerordentlich diskret sein. Das würde dich sehr schnell langweilen.«

»Willst du mich das entscheiden lassen?« Sie merkte, daß er schwankte, und auf ihrem Gesicht begann ein kleines Lächeln aufzublühen. »Ich werde brav sein, Liebling, das verspreche ich dir.«

Und nun lächelte er auch. »Du bist immer brav. Nicht nur brav – musterhaft. Na gut, du entschlossene kleine Erpresserin, du, ich besorge dir heute noch die Flugkarte.«

Vor Triumph und Freude jubelte sie auf. »Wann kann ich kommen?«

»Wann wirst du aus dem Krankenhaus entlassen?«

»Heute abend.«

»Dann komm morgen.« Jetzt strahlten sie beide. Zum Teufel mit den Komplikationen, er starb vor Verlangen, sie wiederzusehen. »Und, Chantal...«

»Oui, mon amour?« Sie war ganz Unschuld und Macht, wie eine in rosa Seide eingewickelte Atomrakete.

»Je t'aime.«

29

Chantal kam als erster Passagier durch den Zoll, und als er sah, wie sie sich einen Weg zu ihm bahnte, breitete sich ein Lächeln über sein ganzes Gesicht aus. Mein Gott, war sie schön! Sie war in champagnerfarbenes Wildleder gehüllt, mit einem riesigen Luchskragen und passendem Hut. Ihr kastanienrotes Haar leuchtete zu ihm herüber. Sie rannte auf ihn zu, und die goldenen Augen schienen zu tanzen. Er sah, daß sie die Absicht hatte, ihn zu küssen, sich jedoch gleich darauf erinnerte. Statt dessen gingen sie Seite an Seite dahin, flüsternd, redend, lachend; sie hätten sich ebensogut küssen und sich gegenseitig die Kleider herunterreißen können. Es war offensichtlich, wie glücklich sie waren, wieder beisammen zu sein. Er hatte beinahe vergessen, wie unglaublich anziehend sie war. Sie war schon etwas ganz Besonderes. Ihr überwältigender Charme kam bei bloßen Telefongesprächen nicht zur Wirkung. Er konnte nur mit Mühe die Hände von ihr lassen. Dann stiegen sie in seinen Leihwagen, und endlich berührte er ihren Körper, ihr Gesicht, drückte er sie an sich und erstickte sie mit Küssen.

»O Gott, du fühlst dich so gut an«, stieß er atemlos hervor, und sie lächelte. Jetzt hatte sie das Heft wieder in Händen, und das Machtgefühl lachte aus ihren Augen.

»Dummkopf, du hättest mich ein Jahr von dir ferngehalten.«

»Nein, aber ich... es war alles zu verwickelt.«

Chantal rollte die Augen und seufzte. »Egal. Jetzt ist es vorbei. Solange wir uns haben, ist es mir gleichgültig.« Ihm schoß es durch den Kopf, wie lange sie wohl zu bleiben beabsichtige, aber fragen wollte er sie nicht. Er wollte überhaupt nicht mit ihr reden, er wollte sie für den Rest seines Lebens nur noch festhalten und lieben.

Der Wagen fuhr am Huntington-Hotel vor, und Marc-Edouard half ihr heraus. Er hatte bereits ein Zimmer gemietet und für zehn Tage im voraus bezahlt. Sie brauchten nichts weiter zu tun, als hinter ihrer Tür zu verschwinden. Im Büro hatte er gesagt, er sei den ganzen Tag abwesend.

»Marc?« Deanna hob im Dunkeln verschlafen den Kopf und lächelte. Es war zwei Uhr morgens vorbei, und sie hatte zwei Stunden geschlafen.

»Nein, hier ist der Präsident. Wen hattest du denn erwartet?«

»Dich. Warum kommst du so spät?« Er hatte nicht einmal angerufen, aber sie hatte sich eigentlich keine Sorgen gemacht.

»Mandanten von außerhalb. Wir hatten den ganzen Tag eine Besprechung nach der anderen. Wir sind nicht einmal zum Lunch gegangen.« Statt dessen hatten sie sich den Lunch aufs Zimmer bringen lassen, und das Dinner hatte er eigens beim L'Etoile bestellt.

»Hört sich sehr langweilig an.« Deanna drehte sich im Bett um.

»Wie geht es dir?« Er zog sich aus und stand mit dem Rücken zu seiner Frau. Es war seltsam, jetzt zu ihr nach Hause zu kommen. Fast wäre er über Nacht weggeblieben, aber dafür mußte er erst die

Voraussetzungen schaffen. Er hatte Chantal das Wochenende versprochen, und noch ein paar andere Tage.

»Danke, ich bin schläfrig.«

»Gut. Ich auch.« Er schlüpfte ins Bett, berührte ihre Wange und küßte sie irgendwo auf den Scheitel. *»Bonne nuit.«* Das hatte er auch zu Chantal gesagt, als er ging, nur hatte er hinzugefügt: *»Mon amour.«*

»Ist mir gleich«, erklärte Chantal. »Ich reise nicht ab. Und wenn du das Hotel nicht länger bezahlst, bezahle ich es selbst oder suche mir eine Wohnung. Mit meinem Visum kann ich sechs Monate bleiben.«

»Das ist Blödsinn.« Marc sah sie von der anderen Seite des Zimmers her böse an. Sie stritten seit einer Stunde. Chantal schob das zarte Kinn in eigensinnigem Zorn vor. »Ich habe dir doch gesagt, daß ich in zwei Wochen wieder in Paris sein werde.«

»Für wie lange? Fünf Tage? Eine Woche? Und was dann? Dann sehe ich dich wieder zwei Monate lang nicht. *Non! Non, non et non!* Entweder wir bleiben jetzt zusammen, oder es ist Schluß. Für immer! Und das, Marc-Edouard Duras, ist mein letztes Wort. Entscheide dich. Entweder bleibe ich jetzt hier, und wir arbeiten etwas aus, oder ich fliege nach Hause. Und wir sind fertig miteinander. *Finis! C'est compris?*« Ihre Stimme schrillte durch den eleganten Raum. »Aber bei diesem Spielchen mache ich nicht mehr mit. Das habe ich dir gesagt, bevor ich herkam. Ich verstehe nicht, warum du deine Ehe mit ihr aufrechterhalten willst. Jetzt hast du nicht einmal mehr Pilar als Vorwand. Aber es ist mir verdammt gleichgültig. Ich werde nicht ohne dich weiterleben. Das kann ich einfach nicht. Nein, ich bleibe. Oder –« sie sah ihn unheilverkündend an »– ich gehe für immer.«

»Und was wird in sechs Monaten sein, wenn dein Visum abläuft? Das heißt, falls ich dich bleiben ließe.« Seine Gedanken rasten, und er rechnete... sechs Monate. Es könnte klappen. Chantal könnte dann nach Hause zurückkehren, und er würde ihr in wenigen Wochen folgen. Dann würde er Deanna und das Baby bei seiner Mutter auf der Rue François Premier unterbringen. Es wäre vielleicht sogar günstig, wenn er die meiste Zeit dort zubrächte. Natürlich müßte er immer wieder in die Staaten fliegen, aber Paris wäre die Heimatbasis. »Weißt du, Chantal«, sagte er, »schließlich wird doch noch alles in

Ordnung kommen. Wenn ich dir nun erzähle, daß ich daran denke, meinen Hauptwohnsitz nächstes Jahr nach Paris zu verlegen? Das Büro hier will ich behalten, aber statt die ganze Zeit von hier nach Paris zu reisen, möchte ich es umgekehrt machen und drüben leben.«

»Mit deiner Frau?« Sie beäugte ihn mißtrauisch. Sie war sich nicht klar darüber, was er im Sinn hatte.

»Nicht unbedingt, Chantal. Das muß durchaus nicht sein. Ich plane für nächstes Jahr eine ganze Reihe von Änderungen.« Er sah sie mit der schwachen Andeutung eines Lächelns an, und da begannen auch ihre Augen zu leuchten.

»Du möchtest wieder nach Paris ziehen? Warum?« Sie hätte gern gefragt: »Meinetwegen?«, aber ganz traute sie sich nicht.

»Ich habe mehrere Gründe für den Umzug, und du bist darunter nicht der unwichtigste.«

»Ist das dein Ernst?« Sie betrachtete ihn forschend, und ihr gefiel, was sie sah.

»Mein voller Ernst.«

»Und in der Zwischenzeit?«

»Vielleicht erlaube ich dir hierzubleiben.« Er sagte es mit einem halben Lächeln. Fast noch bevor er ausgesprochen hatte, flog sie durchs Zimmer und in seine Arme.

»Ist das wirklich wahr?«

»Ja, mein Liebling, das ist wahr.«

30

Marc-Edouard parkte seinen Jaguar an der Ecke und nahm die große, einfach verpackte Schachtel vom Sitz. Blumen hatte er ihr bereits geschickt, denn es wäre ihm peinlich gewesen, mit einem Strauß über die Straße zu gehen. Die Schachtel war unhandlich, aber diskret. Vor dem schmalen Haus, das zwischen die Paläste auf dem Nob Hill eingeschachtelt war, blieb er stehen und drückte einen der beiden Klingelknöpfe. Es war eine ruhige Wohnung, zu der eine kurze Treppe hinaufführte. Die Flure waren aus schwarz-weißem Marmor, die Armaturen aus tadellos poliertem Messing. Belustigt hörte er sie an die Tür rennen. Sie hatten die Wohnung möbliert von November bis Juni gemietet. Und sie hatten sie in nicht einmal einer Woche gefunden. Chantal wohnte seit genau zwei Tagen darin, aber dies würde ihr erstes Dinner »zu Haus« sein.

Er lauschte auf ihre sich nähernden Schritte und konnte ein Lächeln nicht unterdrücken. Es war die richtige Entscheidung gewesen, auch wenn sie sie erzwungen hatte. Wie schön würde es sein, wenn Chantal den ganzen Winter über hier war. Frühling. Deanna leistete ihm nie mehr Gesellschaft; die meiste Zeit versteckte sie sich in ihrem Atelier. Nicht daß sie dort arbeitete. Sie saß nur herum.

»Alors!« Noch einmal drückte er auf die Klingel. Plötzlich flog die Tür auf, und sie stand da, hinreißend in einem weißen Chiffon-Kaftan mit Silbersandaletten an den Füßen.

»Bonsoir, Monsieur.« Sie knickste tief, dann richtete sie sich mit schelmischem Lächeln auf. Die Wohnung war schummerig beleuchtet, und im Zimmer hinter ihr entdeckte er einen mit Blumen und Kerzen gedeckten Tisch.

»Wie hübsch alles ist!« Er hielt sie in einem Arm und sah sich um. Alles war Silber und Kerzenschimmer, alles blitzte und funkelte. Es war eine hübsche kleine Wohnung. Sie gehörte einem Dekorateur, der den Winter mit seinem Liebhaber in Frankreich verbrachte. Ein perfektes Arrangement. Marc drückte Chantal fester an sich. »Du bist eine schöne Frau, Chantal, *ma chérie.* Und außerdem duftest du himmlisch.« Sie lachte. Er hatte ihr gestern eine große Flasche Joy geschickt. Es war herrlich, sie so in der Nähe zu haben. Er konnte zum Lunch aus dem Büro weglaufen, sich abends, bevor er nach Hause ging, mit ihr treffen. Er konnte zum Kaffee und einem Kuß am Morgen oder für Liebe am Nachmittag vorbeischauen.

»Was ist in der Schachtel?« Neugierig und belustigt betrachtete sie das große Paket. Er ließ eine Hand langsam an ihrem Bein hochgleiten. »Laß das! Was ist in der Schachtel?« Sie lachte, und er fuhr mit der Hand an ihren nackten Beinen hinauf und hinunter.

»Was für eine Schachtel? Ich habe keine Schachtel mitgebracht.« Er drückte seine Lippen in ihre Kniekehle und ließ sie auf der Innenseite ihres Oberschenkels langsam nach oben wandern. »Ich finde dich viel interessanter, Liebste, als irgendwelche Pakete.« Da war sie gleicher Meinung. Minuten später lag der Kaftan zerknüllt am Boden.

»Merde!« Sie riß sich aus seinen Armen los. Fast eine halbe Stunde lang hatten sie geschlafen und bis jetzt friedlich nebeneinander auf dem Bett gelegen. Marc-Edouard setzte sich erstaunt hoch.

»Was meinst du?« Er versuchte, ein beleidigtes Gesicht zu machen, und streckte seinen langen nackten Körper über das Bett. Wie eine sehr lange, sehr helle Katze sah er aus. Aber sie war schon halbwegs durchs Zimmer gerannt.

»Der Truthahn! Ich habe ihn vergessen!« Sie eilte in die Küche, und er blieb grinsend zurück. Eine Minute später war sie wieder da und sah erleichtert aus.

»Ça va?«

»Oui, oui. Er ist beinahe sechs Stunden im Ofen, aber er sieht noch gut aus.«

»Das tun Truthähne immer. Sie schmecken einfach wie Stroh. Und warum, wenn ich fragen darf, hast du nach bloß drei Wochen in den Staaten begonnen, Truthähne zu braten?« Lachend setzte er sich hoch, und sie kam und nahm neben ihm auf der Bettkante Platz.

»Ich habe ihn gebraten, weil morgen Erntedankfest ist. Und ich bin sehr dankbar.«

»Wirklich? Für was?« Er legte sich wieder zurück und zerzauste ihr dichtes kastanienrotes Haar. Es berührte jetzt ihre Schultern und rahmte zart ihr Gesicht ein. »Für was bist du so dankbar, hübsches Mädchen?«

»Für dich. Dafür, daß ich hier lebe. Daß ich in die Staaten kommen durfte. *La vie est belle, mon amour.*«

»Ja? Dann geh und öffne dein Paket.« Er versuchte, ein Lächeln zu verbergen.

»Oh, *toi alors!* Du!« Sie rannte ins andere Zimmer und kam mit der in braunes Papier eingewickelten Schachtel zurück. »Was ist es?« Sie sah wie ein kleines Mädchen am Heiligen Abend aus, und er lächelte. *»Qu'est-ce que c'est?«*

»Mach auf und sieh nach!« Ihm machte es jetzt fast ebensoviel Spaß wie ihr. Sie riß das braune Papier ab und entdeckte eine ganz einfach aussehende braune Schachtel. Er ergötzte sich an den Listen, die er angewandt hatte. Chantal saß da und betrachtete die Schachtel, fürchtete sich, sie zu öffnen, genoß immer noch die Überraschung.

»Ist es etwas für das Haus?« Ihre Augen waren riesengroß, aber sein Blick senkte sich schnell zu den vollkommen geformten Brüsten nieder. Nackt kniete sie neben ihm auf dem Bett und hielt die große Schachtel umklammert.

»Mach schon, Dummchen... *vas-y.*« Sie hob den Deckel und tauchte ihre Finger in das Seidenpapier. Ihre Hände zuckten zurück, als habe sie eine Flamme berührt, und flogen an ihren Mund.

»Ah, *non*! Marc-Edouard!«

»Oui, Mademoiselle?«

»Oh...« Von neuem wühlte sie in dem Seidenpapier, und ihre Augen wurden noch größer. Langsam, behutsam, mit außerordentlicher Vorsicht zog sie den Inhalt heraus. Sie hielt ihn hoch, schnappte nach Luft. Zart strich sie mit der Hand über das Fell. Es war ein wunderschöner russischer Zobelmantel, braun wie Bitterschokolade. »O mein Gott.«

»Probiere ihn an.« Er nahm ihn ihr ab und legte ihn ihr sorgsam um die Schultern. Sie kuschelte sich hinein und knöpfte ihn bis zum Kinn zu. Er war herrlich geschnitten und sah phantastisch an ihr aus. Glatt fiel er um ihre schmale Taille und über die schlanken Hüften.

»*Bon Dieu, chérie, que tu es belle.* Wie unglaublich schön du bist, Chantal. Oh, meine Liebste!« In einer Mischung aus Ehrfurcht und Erregung sah er zu, wie sie sich auf einem Fuß drehte. Der Mantel öffnete sich ein wenig und enthüllte ein nacktes Bein.

»Etwas Ähnliches habe ich noch nie besessen.« Überwältigt betrachtete sie sich im Spiegel. Dann richtete sie den Blick wieder auf ihn. »Marc-Edouard, das ist... ein so unglaubliches Geschenk!«

»Für eine ungewöhnliche Frau.« Ohne ein weiteres Wort verließ er das Zimmer, um die Flasche Champagner zu holen. Er kam mit der Flasche und zwei Gläsern zurück, stellte sie ab und nahm Chantal in die Arme. »Sollen wir feiern, mein Darling?«

Mit einem goldenen Lächeln nickte sie und schmolz in seinen Armen.

»Was macht Marc heute abend?«

»Eine geschäftliche Besprechung, wie üblich«, sagte Deanna zu Kim. »Er hat Mandanten aus Europa hier. Ich sehe ihn überhaupt nicht mehr.« Es war das erste Mal, daß sie Kim gestattet hatte, sie buchstäblich aus dem Haus und zum Dinner zu zerren. Wegen Pilars Tod und ihrer Schwangerschaft war Deanna seit Monaten nirgendwo mehr gewesen. Sie hatten sich wie immer für Trader Vic entschieden. »Himmel, ich gebe es ungern zu, aber es ist herrlich, mal auszugehen.« Und hier fürchtete sie nicht, Ben zu begegnen. Sie wußte, Lokale wie dies mochte er nicht.

»Wie geht es dir?«

»Nicht schlecht. Kaum zu glauben, daß es beinahe fünf Monate sind.« Aber allmählich war es ihr anzusehen, auch wenn es nur eine kleine Ausbuchtung in dem trapezförmigen Kleid aus schwarzem Wollkrepp war.

»Möchtest du, daß wir eine Geschenkparty arrangieren?« Kim grinste ihr über die Hors d'œuvres zu.

»Für das zu erwartende Baby?« fragte Deanna. Kim nickte, und Deanna rollte die Augen. »Natürlich nicht! Dafür bin ich zu alt. Mein Gott, Kimberly!«

»Bist du nicht. Wenn du nicht zu alt für ein Baby bist, bist du auch nicht zu alt für die dazugehörige Geschenkparty.«

»Zieh mich bloß nicht auf!« lachte Deanna. Heute abend stand in ihren Augen nichts von Zorn oder Schmerz geschrieben. Kim hatte sie seit Wochen nicht mehr so ausgeglichen erlebt, und auch ihr Sinn für Humor schien zurückgekehrt zu sein. »Übrigens, was machst du am Erntedankfest? Irgend etwas Besonderes?«

»Nicht viel. Ich treffe mich mit ein paar Freunden zum Dinner. Und du?«

»Das übliche. Nichts.« Deanna zuckte die Schultern. »Marc wird arbeiten.«

»Möchtest du mit mir kommen?«

»Nein. Wahrscheinlich wird es mir gelingen, ihn irgendwohin zum Dinner zu schleifen. Das habe ich mit Pilar immer getan. Ein Restaurant oder Hotel ist nicht das, was man ein richtiges Erntedankfest nennen würde, aber es wird genügen. Und wenigstens sitzen wir dann nicht zwei Wochen lang mit Truthahn-Sandwiches da.« Deanna schoß es durch den Kopf, was Ben wohl unternehmen würde. Wahrscheinlich fuhr er nach Carmel. Vielleicht war er aber auch noch im Osten. Sie wollte Kim nicht danach fragen.

Die Unterhaltung ging auf andere Themen über. Es war halb elf, als sie sich endlich erhoben, ein bißchen müde und sehr vollgegessen.

Sie hatten einen angenehmen Abend ohne jeden Mißklang verbracht.

»Möchtest du noch etwas trinken?« erkundigte Kim sich. Aber auch sie sah nicht so aus, als wolle sie den Abend noch sehr in die Länge ziehen. Und Deanna war müde.

»Vielleicht ein anderes Mal. Ich muß gestehen, ich bin fertig. Ich bin immer noch in der Phase, wo man sich die ganze Zeit müde fühlt.«

»Wann hört das auf? Oder ist das während der ganzen Schwangerschaft so?«

»Für gewöhnlich dauert es genau vier Monate, aber bei mir ist es länger. Ich habe viereinhalb Monate hinter mir, und trotzdem bin ich immerzu schläfrig.«

»Dann genieße es und sei froh, daß du nicht arbeitest.« Doch Deanna war nicht froh darüber. Sie wünschte, sie würde arbeiten. Es gäbe ihr etwas zu denken, solange sie nicht malte. Sie war immer noch nicht fähig, ein neues Bild anzufangen. Jedesmal, wenn sie sich dazu niedersetzte, hinderte irgend etwas sie daran. Ihre Gedanken wichen sofort zu Pilar oder zu Ben ab, oder sie geriet wegen des Babys in Panik. Stunden konnten vergehen, während sie nur dasaß und ins Leere starrte.

Man brachte Kims kleinen roten M.G. vor die Tür. Kim gab dem Pagen ein Trinkgeld und glitt hinter das Lenkrad. Deanna stieg mit einem Ächzen ein.

»In zwei Monaten muß ich darauf verzichten, in deinem Auto mitzufahren.« Sie hatte die Knie beinahe bis ans Kinn gezogen und lachte, und Kim lachte mit.

»Ja, ich glaube, es ist ein Kunststück, mit einem dicken Bauch in dies Ding einzusteigen.« Beide lachten von neuem. Kim fuhr los, bog vom Cosmo-Platz links ein und noch einmal links, bis sie bei Jones scharf nach rechts lenkte, um einer die Straße blockierenden Baustelle auszuweichen. »Wir können ebensogut am Nob Hill vorbeifahren.« Lächelnd sah sie zu Deanna hinüber. Beide schwiegen. Deanna sehnte sich nach ihrem Bett.

Sie hielten an einem Stop-Zeichen, als Deanna sie sah. Einen Augenblick lang dachte sie, dieser Mann sehe Marc doch erstaunlich ähnlich, und dann erkannte sie zu ihrem Schreck, daß er es war. Sie holte heftig Atem. Kim sah sie scharf an und folgte dann der Richtung ihres Blickes. Es war Marc mit einer eleganten Frau in einem herrlichen dunklen Zobelmantel. Sie hielten sich eng umschlungen. Er wirkte wie ein viel jüngerer Mann, und sie sah mit ihrem üppigen offenen Haar und einem leuchtendroten Kleid, das durch den Mantel lugte, besonders schön aus. Sie warf den Kopf zurück und lachte, und Marc küßte sie mitten auf den Mund. Deanna erstarrte.

Nun trat die Frau zurück, und Deanna erkannte sie. Es war das Mädchen vom Flughafen – und sie hatte sie in der Nacht, als Pilar starb, mit ihm gesehen. Plötzlich war ihr, als habe man die Luft aus ihr herausgequetscht, so daß sie nach Atem ringen mußte. Sie stiegen in seinen Wagen. Deanna umklammerte Kimberlys Arm.

»Bitte, fahr los. Verschwinden wir. Ich will nicht, daß er uns sieht... er würde denken...« Sie wandte den Kopf vom Fenster ab, wollte nichts mehr sehen, und wie in einem Reflex stampfte Kim den Fuß aufs Gas. Der Wagen sprang vorwärts, und sie rasten in Richtung Bucht davon. Deanna versuchte, ihre wirbelnden Gedanken zu ordnen. Was hatte das zu bedeuten? Warum war das Mädchen hier? War das... bedeutete das... hatte er...? Aber sie kannte alle Antworten, und Kim auch. Sie hatten fünf Minuten lang schweigend und beobachtend in dem kleinen roten Wagen gesessen. Es war Kim, die als erste sprach.

»Deanna, es – es tut mir leid. Ist da...? Scheiße! Ich weiß nicht, was ich sagen soll.« Sie sah zu Deanna hinüber. Sogar in der Dunkelheit war zu erkennen, wie schrecklich blaß sie war. »Möchtest du für ein Weilchen mit zu mir nach Hause kommen, bis du dich beruhigt hast?«

»Weißt du, was sehr merkwürdig ist?« Sie wandte sich mit diesen riesigen, leuchtenden grünen Augen Kim zu. »Ich bin ruhig. Mir ist, als habe alles plötzlich aufgehört. Das Durcheinander, die Verwirrung, die Furcht und die Verzweiflung... es ist alles vorbei, es ist fort.« Sie blickte aus dem Fenster in die neblige Nacht und sprach mit Kim, ohne sie anzusehen. »Ich glaube, jetzt weiß ich, was ich tun werde.«

»Was?« Kim machte sich Sorgen um ihre Freundin. Es war ein schrecklicher Schock gewesen. Sie selbst zitterte immer noch.

»Ich werde ihn verlassen, Kim.« Kim antwortete nicht gleich. Sie betrachtete nur Deannas Profil, das sich klar von der Nacht abhob. »Ich kann so nicht bis an mein Lebensende weitermachen. Und ich nehme an, daß es schon seit Jahren so geht. Ich habe ihn mit ihr in Paris gesehen... an dem Abend, als Pilar... sie war mit ihm aus Athen gekommen. Der Witz dabei ist, daß er, als er im September nach Hause kam, schwor, es sei vorbei.«

»Hältst du es für ernst?«

»Ich weiß es nicht. Vielleicht kommt es darauf gar nicht an. Das Problem ist –« endlich wandte sie ihrer Freundin das Gesicht zu, »– daß für mich nicht genug übrigbleibt. Wie es auch sein mag. Ich bin die ganze Zeit allein. Wir teilen nichts miteinander, und wir werden nicht einmal dies Kind teilen. Er wird es mir wegnehmen, wie er es mit Pilar gemacht hat. Warum sollte ich bei ihm bleiben? Aus Pflichtgefühl, aus Feigheit, aus irgendeinem verrückten Sinn für Loyalität, den ich in all den Jahren aufrechterhalten habe? Für was? Hast du ihn dir eben angesehen? Er wirkte glücklich, Kim. Er wirkte jung. So hat er bei mir in achtzehn Jahren fast nie ausgesehen. Ich bin mir nicht einmal mehr sicher, ob er je so ausgesehen hat. Vielleicht ist sie gut für ihn. Vielleicht gibt sie ihm etwas, das ich nie gehabt habe. Aber was es auch sein mag, es ist sein Problem. Ich steige aus.«

»Überleg es dir erst noch einmal«, riet Kim ruhig. »Vielleicht ist dies nicht der richtige Zeitpunkt. Vielleicht solltest du warten, bis das Baby da ist. Möchtest du während deiner Schwangerschaft allein sein?«

»Vielleicht hast du es nicht bemerkt – das bin ich bereits.«

Kim stimmte ihr zu, aber der Ausdruck in Deannas Augen machte ihr angst. Noch nie hatte sie diese brennende Entschlossenheit an ihr bemerkt. Es war zum Fürchten. Schließlich hielten sie vor Deannas Haus.

»Möchtest du, daß ich hereinkomme?« Wenigstens wußten sie, Marc würde nicht da sein. Deanna schüttelte den Kopf.

»Nein. Ich möchte allein sein. Ich muß nachdenken.«

»Wirst du heute abend mit ihm sprechen?«

Deanna sah Kimberly lange an, bevor sie antwortete, und diesmal erkannte Kim Schmerz in ihren Augen. Es tat doch weh. Irgendwo in ihrem Inneren hing sie immer noch an ihm. »Ich glaube nicht. Er wird wohl gar nicht nach Hause kommen.«

31

Allein in ihrem Schlafzimmer, zog Deanna langsam das schwarze Kleid aus und stellte sich vor den Spiegel. Sie war immer noch hübsch und in gewisser Weise immer noch jung. Die Haut ihres Gesichts war weich und glatt, ihr Hals war anmutig geschwungen, die Augen waren groß, die Lider hingen nicht, und das Kinn war straff, die Brüste waren noch fest, die Beine schlank, die Hüften schmal. Es gab kein echtes Anzeichen des Alters, und doch wirkte sie mindestens zehn Jahre älter als das Mädchen von heute abend. Dies Mädchen hatte das Leuchten und den Glanz einer Mätresse gehabt. Das ließ sich nicht ableugnen. War es also das, was er wollte? Machte das den Unterschied aus? Oder war es etwas anderes? Lag es daran, daß sie Französin, daß sie eine seiner eigenen Art war... oder vielleicht nur daran, daß er sie liebte? Deanna schlüpfte in ihren Bademantel. Sie hätte ihm gern alle diese Fragen gestellt, hätte die Antworten von ihm gehört – falls er sie ihr geben, falls er je wieder nach Hause kommen würde. Sie hatte keine Lust, die ganze Nacht auf ihn zu warten, sie wollte ihn jetzt fragen. Aber es war deutlich zu erkennen gewesen, daß er und das Mädchen in der Stadt hatten ausgehen wollen. Es mochte Tag werden, bis er auftauchte und behauptete, er habe endlose Verhandlungen geführt und eine schlaflose Nacht hinter sich. Plötzlich fragte Deanna sich, wie viele seiner Geschichten Lügen gewesen waren, wie lange das schon so ging. Sie legte den Kopf gegen die Sessellehne und schloß die Augen vor dem weichen Lampenlicht. Warum setzte er die Ehe mit ihr fort, jetzt, wo Pilar nicht mehr war? Er hatte die beste Gelegenheit gehabt, Deanna in Paris zu verlassen, ihr zu sagen, es sei Schluß. Warum hatte er es nicht getan? Warum war er geblieben? Warum wollte er so weitermachen? Und dann erkannte sie die Wahrheit. Das Kind. Das war alles, was er wollte. Einen Sohn.

Deanna lächelte vor sich hin. Es war im Grunde komisch. Zum erstenmal in beinahe zwanzig Ehejahren hatte sie die Oberhand. Sie hatte das eine, was er wollte. Seinen Sohn. Oder auch eine Tochter, jetzt, wo Pilar tot war. Marc wollte ihr Kind. Es war verrückt. Er hätte ein Kind mit diesem Mädchen haben können, denn er schien auch an ihr zu hängen. Aber aus irgendeinem Grund war es nicht dazu gekommen. Es belustigte sie. In gewisser Weise hatte sie ihn jetzt an der Kehle. Sie konnte ihn verlassen oder bei ihm bleiben. Sie konnte ihn zahlen lassen. Vielleicht konnte sie ihn sogar zwingen, das Mädchen loszuwerden. Oder so zu tun als ob, wie er es getan hatte. Er hatte ihr versichert, die Affäre sei beendet, und das war sie ganz offensichtlich nicht. Seufzend richtete Deanna sich auf und öffnete die Augen. Sie hatte zu viele Jahre mit geschlossenen Augen gelebt. Leise ging sie aus dem Zimmer und die Treppe des dunklen Hauses hinunter. Im Wohnzimmer setzte sie sich hin, ohne eine Lampe einzuschalten, und blickte auf die Lichter der Bucht hinaus. Es würde seltsam sein, nicht mehr hier zu wohnen, dies Haus zu verlassen – ihn zu verlassen. Es würde sie ängstigen, allein zu sein, niemanden zu haben, der sich um sie und das Kind kümmerte. Es würde alles furchterregend und neu sein. Aber es würde sauber sein. Sie würde nicht auf die gleiche Art einsam sein... Es würde keine Lüge mehr geben. So saß sie da bis zum Morgengrauen. Wartete auf ihn. Sie hatte ihren Entschluß gefaßt.

Kurz nach fünf hörte sie, wie sich sein Schlüssel im Schloß drehte. Sie trat leise an die Tür des Wohnzimmers und blieb dort stehen, eine Vision in weißem Satin.

»Bonsoir.« Sie sagte es auf französisch. »Oder sollte ich sagen *bonjour*?« Das erste Tageslicht malte rosa- und orangefarbene Streifen in den Himmel über der spiegelglatten Bucht. Dies eine Mal gab es keinen Nebel. Als erstes fiel Deanna an Marc auf, daß er betrunken war. Nicht widerwärtig betrunken, doch es reichte.

»Du bist schon auf?« Er versuchte, sich gerade zu halten, aber er kippte ein wenig nach vorn und hielt sich an einer Sessellehne fest. Es schien ihm nicht zu passen, daß er überhaupt mit ihr reden mußte. »Schon so schrecklich früh, Deanna?«

»Oder noch schrecklich spät. Hast du dich amüsiert?«

»Natürlich nicht. Sei nicht albern. Wir haben bis vier Uhr im Konferenzraum gesessen. Und dann haben wir ein paar Gläser getrunken, um zu feiern.«

»Wie schön.« Ihre Stimme war wie Eis. Er starrte sie an, als hoffe er, den Schlüssel zu finden. »Was habt ihr gefeiert?«

»Einen neuen... Abschluß.« Beinahe hätte er »Mantel« gesagt, konnte sich aber noch rechtzeitig bremsen. »Ein Pelzgeschäft mit Rußland.« Er blickte selbstzufrieden drein, und dann lächelte er seiner Frau zu. Deanna erwiderte das Lächeln nicht.

Sie stand da wie eine Statue. »Es ist ein sehr schöner Mantel.« Die Worte fielen zwischen ihnen wie Steine nieder.

»Was meinst du?«

»Ich glaube, wir wissen beide ganz genau, was ich meine. Ich sagte, es ist ein sehr schöner Mantel.«

»Du redest Unsinn.« Er mußte ihrem Blick ausweichen.

»Es ist kein Unsinn. Ich habe dich heute abend mit deiner Freundin gesehen. Daraus schließe ich, daß es eine dauerhafte Beziehung ist.« Er antwortete nicht. Nach einer Weile wandte er sich von Deanna ab und sah auf die Bucht hinaus.

»Ich könnte dir erzählen, daß sie auf der Durchreise gewesen sei.« Er drehte sich wieder zu ihr um. »Aber das werde ich nicht tun. Das war eine schwere Zeit für mich. Pilar… die Sorgen um dich…«

»Lebt sie jetzt hier?« Deanna war erbarmungslos mit diesen riesigen grünen Augen. Er schüttelte den Kopf. »Nein, sie ist nur für ein paar Wochen hier.«

»Wie nett. Soll ich das als Bestandteil meiner Zukunft akzeptieren, oder wirst du irgendwann einmal eine Wahl treffen? Ich kann mir vorstellen, daß sie dir die gleichen Fragen stellt. Im Augenblick ist es jedoch tatsächlich so, daß ich die Entscheidung zu treffen habe.«

»Du könntest es.« Er schwankte von neuem, dann richtete er sich ganz gerade auf. »Aber du wirst nicht, Deanna. Für dich und für mich steht zuviel auf dem Spiel.«

»Wirklich? Was?« Ihr war jedoch klar, was er meinte. Nur stand für sie gar nichts mehr auf dem Spiel. Nach dieser Nacht gehörte das Kind ihr. Nicht ihm und ihr, ihr allein.

»Unser Kind natürlich.« Er versuchte, sie zärtlich anzusehen, was ihm gründlich mißlang. »Das bedeutet alles für mich. Für uns.«

»Uns? Weißt du was, Marc? Ich glaube nicht einmal, daß es ein ›Uns‹ gibt. Es gibt ein Du und ein Ich, aber kein ›Uns‹. Dein einziges ›Uns‹ ist mit diesem Mädchen. Das konnte ich heute abend in deinem Gesicht sehen.«

»Ich war betrunken.« Ein Ausdruck der Verzweiflung huschte über seine Züge. Deanna sah es, und es kümmerte sie nicht mehr.

»Du warst glücklich. Du und ich sind seit Jahren nicht mehr glücklich miteinander gewesen. Wir halten aus Gewohnheit aneinander fest, aus Pflichtgefühl, aus Schmerz. Ich wollte dich an dem

Wochenende nach Pilars Tod verlassen. Wenn sich nicht herausgestellt hätte, daß ich schwanger bin, hätte ich es getan. Und genau das ist es, was ich jetzt tun werde.«

»Ich werde es nicht zulassen. Du wirst verhungern!« Er wurde zornig, und in seinen Augen glühte ein böses Licht. Sie würde ihm nicht das einzige wegnehmen, was ihn jetzt interessierte – das Kind.

»Ich brauche dich nicht, um am Leben zu bleiben.« Das war geprahlt, und sie wußten es beide.

»Was willst du tun, um zu essen, mein Liebling? Malen? Deine kleinen Zeichnungen an die Leute auf der Straße verkaufen? Oder willst du zu deinem Liebhaber zurückkehren?«

»Was für ein Liebhaber?« Deanna war, als habe sie eine Ohrfeige erhalten.

»Du meinst, ich weiß es nicht, du selbstgerechte, betrügerische Schlampe. Du hältst mir Predigten über meine... Aktivitäten...« Er taumelte ein wenig, als er ihr das an den Kopf warf. »Aber du bist selbst auch nicht lilienweiß.«

Deanna wurde plötzlich blaß. »Was meinst du?«

»Genau das, was du annimmst. Ich reiste nach Athen, und offenbar hattest du ein Techtelmechtel. Ich weiß nicht, mit wem, und es interessiert mich auch nicht, weil du meine Ehefrau bist und das mein Kind ist. Ich besitze euch beide, verstehst du?«

Alles in ihrem Inneren tobte. »Wie kannst du es wagen! Wie kannst du es wagen! Du magst mich früher einmal besessen haben, aber jetzt besitzt du mich nicht mehr, und du wirst mich nie mehr besitzen, und du wirst niemals dieses Kind besitzen. Ich lasse nicht zu, daß du mit ihm tust, was du mit Pilar getan hast.«

Er grinste sie boshaft von der Treppe her an. »Du hast keine Wahl, meine Liebe, das Kind gehört mir... Mir, weil ich mich entschlossen habe, es zu akzeptieren, sein Vater zu sein, dich trotz deines Ehebruchs zu behalten. Vergiß bloß nie, daß ich es weiß. Du bist nicht besser als ich, auch wenn du wie eine Heilige tust. Denke daran –« seine Augen verengten sich, und er schwankte von neuem, »– ich bin es, der es dem Kind erspart, ein Bastard zu sein. Ich gebe ihm meinen Namen. Weil ich es haben will, und nicht, weil es von mir ist.«

Deannas Worte waren wie Eisstückchen. Sie stand unbeweglich, den Blick fest auf Marc gerichtet. »Dann ist das Kind nicht von dir, Marc?«

Er verbeugte sich ungeschickt und nickte. »Richtig.«

»Woher weißt du das?«

»Weil die Frau, gegen die du einen solchen Groll hegst, Diabetikerin ist, und wenn ich sie schwängerte, könnte sie daran sterben. Ich habe vor mehreren Jahren eine Vasektomie durchführen lassen.« Zufrieden mit dieser Enthüllung gab er Deanna ihren Blick zurück. Sie faßte unwillkürlich nach einer Sessellehne.

»Ich verstehe.« Lange herrschte Schweigen zwischen ihnen. »Warum sagst du mir das jetzt?«

»Weil ich es satt habe! Die Lügen und dein jämmerliches Gesicht und dein Gehabe, als hätte ich deine Gefühle verletzt und dich benutzt und mißbraucht. Ich habe Sie nicht mißbraucht, Madame! Ich habe dir einen Gefallen getan. Ich habe dich und dein Kind trotz deines abscheulichen Betragens behalten. Trotz der Tatsache, daß du eine Ehebrecherin bist. Und jetzt ist er fort, und du hast niemanden, an den du dich wenden kannst, als mich. Du gehörst mir.«

»Damit du mit mir tun kannst, was du willst – ist es das, Marc?« Ihre Augen loderten, aber er war zu betrunken, um es zu sehen.

»Genau. Und jetzt schlage ich vor, daß du dich und meinen Sohn ins Bett verfügst, und ich werde desgleichen tun. Wir sehen uns morgen früh.« Er marschierte feierlich nach oben und war sich der Wirkung seines Eingeständnisses überhaupt nicht bewußt. Deanna war frei geworden.

32

Die Hintertür des Hauses, die zur Küche führte, war verschlossen worden, und sie hatte den Schlüssel. Sie hatte Kim angerufen und sie gebeten, einen Wagen zu mieten – einen Kombiwagen. Erklärungen würde sie später geben. Sie hatte sich aus dem Lebensmittelgeschäft ein Dutzend Schachteln bringen lassen. Die Ausrüstung in ihrem Atelier paßte bequem in drei davon. Ihre Fotos und Alben in fünf. Die Bilder waren alle ordentlich neben der Hintertreppe aufgestapelt. Sechs Koffer warteten darauf, gepackt zu werden. Sie hob den

Hörer ab und bat Margaret, ihr helfen zu kommen. Sie würde dies nicht allein tun. Seit sechs Uhr hatte sie in ihrem Atelier gearbeitet, und jetzt war es beinahe neun. Marc war wahrscheinlich schon ins Büro gegangen. Nachdem sie das gemeinsame Schlafzimmer verlassen hatte, war er ihr nicht in das Atelier gefolgt, und die Stille im Haus war ohrenbetäubend gewesen. Das Ende war schnell gekommen, lautlos. Jetzt konnte sie die Vergangenheit wegpacken. In ein Dutzend Schachteln und ein paar Koffer. Alles andere ließ sie ihm zurück. Es war sein Eigentum. Die Möbel aus Frankreich, die Bilder, die Teppiche und das Silber, das seiner Mutter gehört hatte. Fast alles war aus Frankreich importiert worden. Das, was sie im Lauf der Jahre gesammelt hatte, befand sich in ihrem Atelier: Kunstbücher, Pinsel, Farben, ein paar Andenken, Kleinkram, an dem sie hing, der aber nichts wert war. Sie hatte ihre Kleider. Und den Schmuck würde sie auch mitnehmen. Sie konnte ihn verkaufen, um davon zu leben, bis sie eine Stellung gefunden hatte. Sie nahm alle ihre Gemälde mit. Ihm bedeuteten sie nichts, und sie konnte auch diese verkaufen. Bis auf das eine von ihr und Pilar. Das war kein Bild zum Verkaufen, es war ein Schatz fürs ganze Leben. Den Rest mochte er behalten. Er mochte alles behalten.

Sie schloß die Tür am Fuß der Atelier-Treppe auf und ging zögernd durchs Haus. Wenn er nun doch noch da war? Wenn er auf sie wartete? Wenn er wußte, was sie vorhatte und wie bald? Aber es spielte keine Rolle mehr. Er konnte sie nicht aufhalten. Er hatte ihr heute nacht gesagt, was sie hatte wissen müssen. Das Kind war nicht von ihm, es war von Ben. Und darüber war er sich die ganze Zeit im klaren gewesen. Aber auch das spielte keine Rolle mehr.

»Margaret, ist...?« Sie war sich nicht ganz sicher, was sie sagen sollte.

»Er ist um halb neun ins Büro gefahren.« Margarets Augen liefen über von Tränen. »Mrs. Duras, Sie werden doch nicht... oh, verlassen Sie uns nicht, bleiben Sie hier...«

Es waren die Worte, die Marc hätte sprechen sollen, nur daß er bereits wußte, daß er verloren hatte. Heute nacht war er zu betrunken gewesen, um klarzusehen. Sicher hatte er sich gedacht, wenn er seinen Rausch ausschlief und Deanna erlaubte, sich in ihrem Atelier zu verstecken, brauchte er am Abend nur mit einem hübschen Schmuckstück, einer Entschuldigung und einer Lüge heimzukommen, und alles wäre wieder gut. Diesmal nicht. Deanna legte einen Arm um Margaret.

»Ich muß gehen. Aber Sie werden mich besuchen kommen.«

»Darf ich?« Die alte Frau sah ganz niedergeschmettert aus; Deanna lächelte sie durch ihre eigenen Tränen an. Sie weinte jetzt um sich selbst, nicht um ihn.

Der zweite Koffer war gerade fertig gepackt, da läutete die Türglocke. Deanna fuhr zusammen, und Margaret sah aus, als würde sie gleich in Panik geraten. Schnell lief Deanna die Treppe hinunter und entdeckte, daß es Kim war.

»Ich habe den größten Kombiwagen besorgt, der da war. Er sieht aus wie ein Schiff.« Kim versuchte zu lächeln, sah jedoch, daß Deanna nicht in der richtigen Stimmung war. Unter ihren Augen lagen dunkle Ringe, das Haar war zerzaust, und die Lider waren rotgerändert. »Ich habe den Eindruck, das muß eine tolle Nacht gewesen sein.«

»Das Kind ist nicht von ihm.« Das war das erste, was ihr einfiel, und dann lächelte sie Kim plötzlich an. »Es ist von Ben, und da bin ich so froh.«

»Herr im Himmel!« Kim wußte nicht, ob sie lachen oder weinen sollte. Auf jeden Fall fühlte sie sich unendlich erleichtert. Deanna war frei. »Bist du sicher?«

»Absolut.«

»Und du verläßt ihn?«

»Ja. Jetzt gleich.«

»Ich hatte so einen Verdacht, daß es etwas in der Art ist. Wegen des Babys?« Sie standen immer noch an der Tür. Deanna ging langsam zur Treppe zurück.

»Deswegen und wegen allem anderen. Das andere Mädchen, das Baby. Das ist keine Ehe, Kim. Und was es auch sein oder nicht sein mag, es ist vorbei. Darüber bin ich mir heute nacht klargeworden.«

»Wirst du es Ben erzählen?« Aber das war eine dumme Frage. Kim war überzeugt, Deanna würde es tun. Sie war überzeugt, bis Deanna den Kopf schüttelte. »Machst du Witze? Warum nicht?«

»Warum? Damit ich aus Marcs Haus in seins laufen kann? Damit nun er für mich sorgt? Ich habe ihn verlassen, Kim. Ich bin zu Marc zurückgekehrt und habe ihm kein Wort davon gesagt, daß ich ein

Kind erwarte. Welches Recht habe ich, mich jetzt an ihn zu wenden?« Ihre Augen sahen zu groß für ihr Gesicht aus. Kim starrte sie an und versuchte, einen Sinn in ihren Worten zu entdecken.

»Aber du bist von ihm schwanger. Brauchst du noch mehr Rechte?«

»Ich weiß es nicht. Ich weiß nur, daß ich ihn nicht anrufen werde.«

»Ja, was, zum Teufel, tust du eigentlich?« Deanna wollte die Treppe hinaufgehen, und Kim hielt sie am Arm fest.

»Ich ziehe hier aus. Ich werde mir eine Wohnung suchen und für mich selbst sorgen.«

»Oh, um Himmels willen, wirst du wohl aufhören, so edel zu sein? Zum Kuckuck, wovon willst du leben?«

»Ich werde malen, arbeiten, meinen Schmuck verkaufen... Du wirst schon sehen. Komm, ich muß oben fertig machen.« Ernüchtert folgte Kim ihr hinauf. In ihren Augen war es der beste Einfall, den Deanna je gehabt hatte, Marc zu verlassen, aber daß sie Ben nicht anrufen wollte, war Wahnsinn.

Margaret schloß gerade den letzten Koffer. In dem Raum war nichts mehr vorhanden außer den Dingen, die Marc gehörten. Die kleinen Andenken und Fotos, die Erinnerungsstücke, der Schmuckkasten und die Bücher... alles war eingepackt. Deanna blieb nur für einen Augenblick auf der Schwelle stehen, dann eilte sie die Treppe hinunter.

Sie brauchten fünfundzwanzig Minuten, um den Wagen zu beladen. Margaret weinte unaufhörlich. Kim trug all die schweren Sachen, Deanna nur ihre Bilder, die leicht waren.

»Laß das!« brüllte Kim einmal, als Deanna einen Koffer hochwuchten wollte. »Du bist im fünften Monat schwanger, du Schwachkopf.« Deanna lächelte.

»Nein, bin ich nicht. Wahrscheinlich erst im vierten.« Dann grinsten sie beide. Deanna hatte es sich am frühen Morgen ausgerechnet, während sie ihre Pinsel säuberte und in Zeitungspapier wickelte. Marc hatte ihr eingeredet, sie habe Ende Juni in der Nacht vor seiner Abreise empfangen. Doch es mußte spät im Juli geschehen sein, als sie bei Ben wohnte. Das erklärte auch, warum Dr. Jones die Herztöne erst einen Monat nach dem zu erwartenden Zeitpunkt gehört hatte, warum sie noch so schlank war und warum sie immer noch so müde war. Wahrscheinlich war sie fast genau vier Monate schwanger. »O mein Gott!« rief Deanna plötzlich aus. »Ist heute Erntedankfest?«

»So ist es.«

»Warum hast du mir das nicht gesagt?«

»Ich dachte, du wüßtest es.«

»Bist du nicht irgendwo verabredet?«

»Für später. Erst bringen wir dich unter. Du kannst ein Nickerchen machen. Und dann ziehen wir uns schick an und gehen zum Truthahn-Essen.«

»Du bist verrückt. Du tust, als hättest du seit Wochen geplant, mich bei dir aufzunehmen.« Die beiden Frauen tauschten ein Lächeln und verstauten das letzte Gemälde hinten im Wagen. »Ich werde in ein Hotel ziehen, damit du es weißt«, erklärte Deanna entschlossen und betrachtete die Bilder und Pakete im Wagen.

»Das wirst du nicht.« Kim war ebenso fest. »Du bleibst bei mir. Bis du bereit bist auszuziehen.«

»Darüber reden wir später. Ich möchte nur kurz noch einmal hinein und alles kontrollieren.«

»Besteht die Möglichkeit, daß Marc zurückkommt? Schließlich ist es ein Feiertag.«

Deanna schüttelte den Kopf. »Nicht für ihn. Er arbeitet am Erntedankfest.« Sie verzog einen Mundwinkel und schüttelte den Kopf. »Es ist kein französischer Feiertag.« Kim nickte und stieg ein, und Deanna verschwand im Haus. Margaret befand sich in der Küche, und für einen Augenblick war Deanna allein. Zum letztenmal war sie in dem Haus, das niemals ihr Haus gewesen war. Es war immer sein Haus gewesen. Vielleicht würde es der kleinen Französin in dem Pelzmantel gefallen, vielleicht bedeutete all das ihr etwas.

Deanna stand in der Diele, sah ins Wohnzimmer, warf einen Blick auf die Porträts von Marc-Edouards Vorfahren. Erstaunlich, nach achtzehn Jahren ging sie mit fast ebenso wenig Gepäck, wie sie damals mitgebracht hatte. Ein paar Schachteln, ein paar Gemälde, ihre Kleider. Die Kleider waren heute teurer. Der Schmuck würde sie am Leben halten. Die Gemälde waren besser, das Handwerkszeug feiner. Trotzdem, es paßte alles immer noch in ein Auto. Achtzehn Jahre in ebenso vielen Schachteln und Koffern. Sie setzte sich an ihren Schreibtisch und nahm einen Bogen Briefpapier aus einer Schublade. Es war in Wedgwood-Blau mit weißem Rand, und der Briefkopf lautete MME. MARC-EDOUARD DURAS. Sie griff zur Feder, überlegte kurz und schrieb dann nur die wenigen Worte:

Ich habe Dich geliebt, Darling.

Lebe wohl.

Deanna faltete das Blatt, wischte sich mit dem Handrücken eine Träne aus dem Gesicht und steckte den Brief an den Spiegel in der Diele. Als sie sich abwandte, sah sie, daß Margaret sie beobachtete. Die Tränen liefen der alten Frau über die Wangen. Deanna sagte nichts, ging nur zu ihr und umarmte sie fest. Dann, selbst tränenüberströmt, nickte sie und ging zur Tür. Sie sprach nur ein einziges Wort, und das so leise, daß Margaret es kaum verstand. Als sie die Tür schloß, sagte sie lächelnd: »Adieu.«

33

»Warum willst du nicht mitkommen?« fragte Kim enttäuscht. »Es ist Erntedankfest, und ich werde dich nicht allein lassen.«

»Doch, das wirst du. Ich bin nicht eingeladen, und außerdem bin ich todmüde. Ich kann nicht, Liebes. Ehrlich. Ich bin einfach kaputt. Laß mich hier, und bis morgen habe ich mich vielleicht schon wieder erholt.« Davon war Kim durchaus nicht überzeugt. Die letzten vierundzwanzig Stunden forderten ihren Zoll. Deanna wirkte erschöpft und blaß. Kim war sogar soweit gegangen, Dr. Jones vom Küchen-Telefon aus anzurufen, wo Deanna sie nicht hören konnte. Sie erklärte ihm, was geschehen war. Sie solle Deanna zu nichts zwingen, lautete sein Rat. Ihr einfach den Willen lassen. Er sei überzeugt, all das werde ihr nicht schaden. Deshalb entschied Kim sich, sie nicht weiter zu drängen.

»Na gut. Aber wirst du dich auch nicht einsam fühlen?«

»Nein, höchstwahrscheinlich werde ich schlafen.« Sie lächelte ihrer Freundin schläfrig zu und unterdrückte ein Gähnen. »Ich glaube nicht, daß mir das Erntedankfest dieses Jahr fehlen wird.« Die beiden Frauen tauschten ein Lächeln. Deanna war eingeschlafen, noch bevor Kim ging. Kim schlich sich auf Zehenspitzen hinaus und schloß leise die Tür.

Ungefähr um neun Uhr an diesem Abend drehte sich der Schlüssel im Schloß. Marc hielt für einen Augenblick den Atem an. Es war verrückt gewesen, den ganzen Tag nicht anzurufen, aber was hätte er sagen sollen. Was konnte er Deanna erzählen? Wie konnte er seine Worte zurücknehmen? Er hatte ihr etwas Hübsches schenken wollen, um sie zurückzukaufen, doch die Geschäfte waren alle geschlossen gewesen. Erntedankfest – ein Tag des Dankes. Er hatte die Hälfte des Tages mit Arbeit an seinem Schreibtisch verbracht und die andere Hälfte ruhig mit Chantal. Sie hatte gemerkt, daß etwas nicht stimmte, war sich jedoch nicht ganz schlüssig geworden, was. Im Bett hatte er sich auf sehr merkwürdige Weise an sie geklammert.

Nun öffnete Marc die Tür und sah sich um. Keine Lampe brannte, kein Laut war zu hören. Offenbar schlief Deanna. Ihr Wagen stand in der Garage. Er sah nicht einmal unter Margarets Tür am Ende des Ganges Licht hervorschimmern. Das ganze Haus war still. Marc schaltete nur eine kleine Lampe ein und hängte seinen Mantel auf. Und dann sah er den Brief, der im Rahmen des Spiegels neben der Tür steckte. War Deanna ausgegangen? Traf sie sich mit einer Freundin? Er nahm das Blatt Papier und hielt es in der Hand. Ihm wurde ganz seltsam ums Herz. Einen Augenblick blieb er so stehen, als erwarte er, ihre Stimme oder ihren Schritt auf der Treppe zu hören. Wieder blickte er auf und vernahm nichts als Stille. Endlich faltete er den Bogen langsam auseinander. Er las, und seine Augen schwammen, und sein Herz klopfte. »Ich habe Dich geliebt, Darling. Lebe wohl.« Warum »Ich *habe*«? Warum die Vergangenheitsform? Er wußte es. Er hatte ihr etwas gesagt, das sie nie hätte erfahren dürfen. Daß das Kind nicht von ihm war. Sie wußte jetzt, daß er sie wegen des Kindes belogen hatte, und wegen Chantal... Sie wußte von seinem anderen Leben. Sie hatte ihn mit Chantal in Paris und dann wieder gestern abend gesehen. Mit Füßen wie Blei versuchte er, die Treppe hinaufzurasen. Er würde Deanna dort finden. Sie würde in ihrem gemeinsamen Bett schlafen. Den ganzen Tag hatte er die Gedanken an das, was zwischen ihnen geschehen war, verbannt und gehofft, es dadurch ungeschehen zu machen. Rief er sie an, machte er es wirklich. Er konnte es nicht. Er wollte es nicht. Jetzt brauchte er nichts anderes mehr zu tun, als ins Schlafzimmer zu laufen, und dort würde er sie finden.

Aber als er die Tür öffnete, fand er, was er gefürchtet hatte – einen leeren Raum. Sie war fort. Deanna war gegangen.

Marc-Edouard stand lange wie gelähmt und wußte nicht, was er tun sollte. Dann griff er, mit den Tränen kämpfend, nach dem Telefon. Er brauchte Chantal. Verzweifelt. Sie hatte jetzt für ihn dazusein. Und sie würde da sein. Er wählte. Chantal meldete sich, doch ihre Stimme klang eigentümlich.

»Chantal... ich – ich muß dich sehen... ich komme gleich.«

»Ist etwas passiert?« Es klang zerstreut und als sei sie in Eile.

»Ja... nein... Warte auf mich. Ich bin gleich da.« Sie hatte ihm sagen wollen, er solle schnell kommen, aber sie war sich nicht ganz sicher gewesen, um was es ging. Als er kurze Zeit darauf eintraf, fühlte sie sich immer noch beklommen und wirkte ein bißchen verwirrt. Marc merkte nichts davon. Er riß sie in dem Augenblick, als sie die Tür öffnete, in seine Arme.

»Liebling, was ist? Du siehst krank aus.«

»Ich bin... ich weiß nicht... Sie ist nicht mehr da.«

Der arme Mann. Wieder Pilar, litt er immer noch so unsäglich unter ihrem Tod? Und was war geschehen, das ihn so plötzlich in diesen Zustand gebracht hatte? »Ich weiß, mein Darling, aber du hast mich.« Sie setzten sich auf die Couch, und sie hielt ihn eng umschlungen.

»Aber das Baby...« Und dann wurde ihm bewußt, daß er nicht so damit hätte herausplatzen dürfen.

»Was für ein Baby?« War er verrückt geworden? Ängstlich rückte sie von ihm ab.

»Nichts... ich bin ganz durcheinander... Ich meine Deanna. Sie ist fort.«

»Für immer? Sie hat dich verlassen?« Marc nickte benommen, und Chantal grinste.

»Das würde ich einen Grund zum Feiern, nicht zum Verzweifeln nennen.« Ohne weiter nachzudenken, stand sie von der Couch auf und ging hinaus in die Küche, um eine der Champagnerflaschen zu holen, die Marc erst vor ein paar Tagen mitgebracht hatte. Sie kehrte mit der Flasche und zwei Gläsern zurück und blieb verdutzt stehen, als sie die Qual in Marcs Zügen bemerkte. »Bist du darüber denn so unglücklich?«

»Ich weiß es nicht. Ich bin wie betäubt. Ich habe einiges gesagt... was ich nicht hätte sagen sollen... Ich – ich habe mein Blatt überreizt.«

Chantal sah ihn eisig an. »Mir war nicht klar, daß du sie unbedingt behalten wolltest. Und jetzt? Wirst du kämpfen, um sie zurückzugewinnen?« Marc schüttelte langsam den Kopf. Er konnte Deanna nicht zurückgewinnen, das stand fest. Als er versuchte, sie für immer an sich zu fesseln, hatte er ihr die eine Tatsache verraten, die sie für immer von ihm trennte. Das Kind war nicht von ihm. »Übrigens –« Chantal zögerte nur kurz, »– was hast du da vorhin von einem Baby erwähnt?« Er antwortete nicht, er starrte nur auf etwas, das Chantal nicht sehen konnte – den Tod seiner Hoffnung. »War sie schwanger, Marc?« Ihre Worte schlossen sich wie eine Stahlklammer um seine Kehle. Stumm nickte er.

»Wußte sie, daß das Kind nicht von dir ist?«

»Nicht bis heute nacht.«

»Ich verstehe. Und das ist der Grund, warum du bis jetzt bei ihr geblieben bist – eines Kindes wegen, das nicht einmal von dir ist...« Ihre Stimme verklang wie das ferne Läuten einer Totenglocke. Enttäuschung füllte ihr Herz. »Ich wußte nicht, daß dir das so viel bedeutet.«

»Tut es nicht«, log er und versuchte, sie in seine Arme zu ziehen.

»Doch.« Die Champagnerflasche stand ungeöffnet da. Verzweifelt sahen sie sich beide an. »Doch, das tut es.«

»Wir können ein Kind adoptieren«, sagte Marc. Chantal nickte langsam. Wenn es ihm so viel bedeutete, mußte sie einwilligen, aber sie wollte keine Kinder. Sie hatte nie welche gewollt.

»Ja, das könnten wir wohl.« Plötzlich fiel ihr etwas ein, und sie sah auf ihre Uhr. »Was wirst du jetzt tun?«

»Dich heiraten.« Er versuchte, dabei zu lächeln, aber das Wort fühlte sich in seinem Mund wie Blei an. »Wenn du es immer noch möchtest.«

»Ja«, antwortete sie feierlich, und doch lauerte in den Tiefen ihrer Augen Unruhe. »Aber das habe ich nicht gemeint, Liebes. Ich meine, was du heute abend tun wirst.«

»Ich weiß es nicht. Kann ich hierbleiben?« Die Vorstellung, in sein eigenes Haus zurückzukehren, war ihm unerträglich, und es war zu früh, Chantal dorthin mitzunehmen, in das Bett, das Deanna erst in der Nacht zuvor geräumt hatte. Nach Marcs Enthüllung hatte sie im Atelier geschlafen.

»Warum gehen wir nicht zum Dinner aus?«

»Jetzt?« Schockiert sah er sie an. »Dazu bin ich kaum in der Stimmung. Für mich hat sich in den letzten paar Stunden viel verändert, und ganz gleich, wie sehr ich dich liebe, ich muß mich erst darauf einstellen.« War es ein Fehler gewesen, sofort zu Chantal zu eilen, noch bevor er den Schock überwunden hatte? Anscheinend verstand sie nichts von dem, was ihn innerlich bewegte. »Können wir nicht einfach hier essen?«

»Nein, ich möchte ausgehen.« Sie sprach jetzt nervös, wie in Eile. Plötzlich fiel ihm auf, daß sie ein schwarzes Seidenkleid trug, als habe sie auf jeden Fall zum Dinner ausgehen wollen.

»Wolltest du irgendwohin, als ich anrief?« Sein Gesicht verriet, daß er jetzt gar nichts mehr begriff.

»Ich hatte Lust, in ein Restaurant zum Dinner zu gehen.«

»Allein?« fragte er schockiert.

»Offensichtlich.« Sie lachte ihn an, aber es klang unecht. Bevor sie mehr sagen konnte, läutete es an der Tür. Chantal warf Marc-Edouard einen hastigen Blick zu und lief hinaus. »Ich bin gleich wieder da.«

Von seinem Platz auf der Couch konnte er den Eingang nicht sehen, doch er hörte sie die Tür öffnen und auf den Flur treten. Plötzlich begann es in seinem Inneren zu toben. Er durchschritt auf ihren Spuren das Zimmer bis zu der fast geschlossenen Tür, wo er sie auf der anderen Seite leise sprechen hörte. Mit einem Ruck riß er die Tür auf. Chantal sprang aufkeuchend zur Seite. Sie hatte mit seinem Partner Jim Sullivan geredet, der ziemlich erschrocken dreinblickte, als er Marc gegenüberstand.

»Störe ich euch, möchtest du nicht lieber eintreten?« Er sah seinen Partner an, richtete seine Worte jedoch an beide. Schweigend marschierte das Trio in die Wohnung. Chantal machte die Tür zu.

»Liebling, es ist wirklich... Jim meinte nur, ein Erntedankfest-Dinner würde mir Freude machen. Ich dachte, du würdest... zu Hause sein...« Ihr Gesicht war angespannt vor Verlegenheit, und ihre gespielte Fröhlichkeit täuschte niemanden.

»Ich verstehe. Wie reizend. Nur merkwürdig, daß es keiner von euch mir gegenüber erwähnt hat.«

»Es tut mir leid, Marc.« Jim sah ihn ernst an. Sie standen unbehaglich in der Mitte des Wohnzimmers. »Ich glaube, viel mehr kann ich nicht sagen.« Marc-Edouard kehrte ihm den Rücken zu. Jim berührte, sich verabschiedend, seine Schulter, und einen Augenblick später hörte Marc, daß die Wohnungstür geschlossen wurde. Langsam drehte er sich zu Chantal um.

»Das also treibst du?«

Mit großen Augen schüttelte sie den Kopf. »Ich bin nur zweimal mit ihm zum Dinner gewesen. Ich habe wirklich nicht geglaubt, daß du etwas dagegen hättest.« Doch Marc war klar, daß sie log.

»Was soll ich jetzt zu dir sagen?«

»Daß du mir verzeihst. Und ich sage zu dir, daß es nie wieder vorkommen wird.« Sie schmuggelte sich in seine Arme und schmiegte sich an ihn. Langsam neigte er den Kopf und spürte ihr seidiges Haar an seinem Gesicht. Tränen verdunkelten seine Augen. Denn er wußte, es würde wieder vorkommen... immer wieder... und wieder.

34

Kimberly fuhr die engen Straßen von Sausalito hinunter und bog in eine kleine Gasse ein, die zur Bucht führte. Sie warf einen Blick auf den Zettel, der neben ihr auf dem Sitz lag, und überzeugte sich, daß sie auf dem richtigen Weg war. Noch eine Kurve, noch ein Sträßchen, eine Sackgasse, und sie war da. Hinter einem weißen Lattenzäunchen und einem großen Busch versteckte sich ein kleines Haus. Es war das Schmuckstück, das Deanna beschrieben hatte, und Kimberly verliebte sich auf den ersten Blick. Ihre Arme waren gefüllt mit Paketen, und sie hatte Mühe, die Klingel zu erreichen. Einen Augenblick später öffnete Deanna die Tür.

Deanna trug Jeans und mexikanische Sandalen und einen weiten roten Pullover über einer leuchtend gelben Bluse. Ihr Haar war in einem Knoten aufgesteckt, und in ihren Augen stand ein herzliches Lächeln für ihre Freundin.

»Frohe Weihnachten, Kim! Ich freue mich so, daß du kommen konntest!« Deanna breitete die Arme aus, und sie drückten sich. »Erst vor zwei Wochen habe ich dich verlassen, und schon habe ich Heimweh.«

»Brauchst du nicht zu haben. Hier ist es himmlisch.« Kim folgte ihr hinein und sah sich um. Deanna hatte fleißig gearbeitet, die Küche gestrichen und die Fußböden gesäubert. In der Ecke stand ein winziger Weihnachtsbaum mit Silberkugeln und schimmernden Lichtern. Drei Pakete lagen unter dem Baum, und auf allen stand KIM.

»Gefällt es dir wirklich?« Deanna grinste und sah wie ein kleines Mädchen aus. Zum erstenmal seit langer Zeit wirkte sie glücklich und mit der Welt in Frieden. In wenigen Wochen hatte sie zu sich selbst gefunden. Viele Möbel gab es nicht in dem hellen kleinen Vorderzimmer, aber was sie hatte, war gemütlich und einladend. Einen Korbstuhl hatte sie weiß gestrichen und eine wundervolle alte Couch in weichem Blau neu gepolstert. Überall waren Pflanzen und mit Blumen gefüllte alte Flaschen. Einige ihrer Lieblingsbilder hingen an den Wänden, und sie hatte einen schöngemusterten Teppich gekauft. Den Kaminaufsatz zierten Kupfergefäße, Kerzenleuchter aus Messing einen kleinen hölzernen Eßtisch, der gerade groß genug für zwei war. Die größte Zierde des Zimmers war ein kleiner bronzener Kronleuchter. Deanna hatte die Gardinen aus einem gestärkten Spitzenstoff, den sie in einem Koffer gefunden hatte, selbst genäht. Es machte den Eindruck, als wohne sie dort seit Jahren. Das eine kleine Schlafzimmer hatte sie mit einer herrlichen alten Tapete in einem warmen, staubigen Rosa geschmückt. Das Zimmerchen daneben war leer bis auf ein Kinderbett und ein Schaukelpferd neben der Tür.

Kim sah sich voller Anerkennung um und nahm in einem Sessel Platz. »Ich liebe das Haus, Deanna. Darf ich bleiben?«

»Für mindestens ein Jahr. Ich fürchte nur, du wirst feststellen, daß ein paar Haken dabei sind. Das warme Wasser läuft nur gelegentlich, der Ofen braucht eine Woche, bis er heiß wird, die Fenster klemmen, der Kamin raucht...« Sie grinste. »Aber ich liebe es. Ist es nicht ganz wie ein Puppenhaus?«

»Genau. Es gefällt mir viel besser als meine Wohnung, die absolut keinen Charme hat.«

»Deine Wohnung hat mehr Stil. Doch das hier genügt.« Niemand hätte geglaubt, daß Deanna noch vor einem Monat von Luxus umgeben gewesen war. Sie schien dort, wo sie sich jetzt befand, vollkommen glücklich zu sein. »Kaffee?« fragte sie, und Kim nickte. Deanna verschwand und kam mit zwei dampfenden Bechern wieder.

»Also, was gibt es Neues?« Die Staffelei in der Küchenecke verriet Kim schon, was sie hatte wissen wollen: Deanna war bereits an der Arbeit.

»Ich male wieder«, verkündete sie vergnügt und stolz.

»Das sehe ich. Was wirst du mit den Bildern machen?«

»Sie verkaufen wahrscheinlich. Ich bin schon zwei oder drei los. Sie haben mir das Geld für die Möbel, das Geschirr, das Bettzeug eingetragen.« Drei Gemälde und die diamantenbesetzten Jade-Ohrringe. Letzteres sagte sie Kim nicht. Und es war ihr auch ziemlich gleichgültig. Sie wollte nichts anderes mehr als ihr Kind. Auf den Rest kam es nicht an, überhaupt nicht.

»Wo stellst du sie aus?« Kim hatte etwas ganz Bestimmtes im Sinn, aber Deanna durchschaute sie.

»Darüber mach dir nur keine Sorgen.« Sie grinste und trank einen Schluck von ihrem Kaffee.

»Um Himmels willen, warum läßt du ihn nicht wenigstens deine Bilder verkaufen? Du brauchst ihn ja nicht zu sehen.« Kim hatte ihn erst letzte Woche gesehen, und er war furchtbar elend gewesen. Gern hätte sie ihm Deannas Adresse zugesteckt, doch das durfte sie nicht tun. Deanna mußte den Weg zu ihm allein zurückfinden. Wenn sie es je tat. Allmählich zweifelte Kim daran. Deanna schien ohne Mann glücklicher zu sein. »Warum rufst du Ben nicht einmal deiner Arbeiten wegen an?«

»Sei nicht dumm, Kim. Was soll dabei herauskommen? Ich kann nicht. Und er würde mich wahrscheinlich anspucken, wenn ich ihn anriefe und bäte, meine Interessen wahrzunehmen.«

»Das glaube ich nicht.« Aber vielleicht hatte sie recht. Ben hatte Kim nie mehr gefragt, wie es Deanna gehe. Es war eine stillschweigende Übereinkunft zwischen ihnen – keiner von beiden sprach von Deanna. Kim verstand. »Was ist mit Marc? Hast du noch etwas von ihm gehört?«

Deanna schüttelte den Kopf. »Ich habe einmal mit ihm telefoniert, nachdem ich mit meinem Rechtsanwalt gesprochen hatte. Er hat Verständnis. Einen Streit wird es nicht geben.«

»Meinst du, er wird dieses Mädchen heiraten?«

Deanna seufzte. Dann blickte sie mit einem Lächeln auf. »Vielleicht. Sie wohnt bei ihm im Haus. Allerdings, ich glaube –« das Lächeln verblaßte langsam, »– ich glaube, das alles ist eine Art Schock gewesen. Uns beiden ist dieses Jahr eine Menge widerfahren.«

Kim schoß die Frage durch den Kopf, ob er Deanna fehle – sie sah ganz danach aus. Vielleicht war es nur eine Sache der Gewohnheit. Auf jeden Fall hatte sie eine lange Wegstrecke hinter sich.

»Woher weißt du, daß er mit diesem Mädchen zusammenlebt?« Für Marc schien ihr das ein ungewöhnlich ehrliches Eingeständnis zu sein.

»Margaret erzählte es mir, als ich sie eines Tages anrief, um mich zu erkundigen, wie es ihr gehe. Sie hat zum Ersten gekündigt. Das ist vielleicht ganz gut. Er braucht dort keine Erinnerungen an mich mehr. Am besten fangen wir alle ganz von vorn an.«

»Und das tust du?« fragte Kim. Deanna nickte und lächelte von neuem.

»Es ist nicht immer leicht, aber das tue ich. Das Haus und meine Arbeit halten mich in Trab. Im nächsten Monat möchte ich das Kinderzimmer renovieren. Ich habe einen herrlichen Stoff gefunden. Und auf die Wände möchte ich ein paar lustige Märchenfiguren malen.«

Kimberly lächelte ihr zu, und sie hatten ein gemütliches Plauderstündchen miteinander. Es war fünf Uhr vorbei, als Deanna schließlich aufstand und alle Lampen einschaltete.

»Großer Gott, wir haben hier im Dunkeln gesessen!«

»Und ich muß jetzt wirklich nach Hause. Ich muß ja noch über die Brücke. Hast du dir übrigens für Weihnachten etwas vorgenommen?« Kim war fast sicher, daß Deanna es nicht getan hatte.

Deanna schüttelte den Kopf. »Das ist in diesem Jahr nicht das Richtige für mich. Ich werde wohl einfach meine Ruhe genießen ... hier.« Kim nickte und kam sich etwas schuldbewußt vor.

»Ich fahre in die Berge zum Skilaufen. Willst du mitkommen?«

Lachend wies Deanna auf ihre schwellende Leibesmitte. Es waren mindestens fünf Monate, und jetzt stimmten die Anzeichen mit den Daten überein. Sie hatte ein hübsches rundes Bäuchlein unter der Bluse. Mit warmem Lächeln klopfte sie darauf und sah Kim an.

»Ich glaube nicht, daß ich dieses Jahr viel Ski laufen werde.«

»Ich weiß. Mitkommen könntest du trotzdem.«

»Und erfrieren? Nein, da gefällt es mir hier besser.«

»Na gut. Ich lasse dir für alle Fälle meine Telefonnummer da. Du weißt, du kannst mich jederzeit anrufen, wenn du mich brauchst.«

»Ich weiß. Ich weiß.« Deanna sammelte Kims Geschenke ein, lud sie ihr auf die Arme und betrachtete strahlend die Dinge, die Kim für sie unter den Baum gelegt hatte. »Frohe Weihnachten, Liebes. Ich hoffe, es wird ein schönes Jahr.«

Kim sah lächelnd auf die stärker werdende Taille ihrer Freundin nieder und nickte. »Das wird es bestimmt.«

35

Weihnachten kam und ging ohne den Glanz und die Feierlichkeiten der vergangenen Jahre. Es gab keine teuren Peignoirs von Pilar, die sie ausgesucht und die ihr Vater bezahlt hatte. Es gab keine französischen Parfüms in Kristallflaschen, keine Diamant-Ohrringe, keinen Pelz. Die vier Geschenke, die Kim mitgebracht hatte, wurden um Mitternacht des ersten Heiligen Abends, den Deanna allein verbrachte, geöffnet. Anfangs hatte sie sich davor gefürchtet. Wie würde sie ganz allein fertig werden? Wenn sie nun die Einsamkeit oder den Schmerz nicht ertrug? Doch es war nicht einsam. Und es war nur ein kleines bißchen traurig. Sie ertappte sich dabei, daß Marc und Pilar ihr fehlten, denn Weihnachten hatte immer ihnen gehört – das Feiern, der Lärm, der Schinken oder die Gans oder der Truthahn, Margaret in der Küche und Berge von Schachteln unter dem Baum. Deanna vermißte die Geschäftigkeit mehr als die Reichtümer; die Gesichter waren es, an die sie spätabends dachte. Pilars junges, strahlendes und Marcs aus der längst vergangenen Zeit. Aber es gab keinen Rückweg zu ihnen, sie waren unwiederbringlich weg. Es kam ihr nicht einmal in den Sinn, Marc anzurufen, um mitten in der Nacht seine Stimme zu hören. Sie trank heiße Schokolade und saß neben ihrem Baum. Aber sie dachte sehr wohl daran, Ben anzurufen. Vermutlich war er in Carmel. Ob er auch allein war?

In der Ferne sangen Vorübergehende, und sie summte beim Ausziehen das »Stille Nacht« vor sich hin. Sie war weniger müde als seit Monaten, fühlte sich nach langer Zeit tatsächlich besser. Ihr Leben war jetzt auch viel einfacher. Ihre einzigen Sorgen waren finanzieller Natur, und sogar die hatte sie unter Kontrolle gebracht. Sie hatte eine kleine Kunsthandlung in Sausalito gefunden, die ihre Arbeiten verkaufte – für nur ein paar hundert Dollar pro Gemälde –, aber das war genug Geld, um die Miete und alles andere zu bezahlen, was sie brauchte. Es war ihr immer noch etwas Geld von den diamantbesetzten Jade-Ohrringen übriggeblieben. Und sie besaß ein Bankschließfach, gefüllt mit Schmuck, den sie in den nächsten Monaten verkaufen konnte. Wenn die Zeit für das Baby gekommen war, würde sie ihn wieder angreifen müssen, und schließlich mußte Marc ihr nach der Scheidung auch etwas geben.

Deanna schlüpfte ins Bett und lächelte vor sich hin. »Frohe Weihnachten, Baby.« Sie klopfte ihren Bauch und legte sich auf den Rükken. Einen Augenblick lang mußte sie mit den Gedanken an Pilar kämpfen. Vielleicht wurde es wieder ein Mädchen. Wie anders würde es diesmal sein!

36

Es war neun Uhr an einem Februarmorgen. Ben saß in seinem Büro und sah sich die neuen Anzeigen an. Er drückte einen Summer auf dem Schreibtisch und wartete, daß Sally hereinkam. Sie hatte die Arme voller Zeitungen, und er blickte mißmutig zu ihr hoch.

»Was halten Sie von diesem Zeug, Sally? Wird es ankommen?«

»Ja.« Sie zögerte und betrachtete die Anzeigen. »Vielleicht sind sie ein bißchen zu aufdringlich?«

Ben nickte heftig und warf sie auf den Schreibtisch zurück. »Genau das finde ich auch. Rufen Sie Kim Houghton an. Ich bin um elf mit einem Maler in Sausalito verabredet. Fragen Sie, ob sie sich mit mir um zwölf Uhr fünfzehn im Seeigel treffen kann.«

»In Sausalito?« fragte Sally. Ben nickte zerstreut, und sie verschwand. Es wurde beinahe zehn, bis sie den Kopf durch die Tür streckte. »Sie wird um zwölf Uhr dreißig im Seeigel sein, und sie sagt, Sie möchten die Anzeigen mitbringen. Sie wird Ihnen einen weiteren Satz von Entwürfen zeigen.«

»Gut.« Mit vagem Lächeln sah er zu Sally hoch und bedachte die Arbeit auf seinem Schreibtisch mit einem Seufzer. Manchmal kam sie ihm endlos vor. Er hatte in diesem Winter vier neue Maler aufgenommen, doch ihre Bilder waren nicht ganz nach seinem Herzen. Es waren immer noch die besten, die er gesehen hatte, doch großartig waren sie nicht. Sie waren eben nicht von Deanna Duras. Die Leute fragten immer noch nach ihr, und er versuchte, es zu erklären. Sie hatte sich »zurückgezogen«. Mit einem erneuten Seufzer stürzte Ben sich wieder in die Arbeit. Das tat er seit September, und es funktionierte beinahe, aber nur beinahe. Ausgenommen spätabends und frühmorgens. Jetzt verstand er, wie es Deanna Pilars wegen zumute sein mußte. Dies Gefühl, jemanden nie wieder zu berühren oder zu hören, niemals wieder mit ihm zu lachen oder ihm einen Witz erzählen und ihn lächeln sehen zu können. Er unterbrach sich kurz, und dann verjagte er diese Gedanken. Darin war er jetzt gut. Er hatte fünf Monate Übung.

Genau um zehn Uhr fünfzehn verließ er die Galerie. So blieb ihm genug Zeit, die Brücke zu überqueren, nach Sausalito zu fahren und den Wagen zu parken. Das war wenigstens ein Maler, der ihm gefiel, ein junger Mann mit einem phantastischen Auge für Farbe und einem gewissen magischen Flair, aber seine Bilder waren viel moderner als Deannas und nicht annähernd so gut. Ben hatte dem jungen Mann noch kein Angebot gemacht, sich aber jetzt dazu entschlossen. Bisher war der Künstler von einer Kunsthandlung in der Nähe seines Wohnsitzes vertreten worden, einem kleinen gemütlichen Laden in Sausalito, der die unterschiedlichsten Arbeiten zum Verkauf stellte. Dort hatte Ben Gemälde des Künstlers entdeckt, begraben unter manchen guten und manchen schlechten, und er wußte, der Laden zahlte sehr schlecht. Hundertfünfundsiebzig war der höchste Preis, den der junge Mann je für ein Bild erzielt hatte. Ben wollte ihm gleich von Anfang an zweitausend geben. Natürlich würde der Maler hingerissen sein.

Und das war er. »O mein Gott! Warten Sie nur, bis ich es Marie erzähle!« Er grinste bereit und konnte gar nicht wieder aufhören, Bens Hand zu schütteln. »Mein Gott! Wir könnten es uns vielleicht sogar leisten, zur Abwechslung etwas Anständiges zu essen.« Ben lachte belustigt, und sie schlenderten zur Tür. Es war ein großes, luftiges Atelier in der Hälfte einer früheren Scheune. Jetzt war sie von Häusern und imitierten viktorianischen Bauwerken umgeben, aber immer noch ein wundervolles Atelier und ein schöner Platz zum Arbeiten. »Übrigens, was ist aus dem Mädchen geworden, das letzten Sommer bei Ihnen ausgestellt hatte? Duras?«

Ben wußte es nicht. Niemand wußte es. »Wir zeigen ihre Arbeiten nicht mehr«, antwortete er ganz ruhig. Das hatte er schon hundertmal gesagt.

»Ich weiß. Aber wissen Sie, wer sie zeigt?«

»Niemand. Sie hat sich zurückgezogen.« Ben konnte die Rede auswendig. Doch diesmal schüttelte der junge Mann den Kopf.

»Das glaube ich nicht. Sind Sie sicher?«

»Völlig. Sie sagte es mir, als sie ihre Arbeiten zurückverlangte.« Etwas in den Augen des Malers beunruhigte ihn. »Warum?«

»Ich könnte schwören, ich habe neulich ein Bild von ihr in der Seemöwe gesehen. Sie wissen schon, der Laden, der meine Bilder ausgestellt hat. Ich war mir nicht sicher, und ich hatte keine Zeit zu fragen, aber das Bild sah ganz danach aus. Ein wunderschönes Stillleben. Und man verlangte einen lächerlichen Preis dafür.«

»Wieviel?«

»Ich hörte jemanden sagen, hundertsechzig Dollar. Das ist wirklich ein Verbrechen bei einem so herrlichen Stück. Sie sollten einmal einen Blick darauf werfen, ob es von ihr ist.«

»Das werde ich tun.« Ben sah auf seine Uhr. Es war erst halb zwölf. Vor seinem Lunch mit Kim blieb ihm genug Zeit.

Noch einmal schüttelten sich die beiden Männer die Hände. Der strahlende junge Maler bedankte sich immer wieder. Ben stieg in seinen Wagen und fuhr ein bißchen zu schnell die enge Straße hinunter. Er wußte genau, wo die Kunsthandlung war, und ließ seinen Wagen an der Ecke stehen. Er wollte nur einmal hineinschauen und sich umsehen, doch das brauchte er gar nicht. Ihr Bild war an auffallender

Stelle nahe der Tür ausgestellt. Von da, wo er wie festgewurzelt auf der Straße stand, konnte er es erkennen. Es war tatsächlich von Deanna. Der junge Mann hatte recht.

Ben versuchte, zu einem Entschluß zu kommen. Sollte er hineingehen? Schon wandte er sich zum Gehen. Aber etwas zog ihn in den Laden. Er mußte näher an das Stilleben herankommen. Er hatte gesehen, wie sie es malte. Es war Anfang Juli auf ihrer Terrasse gewesen. Plötzlich fühlte er sich in den Sommer zurückversetzt.

»Ja, Sir? Kann ich Ihnen helfen?« sprach eine hübsche Blondine in Sandalen und Jeans ihn an. Sie trug die übliche Uniform, T-Shirt und durchbohrte Ohren, das Haar am Hinterkopf mit einem breiten Lederriemen hochgebunden.

»Ich habe mir das Gemälde da drüben angesehen.« Er wies auf Deannas Bild.

»Hundertundsechzig. Von einer hiesigen Künstlerin gemalt.«

»Hiesig? Sie meinen sicher in San Francisco.«

»Nein, Sausalito.« Das Mädchen mußte es verwechseln, aber es hatte keinen Sinn, mit ihr zu streiten.

»Haben Sie noch weitere Arbeiten von ihr?« Er war überzeugt, daß kein anderes Bild vorhanden war. Zu seiner großen Überraschung nickte das Mädchen.

»Ja, haben wir. Ich glaube, noch zwei.«

Wie es sich herausstellte, waren es drei. Noch eins aus dem Sommer und zwei von ihren früheren Bildern. Keins von ihnen war mit mehr als zweihundert Dollar ausgezeichnet.

»Wie haben Sie diese Bilder bekommen?« Marc fragte sich, ob sie gestohlen worden seien. Wäre nur eins dagewesen, hätte er vielleicht glauben können, jemand, der es von ihm gekauft hatte, habe es in größter Not weiterverkauft. Aber es war unwahrscheinlich und, da die Kunsthandlung so viele Bilder von ihr besaß, offenbar unmöglich.

Die kleine Blonde blickte bei seiner Frage erstaunt drein. »Wir haben sie von der Malerin in Kommission erhalten.«

»Ach ja?« Jetzt verschlug es ihm die Sprache. »Warum?«

»Verzeihung?« Sie verstand ihn nicht.

»Ich meine, warum hier?«

»Dies ist eine in sehr gutem Ruf stehende Kunsthandlung.« Seine Bemerkung kränkte sie, und er versuchte, seine Verwirrung mit einem Lächeln zu überspielen.

»Es tut mir leid. So habe ich es nicht gemeint. Es ist nur, daß... daß ich die Malerin kenne und überrascht war, ihre Bilder hier zu finden. Ich dachte, sie sei fort... im Ausland.« Er wußte wirklich nicht, was er sagen sollte. Einer augenblicklichen Eingebung folgend, sah er das blonde Mädchen mit einem freundlichen Lächeln an. »Unwichtig. Ich nehme sie.«

»Welche?« Er war bestimmt verrückt. Oder vielleicht nur betrunken.

»Alle.«

»Alle vier?« Verrückt, nicht betrunken.

»Ja, das wäre fein.«

»Aber das macht beinahe achthundert Dollar.«

»Gut. Ich stelle Ihnen einen Scheck aus.« Das blonde Mädchen nickte und ging. Der Geschäftsführer rief Bens Bank an, und der Scheck war in Ordnung. Zehn Minuten später verabschiedete Ben sich, und Deanna und die Kunsthandlung waren um je vierhundert Dollar reicher. Ben packte die Bilder in seinen Wagen. Immer noch war er sich nicht im klaren, warum er sie gekauft hatte. Er wußte nur, daß er Deannas Gemälde hatte haben wollen. Und die Preise waren der helle Wahnsinn. Das verstand er nicht. Er würde die vier Bilder in seiner Galerie verkaufen und ihr den viel höheren Gewinn zukommen lassen. Als ob es sie interessierte... Was wollte er damit beweisen?

Er war ärgerlich auf sich selbst, als er den Wagen vor dem Seeigel parkte, wo er sich mit Kim zum Lunch treffen wollte. Da hatte er etwas Großartiges getan, indem er alle vier Bilder kaufte. Wenn Deanna es herausfand, würde sie wahrscheinlich furchtbar wütend werden. Aber irgend etwas an der ganzen Geschichte quälte ihn. Was hatte das Mädchen mit der in Sausalito ansässigen Malerin gemeint?

Kim wartete auf ihn an einem Fenstertisch und genoß die Aussicht auf die Stadt jenseits der Bucht.

»Darf ich Platz nehmen?« Sie fuhr erschrocken zu ihm herum, und dann lachte sie.

»Ich dachte schon, da wollte mich einer anquatschen.« Sie grinste zu ihm hoch, und lächelte. Er sah so sympathisch wie immer aus, trug ebenso wie immer einen Blazer und ein gestreiftes Hemd, doch Kim meinte, Unruhe in seinen Augen zu erkennen.

»Pech gehabt, Miß Houghton, das Anquatschen ist aus der Mode. Oder vielleicht tun es heutzutage nur noch die Frauen.«

»Aber, aber!«

»Möchten Sie einen Drink?« erkundigte er sich. Sie nickte. Beide bestellten Bloody Mary. Ben sah auf die Bucht hinaus. »Kim?«

»Ja, ich weiß. Sie wollen mir sagen, daß Sie die Anzeigen scheußlich finden. Mir gefallen sie auch nicht. Ich habe jedoch ein paar andere Ideen.«

Ben schüttelte den Kopf und richtete die Augen wieder auf sie. »Lassen Sie das jetzt, obwohl Sie damit recht haben. Wir können später darüber sprechen. Ich möchte Sie etwas anderes fragen.« Er schwieg lange Zeit. Kim wartete und fragte sich, ob es das war, was sie in seinen Augen gesehen hatte.

»Was ist denn?« Er sah so verwirrt aus, daß sie am liebsten die Hand nach ihm ausgestreckt hätte.

»Deanna.«

Kim blieb beinahe das Herz stehen. »Haben Sie sie gesehen?«

Wieder schüttelte er nur den Kopf. »Nein, Sie?« Kim nickte zur Antwort. »Ist etwas passiert? Ich habe soeben vier ihrer Gemälde in einer hiesigen Kunsthandlung gefunden, und das verstehe ich nicht. Warum läßt sie ihre Arbeiten dort verkaufen? Wissen Sie, zu welchen Preisen? Hundertsechzig, hunderfünfundsiebzig. Es ist verrückt, es ergibt keinen Sinn. Und man erzählte mir etwas darüber, daß sie eine hiesige Malerin sei. In Sausalito ansässig. Das ist doch wirklich nicht mehr zu begreifen. Zum Teufel, was geht da vor?«

Kim sah ihn lange schweigend an. Sie war sich nicht sicher, was sie sagen durfte. Am Nachmittag, gleich nach dem Essen, war sie mit Deanna in ihrem Häuschen verabredet. Bens Einladung zum Lunch in Sausalito hatte sie entzückt, denn das gab ihr Gelegenheit, vor der Rückfahrt bei Deanna Station zu machen. Aber was sollte sie Ben sagen? Wieviel durfte er wissen?

»Kim, bitte, sagen Sie es mir. Wissen Sie es?« In seinen Augen standen eine inständige Bitte und große Sorge.

»Vielleicht hat jemand anderer die Gemälde an die Kunsthandlung verkauft, nachdem er sie von ihr erworben hatte.« Kim mußte Deanna erst fragen, bevor sie ihm etwas verriet. Es ging nicht anders. Das war sie Deanna schuldig, aber sie wünschte sich, ihm reinen Wein einschenken zu können.

»Nein, das ist nicht der Fall. Das Mädchen sagte, sie hätten sie in Kommission von ihr. Aber warum? Warum ein solcher Laden und warum hier drüben? Versucht sie, die Bilder ohne Wissen ihres Mannes zu verkaufen? Ist sie in Schwierigkeiten? Braucht sie Geld?« Seine Augen flehten Kim um Antwort an, und sie stieß einen langen, beunruhigenden Seufzer aus.

»O Ben! Was soll ich sagen? In Deannas Leben haben viele Veränderungen stattgefunden.«

»Offenbar nicht genug, daß sie mich angerufen hätte.«

»Vielleicht tut sie das noch. Nach einiger Zeit. Sie ist immer noch ganz erschüttert wegen Pilar.« Er nickte stumm, und eine Weile sprachen sie nichts mehr. Das letzte, worüber er heute diskutieren wollte, waren geschäftliche Angelegenheiten. Er konnte an nichts anderes mehr denken als an Deanna. Er wußte, irgend etwas stimmte da ganz und gar nicht.

Wieder sah er Kim an, und sie wäre unter diesem Blick fast gestorben. »Ist sie irgendwie in Not?« Kim schüttelte den Kopf.

»Es geht ihr gut, Ben. Wirklich. Ich glaube, in gewisser Weise ist sie zum erstenmal seit langem glücklich.« Sie hätte sich die Zunge abbeißen mögen, daß sie das gesagt hatte. Im vorigen Sommer war Deanna noch glücklicher gewesen, aber Kim war ratlos, wie sie ihre Bemerkung jetzt noch abändern sollte. »Sie malt sehr viel.«

»Und sie ist glücklich.« Er sah auf die Bucht hinaus und zu Kim zurück. »Mit ihm...« Plötzlich hielt Kim es nicht länger aus. Ganz langsam schüttelte sie den Kopf. »Was meinen Sie damit?«

»Er ist nach Frankreich übergesiedelt.« Das hatte Deanna ihr im vorigen Monat erzählt. Marc war schließlich doch in seine Heimat zurückgekehrt.

»Für ständig?« Ben konnte es kaum fassen. Kim nickte nur. »Und sie ist hiergeblieben?« Wieder nickte Kim, und jetzt stand Verzweiflung in seinen Augen. Sie hatte ihn nicht angerufen. Marc war fort, und sie hatte nicht angerufen. Er sah in sein Glas. Da berührte Kim sanft seine Hand.

»Geben Sie ihr eine Chance, Ben. Es ist vieles geschehen. Ich glaube, sie wird noch ein paar Monate brauchen, bis sie sich wieder gefangen hat.«

»Und sie wohnt hier? In Sausalito?« Ben war nicht fähig, es sich zusammenzureimen. Warum wohnte sie nicht in ihrem Haus? War

Marc einfach davongelaufen und hatte sie verlassen? »Wollen Sie damit sagen, daß die beiden sich scheiden lassen werden?«

Kim holte tief Atem. »Ja. So ist es.«

»Geht das von ihm aus oder von ihr? Kim, Sie müssen es mir erzählen. Ich habe ein Recht, es zu erfahren.«

»Ich pflichte Ihnen voll und ganz bei, Ben. Aber versuchen Sie mal, ihr das klarzumachen... Es geht von ihr aus, doch er hat zugestimmt. Ihm blieb wirklich keine andere Wahl.«

»Wie geht es ihr? Kommt sie mit ihrem neuen Leben zurecht? Ist sie gesund?«

»Es geht ihr ausgezeichnet. Sie wohnt in einem komischen Häuschen, arbeitet an neuen Bildern und bereitet sich auf –« Und dann brach sie ab; sie war bereits zu weit gegangen.

»Auf was bereitet sie sich vor?« Wieder geriet er in Verwirrung. Kimberly trieb ihn zum Wahnsinn. »Um Gottes willen, Kim, veranstaltet diese lausige Kunsthandlung eine Ausstellung für sie?« flammte er auf. Wie konnten sie es wagen! Plötzlich lachte Kim. Sie sah ihn mit leuchtenden Augen an.

»Wissen Sie was? Das ist verrückt. Wir sitzen hier und umschreiben auf zwanzig verschiedene Weisen, wie es Deanna geht, während sie nur eins braucht: Sie.« Sie nahm einen Kugelschreiber aus ihrer Handtasche und fischte unter ihren Anzeigen ein Stück Papier hervor. Sie schrieb die Adresse nieder und reichte sie ihm. »Gehen Sie. Da wohnt sie.«

»Jetzt?« Mit großen Augen nahm er ihr den Zettel aus der Hand. »Aber wenn sie... wenn sie mich nun nicht sehen will?«

»Sie wird wollen. Doch von nun an liegt die Sache allein in Ihren Händen.« Sie lachte. »Und sollte sie Ihnen Schwierigkeiten machen, verprügeln Sie sie einfach.« Er grinste und sah sie unsicher an.

»Was ist mit unserem Lunch?« Er wollte nur noch wie der Blitz von hier verschwinden und Deanna aufsuchen. Keinen Augenblick länger wollte er mit Kim hier sitzen. Das war ihr klar. Sie lächelte.

»Zum Teufel mit unserem Lunch. Über die Anzeigen können wir ein anderes Mal reden. Gehen Sie.« Er beugte sich nieder, küßte sie und drückte fest ihre Schulter.

»Eines Tages, Kim Houghton, werde ich Ihnen danken. Aber im Augenblick –« endlich erwiderte er ihr Lächeln, »– muß ich laufen. Sagen Sie mir, soll ich die Tür einschlagen oder durch den Kamin hinunterklettern?«

»Werfen Sie einen Stuhl ins Fenster. Das klappt immer.«

Er lächelte immer noch, als er in seinen Wagen stieg, und fünf Minuten, nachdem er Kim verlassen hatte, war er in der Sackgasse. Noch einmal blickte er auf den Zettel. Ja, es war das hinter großen Büschen versteckte und von einem weißen Zäunchen umgebene Haus. Ob sie zu Hause war? Vielleicht war sie gar nicht da. Jetzt bekam er es mit der Angst. Was sollte er zu ihr sagen? Wenn sie nun ärgerlich wurde, weil er gekommen war? Er würde es nicht ertragen, wenn sie ihm nach den langen Monaten voller Träume das antat.

Ben stieg aus und ging langsam zur Tür. Er hörte, daß drinnen jemand umherging, und ein Radio spielte leise Jazz. Er läutete, und dann klopfte er. Schneller, als er erwartet hatte, antwortete ihre Stimme von hinten aus dem Haus.

»Hallo, Kim, es ist offen. Komm herein!« Er öffnete den Mund, um ihr zu sagen, es sei nicht Kim, aber schnell schloß er ihn wieder. Sie sollte die Wahrheit nicht erfahren, bis er drinnen war, bis er sie sah, und wenn es nur das eine Mal, nur für einen Augenblick war. Nur noch einmal. Er drückte die Tür mit einer Hand auf. Er stand in dem hellen kleinen Vorderzimmer, und es war niemand zu sehen.

»Bist du drinnen?« rief Deanna von hinten. »Ich streiche das zweite Schlafzimmer an. Ich komme gleich.«

Zum erstenmal nach fünf Monaten hörte er ihre Stimme, und ihm war, als schmölzen seine Eingeweide. Er blieb an einer Stelle stehen und wartete, daß sie herauskam. Er wollte etwas zu ihr sagen, aber er konnte nicht. Beinahe hatte er das Gefühl, ihm fehle die Kraft dazu. Und dann rief sie wieder: »Kim? Bist du das?« Diesmal mußte er sprechen. Er wollte nicht, daß sie sich fürchtete.

»Nein, Deanna. Hier ist nicht Kim.« Nichts als Schweigen antwortete ihm. Etwas fiel zu Boden. Er stand da, stumm, unbeweglich, wartend. Aber niemand kam. Nichts geschah. Nichts regte sich. Und er begann, langsam auf die hinteren Räume des Hauses zuzuschreiten. Weit brauchte er nicht zu gehen. Ein paar Schritte, und er stand im Eingang des Schlafzimmerchens.

»Deanna?« Sie lehnte an der letzten ungestrichenen Wand, eine Hand auf einem Kinderbett. Ben hielt ihren Blick fest und konnte ein Lächeln nicht unterdrücken. »Es tut mir leid, ich...« Und dann sah er es. Ihre Augen wurden groß, und ihr Kinn zitterte. »Mein

Gott, du bist... Deanna...« Er wollte sie nicht fragen, er wußte nicht, was er sagen sollte. Wann und wie? Und von wem? Doch es war ihm gleichgültig, von wem. Er schloß die Lücke zwischen ihnen und zog sie in seine Arme. Das war der Grund, warum sie die Bilder verkaufte, warum sie allein war.

»Es ist unseres, nicht wahr?« fragte er. Deanna nickte. Tränen fielen auf seine Schulter. Er hielt sie ganz fest. »Warum hast du es mir nicht gesagt? Warum hast du mich nicht angerufen?« Er löste sich gerade so weit von ihr, daß er ihr Gesicht sehen konnte. Sie lächelte.

»Ich konnte nicht. Ich hatte dich verlassen. Ich konnte so nicht zu dir zurückkehren. Ich dachte, vielleicht... nach der Geburt...«

»Du bist verrückt, aber ich liebe dich. Warum nach der Geburt? Ich möchte dann bei dir sein, ich möchte... o Deanna, es ist unser Kind!« Triumphierend zog er sie wieder an sich, lachend und weinend.

»Wie in aller Welt hast du mich gefunden?« fragte sie, sich an ihn schmiegend, und dann schnupfte sie auf. Als er nicht antwortete, wußte sie Bescheid. »Kim.«

»Vielleicht. Vielleicht aber auch diese scheußliche kleine Kunsthandlung, die deine Bilder verkauft. Deanna, wie konntest du...« Die Stimme versagte ihm, und sie grinste.

»Ich mußte.«

»Jetzt nicht mehr.«

»Das werden wir sehen.«

»Du ziehst die Seemöwe mir vor?« Er lachte bei dem Gedanken, und Deanna schüttelte heftig den Kopf.

»Trotzdem bin ich ganz allein zurechtgekommen. Ich bin unabhängig geworden. Ich habe es geschafft. Ist dir klar, was das bedeutet?«

»Es bedeutet, daß du wundervoll bist und ich dich anbete. Wirst du geschieden?« Er hielt sie in seinen Armen und berührte sanft ihren Bauch. Als das Baby trat, zuckte er zurück. »War das unser Kind?« Deanna nickte, und wieder glitzerten Tränen in seinen Augen.

»Und – ja, ich werde auch geschieden. Im Mai wird es soweit sein.«

»Und das Kind?«

»Mit dem wird es im April soweit sein.«

»Und deshalb, du verrückte, unabhängige; geliebte Frau, wird es mit uns im Mai soweit sein.«

»Was soll das bedeuten?« Aber sie lachte jetzt, und er auch.

»Genau das, was du denkst. Und –« er sah sich vergnügt in dem Zimmer um, »– pack deine Sachen, ich bringe dich nach Hause.«

»Jetzt? Ich habe das Kinderzimmer noch nicht fertig gestrichen. Und –«

»Und nichts, mein Darling. Ich bringe dich nach Hause.«

»Auf der Stelle?« Deanna legte ihren Pinsel hin und grinste.

»Auf der Stelle.« Von neuem zog er sie fest an sich und küßte sie mit der ganzen Sehnsucht der letzten fünf Monate. »Deanna, ich will nie wieder ohne dich sein. Niemals. Hast du verstanden?« Sie nickte nur, lächelte und küßte ihn, und seine Hand wanderte langsam zu ihrem Kind.